106개의 산을 잇다

100개의 산을 잇다

발행일	2018년 4월 13일			
지은이	박 현 성			
펴낸이	손 형 국			
펴낸곳	(주)북랩			
편집인	선일영	편집	권혁신, 오경진, 최승헌, 최예은	
디자인	이현수, 김민하, 한수희, 김윤주, 허지혜	제작	박기성, 황동현, 구성우, 정성배	
마케팅	김회란, 박진관, 유한호			
출판등록	2004. 12. 1(제2012-000051호)			
주소	서울시 금천구 가산디지털 1로 168, 우림라이온스밸리 B동 B113, 114호			
홈페이지	www.book.co.kr			
전화번호	(02)2026-5777	팩스	(02)2026-5747	

ISBN   979-11-6299-076-6 03810 (종이책)   979-11-6299-077-3 05810 (전자책)

이 도서의 국립중앙도서관 출판예정도서목록(CIP)은 서지정보유통지원시스템 홈페이지(http://seoji.
nl.go.kr)와 국가자료공동목록시스템(http://www.nl.go.kr/kolisnet)에서 이용하실 수 있습니다.
(CIP제어번호: CIP2018011221)

자전거와 두 다리로 오른 한국 100대 명산

100 개의 산을 잇다

박현성 지음

자전거에 간단한 살림살이를 실은 채

200일 동안 1만 km를 이동하고

850km에 이르는 산길을 걸으며

몸으로 조국의 산하를 정독精讀한

한 중년 남자 이야기

쉰을 넘은 남자들은 다가서기 힘든 어른이었다.

양복바지에 광을 낸 구두를 신고, 하얀 셔츠는 넉넉한 뱃살 아래 바지 속으로 가지런히 넣어 혁대로 단단히 졸라매었다. 나에게는 어른의 냄새로 각인된 향이 있는 포마드로 단정한 신사 머리를 한 중년의 어른은 세월의 흔적이 주름으로 표현된 굳은 표정의 근엄함을 문신처럼 가지고 있었다.

사회의 구성원으로 살아오면서 자연스럽게 주어진 사회적 위치도 그들의 권위를 더해 주었다. 그들은 가족 내에서는 누구도 거역할 수 없는 절대자적인 위치에 있었다. 직장에서는 상급 간부이자, 간부가 아니더라도 숙련자로서 일의 전반의 흐름을 잘 이해하기에 그의 말에는 언제나 힘이 실렸다.

나의 기억 속의 위의 이미지가 허구이든지 사실이든지 상관없이, 나의 어린 시절에 익숙한 중·장년의 남자들의 이미지는 항상 범접하기 힘든 어른이었다.

그러나 2016년, 나의 50대는 어린 시절의 내가 기억하는 중·장년의 이미지와는 너무도 멀다.

　난 반바지에 목이 늘어진 티셔츠를 바지 위로 내려 입고, 양말도 신지 않은 채 캔버스로 만든 낡은 신발을 신고 있다. 머리는 빗지 않은 상태에서 제 맘대로 흘러내리고, 코밑과 턱 아래로는 관리되지 않은 수염이 자라있다. 얼굴의 피부는 메마르고 주름졌지만 근엄함과 거리가 멀다. 사회에서의 나의 존재감은 그저 극에서 지나가는 행색이 초라한 '행인 3'일 뿐이다.

　일정한 직업이 없는 백수인 나는 가족을 포함한 주위의 허드렛일을 주로 한다. 밥을 짓고 설거지를 하고 오래된 집을 수리하기도 한다. 가끔 얻는 아르바이트 일감으로 용돈을 마련하는 나의 소비생활은 사회의 인간관계를 유지하는 데에도 많이 빠듯하다.

　2016년의 봄은 내가 만 51세에 접어드는 해였다.

　2012년 봄, 나는 16년생 도요타 캠리를 팔아서 만든 경비로 7년을 산 뉴질랜드(New Zealand)를 떠나 인도(India)에서 한동안 머물렀다. 인도는 마음을 이해하는 데 도움이 될 것이라는 환상이 있었다. 한국을 들락거리며 라오스(Laos)의 비엔티안(Vientiane)에서 정착을 시도하기도 했다. 그렇게 내 인생의 4년이 지나갔다.

　그리고 다시 마음이 가는 대로 이리저리 옮겨 여행하다 인연에 따라 제주로 들어왔다. 제주에서의 정착을 기대하며 보낸 구직 지원서들은 항상 고요한 무응답으로 되돌아왔다.

　현재의 환경과 조건들이 만만하게만 다가오는 것만은 아니었지만, 스스로 만족하는 삶을 살아 보기로 했다. 그것은 조건에 의해서 인생이 휘둘리지 않겠다는 의지도 있었지만, 만만하지 않은 인생의 격동에서 나를 보호하고자 하는 적극적 방어법이기도 했다. 제주에서의 세월은 표면적으로는 단조롭고 조용한 세월이었지만, 활동적이고 도전적인 면이 있는 나의 뱃속에는 뭔가 저질러야 할 것 같은 감이 문득 드는 시기이기도 했다. 집에 머무는 시간이 많아지면 육체적으로 시들어가듯이 몸이 아파오는 것은 어느 삶의 어느 순간부터 알게 된 나의 생리적 특성이었다.

자전거와 발품을 팔아 제주의 구석구석을 뒤지고 다니는 것도 지겨워질 무렵, 제주라는 섬이 작게만 느껴졌다. 자전거로 제주의 해안선을 따라 돌고, 구간마다 분주히 자전거로 다녔다. 버스를 이용해 조천(朝天)과 구좌(舊左)부터 시작해 해안가 마을을 걸었다. 그리고 해안가 마을이 익숙해질 때는 중산간 마을들을 자전거로 방문하고 걸었다. 사려니 숲의 식물의 이름에 익숙해지고, 제주의 신들을 모신 풍낭(팽나무) 나무들의 서기(瑞氣)에 익숙해졌다.

그렇게 1년 정도를 지나니, 제주는 익숙한 동네가 되었다. 광안리 해수욕장이 나에겐 단지 동네 앞바다였듯이, 이제는 제주의 모습이 익숙한 동네 풍경이 되었다는 느낌이 들었기 때문이다. 내게 있어 광안리는 고향 같은 곳이다.

알작지가 해안도로의 개발로 훼손되고, 내도동의 보리밭에 연립주택들이 시야를 막으면서 점령하기 시작했다. 제주의 아름다운 밭담에는 아파트가 들어서고, 도로에는 덤프트럭이 위태롭게 달리기 시작했다. 제주 중산간의 쓰레기 소각장은 영역을 늘리고 있었다. 지나가기만 해도 역겨운 냄새가 나는 돼지사육장들을 지나가면서 제주의 변하는 모습에 실망감과 함께 마음이 시려 왔다. 그리고 오랜 기간 외국에서 생활하는 동안 많이 변했을 한국을 천천히 여행하면서 살펴보고 싶다는 생각이 들기 시작했다.

어느 날 인터넷을 뒤적거리다, '한국의 100대 명산'이라는 새로운 개념을 만났다. 100대 명산을 지도에 펼쳐보니, 각 지역에 골고루 분포되어 있는 100대 명산을 오르는 것은 한국을 잘 살펴볼 수 있는 일이 될 거라는 생각이 들었다. 그리고 단순히 100개의 산을 오르는 것보다는 그 산을 찾아가는 과정에서 만나는 도시와 마을들 그리고 다양한 인생을 만나게 된다는 것이야말로 신나는 일일 거라는 생각이 더불어 들었다.

6개월의 긴 여정 동안 하루를 자전거로 이동하고, 하루는 산을 오르고, 매일 자연에서 야영 생활을 한다는 상상 속의 계획은 한국에서 해볼 수 있는 유목민의 생활이기도 했다.

물론 이런 욕망이 생기면, 현실적 상황을 고려해야 한다. 상상에서 실행의 준비로 옮겨가는 중에 많은 장애를 만나는 것은 일상적인 일이다. 어떤 방법으로 필요한 돈과 준비물을 마련하고, 중년의 육체가 이 과정을 어떻게 감당해 낼지에 대한 구체적 방법이 필요하게 된 것이다.

나에게는 아직 인생의 충분한 시간이 있었다. 가난이 항상 같이했지만, 자유로운 내 생활은 시간을 뜻대로 충분히 사용할 수 있는 장점도 있었다.

체력이야 힘들면 쉬어가면 될 것이라고 생각했다. 물론 여정 도중에 사고나 부상을 입을 경우 재외국민 자격으로 의료보험이 없는 나에게는 부담스러운 일이 될 수도 있지만, 오랜 병원 신세를 경험한 나에겐 지금의 몸뚱이는 어쩌면 덤으로 주어진 삶일지도 모른다는 생각이 있었다. 그것은 뉴질랜드에서 재활성 불량 빈혈이라는 원인을 알 수 없는 혈액 질환으로 인해 수술과 병원 치료로 나의 40대의 절반을 보낸 후에야 든 생각이었다.

여행 준비를 하면서, 여비를 마련하는 것이 제일 막연했다. 숱한 여행과 여러 해의 무직 생활에 나의 은행 계좌는 나만큼이나 가난했다. 혹시 아웃도어 용품 업체에서 후원을 해주지 않을까 기대도 해봤지만, 아웃도어 용품업체 호경기의 거품은 꺼져가고 있었고, 후원을 바라고 보낸 제의는 거절되었다. 그래서 생각해 낸 다음 방법은 돈이 없으면 돈을 쓰지 않고 다니는 방법이었다.

내가 젊은 시절에는 무전여행이라는 개념이 생소하지 않았던 시기였다. 사실 나의 20대 시절에는 가난한 젊은이들의 여행에 사람들이 관대해서 말만 잘하면 이런저런 입장료 정도는 말로 때울 수 있었다. 하지만 50대 중년으로서 맞이하는 가난은 낭만적이지도, 그에 대한 관대함도 기대하기 힘들었다.

그래도 산을 오르는 발품과 자전거 이동은 비용이 발생하지 않는다. 내가 가진 세월을 먹은 미니벨로는 장기 여행을 하기에는 최상의 상태가 아닌 것은 알았지만, 안되면 끌고라도 갈 수 있었다.

숙박은 30년이 다 된 내 2인용 텐트를 이용하기로 마음먹었다. 단지 야영지의 비용을 감당할 능력은 안 되어서 길가에 만나는 공터나 산자락이나 공원 빈터에서 자면 될 것이라고 생각했다.

이제 남은 것은 먹는 비용이었다. 만약 조리해서 먹는다면 여행 도중에 발생할 식비는 훨씬 절약할 수 있었다. 한국에서 제일 싸게 배를 채울 수 있는 음식은 라면이 아니라 쌀이다. 쌀만 있으면, 가끔 지나가는 슈퍼에서 반찬 될 만한 것들을 조금 구입해서 먹으면 많은 돈을 사용하지 않아도 되리라 판단했다. 그리고 아웃도어 관련 인터넷 플랫폼을 운영 중인 사촌 동생이 가끔 고기를 사 들고 오겠다는 약속도 믿음이 갔다.

여행을 해오면서 배운 것은, 돈과 시간과 건강이 허락할 때를 기다려 여행을 떠나겠다는 생각은 여행할 생각이 없는 것과 같다는 점이다. 지금 나에게는 돈을 제외한 충분한 시간과 부실하지만 아프지는 않은 건강이 여행을 가능하게 했다. 앞서 말한 세 가지의 조건 중에 두 가지가 대충 허락되는 여행의 적기이기도 했다. 여행에 필요한 기본적인 것은 해결된 느낌이었다. 물론 여기까지도 단지 머릿속에서 정리된 사항일 뿐이었다.

사실 상상 속의 여행은 어려움과 불편함이 없어서 자유롭고 즐겁다. 현실을 만날 필요가 없기 때문이다.

한동안 여행이 시작되기 전까지, 나는 상상 속의 여행을 궁리하면서 시간을 보냈다.

다음으로, 200여 일의 여행을 같이할 미니벨로에 패니어(panier) 가방을 달아 필요한 물건을 운송할 것인지, 트레일러를 사용할 것인지 궁리하기 시작했다. 인터넷을 통해 각 패니어 가방마다 가격 비교를 하고, 한국 지형에 무엇이 맞을 것인지 조사했다. 패니어 가방은 많은 고개를 넘어야 하는 한국의 지형에 적합할 것 같다는 심중은 있었지만, 6개월의 온갖 기후상태에 적합하고 내구성도 있어 보이는 패니어 가방은 가격이 만만찮았다. 그리고 지금의 미니벨로에 장착하기도 쉽지 않았다. 그래서 2년 전에 히말라야(Himalayas) 산악지대로 여행을 가기 위해 구입한 트레일러를 사용하기로 했다. 중국에서 제작된 저렴한 철제 트레일러라 무겁고, 자전거의 길이가 길어져 짐의 무게가 뒤쪽에 집중되어 마음에 들지는 않았지만, 그래도 자전거에 달고 보니 제법 자전거 여행자의 느낌이 물씬 풍겨 만족하기로 했다.

여행의 시작이 여름이라 일단 트레일러에 속옷을 몇 벌 넣고, 양말을 세 켤레, 등산복 두어 벌 그리고 안전모를 포함한 자전거 복장을 한 벌 넣었다. 여름비를 대비해서 비옷도 넣고, 계곡에서 수영이라도 하게 수영 팬티도 한 장 넣었다. 옷은 충분히 할 수는 없었지만, 대충 빨아서 자전거 뒤편에 달고 여행을 하면 마를 것이라는 생각이었다.

그리고 다음으로는 텐트, 여름 침낭을 인터넷에서 구입한 드라이(dry) 백에 넣었다. 비를 맞더라도 젖은 몸으로 잠은 자고 싶지 않았다. 작은 캠핑용 의자도 한 개 넣었다.

버너, 코펠 작은 것 한 세트, 바람막이 그리고 쌀과 국수, 통조림 두어 통을 넣고, 마른 멸치와 조금의 된장, 고추장 그리고 소금을 넣었다. 여차하면 된장에 밥을 비벼 먹을 생각이었다. 그리고 산행 시의 비상식량으로 에너지바를 준비했다

자전거가 고장 날 경우를 생각해서 자전거 수리용 스패너, 육각 렌치 세트, 펑크 패치, 여분의 튜브, 브레이크 패드 그리고 공기 펌프를 넣고 야간의 주행을 위해서 전조등과 자전거 후미등 그리고 트레일러에도 후미등을 달았다. 트레일러가 낮아서 혹시 차량 운전자에게 보이지 않을 수도 있어 1m 높이의 깃발도 트레일러 후미에 달았다.

산행을 위해서 스틱 두 개와 등산화를 넣고, 무릎 보호대와 35L 크기의 작은 배낭에 헤드 랜턴(head lantern)을 넣어 두었다.

여행을 기록할 컴퓨터와 카메라 그리고 방향을 알려줄 내비게이션(navigation)도 필요했다. 문제는, 이 물건들은 구입하기에는 너무 고가의 장비였다는 점이다. 일단 컴퓨터와 카메라는 사촌 동생과 그의 친구에게 빌렸다. 그리고 스마트폰을 내비게이션으로 사용할 수 있도록, 사촌 동생의 3G 무제한 데이터를 이용할 수 있는 심(Sim) 카드도 빌렸다. 그리고 전화도 해야 하니, 휴대용 전화기도 한 대를 따로 챙겼다. 스마트폰

으로 무제한 데이터와 전화를 동시에 사용하려니 통화료가 너무 부담스러웠다. 이렇게 많은 전기용품을 사용하다 보니, 충전을 해결해야 했고, 그 해결 방법으로 3단짜리 휴대용 태양열 충전기를 구입했다.

그리고 오래 읽을 수 있는 영문으로 된 톨스토이(Lev Nikolayevich Tolstoy) 작 『안나 카레니나(Anna Karenina)』도 한 권 넣었다. 밤의 휴식 때 읽을 요량이었다.

그 외에도 자전거 주행을 위한 주·야간용 선글라스 각각 한 개, 장갑, 개인 위생용품 그리고 심지어는 반짇고리까지 챙기고 나니, 실어야 할 짐의 크기와 무게는 늘어만 갔다.

연습으로 짐을 꾸려 제주의 해안가를 달려보니, 자전거 주행이 부자연스럽게 느껴졌다. 하지만, 자연스럽고 편한 여행을 기대하기에는 애초부터 자원과 상황이 허락하지 않았음을 잘 알기에 그냥 받아들이기로 했다.

　100대 명산을 자전거로 잇는 경로를 짜는 것은 만만찮은 일이었다. 차나 대중교통으로 가면 고려하지 않을 부분도 여러 면에서 고려해야 했다. 우선 산과 산을 최단 거리로 잇는 국도나 안전해 보이는 도로를 연결하고, 위험한 터널이나 높은 고개를 피할 수 있도록 경로를 계획했다(물론 피하고 싶은 터널이나 고개를 피하는 것이 항상 가능한 것은 아니었다. 고개를 피하면 터널을 지나야 하고, 터널을 피하면 고개를 넘어야 하는 게 일반적이었다).

　산행의 출발점을 어디로 할지에 대한 문제도 고려해야 했다. 일반적인 주요 코스를 위주로 했지만, 때로는 그 이후에 있는 산들과의 거리와 도로 사정을 고려해야 했다. 물론 야영이 가능한 위치도 생각해야 했다. 그래도 인터넷이 현지의 사정을 상세하게 항상 알려주는 것은 아니었지만, 컴퓨터에 능한 친구가 정보를 꼼꼼히 챙겨서 알려주어 내비게이션 사용을 통한 여행을 가능케 해주었다.

　계절의 변화도 고려 대상이었다. 가을과 겨울을 지나야 했기에, 제주에서 출발한 나는 겨울의 강원도 빙판길을 피해서 겨울이 시작되기 전에 강원도의 산들을 마치도록 경로를 짰다. 완도에서 전라남도와 북도의 일부 그리고 충청북도를 통해서 강원도로 여행해서 다시 강원도에서 부산 쪽으로 남하해서 다시 서울을 향해 올라가면서 빠진 100대 명산을 들를 수 있도록, 경로를 X자 형태로 만들었다.

그리고 실행만이 남았다.

이리저리 궁리해서 계획을 짜고 계획대로 준비를 마쳤으니, 이제 마음을 내어서 출발하면 되는 것이다. 물론 여정에서 많은 어려움과 문제가 있기는 하겠지만, 그 어려움과 문제는 미리 대비할 수 있으면 대비하고, 예측하지 못한 문제는 그때그때 해결할 도리밖에 없음을 알고 있었다. 미니벨로에 트레일러를 달고 짐을 가득 실은 나의 모습은 늠름하고 숙련된 여행자라기보다는 철없는 장년 아재의 모습을 하고 있었다.

이렇게 상상하고 계획하고 실행에 나서면, 사람은 어떤 일을 하든지 또는 하지 않든지 의미를 만들어 붙인다. 아니, 명분과 의미가 있어서 일은 시작되기도 한다.

머릿속에서 시작된 여행부터 실제로 여행을 마칠 때까지, 이 여행의 의미가 무엇인지 스스로 자문했다.

피로에 또는 무디어진 감각에 의문이 더 이상 만들어지지 않을 때, 길가에서 만난 사람들이 그 의문을 거듭 일깨워 주었다.

그 의미라는 것은 원래는 꽤 분명했던 것 같다. 사람들에게 설명할 수 있었던 것도 같다. 하지만 여행이 시작되고 날이 갈수록 의미는 그 크기를 늘리기도 하고 다양해지기도 하다가, 어느 날이면 안개 속의 산들처럼 보이지 않았다. 생각이 사라진 것이 우선인지, 의미가 사라진 것이 우선인지 모르겠지만, 나중에 이르러서는 의미라는 것이 사라져버렸다.

생각해보면, 발걸음 폭이나, 자전거 크랭크의 회전은 항상 똑같았다.

걸은 만큼만 길을 나아가고, 발을 젓는 만큼 자전거는 달렸다.

그래서 이들은 나의 의미보다 훨씬 정확하고 정직했다.

의미라는 것은 때로는 장대하고 의젓하지만, 때로는 비겁하고 저급한 모습으로 다가오곤 했다.

그래도 여행이 오래되면서 의미와 명분으로부터 천천히 자유로울 수 있었다. 어느 순간 허기가 항상 나를 따라올 때, 너무 힘들어 더 이상 걷지 못할만할 때나, 자전거를 저을 힘이 없을 때 마음이 비어버림을 느꼈다.

이런 순간들에는 더 이상 의미가 필요하지 않았다. 단지, 음식과 산에서 내려오거나 고개를 올라갈 힘이 간절했다.

그 간절한 순간들은 여행에서 아주 특별한 시간이다. 그 이유는 생각 속에서 만들어진 헛된 왜곡의 허상들이 사라지고, 얼핏 나의 분명한 실존을 만난 시간이었기 때문일 것이다.

하나의 산을 오를 때마다 하나의 기록을 만들었다.

그 기록은 여행 중 나에게 그리고 나의 마음에 생긴 일들이다.

그리고 나의 무모할 수 있는 여행의 기록이 누군가에게는 그냥 단순한 흥밋거리가 되어도 좋겠지만, 이 엉뚱하고 미련한 한 사내의 인생의 단편이 누군가에게는 힘이 될 수 있다면 감사할 것이라는 생각을 해본다.

한편으로 여행이 꼭 목적이나 목적지가 있어야 하는 것은 아니라는 생각도 해본다. 많은 여행자, 혹은 방랑자들에게 여행은 그냥 인생일 뿐이다. 사람이 꼭 목표나 목적지가 있어 인생을 사는 것이 아니듯이, 여행도 살아가는 하나의 방법일 것이다. 농부가 땅을 가꾸며 살아가다 죽듯이, 어부가 바다에서 삶을 보내듯이, 여행자는 길을 걸어가는 것이 삶이다.

어쩌면, 50대 중년의 여행자면, 사실 못 보고 못 즐긴 것이 많아서 떠나는 게 아닐 것이다.

그냥 떠날 때가 되어서 다시 길 위에 나서는 것이다.

목차

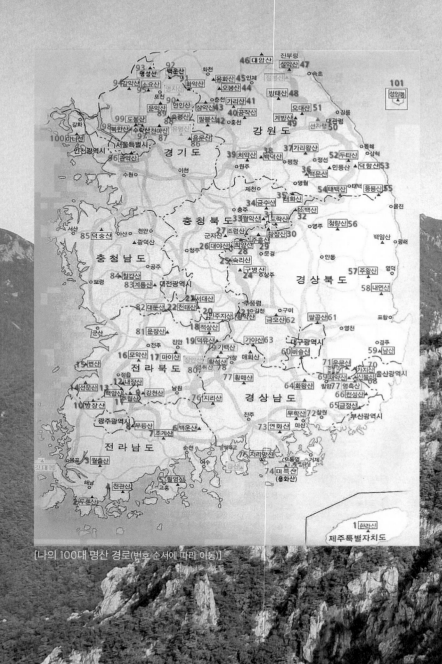

[나의 100대 명산 경로(번호 순서에 따라 이동)]

1. 한라산

100대 명산 이어 오르기의 첫날이었다.

첫 도전은 제주 내도동에서 성판악까지의 자전거로 25km의 오르막길을 오르는 코스로 시작했다. 그리고 성판악에서 백록담까지 19km의 왕복 산행 후 내도동까지 무사히 귀환해야 했다. 첫날의 일정은 100대 명산 여정 중 가장 고달픈 코스일 것이다.

그래도 의욕 가득한 100대 명산의 첫 산행이기에 새벽빛이 채 가시지 않은 도로 위에 설레는 마음으로 나섰다.

자전거가 끝없는 오르막길로 들어설 때만 해도 태양은 나의 움직임을 알지 못했을 것이다. 호흡과 심장 박동이 최고조를 넘어서 안정되기 시작하면 두 다리는 기계적으로 돌아간다. 시원한 아침이지만, 땀이 흐르기 시작하자 생각은 조용해졌다. 감정은 땀에는 무기력하다. 땀이 흐르자 생각이 조용해지듯이 감정도 차분해진 것이다. 관념의 세계가 실존의 땀에 녹아버린 것이다.

경사가 높아질수록 자전거는 무거워졌다. 그럴수록 기어를 가볍게 올리지만, 지구의 중력을 피할 방법은 없었다.

2시간 45분이 걸려 도착한 성판악 휴게소에는 기운이 성성한 태양이 먼저 도착해 있었다. 하지만 태양도 두터운 나무숲까지는 따라오지 못했다.

나의 100대 산행 중의 첫 번째 산, 한라산 백록담 오르기는 예상외로 담담했다. 산에 들어서자 설렘은 익숙함에 묻혀갔다.

제주는 설문대할망이라는 신이 만들었다. 그녀는 치마폭에 흙을 옮겨와 제주를 만들었다고 한다. 옮기던 중 구멍 난 치마폭에서 흘러나온 돌들이 360여 개의 오름이 되고, 마지막으로 흙을 날라 부은 것이 한라산이 되었다고 한다.

할망은 500명의 아들이 있었다. 어느 날 그녀는 아들들을 먹일 죽을 끓이다 그 죽에 빠져 죽고 말았다. 저녁에 귀가한 형제들은 죽을 맛있게 먹었는데, 유독 막내만이 보이지 않는 어머니를 찾으며 죽을 먹지 않았다고 한다. 죽을 다 먹어가던 형제들은 밑바닥에 깔린 어머니의 뼈를 발견하고, 자신들이 무엇을 먹었는지 알게 되었다. 어머니의 살을 먹은 형제들과 함께할 수 없다며 울며 떠난 막내는 현재 제주의 외돌개가 된다. 그리고 나머지 아들들은 한없이 울다 지쳐 바위가 되었는데, 그들이 영실기암(靈室奇巖)의 오백 나한 또는 오백 장군이 되었다는 전설이 전해진다.

이 전설은 자연적 현상을 신화로 풀어낸 것이 아닌가 하는 상상을 해 본다. 자연을 설문대할망으로 인격화하고 화산의 마그마를 죽에 비유했을 것이다. 자신이 만든 죽에 빠져 죽은 설문대할망은 한라산에 녹아들었다. 그래서 설문대할망과 한라산은 완전한 합일을 이루었다. 오백 개의 화산이 만든 기암괴석은 한라산의 아들들이자 여신의 아들들이 되었다.

이민의 삶에서 배운 뉴질랜드의 전설도 그랬다. 뉴질랜드는 남섬과 북섬으로 나누어져 있는데, 남섬은 남극대륙에서 떨어져 나온 땅덩어리고 북섬은 화산에 의해 생겨난 섬이다.

뉴질랜드 원주민인 마오리족은 다음과 같은 천지창조의 신화를 만들어냈다.

원주민의 조상인 마우이라는 현명한 사내가 몰래 자신을 두고 배낚시를 떠나는 형제의 배의 밑바닥에 숨어서 바다에 나갔다. 형제는 작은 고기를 낚았는데, 마우이는 조상의 턱뼈로 만든 신비의 낚싯바늘로 거대한 물고기를 낚았다. 신화에 따르면 남극에서 흘러나온 배가 남섬이 되고, 바다에서 잡아 올린 고기가 화산의 폭발로 만들어진 북섬이 되었다고 전해진다. 그리고 남섬 아래 붙어있는 스튜어트(Stewart)섬은 그 배의 닻이라고 전해진다.

이 신화 또한 남극에서 흘러나온 대지와 화산으로 만들어진 북섬의 자연현상을 이야기로써 잘 설명하고 있다.

자연과 신화는 닮은 부분이 많고, 자연과 신화는 서로를 설명한다. 인간은 이해되지 않는 자연을 신화에 비유해 설명했다. 그리고 신화는 인격으로서의 자연을 이야기한다.

신화는 제주의 이야기이자 한라산의 이야기였다.

한라산에 오르면 화산의 마그마가 굳어져 만들어진 검은 현무암과 만나게 된다. 그 만남은 끝이 없다. 계곡은 물을 담지 못하는 대지 때문에 비가 오지 않는 날에는 항상 말라 있다. 온화한 기온과 많은 비 그리고 비옥한 땅으로 제주의 숲은 무성하고 화려하다.

제주 사람 역시 돌무더기에서 태어났다. 신화는 다음과 같이 설명한다. 고 씨, 양 씨, 부 씨의 조상이 되는 삼신인(三神人)이 세 개의 웅덩이에서 솟아 나왔다. 이곳이 삼성혈(三姓穴)이다. 용암에서 태어난 제주 사람의 인생은 돌집에서 태어나, 밭담에서 일생을 보내고, 산담에 묻히는 것이었다. 그들은 돌로 만들어진 사람들이었다.

단 세 명의 사내에서 시작한 제주에 요즘에는 외국인들이 많아졌다. 불덩어리가 식어서 만들어진 제주의 자연이 스스로 사람을 만들고, 이제는 사람들을 불러들인다.

산행 중 한 외국인을 만났다. 이란계 영국인인 그의 이름은 에볼이었다. 그와 이런저런 이야기를 나누게 되었는데, 그는 제주의 양자물리학 학회에 참석 후 한라산 산행에 나선 양자물리학 연구원이었다.

나는 양자물리학에 대해서는 문외한이다. 에볼의 설명에 따르면 양자물리학이라는 것은 우리의 감각으로 지각할 수 없는 입체와 파동으로 나타나는 모호한 존재를 연구하는 학문이다. 그 작은 양자의 이해 또는 현상의 관찰 결과는 우리가 여태까지 생각해온 일반과학이나 우리의 상식을 완전히 벗어난다고 한다. 그것은 합리적 사고도 통하지 않는 새로운 영역으로의 여행 같은 것이어서 나의 호기심을 극도로 자극했다.

에볼은 양자물리학은 과학이지만, 사실 양자라는 것은 거의 무와 유 사이에 존재하는 진동이자 입자 형태의 미세하고 모호한 존재여서 그 현상을 관찰하고 이해하려는 것은 결국 철학에 가깝다고 말해 주었다. 사실 오감으로 인지할 수 없고, 논리로써 이해할 수 없는 양자물리학은 과학 이전에 무한한 상상과 논리의 질서를 깨는 새로운 생각의 영역이었다.

진달래 산장이 가까워짐에 따라 허기를 심하게 느끼기 전까지, 나는 산과 숲을 잊고 오직 양자물리학 세계로의 여행에 빠져 있었다. 그러나 소중한 나의 기본적인 생존 욕구는 배고픔의 아우성을 통해 먼 철학의 화려함에서 실존의 고통으로 나를 소환시켰다. 화려한 철학의 세계에서 허우적거릴 때, 배고픔은 실존적 육체의 영역으로 돌려보내는 신호가 된다. 그것은 몽상에 잠든 나의 뺨을 세게 때려주는 시원한 뺨따귀이기도 했다.

철학은 내가 어떻게 어디로 가야 하는지 방향을 가리킬 수는 있지만, 실제 그곳으로 가는 것은 나의 잰걸음일 뿐이다.

에볼의 걸음이 늦어지면서, 산장에서부터는 백록담까지 홀로 걷게 되었다. 기후 변화에 의해 안타깝게 쓰러져가는 주목과 구상나무 숲 아래로 구름이 깔려 있었다. 중산간의 마을들과 바다는 구름의 허락이 있어야 간간이 볼 수 있지만, 시원한 대기 속에서 구름을 내려다보면서 걷는 기분은 가볍고 즐거웠다.

백록담에 도착했다.
오늘 날씨는 백록담의 많은 것을 아낌없이 보여 주었다. 화구에는 적당량의 물이 차 있고, 푸른 잔디가 넓게 화구를 덮고 있고, 단단한 바위들이 왕관 주변의 장식처럼 화구를 장식해 놓았다. 이곳이 국토에서 가장 높은 곳이다. 물론 이 분명한 정보는 모호함을 연구하는 영국인 물리학자의 수고를 더욱 보답해 준듯하다. 그는 산을 오르면서 연신 내뱉던 "beautiful!"을 백록담에서 더욱 감정이 고조된 목소리로 반복했다. 오감으로 만날 수 없는 귀신같은 세상의 현상을 공부하는 그에게는 감각에 생생하게 전달되는 뚜렷하고 명확한 세계의 모습으로의 회귀는 자신의 실존을 확인시켜주는 단단한 매듭이었을 것이다.

내려가는 길에는 비가 내렸다. 때로는 많은 비가 내렸지만, 숲은 더욱 생기 있고, 자신감에 차 있었다.

수학여행 온 고등학생 아이들이 지친 다리를 겨우 내디디며 엄살에 가까운 신음을 내며 투덜거리고 있었다. 그들은 아직 숲과 꽃 그리고 자연을 예찬하기보다는 친구와 거울 속의 자신의 모습에 더욱 애착을 가지는 인생의 시점을 지나는 중이었다. 앞으로 인생의 먼 길의 여행을 준비해야 할 그들의 어깨는 아직 의무나 책임으로부터 자유로웠지만, 당장의 산행은 힘든 모양이었다.

그들은 삶과 세상이 그들의 푸른 청춘이 다 지나갈 때쯤의 어느 시기에 그들의 어깨에 무거운 짐을 올리고, 그 뒤로는 먼 길을 뒤돌아보지 않고 걸어야 할 당나귀의 운명을 이어받아야 한다는 것을 눈치채지 못한 것인지도 모른다.

나는 지칠 수 없는 위치다. 다시 자전거를 타고 25㎞를 되돌아가야 하기 때문이고, 남은 99개의 올라야 할 산이 있기 때문이었다.

그렇다. 인생의 먼 길의 어느 시점에는 지쳐도 지칠 수 없는 삶의 순간들이 있고, 대한민국의 중년은 지칠 수도 지쳤다고 하소연할 수 없는 위치를 위태하게 지나가고 있다.

우리 시대에서 과도기라는 말은 그 순간들의 고통과 어려움을 참고 견디면 행복하고 편안한 새로운 삶이 있을 거라는 일종의 약속이었다. 세상은 우리에게 과도기만 지나면 모든 것이 해결될 것이라는 메시지를 끊임없이 전달해왔다. 하지만 그들이 말하는 과도기를 거쳐 중년에 도착해보니, 그곳은 약속된 땅이 아니었다. 막상 과도기를 지나 도착한 많은 이들은 그곳은 약속의 땅이 아닐 뿐만 아니라 다시 시작할 기회도 주어지지 않는다는 것에 절망한다. 먼 길을 왔지만 지칠 수도, 지쳤다고 말할 수 있는 위치 또한 아니다. 그래도 "나 괜찮다."라고 말하고, 다시 짐을 지고 갈 길을 가야 하는 것이 대한민국의 중년이다.

집으로 돌아와 자전거 주행을 마치고 시계를 보니 꼬박 12시간이 흘렀다.
땀 흘리고 지치고 힘들어도 12시간을 쉬지 않고 움직이는 의지는 어쩌면 내 속에 있는 것이 아니라 삶이 요구하고, 내가 서 있는 세상이 원하는 그 위치에서 솟아나는 것일 수도 있다.

산행을 무사히 마치고 완도로 떠나기 전, 다시 설렘과 함께 잠들었다.

2. 두륜산

제주에서 페리로 도착한 완도는 낯설었다. 아니, 트레일러와 자전거에 짐을 가득 실은 채 페리에서 내려 여행을 시작하는 나의 모습이 낯설었다. 무거운 트레일러를 달고 자전거를 타는 나의 모습이 낯설고, 그 모습을 낯설게 바라보는 사람들의 눈이 낯설다.

완도를 벗어나는 길은 더욱 낯설었다.

아직 스마트폰의 지도를 보는 법도 익숙하지 않았고, 낯선 도시의 거리를 달려서 목적지로 나아가기도 쉽지 않았다. 완도 페리 터미널을 벗어나 섬을 빠져나가기 위해 열심히 자전거 페달을 밟았지만, 다시 완도 여객선 터미널에 도착해 있는 나를 발견했다.

새로운 여행의 시작은 이렇게 낯설게 시작되었다.

완도를 벗어나자, 고교 시절의 친구가 며칠 동안 산행을 같이하고 싶다고 해서 자그마한 차를 몰고 나의 여행에 동참했다.

친구는 학창 시절에 나와 가까웠던 친구 중에서는 공부를 제일 잘해서 서울의 학교로 가고, 유명한 대기업에 처음으로 취업했다. 그리고 그 시절에 다들 하듯이 결혼하고 아이들을 낳아 한동안은 소식이 뜸했다.

그리고 사회가 변하고 인생이 바뀌는 세월이 지나가면서, 몇 번의 사직과 재취업을 거듭하면서 국내와 중국에서 일하던 친구는 중국에서의 마지막 일을 그만두고 한국으로 귀국했다. 얼마 전부터는 공무원 시험 준비를 한다더니, 시험을 치고 결과를 기다는 중이라 여유 시간이 생겨 온 것이었다.

일찍부터 시작되었던 친구의 탈모는 장년에 이르자 머리가 훤해져 있었다. 회사의 간부 생활을 오래 해서인지 제법 장년의 표정과 거동을 익힌 친구는 삶의 희로애락에 지친 면도 있었지만, 여유를 이용해 참가한 여행과 등산 그리고 야영 생활을 새롭고 신선하게 느끼는 듯했다.

구름 속의 바위 성 같은 모습의 두륜산은 구름 때문에 신비로웠고, 또 그 스스로 자태만으로도 신비로웠다.
두륜산은 대흥사를 병풍처럼 둘러섰다. 많은 명산이 그렇듯이, 바위가 예사롭지 않았다. 그리고 계곡을 따라 걸어 들어가며 보니 크지 않은 계곡엔 물이 많다는 것도 알 수 있었다.

대흥사는 규모가 큰 절이다.
천년 고찰에는 세월의 향기가 많은 염원의 내공이 되어 진하게 배었다. 사찰의 경내에는 또 다른 천년을 준비하는 건축물들이 들어서고 있었다.

북미륵암 방향으로 걸었다. 바위에 새겨진 온화한 미소와 단단하고 건강함을 가진 미륵부처의 모습에 허리 숙이지 않고는 지나치지 못할 어떤 힘이 느껴졌다. 중년쯤 되어 보이는 한 처사는 어떤 간절함이 있는지, 또는 어떤 바람이 있는지 미륵부처에게 끊임없이 절을 하고 있었다.

절을 지나 다시 산길로 접어들 무렵에 그 처사의 얼굴에 쓰여 있는 간절함을 읽어보려 뒤를 돌아보았지만, 여전히 절하는 그의 뒷모습만 눈에 들어왔다.

미륵부처의 표정에는 아무런 변화가 없었다.

두륜산 곳곳에는 신라 시대의 탑들과 1,100년을 살아온 느티나무를 포함해 우리의 역사를 잘 기억하고 있을 유적들과 자연물이 산재했다. 경내에만 사찰이 한정된 것이 아니라, 두륜산 자체가 하나의 거대한 불탑이 되어가고 있었다.

가련봉과 두륜봉의 능선 중앙에는 꽤 넓은 공터가 있다. 시원한 바람과 급하게 산을 오르는 구름이 마주 보는 두 봉우리를 감싼다. 친구와 나는 바람이 지나가는 자리에 앉아 황급히 산을 오르는 구름을 바라보며, 짧지만 숨을 고르기에는 충분한 휴식을 취했다.

기암으로 구성된 두륜봉은 그것을 보는 사람으로 하여금 엄청난 크기에 놀라게 하고, 그 다양한 모습에 감탄하게 한다. 그리고 자연이 만들어낸, 코끼리 코처럼 하나의 바위에서 자라 나와 다른 바위를 잇는 돌다리 모양의 구름다리 바위는 도저히 어떻게 생성되었는지 상상이 되지 않아 머리를 갸우뚱하게 한다.

젊은 시절에는 험한 산들을 많이 다녔다. 요즘은 잘 정비된 국립과 도립 공원의 산을 오르다 등산로의 자연이 훼손되어 있음에 아쉬워하는 경우가 종종 있었다. 그래도 높은 산은 아니지만, 아직도 야성이 남아있는 전라남도의 한구석에 있는 두륜산에서 젊은 날의 산을 엿본다. 그리고 젊은 시절이 지나고, 이제 인생의 흔적들이 얼굴에 새겨진 두 장년의 친구는 그동안 서로의 삶에서 많은 일이 생기고 지나갔음을 대화를 통해 느꼈지만, 그 많은 일에 대해서 굳이 묻지도, 말하지도 않았다.

산을 같이 걸을 수 있음은 먼 시간을 잘 견뎌온 결과일 것이다.

3. 월출산

월출산은 바다의 표면으로부터 고도 800m가 약간 넘는 산이다.

월출산에 비해 해발 고도가 10배나 되는 히말라야는 8,000m의 고봉들로 구성되어 있음을 생각해보면 월출산은 작은 언덕에 지나지 않을지도 모른다. 그러나 살다 보면 수치나 크기는 한 대상의 극히 제한된 면을 묘사할 뿐이라는 것을 알 수 있다. 월출산이 그렇다. 히말라야가 고봉 아래로 끝없이 흐르는 차가운 계곡, 감히 오르지 못할 것 같은 절벽, 짐승들이 살아가는 근접하지 못할 깊은 숲, 가슴을 시원하게 씻어주는 바람, 숨이 턱에 차게 하는 산길들 등으로 구성되어 있듯이, 월출산도 나름대로 어느 하나 빠진 부분이 없다.

그리고 부족할 것이 없는 산의 실존에 한국적 정서의 상상이 더해지는 곳이 월출산이기도 하다. 산은 한국 산수화에 반영된 심안(心眼)의 산의 모습을 연상하게 한다. 기암절벽들과 우뚝 솟은 바위 봉우리 그리고 그 사이를 채우는 바람을 닮은 소나무들이 심안의 산과 닮았다.

정상부를 구성하는 바위 봉우리들은 길고 흰 수염을 가진 도인(道人)들의 세계다. 물론 심안의 상상이 더해지면 기암절벽 사이를 나는 학 두어 마리를 채워 넣는 것은 쉬운 일이다. 크지 않은 계곡일지라도 낙수(落水)가 깨어져 폭포를 만들고 선녀의 목욕탕을 만들어 놓았다. 숲은 바위 봉우리 아래로 발달했지만, 아찔한 바위를 기어올라 자란 소나무나 떡갈나무가 스스로 분재로 변했다.

물론 산에 대한 주관적 감정과 상상은 그 사회의 역사와 문화가 내재하고 있음을 안다. 산이 나의 마음에 비치는 모습이 지극한 한국적인 것은 산이 그렇듯이 육안이든 심안이든 이 땅에서 시작되었기 때문일 것이다. 어쩌면 한국인이 되는 것은 생물학적 동일성보다 문화와 감성의 공유가 더 우선되는 것일지도 모른다.

바람은 침묵에 빠지고, 장마의 소강상태에서 만들어진 농밀한 습기와 무더위가 온몸을 젖게 했다. 매봉과 무명봉을 이어주는 구름다리는 허공에서 지쳐 늘어졌다.

정상엔 도착하니, 수천 마리의 잠자리들이 정상을 지키고 있었다. 농밀한 공기를 밀어내고 하늘을 덮어버릴 만큼의 많은 잠자리가 젖은 날개로 헤엄치듯이 정상 주위를 맴돌고 있었던 것이다. 그 잠자리들이 이 무더운 날 왜 산의 정상까지 올라왔는지 의문이 들어 이리저리 궁리해봤지만, 삶에서 답이라고 했던 많은 것들이 실은 그저 의견이었듯이, 이 또한 그저 나의 제한된 지식에서 나오는 추측일 뿐이었다. 잠자리 역시 산을 녹일 것 같은 더위와 무거운 장마의 습기 속에서도 산을 오른 나를 이해하지 못할 것이다.

사실 우리가 살아가면서 하는 많은 결정은 합리적이고 이성적인 곳에서 만들어지는 것이 아니라, 인지되지 않는 깊고 단순한 곳에서 그냥 그래야 할 것 같다는 생각으로 이루어지는 것이 대부분이다.

내려오는 길에 차가운 계곡물에 잠시 몸을 씻어 보니, 그 무더위도 참 맥없이 사라지고 말았다.

오늘은 지인들이 서울에서 먹을거리를 잔뜩 들고 왔다.

서울에서부터 음식을 가득 싣고 내려온 지인들과 친구는 초면임에도 불구하고 다들 사회생활에 익숙해서인지 잘 어울려 소주잔을 나눴다. 고기를 굽고 맥주와 소주가 돌아가고 형식적인 대화로 시작해서 개인적인 이야기도 나눈다.

취중 진담을 듣게 되니, 친구가 나를 찾아온 것은 단지 산을 같이 오르고 싶어서는 아니었다.

나를 찾아온 전날 일어난 처와의 말다툼이 가출의 원인이었다. 소심해진 장년의 친구는 마땅히 갈 곳이 없어 자전거 한 대에 가재도구를 싣고 여행을 다니는 청승맞은 나의 여행에 참여하게 된 것이었다.

중·장년이 되면 수많은 일에 화나고, 서글프고, 쉽게 삐진다.

이런 모습들 역시 어린 시절 내가 가졌던 중·장년의 이미지와는 너무도 멀지만, 나와 주변에서 만나는 중·장년의 친구들은 이제 TV 드라마를 보면서 눈물 흘리는 스스로의 모습을 감추기 위해서 노력하는 모습에 놀라곤 한다. 내가 어릴 적 만났던 근접하기 힘든 중년의 어른들도 쉽게 서글프고 삐치는 일면이 있었던 건지 하는 의문이 든다.

밤새들과 소쩍새가 울어대는 월출산 야영장에서 만찬을 즐기는 사치는 취중진담으로 스스로 초라해진 우리의 모습에 웃음을 더했다.

4. 천관산

친구의 차에 짐을 옮겨 싣고 산으로 향했다. 차로 이동하는 친구와 일정을 맞추기 위한 방법이었지만, 조금 쉽게 움직여 보겠다는 핑계기도 했다. 짐을 줄이니 훨씬 홀가분했다. 먹고 살자고 싣은 짐이지만, 옮겨야 할 때는 그야말로 짐이다. 짐을 줄인 자전거는 가볍게 나아갔다.

삶의 도구들이 그렇다. 목적을 위해서 사용될 때는 유용한 도구지만, 사용이 끝나면 한낱 짐일 뿐이다.

머리도 많이 빠지고, 배도 많이 나와 연륜이 있어 보이는 친구는 외모보다 건강한듯 했다. 소주 한두 병을 마셔도 거뜬히 아침에 일어나 내가 해준 밥을 먹고, 산을 잘 올랐다. 오랜 세월 이민 생활을 한 나의 삶과, 국내·외의 직장을 자주 옮겨 다닌 친구의 삶 사이에는 오랜 시간의 공백이 있었다. 우리가 살아온 세월이 다른 만큼 생각이나 가치의 차이도 있었다. 그리고 더불어 같이 공유한 과거의 이야기도 나누며 산을 올랐다. 심지어 같이 보낸 분명한 시간의 사건들도 다르게 기억되고 해석되는 것은 과거가 현재의 생각이나 가치와 무관하지 않음일 것이다.

여하튼 좋아하는 산을 벗과 함께 오르는 것은 즐거운 일이다.

나지막한 산들 사이에 존재하는 천관산은 높은 산은 아니다. 하지만 천관산을 특별하게 만드는 것은 이 산이 왕이나 신들이 쓸 만한 면류관을 지니고 있기 때문이다. 자연의 법칙을 어긴 듯이, 수직의 바위들이 하늘을 향하고 그 바위들이 산 능선을 따라서 나름의 질서로 나열되어 거대하고 장엄한 면류관이 된다.

능선을 따라 오르다 보면 그 면류관을 구성하는 각각의 바위는 자연이라는 석공에 의해서 아름답게 조각되어 있음을 알 수 있다. 그 우뚝 선 바위를 수반 삼아 스스로 분재가 된 나무들과 풀꽃들이 아슬아슬한 낭떠러지에 자리 잡았다.

자연의 생산, 유지, 파괴의 순환에 음양의 개념이 하나의 기본 개념이 되듯이, 남근을 닮은 바위와 여성의 음부를 닮은 바위도 바위의 대열에 합류한다.

불교의 인연이 오래 유지된 곳이라 사천왕처럼 눈매가 부리부리한 장군의 형상을 한 바위가 있는가 하면, 스스로 우뚝 서서 장엄한 기둥이 되기도 하고, 미술관에서나 볼 법한 현대의 추상적인 조각처럼 생긴 바위도 먼 남해와 논들을 내려다보고 있다.

문득 이런 곳이라면 나의 방랑을 멈추고 저 바위처럼 말없이 흔들리지 않고 살고 싶다는 생각이 스쳤다.

방랑객이라고 해서 정착을 꿈꾸지 않는 것은 아니다. 그리고 언젠가 내가 의미도 동기도 없이 떠돌면서 살게 되었듯이, 어느 순간, 정착해 있는 늙고 지친 나를 만나게 될 것 같다는 생각도 든다. 그렇다면 이렇게 말없이 세상을 무심하게 지켜보는 이런 바위들 옆에 정착하게 된다면 좋을 거라는 생각을 해봤다. 물론 그 이전에 말없이 사는 법을 배워야 하겠지만…. 나이 든 사람이 말없이 산다는 것은 많은 것을 보고 경험하면서 살아온 인생의 여정에서 축적한 기억들을 소가 여물을 되새김하듯이 천천히 그리고 느긋하게 씹어가는 일일 것이다.

내려오는 길에 계곡에서 몸을 씻었다. 그리고 땀에 전 옷의 소금기도 계곡물에 헹구었다. 선경을 지난 후 맑은 물에 씻는 행위는 몸만 깨끗하게 하는 게 아니라 마음 또한 맑게 비워준다.

둘만의 산행을 마치고 계곡에서 몸을 씻는 어느 순간, 세월의 흔적이 새겨진 친구의 얼굴에 어릴 적 표정이 되살아났다.

5. 팔영산

줄기차게 내리는 비는 월출산에서 팔영산까지의 먼 길을 더욱 멀게 만들었다.

남해가 간혹 보이는 18번 일반국도에는 넘어야 할 오르막은 많지 않았지만, 자전거는 빗속에서 허우적거리고 있었다. 작은 마을과 펼쳐진 넓은 논들을 지났다. 무거운 구름 아래 끝없이 이어지는 길은 젖은 몸만큼 무겁고 침침했다. 차들은 젖은 도로를 물을 튕겨내며 무심하게 달렸지만, 자전거는 젖은 도로를 무심하게 달릴 수 없다. 자전거를 탄다는 것은 비도, 바람도, 기온도 그리고 무심코 지나가는 차에서 튀겨 나온 물도 몸으로 막고 인내해야 한다는 것이다.

비와 흐르는 땀에 몸은 젖어도 목은 탄다. 물을 구하기 위해서 읍내의 경찰 지구대로 들어갔다.

사실 여행에서 24시간 항상 안전한 물을 구할 수 있는 우물터는 경찰 지구대다. 물론 편의점이나 슈퍼마켓은 더욱 쉽게 만날 수 있지만, 엄청난 양의 물을 마셔야 하는 자전거 여행에서 음료수에 드는 비용을 생각하지 않을 수 없다. 전국 팔도의 수돗물을 마셔보자는 것도 억지로 부여한 의미였다. 젖은 몸을 이끌고 자전거를 끌고 들어와 물을 구하는 나의 상황을 경찰 특유의 직감으로 알아보았는지, 경찰 지구대에서는 "위험하니 안전하게 여행을 하시라."는 말과 함께 물과 음료수 두 병, 눈에 잘 띄는 형광 교통 조끼까지 내어 주었다.

거의 100㎞를 달려서 도착한 팔영산은 비와 짙은 안개에 가려져 있었다. 공원 관리소 직원들은 비 내리고 짙은 안개까지 끼어 산행이 위험하니, 다른 날을 잡기를 종용했다. 위험 구간이 많다는 엄포도 잊지 않았다.

산에게 나의 먼 여정을 호소하고 받아주기를 호소해봤지만, 무심한 산은 이를 알 리 없다. 아니, 한 사람, 한 사람의 마음을 산이 다 헤아려 주기에는 수많은 사람이 원하는 바가 너무 다채롭고 많을 것이다. 어쩌면 그래서 신들도 무심한 존재가 되어 버리는지도 모르겠다.

경로당 앞 정자에서 이른 점심을 거나하게 먹고, 가까운 저수지 주변의 편백 숲을 둘러보면서 오후 한 시까지 상황을 살피며 기다렸다.

바위산은 일반적인 산에 비해 더 험하고, 특히 비 오는 날은 위험하다고 일러주는 국립 공원 관리소 직원의 엄포에 친구는 등산을 포기하고 나의 짐을 내려놓은 뒤에 가출을 마무리하고 자신의 보금자리로 되돌아갔다. 공무원 시험 합격 소식에 집으로 돌아갈 자랑스러운 명분이 생긴 것도 그의 귀가 결정에 작용했음을 친구의 뿌듯한 미소에서 알 수 있었다. 친구가 떠나고 난 뒤, 나는 자전거에 비옷을 입히고 산 아래에서 기다리도록 하고 산으로 향했다.

사실, 난 용기 있는 사람은 아니다. 살아오면서 많은 부조리와 힘에 대항하지 못하고 침묵으로 지낸 적이 많다. 우리가 살아온 시대는 정의롭지 않았고, 힘으로 민중을 눌렀던 그런 세월이었다. 나는 386이라고 불리는 세대를 살았다.

그래도 용기를 내어본다. 산은 험할 수 있지만, 우리 시대를 지배해온 세력들처럼 저속하거나, 비열하거나, 편협하지 않을 것이다. 그저 무심한 편이 낫다. 무심한 것은 편향이나 의도를 가지지 않는다. 단지 일어난 행위에 대한 결과가 있을 뿐이다.

빗속의 팔영산은 1봉부터 8봉까지 자신의 모습을 감추고 그림자 같은 자태만 안개 뒤로 겨우 보여 주었다. 눈에는 들어오지 않았지만, 산은 냄새, 감촉, 느낌 그리고 무거운 기운으로 생생하게 존재한다.

때론 사람에게 눈이 없다면, 많은 사물이 더욱 생생하게 우리에게 다가올지도 모른다는 생각을 해본다. 눈으로 만나는 대상은 분명하지만, 거리감을 두고 있었다.

물론 철로 된 다리 난간을 잡고 미끄러운 바위를 올라야 정상에 닿을 수 있는 안개 속의 산은 나의 상상력까지 더해져서 손끝의 질감과 온도로 자신의 형상을 보여주었다.

나는 빗속의 자전거 주행 때문에 무거워진 발걸음으로 힘겹게 산을 올랐지만, 구름들은 산을 미끄러지듯이 가볍게 오르고 또 내려 다녔다.

8봉을 넘어서자, 날씨가 개어 갔다. 여기서부터 정상인 깃대봉까지는 좀 싱겁다. 네 발로 젖은 바위를 올라 여기까지 도착했는데, 깃대봉으로 가는 길은 산책로 같았다.

하산 길에는 날씨가 완연히 좋아졌다.

그리고 8봉과 7봉이 그 모습을 드러낼 때, 산 아래로 남해의 도서와 건강한 벼가 자라는 고흥의 잘 정돈된 논들이, 분명하지만 거리감 있게 눈에 들어오기 시작했다.

하산 후에 뒤를 돌아보았다. 8봉 모두가 8개의 이를 드러낸 채 활짝 웃고 있었다. 그런데, 뒤돌아본 저 봉우리들이 그렇게 앙증맞고 귀여울 수가 없었다. 구름 속에서는 위엄 있고 또 때로는 험준하기도 하던 바위 봉들이 나란히 자란 아이의 이처럼 가지런하게 능선에 서 있었다. 그리고 비를 간간이 뿌리던 회색 구름 뒤에는 어김없이 청명한 푸른 하늘이 있었다.

돌아서서 떠나가는 나에게 근사한 모습을 보여주는 산의 배려는, 그날 산을 오른 유일한 단 한 사람의 단 한 개의 바람이 있어서 가능했을 것이다.

이젠 친구도 떠나가고, 나의 모든 살림살이는 다시 두 다리에 의존하는 짐이 되었다. 짐의 무게는 곧 친구가 빠져나간 공간을 채워주었다.

여행도 인생처럼 혼자일 때 더욱 진하다. 오래 끓인 곰탕의 진국처럼.

6. 백운산

백운산 옥룡계곡은 멀고도 깊었다. 물론 시원한 에어컨이 작동하는 차를 운전하는 사람에게 이 먼 길은 좋은 드라이브 코스겠지만, 무거운 트레일러를 단 자전거를 운전하는 사람에게는 머나먼 행군 같았다. 에어컨은 차량 내부를 시원하게 하지만, 실상 그것은 차량 내부의 열기를 밖으로 뱉어내는 이기적인 방식이다.

70년 전 제주 4·3 사건 진압을 거부하고, 반란을 일으킨 14연대의 반란부대는 여수를 시작으로 순천 그리고 주위의 벌교, 보성, 고흥, 광양, 구례, 곡성까지 점령했다. 하지만 곧 10개 대대의 대규모 진압군이 투입되고 그들의 해방구는 급격히 무너졌다. 그들은 인근 산으로 도주하고, 해방구의 조력자들은 색출되고 처단되었다.

한여름의 뜨거운 열기에 고통받고 중력을 거역하면서 지금 내가 힘들게 가는 이 길은 반란군에게는 두려움과 절망의 길이었을 것이다. 그들의 신념과 사회주의 철학은 강렬했겠지만, 생명을 위협하는 두려움을 억누르기는 충분하지 않았을 것이다. 인간의 이성은 감정을 억누르거나 조절하는 데에는 미약하기 때문이다. 그들은 자신이 원하는 세상을 뚜렷이 상상할 수 있었지만, 당장 한순간 앞의 미래를 알 수 없는 퇴로를 힘겹게 걷고 있었다.

이렇듯 이런저런 생각에 사로잡히면 영혼은 도로 위를 떠나 지난 역사의 상념 속으로 빠져들어 가 버린다.

물론 반란군의 퇴각에 나의 지친 자전거 여행을 투사하는 것은 정당하지 못한 일이었다. 그것은 그들의 간절함을 절하할 수 있기 때문이다.

계곡은 산으로 흐르고, 뜨거운 태양이 나를 누르고, 차들이 무심하게 지나가는 와중에 나는 이탈한 영혼처럼 상념 속에서 헤맸다. 이렇게 나는 긴 시간 동안 달리는 자전거와 분리되어 상념 속에서 허우적거리다 지나는 차량의 거친 움직임에 뜨거운 현실로 소환되기를 반복했다.

나는 7월의 태양에 지쳐갔고, 길 위에 쓰러져간 영혼들은 나를 상념 속으로 집요하게 소환하고 있었다.

동동마을에서 산으로 오르는 길은 어렵지는 않지만, 정상까지는 먼 능선을 따라가는 길이다. 등산로는 사람의 왕래가 잦지 않은 것 같았다. 숲이 등산로를 덮고 있어 길을 잘 살펴야 했다. 멧돼지가 먹이를 찾아 땅을 파헤쳐놓은 곳들이 많았고, 봄에 까투리와 장끼가 키워낸 꺼병이들이 이제는 제법 중닭만큼 자라 나의 인기척에 혼비백산했다. 풀숲에는 나의 발걸음에 놀란 뱀과 도마뱀들이 역시 마른 잎을 스치는 소리로 사라졌다.

사람의 발길이 뜸해진 자연은 그 균형을 재빨리 회복하고 있었다.

노란 수선화는 이제 지쳐가고, 귤색에 검은 점들이 찍힌 나리꽃이 한

창이었다. 나리꽃 색을 닮은 나비가 바람에 꽃잎이 날리듯 날아다녔다.

잠자리라고 다 같이 생긴 것이 아니다. 물잠자리는 그 색이 푸른 형광색이고 날개도 다른 잠자리에 비해 더 날렵하고 가볍게 생겼다. 다들 이 더운 날들이 제철이다.

반란군이 걸었을 긴 능선을 걸어가며 먼 산맥을 바라보았다.

건너편 높은 봉우리를 가진 긴 능선이 지리산이다. 백운산의 반란군은 겹겹이 둘러있는 산들을 넘어 지리산 깊은 곳으로 행군해 갔다.

아마 그들의 신념에 결연한 혁명의 의지가 있었더라도, 진압군의 추격과 불안한 미래 속에 저 산들을 밤낮으로 걸었을 반군들의 마음은 무거웠을 것이다.

억불 봉 옆을 지나서, 긴 능선 길을 한참 걸어가니 정상이 나온다. 규모는 크지만, 산이 거칠지 않고 그 능선이 부드럽다는 생각이 들었다.

정상을 거쳐 진틀로 내려오는 길은 가파른 길이었다. 계곡은 깊지만, 물이 많지는 않았다. 가파른 만큼 무릎은 시큰거렸지만, 하산은 빨랐다. 진틀에 도착해 보니 계곡 옆 평상에 고기와 술 파티가 열려 있었다. 한낮임에도 불구하고 사람들은 취기가 있었고 목소리가 거칠었다. 내내 혼자 자연을 만나며 걸은 백운산이 취기의 소음과 고기 냄새로 끝나니 뭔가 허전했다. 아마도 조금 전까지 나는 신념을 배반하는 현실의 고통을 온몸으로 짊어지고 걷던 청년들을 기억하고 있었기 때문일 것이다. 그들의 사상과 신념이 내가 사는 대한민국의 정치사상과 이념과는 다르지만, 그들은 이 땅의 어려움을 해결하고자 하는 또 다른 하나의 방식을 실현하기 위해서 고통의 길을 걸었음을 생각했다.

쓸쓸한 마음으로 옥룡계곡을 빠져나와 자전거를 타고, 반란군의 또 다른 은거지였던 조계산으로 향했다.

7. 조계산

겹겹이 산으로 연결되고 둘러싸인 백운산에 비해서 조계산은 1948년 여수 순천의 14연대의 반란군이 은둔하기에는 산이 거칠지도, 크지도 않았다.

능선은 부드럽고, 산길은 거친 바위나 돌 대신 흙길이었다. 정상 격인 장군봉도 다른 주위 봉우리에 비해서 월등히 높거나 뻐기는 기색이 없었다. 주위의 봉우리들도 비슷비슷한 높이에 서로 다툼 없이 서로를 의지하고 있을 뿐이었다.

산죽이 산의 허리선을 따라 자라고, 서어나무가 많았다. 서어나무는 자작나무 과이다. 나무는 연회색에 표면이 깨끗하고 도시적인 풍모가 있다. 하지만 서어나무는 공해를 싫어해서 도시에서는 잘 자라지 않는다고 한다.

능선에 올라서자 서어나무와 참나무 아래에 머리를 길게 늘어뜨린 듯 자라는 잔디가 많았다. 산이 그렇듯이 그 속에 사는 식물도 거칠지 않고 온화했다.

산길에서 엄지 두 개 크기는 넘을 '코끼리 장수풍뎅이'를 만났다. 사람을 두려워하지 않아 가까이에서 사진을 찍는 동안에도 별다른 반응을 보이지 않았다.

조계산은 사실 송광사와 선암사를 말하지 않고는 힘이 빠진다. 송광
사와 선암사는 조계산의 온화하고 부드러운 풍수의 기운을 따라 산의
양쪽에 자리 잡았고, 그 아름다운 두 개의 절이 또한 조계산의 정취를
더해준다.

나의 오랜 친구는 선암사의 스님이었다.
지금은 라오스(Laos)에 살고 있는 그 친구는 가끔 선암사와 그의 인연
에 대해 이야기하곤 했다. 과거 어느 날, 친구가 오랜 여행 후 무일푼이
되어 지친 몸과 마음으로 선암사 경내로 허우적거리듯이 들어가니, 그
를 바라보던 한 스님이 그에게 머리 깎을 것을 권했다 한다. 그 길로 친
구는 선암사의 스님이 되어 수행의 시간을 보냈다. 그리고 또 과거의 어
느 날 절을 떠난 친구는 그냥 배회하듯이 2년간 인도에서 만행(萬行)했다
고 한다. 그 여행을 통해 그에게 스님과 속인의 경계는 무의미하게 되었
고, 그는 다시 많은 나라에서 살고 여행하다 지금은 라오스에서 속인이
지만 스님같이 살아가고 있다.
스님이든 속인이든 수행은 분별하지 않음이라 생각하면, 그는 여전히
술 취한 수행자일 것이다. 그는 라오스 찹쌀로 담은 독주, '라오라오'를
사랑한다.

친구가 살고 수행해서 더욱 아름답게 느껴지는 절인 선암사를 들리고
싶었지만, 접치재에 세워둔 자전거로 돌아가야 함이 못내 아쉬웠다.

산에서 내려가니, 멀리 김해에서 친구 철이 자신의 여행용 자전거를 싣고 와 기어에 문제가 생긴 나의 미니벨로 자전거를 교체해 주었다. 그리고 잘 먹어야 한다고 하면서 삼겹살을 먹여 주었다. 친구는 마을 정자에 텐트를 치고 낯선 곳에서 또 하룻밤을 보낼 나의 옆을 서성였다. 갈 길도 먼 사람이 석양이 먼 산의 어깨를 넘어 저물 때까지도, 나의 밤이 걱정되는지 갈 길을 머뭇거렸다. 나이가 50도 넘은 가난한 친구가 남의 동네 정자에 텐트를 치고 혼자 밤을 보내는 것이 마음이 쓰였나 보다. 그가 굳이 말하지 않아도 그의 마음이 따뜻하게 다가왔다.

이제 여행 10일이 넘어가는 시점에 벌써 많은 사람에게 신세를 지는 것 같아, 미안한 마음이 들었다. 온화하고 부드러운 명산 조계산은 사람의 마음도 포근하게 만드는 기운이 있나 보다.

8. 무등산

조계산에서 무등산으로 가는 길. 여러 개의 멀고 높은 재를 넘어서 온몸이 땀으로 젖었을 무렵 무등산의 한 자락 아래 남면에서 소쇄원을 만났다. 자그마한 개울을 옆에 두고 지어진 소쇄원에는 지식인이자 사상가인 선비들의 운치가 많은 세월이 지난 현재에도 은은히 배여 있었다.

'비 갠 하늘의 상쾌한 달'이라는 이름을 가진 제월당에 올라 보니, 선비의 운치가 가득해서 몸가짐을 함부로 할 수 없는 기운을 느꼈다.

아래에 내려다보이는 '비 갠 뒤 해가 뜨며 부는 청량한 바람'이라는 이름을 가진 광풍각 역시 방문객들에게 고상한 시와 음악을 자연스럽게 떠올리게 하는지 방문객들이 서로 시를 한 수 읊어보라며 권했다. 하지만 사람들은 시를 지어내기보다는 정취에 취하고 있었다. 시를 짓지는 않더라도 다들 주위의 대기에 머무는 선비들의 시풍을 느끼고 있음이 분명했다.

양산보가 소쇄원을 조성할 때처럼, 광풍각 앞 계곡물은 여전히 맑고 깨끗했다. 주위의 푸른 대나무는 청량감을 더해주고, 숲속에서 울어대는 매미는 자신들이 사랑하는 여름이 한창임을 노래했다. 어쩌면, 시를 짓고 노래하는 매미들이 소쇄원을 기운을 더 잘 느끼고 있었는지도 모르겠다.

오늘의 여름 태양은 이제 서서히 기울어 가지만, 그 열기만은 여전했다. 그래도, 숲과 시원한 갯가의 맑은 물은 소쇄원을 시원하고 쾌적하게 만들고, 소쇄원은 스스로 또는 찾는 사람으로 하여금 각자의 마음속에 시와 노래를 지어서 자연에 바치게 했다.

세월이 지나 소쇄원은 늙고, 숲도 늙지만,
물과 바람은 항상 새롭게 태어난다.
오가는 사람의 얼굴은 하루하루 달라지지만,
소쇄원에서
선비들의 그윽한 향기는 떠나지도 변하지도 않고
여전히 소쇄원을 맴돈다.

나는 늙어가도
원래 있지도 않던 '나'는 여전히 잡히지 않는 곳에 맴돈다.

역사가 오래된 절의 계단을 오르다 보면 그 가파름과 넉넉하지 않은 계단 폭 때문에 발을 헛디디면 다칠 것 같아 조심스러운 마음으로 계단 한 단, 한 단을 오르게 되는 경우가 있다. 이는 부처로 다가가는 마음을 경건하게 하고 마음이 세속의 여러 가지 생각에 혼잡스럽지 않게 걸음 걸음에 집중하게 해주는 의도로 만들어진 건축형태이다.

이처럼 산을 걸을 때도 산이 거칠어 두려운 마음이 생기게 되거나, 가파른 경사에 힘이 들어서 잡생각 할 여유가 없을 때도 마음이 경건해지고 마음의 혼잡스러움이 정리되는 것을 쉽게 경험할 수 있다.

광주시에 위치한 무등산은 나에게 그런 효과를 주지는 않았다.

대부분의 도시 근처의 산들이 그렇듯이, 많은 사람이 편하고 안전하게 그리고 손쉽게 오를 수 있는 다양한 장치를 준비해 두었다. 특히 산 아래에서부터 산의 정상에 위치한 군사기지까지 건설된 군사도로는 많은 산에서 즐길 수 있는 한적함, 고요함 같은 마음의 평상심을 회복하도록 장치된 자연의 정취와 기능을 훼손해 버렸다. 정상인 장군봉은 군사 시설이 차지해서, '금지된 지역'이 되어 버렸고, 그 길 입구에는 각종 '해서는 안 되는 금지 사항들'이 친절히 표기되어 있다.

서석대에서 공해에 둘러싸인 광주를 내려다보았다. 위로는 더 이상 다가가지 못하는 산의 정상이자 군인들의 점령지인 장군봉을 보면서, 무등산에서 빨리 내려가고 싶다는 생각이 들었다.

무등산 옛길을 재촉해서 내려오니, 원효사 계곡에는 많은 식당이 술과 고기로 행락객의 눈을 끌어 보려 안간힘을 쓰고 있었다.

임진왜란 때 담양의 의병장, 김덕령 장군이 왜구와 싸우기 위해 칼과 창을 만들었던 계곡 아래가 지금은 기름진 고기와 쾌락을 증폭시켜줄 술이 계곡의 곳곳에 자리 잡은 모습으로 행락객을 기다리고 있었다.

나의 무등산에 대한 무지와 더불어 오늘의 무등산의 모습은 나에게 무등산이 왜 한국 100대 명산에 들어 있는지 자문하게 했다. 아마, 나의 등산로 선택의 신중하지 못함도 크게 작용했을 것이다.

자연이 잘 보존된 다른 등산로의 산행은 나와 같은 경험을 하지 않을 것이라는 생각으로 위안 삼았다.

물론, 차근차근 무등산의 역사를 공부하고 무등산 주위에서 살아가는 수많은 사람의 이야기와 산의 깊고 다양한 면모를 알게 되면 나의 의문은 사라지게 되겠지만, 산허리를 올라가는 군용 트럭의 매캐한 디젤 냄새와 소음 그리고 사람의 편리와 안전을 위해서 정원처럼 다듬어진 무등산을 잠시 오르고 난 짧고 얕은 나의 소감은 이렇게 불평불만으로 나타나고 있음이다.

그럼에도 불구하고 무등산이 나의 마음을 읽는다면, 나에 대한 핀잔보다는 자신의 몸 곳곳을 파헤치고, 도로를 내고, 그 도로를 매연을 뿜으면서 달리는 차량을 감내하는 깊고 무거운 한숨으로 나의 물음에 답하게 될지도 모르겠다.

9. 강천산

　무등산에서 소쇄원 길을 지나 강천산까지의 이동은 무척 힘들었다. 33℃까지 치솟는 더위와 산허리를 감아 오르는 고개들이 고통스러운 이동의 원인이었다.

　힘든 이동으로 낮을 보내고, 산 아래 공터에서 텐트를 치고 깊은 단잠을 잤다. 그리고 다시 신선한 아침에 길 위로 나섰다. 여름을 시원하게 해줄 고풍스러운 대나무가 숲을 이루는 담양 영산강 길을 달렸다. 그 길이 끝날 무렵 시원시원하게 잘 자란 메타세콰이어 거리를 지났다. 아직은 밤의 시원한 기운이 여운같이 남은 이른 아침 바람이 지난 낮의 고통스러운 주행을 위로했다.

　이런 아름다운 길을 혼자 달리기에는 너무 아쉽다고 생각했다. 좋은 것들은 가까운 많은 사람과 함께 느끼고 나누고 싶다는 생각을 하면서 자전거는 더위가 덮치기 전의 여유를 즐기며 나아갔다.

　자전거에 가재도구를 싣고 달리는 여행자는 타인들에게 자유롭게 보이나 보다. 길 위에서 만난 한 사내가 나를 '자유로운 영혼'이라는 전형적인 구문으로 표현했다. 그의 말에 미소로 답했지만, 나는 자유로운 영혼이 아니다. 자유로움이라는 말에 대한 반어도 있지만, 우선 난 영혼이 없다. 나는 그저 생물학적으로 만들어져 사회와 교육 그리고 먹거리와 환경 등의 조합물일 뿐이다. 그리고 이런 조합이 깨어지면 먼지처럼 사라질 존재이다.

이런 이유로 나는 '자유로운 영혼'이 될 수 없다.

영혼이 없는 자는 사후의 책임감이 사라진다. 오직 남아있는 나의 책임감은 현재 살아가는 삶에 대한 부분일 뿐이다.

강천산 주위에는 댐과 호수가 많았다.

강천산을 들어가는 입구에도 여름의 푸르른 호수가 있어 나를 맞아 주었다. 호수의 푸름이 만들어낸 싱그러운 바람이 땀에 흠뻑 젖은 나를 맞아 주었다. 강천산은 그 시작부터 가슴 벅찼다. 계곡을 따라 거대한 바위 절벽들이 입구부터 나타났고, 바위 절벽에서는 폭포수가 떨어졌다. 폭포수는 시원한 소리로 마음을 씻어주었고, 그 포말이 햇볕을 만나 산산이 부서졌다. 자그마한 산이라고 생각했던 이 산에 엄청난 높이의 수직 바위 절벽들이 나타나고, 많은 수량의 물이 그 계곡을 흘러내리는 모습에 연신 카메라 셔터를 눌렀다.

용이 용트림을 하면서 땅으로부터 솟아나 땅을 가르면서 하늘로 올라간 자국들에 수만 년 동안 물이 흘러서 만들어진 절경이었다.

이런 절경과 신라 시대에 지어졌다는 강천사와 5층 석탑 그리고 금성산성 같은 천 년이 넘는 역사의 현장이 있고, 그 천년을 거슬러 올라가는 이야기가 있는 산에서 냇가에 발을 담그고 잠시 눈을 감으면, 천년 세월엔 세속과 비(非) 세속의 차이가 크지 않음을 느낀다.

산성의 전쟁과 폭력의 현장조차 이제는 산 위를 장식하는 하나의 경관이 되었다. 지극히 세속적 역사를 가진 비 세속의 모습이 강천산에 이야기를 더한다. 인간의 이야기는 산과 버무려져 전설이 되었다.

산을 내려오니, 오후의 더위를 식히기 위해 많은 행락객이 계곡을 채우고 있었다.

많은 고생을 해야 겨우 만날 만한 선계의 모습을, 친절하게도 산은 초입에 전시하여 누구나 쉽게 즐기게 해준다. 그리고 만만히 생각하고 산을 오르다 보면 가파른 경사로 안일한 마음에 깨우침을 주는 강천산은 작은 거인 같은 산이었다.

절벽을 떨어지는 폭포는 인위적으로 만들어진 장치임을 내려오는 길에 알았지만, 속아서 보는 아름다움도 나쁘지 않다 생각하며 웃어 보았다.

10. 방장산

방장산은 장성갈재에서부터 산행을 시작했다.

산행을 위해서 장성갈재의 길고도 높은 길을 자전거로 오르는 것은 고통스러운 노역이었다.

산이 일찍이 자리 잡은 틈새의 평지에 한국의 도시와 마을들이 생겨났다. 고개는 지역을 구분해주는 경계다. 고개를 넘는 것은 지역의 단절을 해소해주는 길이기도 하고, 또한 고개는 지역의 다양성을 지켜주는 보(堡)이기도 하다.

우리 민족은 고개의 정서를 가졌다.

그래서 아리랑 노래는 고개를 넘어간다. 고개를 넘어 사랑이 떠나가고, 고개를 넘어 새로운 사랑이 있음을 노래한다. 고개를 넘는다는 것은 이별이고 또 새로운 만남이다. 고개는 과거와의 단절이고 새로움과의 만남이다.

여행자에게 고개는 숙명이다. 어제를 뒤로하고 내일로 가는 고개를 넘어야 하는 것이 여행자다. 그것은 현재의 땅을 떠나 새로운 땅으로 이동하는 것이 여행자의 숙명이기 때문이다. 고개를 넘는 일은 힘들고 때로는 위험한 일이다. 그 힘듦과 위험은 단절과 새로운 세상과의 만남에 주어진 자물쇠이고, 땀과 의지는 그 열쇠다.

여행자는 내재된 고개의 속성을 받아들인 자이다. 그래서 불평할 이유가 없다. 그것은 숙명이기 때문이다.

고개에 들어서면 자전거는 더 이상 달리지 않는다. 단지 페달을 돌려서 자전거가 쓰러지지 않을 정도로 매 순간을 연결할 뿐이다. 자전거는 두 개의 바퀴를 가지고 있다. 그 두 개의 바퀴가 멈추면 자전거는 쓰러진다. 천천히 멈추지 않고 페달을 돌리는 일은 어쩌면 주행과는 상관없는 일처럼 느껴지기도 한다. 다행인 것은 이런 단순한 행위가 모이면 어느 순간 고개의 정상에 서 있는 자전거를 만날 수 있다는 보장이다.

마침내 능선에 이르고, 능선에 서면 주위의 고만고만한 산들 사이로 논과 마을들이 보이기 시작한다.

삶에서 잊고 살던 익숙한 산 아래 모습을 편안함에 대한 동경과 약간의 그리움으로 지긋이 바라보게 되는 것은 드는 나이와 함께 생긴 행동 양식이다. 그리고 가끔 지나는 길에 만나는 나무, 풀 그리고 작은 생물에게도 관심이 가고 "너 참 예쁘구나."라고 한마디 할 여유를 가지게 된 것도 나이와 무관하지 않다.

방장산의 능선에는 그리 특별한 조망이나 특별한 기암괴석은 아니지만, 쉬어가기에는 충분한 바위들이 구간마다 기다린다. 달구어진 근육을 시원한 바람에 식히면서 여유롭게 산 아래 풍경을 즐길 수 있다.

방장산의 물줄기는 북쪽은 용추계곡과 갈곡천을 지나 서해, 남쪽은 영산강을 통해 목포 앞바다로 흐르고 있었다.

능선의 평지를 가볍게 걷다 보면 제법 오르막이 나타나고, 오르막에서 온몸이 젖을 만큼 땀을 빼고 나면 시원한 바람이 기다리고 있다.

봉수대에 오르니 넓고 시원한 풍경과 함께 텐트 한 두어 동을 치고 조용히 지낼만한 평지가 나타나서 더 이상 움직이기 싫어졌다. 몸이 피곤해서라기보다는 땅이 발걸음을 잡아서였다. 그것은 중력과는 다른 편안한 유혹이었다.

산을 다니다 보면, 도시에서 멀어진 어느 자연의 깊은 곳이 편안하고 친근하게 느껴져서 오래 쉬어가고 싶은 곳들이 있다.

야영을 결정하고 바람 속에 더위를 날려 버리고 나니, 서쪽 하늘에 서서히 펼쳐지는 석양의 붉은 기운과 낮게 가로지르는 구름의 하늘 현상이 방장산 산행에 동참한 산쟁이 동생들을 들뜨게 했다. 석양을 배경으로 아이들처럼 하늘로 뛰어올라 연신 실루엣 사진을 찍어보았다. 나이엔 좀 멋쩍지만 그래도 보는 사람 없는 이곳에서 마냥 아이처럼 즐겁기만 했다. 나도 동생들과 함께 하늘로 힘차게 뛰어올랐지만, 며칠의 고된 자전거 주행과 연속된 산행의 결과로 생긴 무릎의 아림에 뒷전으로 물러났다.

앞으로 남은 90여 개의 산과 자전거 주행을 생각하면 무릎의 상태가 걱정돼 조심스러워졌다.

밤이 오면 산 위에는 천공의 별들이, 그리고 산 아래에는 도시의 별들이 나온다.

산 아래가 화려해짐에 따라 산 위로 나온 별들은 상대적으로 빛을 잃는다. 우주의 어둠을 뚫고 수억 광년을 여행해 온 빛은, 산 아래의 형형색색의 도시의 빛과 비교할 바는 아니다.

더운 날 산행의 노고 후, 산쟁이의 음료수인 소주는 너무도 일찍 비어갔다. 말라버린 소주병을 아쉽게 바라보다 텐트 속으로 들어갔을 때에도 산 아래 불빛들은 여전히 밝았다.

과거에 도적들이 무리 지어 살았던 방장산의 한 봉우리에서 여섯 사내와 한 여자가 두려움도 없이, 밤의 어둠같이 깊은 잠에 빠졌다.

신라 시대에는 숲이 무성하고 산이 높아 도적들의 근거지가 되었다는 방장 동굴이 『고려사(高麗史)』에 전해진다. 이곳은 의적 홍길동이 산과 갈재를 주 무대로 활동했다고 전해지는 곳이기도 하다. 밤새 매서운 바람이 텐트를 흔들어 대며 그 도적 같은 힘을 과시했다.

좀 평범하지만 적당한 산에 좋은 사람들과 함께할 수 있음은 누구에게는 행복이고, 누구에게는 사치에 가까운 즐거움일 것이다.

지극한 평범함 속에서도 좋은 인연 하나가 기억에 남을 추억을 만들듯이, 인연 하나 잘 만나고 관리하는 것이 지극히 평범한 삶도 의미 있게 만드는 일임을 다시 한번 생각하게 된다.

하산 길에는 한 무리의 산악자전거 라이더들이 고창벌이 내려다보이는 다운힐(downhill)을 먼지를 일으키며 내려가고 있었다. '산이 넓고 백성을 감싸준다.'는 오늘의 방장산은 산악자전거 코스나 패러글라이딩 활공장이 들어서 더욱 넓어진 인간의 새로운 형태의 삶까지 감싸주고 있었다.

11. 추월산

　매미들이 그들의 첫 여름이자 마지막 여름을 맞아서 쉼 없이 노래하고 사랑한다. 그들은 차고 눅눅한 땅속에서 온몸으로 기는 애벌레의 모습으로 여러 해 동안 인내한 후, 반투명의 화려한 날개옷으로 갈아입고 화려한 연애의 계절을 만난다. 그러니 그 여름을 노래하지 않을 수 없을 것이다.

　사람들은 세상에 태어나 땅에 묻히지만, 매미는 땅에서 태어나 세상에서 죽어간다.

　사실 매미는 쉼 없이 노래하지만, 그들은 정작 자신의 노래를 듣지 못한다. 매미는 청각을 우리가 눈을 감듯이 닫을 수 있어, 스스로 우렁찬 노래를 할 때면 귀를 닫아버린다. 매미는 짝을 찾기 위해서 엄청난 고음으로 노래하고 스스로는 그 고음에서 자신의 청각을 보호하기 위해 귀를 닫아버리는 것이다.

　요즘은 세상이 혼란해서 자기가 할 말만 하고 정작 스스로의 귀는 닫아버리는 사람의 말들로 세상이 시끄럽다. 매미에게 삶의 전략을 배우는 사람들이 늘어나는 것 같다는 생각을 하고 보니 짜증스럽다. 자전거는 혼란스러운 사람의 세상을 유행(遊行)하지만 섞이지는 않는다. 그래서 나는 자전거 타기를 좋아하는지도 모르겠다.

담양호가 내려다보이는 정자에 자전거를 묶어두고 보리암 방향으로 올랐다. 전라남도 명산의 마지막이 될 추월산을 오를 때 내 몸에서는 산짐승의 쉰내가 났다. 그래서 추월산 오소리는 지근거리까지 가서야 나의 인기척을 느꼈나 보다. 혼비백산해서 달아나는 모습이 엉뚱했다. 이제 나의 체취는 사람보다는 짐승에게 더 친근해져 갔다.

보리암에 도달해서는 의병장 김덕령 처(妻)의 이야기를 만났다. 억울하게 역적과 내통했다는 무고 때문에 고문당하다 결국 옥사한 남편의 한과, 왜적을 향한 원한을 안고 절벽 아래로 몸을 던져 산산이 부서졌을 한 여자의 사연이 그곳에 있었다. 그녀의 남편은 혀 놀림으로부터 자신을 구하기 위하여 죽어갔고, 그녀는 그녀 속의 원한을 죽이기 위해 스스로를 던졌다. 무등산 아래 충장사에서 알게 된 불운한 영웅, 김덕령 처의 행적을 먼 길을 돌아 추월산에서 배우게 되는 인연이 묘했다.

추월산은 조선 말기 무능하고 부패한 권력에 대항해서 민중 혁명을 시도한 동학 혁명의 마지막 혈전지라고도 전해진다. 하지만 현재 산을 찾는 사람들은 단지 김덕령 장군 부인의 비석만 발견할 수 있을 뿐 전쟁과 혁명의 자취는 찾을 수 없었다.

가파른 흙산 위에 엄청난 크기의 바위 봉우리가 우리를 압도하는 추월산은 더 나은 삶을 위해 싸운 사람들이 죽어가고, 욕되지 않은 삶을 살기 위해 죽어간 아득한 이야기들을 품고 있었다. 추월산의 죽음들은 삶을 지키기 위한 절실한 결과였다.

산 아래로 멀리 보이는 산하와 전답 그리고 산과 하늘을 무심의 경지에서 그려내는 담양호가 더욱 산을 돋보이게 하는 추월산은 삶과 죽음이 같은 이유로 공존할 수 있음을 말해주고 있었다.

추월산은 산만 유행(遊行)하고 돌아가면 산의 아름다움을 다 이해하지는 못한다. 추월산을 잘 보고 싶다면, 추월산 아래 담양호의 나무다리를 건너서 용마루 길을 걸으며 호수 건너편의 추월산을 조용히 바라볼 여유를 가져야 추월산의 우월한 모습을 즐길 수 있다. 호수 건너편에 등산화를 벗고 하염없이 앉아보니, 또 하나의 추월산이 호수에도 담겨있음을 알았다.

담양호의 한 언덕 위에 서 있는 아름다운 풍경을 가진 정자 위에 야영지를 마련했다. 아름다운 경치를 즐기며 산쟁이 동생들과의 만남을 위해서 3일을 더 머물렀다. 장기 여행자에게 집은 현재 머무는 곳이 된다. 여행이 언제 끝날지 막연할 때엔 더욱 그렇다.

뜨거운 태양이 산 언덕을 넘어갈 때쯤에는 담양호 앞의 집을 떠나서 가을 단풍으로 유명한 내장산으로 나의 자전거는 다시 달리게 될 것이다.

12. 내장산

오늘도 혼자 산을 올랐다.

혼자 자전거를 타고, 혼자 산을 오르고, 혼자 야영을 하고, 혼자 밥을 먹었다.

노인들만 남아 움직임이 더욱 느려진 작은 시골 마을들을 지나고 산을 오르면서 사람을 만나는 일이 쉽지 않은 것은 당연한 일이다.

그래도, 길을 가다 흔하지 않은 농촌의 아이들과 지나치면 인사를 나눈다.

마을 정자에서 야영을 하면 가끔 촌로(村老)의 질문을 만난다. 때로는 그 노인의 인생담을 듣고 아주 개인적인 사연도 만나게 된다.

여행에 지친 얼굴과 땀에 전 옷차림으로 식당에서 한 끼를 해결하고 나가는 길에 식당의 안주인은 누룽지를 죄송스럽다는 듯이 손에 쥐여 주었다. 길가는 여행자의 형편도 챙겨주는 것이다.

도시에는 많은 사람이 산다.

사람을 만나는 것은 흔한 일이다.

버스의 창밖에 지나가는 사람들을 만나고, 장에서 사람들과 어깨도 부딪친다.

승강기 안벽에 붙은 거울에 비치는 옆 사람도 만난다. 지하철에서도 무수한 사람을 만나지만, 그들은 스마트폰을 통해서 다른 사람, 다른 정보들과 이미 만나고 있다.

우리는 서로 만나지만, 서로 말하지 않는 규율을 철저히 지킨다. 서로 시선이 항상 빗나가게 하는 것도 암묵적인 규율 중의 하나다. 무수히 사람을 만나는 도시에서는 항상 그 사람들이 존재하지 않는 것처럼 만나고, 지나친다.

산에서는 숲을 만나고 그 숲에 사는 생명들을 만난다.

숲은 관대하지만 나에게 무관심하고, 생명들은 나와 만남이 생소하다.

추월산의 오소리는 나를 보고서는, 만남을 없었던 것으로 하고 싶은 듯이 사라졌다.

대가에서 오르는 신선봉은 멀지 않았다. 그리고 내장산의 화려한 모습을 보여주지도 않았다.

내장산의 아홉 봉우리는 신선봉에 도착해서야 건너편으로 볼 수 있었다. 그리고 가을날의 눈부신 내장산 단풍도 이 여름엔 전혀 다른 세상의 이야기일 뿐이다.

이렇게 혼자 가는 조용한 산길에서는 '나'를 만난다. 나 스스로가 나의 친구가 되어 스스로 질문하고 대답하고 또 함께 산행한다. 물론 이것은 정신 분열 현상이 아니니 걱정할 필요는 없다.

우리의 마음이란 원래 하나로 이루어진 것이 아니다. 마음이란 다양한 환경과 조건에 반사적으로 일어나는 현상일 뿐이다. 그중 두어 개를 잘 엮어서 벗 삼으면 서로 좋은 산행의 벗이 된다.

또 혼자서 정상 인증 사진을 찍고, 반대편에 위치한 산의 가파른 진입로를 걸어 올라가 혼자서 건너편 백암산의 구암사 앞뜰에 앉았다. 저 멀리서 스님과 신도분이 더위를 피해 들어와서 쉬라고 권하지만 혼자 하는 짓도 관성이 있어 거절했다. 어떨 땐 혼자가 익숙해서 만남이 귀찮고 불필요하게 느껴지기도 한다.

대가에 도착하고 보니, 호수 뒤편의 마을은 사람들이 떠나가고 남은 한 두어 집을 제외하곤 빈집이었다. 사람이 떠나간 빈집은 떠나간 사람 대신 떠도는 혼령들로 채워진 듯 서늘했다. 마을의 한 빈집의 공터에 텐트를 설치하고 나니 무서운 생각이 들기도 했다. 그런 생각에 사로잡히지 않도록 스스로 타이르고 잠자리에 들었다.

인간은 실질적 위험이 없어도, 자신의 상상으로 공포를 느낀다. 그 상상은 교육받았을 수도 있고, 이전의 기억과 연관될 수도 있다. 그리고 상상을 유발하는 조건을 접하면 자신이 만들어낸 거짓 그림자를 두려워한다.

밤바람 소리에 흔들리는 나무와 낡은 집의 삐걱거림이 가끔 신경이 쓰이는 밤이었다.

13. 백암산

자전거가 좀 더 가벼워졌다. 짐을 많이 덜었기 때문이다.

작은 캠핑용 의자도 빼고, 톨스토이의 『안나 카레니나』도 빼고, 일부 옷도 빼서 하나씩 짐을 덜어갔다.

여행을 위한 장비라는 게 그렇다. 막상 텐트에서 잠을 자고, 젖고 더러운 옷을 갈아입고, 밥이라도 끓여 먹을 때는 여행의 중요한 생필품이지만, 아침에 짐을 꾸리고 자전거에 실으면 단지 짐일 뿐이다. 최소한의 물건을 가져온다고 챙긴 짐이지만, 여행이 계속되면서 참 필요치 않은 물건들이 많음을 느꼈다. 그리고 그 물건들은 자전거에 싣고, 등에 지고 다녀야 하는 무거운 짐이었다. 그래서 많이 내려놓았다. 그러니 몸과 자전거가 가벼워졌다.

이른 아침에 백양사를 들렀다. 스님들과 템플스테이 신도들은 아침 울력하느라 바쁜 듯했다. 절의 뒷산은 백학봉이다. 백학봉은 백양사가 있어 더욱 멋있고, 백양사는 백학봉이 있어 더 아름답다. 백학봉은 자주 쌍계루 앞 연못에 스스로를 비추어 보고 있었다.

단풍이 아름다운 산이라 상왕봉까지 오르는 길에는 오래된 단풍나무와 비자나무가 즐비했다. 이 여름의 단풍은 붉게 물들지 않아도, 천광의 반은 가리고 반은 투과시키는 찬란한 푸름이 충분히 아름다웠다.

비자는 그 나무의 겉모양은 오히려 빈약해 보이지만, 그 재목이 탄력이 좋고 결이 아름다워 바둑 두는 사람들의 눈을 탐심(貪心) 가득하게 만든다. 비자나무는 바둑 애호가들이 탐내는 최고의 바둑판이 되기 때문이다. "잘 자란 비자나무 한 그루는 집 한 채 가격이다."라고 누군가 말해주었다.

제주 한라수목원에서 비자 열매를 손에 비벼 냄새를 맡아 보았을 때, 그 향은 얼마나 좋았던가!

감각 중 후각은 우리의 기억 속에 아주 오랫동안 남아있어, 어떨 때는 다른 감각을 통한 기억은 다 잊어버리고 후각이 전달하는 기억만이 불완전하게 남아, 기억의 파편을 다시 모아서 그 시점으로 돌아가고자 하는 헛된 노력을 하게 된다.

가끔 거리를 걷다 인도의 음식 향인 마살라(Masala) 냄새에 갑자기 인도의 거리로 소환되지만, 그 거리의 기억들은 인도의 뜨거운 먼지 속의 풍경처럼 희미하다.

산의 하부에 있던 비자나무와 단풍나무는 사람이 조성한 숲이라서인지 산의 상부로 올라가 보니 하부와 달리 자연이 길러낸 소나무와 참나무가 주종을 이룬다. 특히 능선 바위 위로 위태롭게 자란 늙고 휘어진 소나무가 홀로 푸르고, 홀로 아름답고, 홀로 산 아래를 굽이 보는 자태로, 시장의 재화에서 매겨지는 가치와 완전히 자유로운 모습으로 서 있었다.

사람도 그런 사람들이 많다. 사회에서는 어떤 권력도, 어떤 부도, 어떤 명예도 축적하지는 않았지만, 시장의 가치와는 무관하게 홀로 자유롭고, 홀로 초연하고, 홀로 지혜로운 사람들이 얼마든지 있다. 단지 그들은 저 소나무처럼 높은 산의 바위 위에서 홀로 사는 것이 아니라, 인간 시장 바닥의 어느 곳에나 다양한 모습으로 소리 없이 살아간다.

사회의 기준에 맞추어 성공하는 사람 중에서도, 정작 자신의 삶은 공허한 자들이 많다. 성공의 잣대에 '나의 가치'가 빠져 있는 성공이란 나침반 없는 삶일 뿐이다. 삶의 성공은 자신이 목표하는 지점을 향해서 나침반을 잘 살펴, 천천히 그리고 일정하게 나아가는 자들의 몫이다.

어떤 사람이 인생의 후반부에 사회에서 얼마를 벌고, 어떤 권력을 가지고, 어떤 인기와 명예를 가졌다고 자랑한다면, 그 불쌍한 사람의 말을 잘 들어주어 위로하리라.

자신의 나침반을 따라가는 자들에게는 타인의 평가는 필요 없다. 왜냐하면, 그 고고한 길은 오직 자신의 길일뿐이기 때문이다.

혹시 가는 길에 서로의 가치를 알아보는 사람을 만난다면, 서로 조용한 미소의 교환으로도 충분할 것이다.

14. 선운산

요즘 '가성비'라는 단어를 많이 듣는다. 가격에 비해서 제품의 질이 어떤지를 비교하는 신조어다.

선운산은 가성비가 아주 좋은 산이다. 산을 논하면서 가성비를 논하는 것은 그 격을 낮추는 일이 될 것임에도 불구하고 이렇게 표현하는 것은, 선운산은 가성비가 아주 좋은 산이라고 말하면 그 산의 느낌을 쉽게 가늠할 수 있을 것이라고 생각하기 때문이다.

해발 300m! 한국의 '동네 산' 정도의 높이임에도 불구하고, 계곡이 길고 물이 많다. 나무는 오래되고 잘 자랐다. 선운사 뒤의 동백 숲은 시(詩)에서 읽어도 좋고, 등산로 주위로는 단풍나무와 소나무 같은, 높고 짙은 푸름을 자랑하는 나무들이 즐비하다.

산은 낮지만, 얼마 걷지 않아 도착하는 능선을 따라서 거대한 바위들이 파노라마처럼 펼쳐져 있다. 천마봉, 낙조대, 배맨 바위, 쥐 바위, 사자바위 그리고 투구 바위. 그중 한 두어 개만 있어도 이 정도 크기의 산을 빛내주기에 모자람이 없겠지만, 선운산에는 거대하고 각각의 특이한 모습과 위용을 갖춘 바위들이 즐비하다. 그리고 그 능선을 넘어서 보면 높지는 않지만, 굽이굽이 늘어선 산들이 겹겹이 보이고, 서쪽을 바라보면

먼바다와 그 위에 닻을 내린 섬들이 보인다.

　이 정도만 해도 선운산이 충분히 조화롭고 아름답다고 하겠지만, 선
운산은 곳곳에 보물들까지 숨겨져 있다.
　선운사에는 보물급의 고불들 그리고 탑들이 있고, 거대한 자연 바위
한 면에는 마애불상이 새겨져 있다. 이 중에서도 마애불상은 눈여겨 볼
만 하다. 마애불상의 명치를 호기심을 가지고 자세히 보게 되는 까닭은
전설 같은 이야기가 전해 오기 때문이다. 마애불의 명치 부위에 있는 감
실(龕室)에는 비결이 들어 있는데 그것이 꺼내지는 날 조선이 망한다는
이야기가 있어 동학 농민군이 비결을 탈취해 갔다는 이야기가 전해진
다. 현지의 안내문은 이렇게 전한다.

　"명치 끝에는 검단 선사(黔丹禪師)가 쓴 비결록을 넣었다는 감실이 있
　다. 조선말에 전라도 관찰사로 있던 이서구가 감실을 열자 갑자기 풍우와
　뇌성이 일어 그대로 닫았는데, 책 첫머리에 '전라감사 이서구가 열어 본
　다'라는 글이 쓰여 있었다고 전한다. 이 비결록은 19세기 말 동학의 접주
　손화중이 가져갔다고 한다."

　그리고 이와 더불어 역사 속의 명사들의 자취도 여기저기 산재해 있다.
　이쯤 이야기하면, 내가 왜 선운산의 가성비(발품에 비해 많은 것을 얻을 수
있다)가 최고임을 이야기하는지 알 수 있을 것이다.

　이제 선운산에 대한 이야기가 아니라 내 이야기를 해보자.
　이런 가성비 좋은 산에서 나는 산을 오르는 내내 성가신 하루살이와

다투어야 했다. '덩치가 산만 한 놈'이 눈곱만한 벌레와 다툰다는 것은 수치스러운 일이지만, 눈 귀 그리고 코에 들어오는 벌레를 그냥 방치하는 인내심은 내게 없었다. 산행 내내 나의 눈앞과 귓가를 윙윙거리는 것이 성가셨다. 손사래를 쳐보아도 곧 다른 하루살이들이 따라오고, 수많은 하루살이가 보이는 적극성은 나의 주위를 흩트려 놓았다. 결과적으로 이 가성비 좋은 산에서 나는 하루살이와의 다툼으로 실상 산의 많은 부분을 놓쳐버린 것 같다.

작은 몸집을 가진 하루살이의 집념은 고집 센 황소 같아서, 밀어내도 또 다가오는 것이 잊어버리고 무시하려 해도 머릿속을 맴도는 잡념의 속성과 많이 닮아있다.

잡념이라는 건 우선 하루살이처럼 작은 조각 생각들이고, 우리의 생각의 세상을 쉴 사이 없이 맴돈다. 잡념의 고집 역시 대단해서 한 번 시작되면 하루의 일에 지친 사람의 잠도 밀어내고 머릿속을 휘저어 놓기도 한다. 하루살이를 닮은 잡념은 우리의 인생에서 진작 집중해야 할 일들을 제대로 하지 못하게 하는 경우가 많다. 물론 산에서 내려오거나 아예 하루살이가 살지 않는 높은 곳으로 내 주변의 환경을 바꾸듯이, 잡념이 없도록 조건을 바꾸는 것도 한 방편이 될 것이다. 하지만 하루살이의 거치적거림 정도도 쉽게 무시하듯이 잡념을 털어버릴 수 있는 마음의 그릇을 만든다면 어느 자리에서도 스스로 만들어낸 잡념으로부터 도망칠 이유는 없을 것이다.

나를 아주 작게 만드는 거대한 산의 체구를 좁쌀만 한 크기의 하루살이의 움직임으로 가려버린 나의 그릇이 너무나 초라하다.

15. 변산

우주든, 산이든, 숲이든, 하잘것없는 작은 것들이라도 세상의 모든 것들은 오직 나의 지각이라는 창을 통해서 알 수 있다. 다시 말하자면, 나의 창이 열리지 않으면 세상의 만물은 존재하지 않는 것과 같고, 내 창이 흐려지면 세상의 모든 것들은 흐리게 변해 버린다.

더위를 피해 새벽부터 움직인 것은 좋은 시작이었다.

아직 내소사 매표소도 열지 않아 돈을 아낄 수 있어 좋기도 했지만, 뜨거운 태양이 산 뒤편에서 이제 막 자라나고 있었기 때문이다.

내소사의 대웅전은 세월을 고스란히 품고 있고, 장인들의 굳은 손이 만들어낸 능숙한 작업의 흔적들이 여전히 생생했다. 서기(瑞氣) 어린 사원의 장식들이 수백 년의 세월을 지켜낸 지금은 단지 장식으로써가 아니라 세월 속의 숱한 이야기를 기억하는 기록이 되었다.

오랜 시간 기도의 염원과 수행의 내공들은 사원의 재목의 결에 배어들었고, 주름같이 패인 손때 오른 나뭇결 속에는 영험한 기운이 살아있었다.

대웅전에 모셔진 부처뿐만 아니라, 대웅전 그 자체가 부처의 청정한 기운을 느끼게 해주었다.

산을 오르면서, 땀에 찌든 나의 지각의 창들은 바람 한 점 없는 등산로 위에 자리 잡기 시작한 태양의 기세에 금세 지치기 시작했다.

아침 숲의 청정함도 더 이상 존재하지 않고, 여름을 노래하는 새소리도 들리지 않는다. 단지 바위에서 부서져 나온 날 선 조각돌들이 등산화 아래로 스쳐 가며 날카로운 마찰음을 내고, 땀에 젖은 무거운 다리의 느낌만이 확대되어 지각의 창을 통해 들어온다.

스스로 깨어 있다는 것은 쉬운 일이 아니었다. 한여름의 더위에 무뎌진 지각의 창은 능선의 바위에서 한줄기의 바람을 만났을 때 잠시 깨어났다 다시 흩트러진다.

관음봉에서 바라보는 저 너머 산들도, 아래 전답도, 비릿한 갯벌과 바다도 모두 멈추어진 시계처럼 굳어버렸다.

분노한 태양의 위력에 바람도 숨죽여 버린 여름에 모두 다 더위에 지쳐 무기력하게 멈추어 버렸다.

변산을 오르며, 매미 소리를 들었는지 기억나지 않는다. 간간이 지각의 창을 열어 바라본 산의 파편 같은 영상이 간혹 남아 있을 뿐이다.

내소사에 내려와 절 안의 약수를 마셔보지만, 그저 미지근하고 밋밋할 뿐이었다.

더위 먹은 지각을 데리고 다니는 오늘은 차라리 냉방기가 틀어진 경치 좋은 카페에서 아무것도 하지 않는 여름의 생활이 부러워졌다.

16. 모악산

한낮의 기온이 35℃에 달하는 뜨거운 여름, 서해안 갯벌은 시간이 멈춘 듯이 굳었다. 이 태양 아래에서 자전거를 타는 것이 두려워서, 나도 멈춘 시간 속에 갇혀버렸다.

우리 또래는 언젠가부터 사람들에게 386세대라고 불렸다. 컴퓨터 초기 세대의 이름을 딴 30대에, 1980년대에 대학을 다닌 1960년대 생의 사람들에게 붙여준 별명이다. 386세대는 그 컴퓨터가 그랬듯이 한국사회의 역동적인 변혁을 이끄는 세대였다. 먹고 사는 문제와 한국의 산업화를 위해서 개인의 자유와 권리를 많이 양보했던 이전 세대보다 쿠데타로 세워진 정권의 부패와 부정 그리고 정당성에 맞서 싸웠고, 사회 정의와 민주화를 요구하면서 군사정부를 무너트린 주역으로 사회에 데뷔했다.

하지만 386세대는 386세대의 컴퓨터가 얼마 지나지 않아 펜티엄 시리즈 컴퓨터에 밀려서 사라졌듯이, 우리 사회에서 별 개성 없는 사회 구성원으로 녹아 들어갔다.

IMF를 지나면서 일부 사회 구성원들과 유리한 위치를 점한 자들은 이전의 군사정권에서 누렸던 특혜와 힘을 서서히 차지했다. 권력과 재화는 군사정권에서 일부 기득권을 가진 민간인들로 옮겨져 독점되었다. 특히 경제는 민주화가 아니라 극단적으로 일부 집단이 차지하는 독점의 형태로 바뀌어 버렸다.

모악산을 이야기하면서 이런 이야기를 전개하는 까닭이 있다. 모악산은 견훤, 동학혁명의 주체들 그리고 특히 '미래불'이라는 미륵 신앙으로 대표되는 종교단체들이 사회의 변혁을 도모하던 중심지였기 때문이다.

모악산이 감싸 안은 금산사의 입구는 일주문이 아니라 군사 기지의 입구인 성문의 형태로 사람들을 맞이한다. 이는 많은 의미를 내포한다. 금산사의 넉넉한 자리는 군사를 훈련시키고 변혁과 혁명을 준비할 좋은 무대가 되었다고 한다. 금산사는 하나의 사원이자 곧 혁명을 도모하는 군사기지였기도 한 것이다.

금산사의 뒤로는 풍부한 계곡과 넉넉한 산림을 가진 모악산이 있어 어머니처럼 사람들을 후원해주었고, 김제 평야의 넓은 벌판은 풍부한 쌀은 군량미를 제공하고, 벌판은 투쟁의 현장이 되었다.

혁명이 거칠고 험한 세상을 만들기 위한 것이 아니라 안전하고 더 나은 삶을 위한 싸움이듯이, 사회혁명과 종교를 통한 혁명의 기운이 살아있는 이곳은 거칠거나 험하지 않다. 아니 모악산의 자연은 풍부하고 안정감을 주는 그런 자연이다.

그 안정감은 아마 산은 권력이 있고 없음, 사람들의 부의 정도나 욕망의 크기, 우리가 말하는 정의, 도리, 철학 같은 형이상학적 개념과 그 개념의 적용에도 무관심하기 때문일 것 같다는 생각을 해보았다. 무심한 마음에는 파도가 일지 않는 법이다. 단지 산은 그저 넉넉하게 품어주고 내어준다. 산은 태어나 3만 일을 겨우 살다가 죽을 사람들의 역사를 하루살이의 삶을 보듯이 무심하게 지켜볼 뿐이다.

모악산이 어떠하다며 이러쿵저러쿵 이야기하는 것은 다 인간들이 하는 말이다. 산은 사람들이 서로 죽이고 다툼에도, 사람들이 새로운 세상을 위해 간절히 기원하든지 아니면 산의 정상을 깎아서 통신 시설을 짓든지 간에 그 모든 것은 잠시임을 잘 안다.

사람들이 간절히 어떤 일을 도모해도, 결국 산의 일생에 비하면 하루살이처럼 또는 부나방처럼, 지나가는 바람처럼 왔다가 지나갈 존재임을 잘 알고 있기 때문이다. 아니 실은 그런 존재에 대한 관심도 없기 때문이다.

그러나 우리의 마음은 다르다. 우리는 어떤 대상이나 현상을 만나면 끊임없이 마음을 만들어낸다. 똥을 만나면 역겨운 마음을, 좋은 것을 만나면 갖고 싶은 마음을, 무서운 것을 만나면 피하고 싶은 마음을 만들어낸다. 마음은 대상을 끊임없이 편견으로 굴절시켜 비추는 거울 같은 것이다.

많은 종교와 사회혁명의 무대가 되었던 모악산을 만나, 386세대의 한 사람의 편견 가득한 시각으로 그 산을 바라보게 된 하루였다.

17. 마이산

지난 한 달간 나의 자전거는 먼 거리를 달렸고, 또한 두 다리는 16개의 산을 올랐다.

자전거는 뜨거운 평야에서 머리가 무거워져 가는 벼가 자라는 논들 사이를 지나, 노인들만이 간혹 지나다니는 마을을 넘어서 녹아내릴 것 같은 아스팔트 위를 조용히 달렸다.

새벽에 일어나 미숫가루로 아침을 먹고 가능한 많은 물을 마신 후, 뜨거운 태양이 대지를 데우기 전에 산을 올랐다.

매미와 새소리 그리고 개울물 소리가 항상 주위에 있었지만, 나는 조용히 걸었다.

나는 조용한 여행에 대해서 의문을 갖거나, 홀로 하는 여행을 불편하게 느끼지 않는다.

주위가 조용하고 마음이 혼자가 되면 많은 것들이 잘 보인다. 나의 마음도 더 생생하게 보인다. 사실 마음이 혼자가 된다는 것은 그리 쉽지 않은 일이다. 그것은 혼자 있다고 해서 하나의 마음을 가지게 된다는 보장이 없기 때문이다.

주위가 분주해졌다. 투게더코리아(togetherkorea, 약칭 투코)에서 지원팀과 지인들이 찾아 왔기 때문이다. 익숙한 얼굴들이 야영장에 들어서고, 그들을 환대하고, 조금은 엇갈리는 시선을 조율했다. 만남에서 시선의 조율은 만남의 중요한 첫 과정이다.

살다 보면 가끔 불편한 관계에서는 조율되지 않는 어색한 시선을 만나는 내내 느끼기도 하고, 어떤 경우는 눈을 피해서 만남의 불편함을 피하기도 한다.

물론 친근한 관계의 사람들의 시선에서 편안함을 느끼기에는 많은 시간이 필요치 않았다. 가끔은 시선의 동조가 안전하게 이루어질 때면, 간혹 혼자가 아니더라도 홀로 하는 조용한 마음을 만나기도 한다.

이들은 멀리 서울에서 그리고 부산에서, 수척하고 지쳤을 나를 만나 기름진 음식을 먹이기 위해 먼 운전 끝에 마이산으로 왔다. 나는 더운 여름 매일 자전거를 타고 걷는 강행군과 운동량에 비해서 부족한 식사량으로 인해 단기간 내에 몸의 지방이 다 연소하고 근육량까지 줄어서 체중이 급격히 줄었던 것이다.

형은 여행 한 달 만에 뼈대만 남은 나의 모습에 걱정스러운 얼굴이었다. 형의 걱정스러운 얼굴에서 비로소 나의 모습을 보았다. 나는 거울을 볼 기회가 없었던 것이다.

그들도 내가 홀로 여행하고 먹거리에 의미를 두지 않는 나의 여행 형태를 모르지는 않았다. 그것은 내가 오랫동안 그렇게 살고 여행해왔기 때문일 것이다.

녹내장으로 대부분의 시력을 잃은 형이 산행을 좋아하지 않는 준이라는 친구와 함께 절에 다녀오는 동안 우리는 산행을 마쳤다. 그리고 밤에는 한국 사교의 대표적인 형태인 삼겹살과 소주를 먹으며 밤이 깊도록 이야기를 나누었다. 우리는 자유롭게 세상을 떠도는 여행에 대해서 이야기했다. 많은 사람이 어디든지 자유롭게 떠나는 여행을 바란다. 하지만 여행의 현실의 불편과 어려움은 피하고 싶어 한다.

그래서 꿈꾸는 것은 좋은 일이다.

불편하고 어려운 현실을 피하고, 꿈에서는 자유로울 수 있다. 그래도 한편으로 누군가는 그 꿈을 현실화하고자 한다. 마음의 수련자들이 영혼의 자유를 위해 고행의 길에 오르듯이, 자유로운 여행은 어려움과 불편함을 안고 가는 것이다.

마이산의 하늘엔 별이 성성했지만, 좋은 사람들과의 대화는 수억 년을 여행해서 우리에게 다가온 별빛보다 더 흥미롭고 즐거웠다. 그래서인지 성성한 별빛에 잠시 감탄하면서도 곧 우리의 대화 속으로 다시 빠져들었다.

마이산을 잘 보려면, 멀리서 바라보는 게 좋다.

많은 것들이 그렇다. 소를 잘 알기 위해서 소를 도축해서 이리저리 자르고 떼어 내어 펼쳐보면, 소는 사라지고 고기와 내장만이 보인다.

하나의 시를 잘 알고 싶어 한 단어 한 문장씩 세밀하게 읽고 그 의미를 연구하다 보면, 어느새 그 시의 정서와 여운은 사라지고 없다.

마이산이 그랬다. 산을 오르고, 저 멀리서 미끈해 보이던 두 개의 바위 봉우리를 자세히 보면, 누군가 콘크리트 반죽으로 만들어 올린 바위처럼 각종 크고 작은 돌덩어리가 뭉쳐진 조합의 모습을 하고 있음을 배우게 된다.

말의 귀 같다는 그 형상은 더 이상 보이지 않고, 눈앞에 거대하고 거친 절벽이 절의 양쪽으로 서로를 바라보고 있음을 알 수 있다. 작지만 제법 멋진 능선에 훌륭하게 솟아 나온 두 개의 암수 바위 봉우리의 위용은 볼 수가 없다.

산이라고 다 올라야 맛은 아니다.

마이산은 두 개의 멋진 바위 봉우리가 잘 보이는 진안의 어느 정자에서, 또는 고원을 가로지르는 도로를 달리면서 멀리서 보아야 감동할 수 있는 그런 멋진 산이었다.

18. 적상산

치목 마을에서는 연로한 사냥꾼을 마을 정자에서 만났다.

그는 일생을 사냥과 약초와 버섯을 채집해서 살아온 분이었다. 휴식을 위해 앉은 마을 정자에서 그는 일면부지(一面不知)의 나에게 그의 삶과, 사냥했던 짐승과, 그 짐승들의 습관에 대해서 이야기했다. 밤에 큰소리로 우는 흰 궁둥이 노루와 손쉽게 벌이가 된다는 뱀에 관해서 이야기했다. 그리고 철마다 본인만 채취하던 자연산 송이버섯밭을 우연히 따라오게 된 마을 사람이 알게 된 후, 자신의 몫이 줄어든 것에 대한 아쉬움도 말했다. 송이버섯밭은 자식에게도 알려주는 법이 아니라는 말도 보탰다.

이제 90이 다되어 가는 연세에도 가끔 약초를 캐고, 가끔 뱀을 잡아 모아둔다고 했다. 상인이 마을을 들려 거두어간다고 말하는 그의 눈에서 포수의 살기는 없었다.

그는 정자에서 많은 시간을 보낸다. 굳이 누구와 말을 붙이려고 하지도 않고, 굳이 뭔가 하려고 하지도 않는 눈치다. 단지 자전거에 많은 것을 싣고 먼 곳에서 찾아온 여행자에게 호기심을 표현한 것은 이례적인 일이었던 것 같았다. 아니, 그런 여행자가 그의 삶에는 상당히 이례적이었던 것 같다.

조각난 파편으로 기억되는 인생을 이야기하던 사냥꾼은, 정자에 찾아

오신 할머니의 식사하라는 소리에 군소리 없이 뒤도 돌아보지 않고 따라갔다.

적상산은 일종의 테이블 마운틴(table mountain)의 형태를 가지고 있다.
높은 산 위에 편평한 분지를 가지고 있고, 산의 주위는 거대한 바위들이 드러나 있는 곳이다. 그 바위가 치마같이 둘러있어 치마의 뜻을 가진 한자(裳)를 이용한 것이다.

일반적으로 적상산을 오르는 사람들은 치마 바위를 볼 수 있는 서쪽에서 등산을 시작하지만, 나는 치목 마을에서 등산을 시작하기로 했다. 그것은 치목 마을이 덕유산을 가는 길에 있기 때문이었다. 산을 찾아가는 자전거 주행거리를 줄여보려는 생각으로 길을 고르다 보면, 때로는 일반적이지 않은 산길을 선택하게 된다.

치목 마을에서 시작해서 산을 오르는 것은 생각보다 기분 좋은 일이었다. 많은 등산객에 의해서 길들여진 산길이 아니어서 자연미가 살아있었다. 풀은 웃자랐고, 잡석들이 발아래서 흔들렸다. 길은 낙엽이 꽤 수북이 덮여 있어 산의 맨살이 드러나 있지 않았다. 탐방로를 온통 화학물질 덩어리인 데크(Deck)목 계단으로 만들어 놓은 산에 비해서 걷는 재미가 있었다(요즘 많이 사용되는 데크목들은 방염과 방충이라는 화학적 처리를 거쳐서 생산된 것이 많다).

요즘 한국의 산들이 그렇다.
험한 곳은 잘 다듬어져 험할 곳이 없다. 사람들이 많이 다닌 곳은 땅이 패여 나무의 뿌리까지 드러나 있다. 공원처럼 운영되는 산은 입장 시간이 있고 하산 시간이 생겼다. 비가 오거나 눈이라도 좀 많이 오면 많은 산이 닫혀버린다. 산을 보호하기 위한 방법임을 알지만, 사실 이 때문에 산을 오르는 사람들이 산에서 할 수 있는 일이라곤 없다. 그냥 조용히 갔다가 오지 않았던 것처럼 내려오도록 하는 것이 정책인 것 같다. 물론 산을 보호한다는 것은 아주 좋은 일이다.

하지만 산을 다니고, 자연에서 다양한 어려움과 경험을 통해서 호연지기를 키우던 시간은 다 가버린 것 같다는 아쉬움이 남는다.

요즘의 아이들은 거친 산에서 입에서 단내가 날 때까지 걸어볼 기회가 많지 않을 것이다. 야간에 헤드라이트를 켜고, 별빛과 달빛 아래에서 산의 능선을 걸어볼 일이 없고, 밤벌레 소리와 거친 산의 바람 소리를 들으면서 산속에 잠들어 볼 기회도 없을 것이다.

비와 눈을 헤치고 등산화가 물에 흠뻑 젖어서 따뜻한 음료 한 잔이 간절할 때까지 걸어볼 일이 있을까? 밤새 산행을 하고, 텐트에서 나왔을 때 주위가 온통 밤새 내린 눈으로 흑백으로 변해버린 마술을 우리의 아이들에게 더 이상 보여줄 수 없을 것이다.

어려움을 헤쳐나가면서 자연과 벗하고, 생존에 대한 강인한 의지를 갖추게 되는 경험과, 산에서 얻는 용기와 낭만의 값진 경험은 이제 추억으로만 남을 것 같아 아쉬웠다.

외국의 강이나 계곡에서 한국의 아이들이 허무하게 죽는 경우를 보았다. 내가 라오스에 거주하고 있을 때 안타까운 일이 있었다. 각국의 아이들과 많은 사람이 루앙프라방(Luang Prabang)의 꽝시 폭포 아래서 놀고 지켜보는 가운데 한 대학생이 익사했던 것이다.

한국의 아이들은 물에 대한 경험이 많지 않고, 특히 수영장이 아닌 자연 속의 물놀이에 서툴다. 한국의 바다에는 개장과 폐장이 정해져 있다. 그리고 바다의 가슴까지라도 들어가려하면, 어김없이 해상 안전요원들이 막고 나선다. 깊은 바닷물의 수영 경험을 가진 아이들이 많지 않을 것이다.

외국에서 오래 살았던 나에게는 바다를 수영장처럼 개·폐장하는 것은 낯선 일이었다.

자연보호 그리고 안전. 다 중요한 개념이다. 하지만 한국은 사실 자연보호를 잘하는 나라도, 안전한 나라도 아니라는 생각이다. 많은 산에 케이블카를 놓지 못해 안달이고, 우리는 스스로 안전 불감증을 앓고 있다고 자인한다. 단지 산과 바다에 가면 금지 표지판이나 현수막이 넘쳐나는 나라이긴 하지만, 과연 누구를 위해서 만든 금지들인지 의문이 생긴다. 누군가 책임질 위치에 있는 사람들이 자신이 책임질 일이 생기기 전에 마구 금지사항을 만들어 놓고, 자신이 혹시 들을 수 있는 책망을 피하려고 하는 것은 아닐까?

산행 내내 한번 시작된 상념과 질문은 꼬리를 물었다.

치목 마을에서 송대(거친 바위를 흐르는 계곡과 작은 폭포 그리고 압도적인 바위가 드러난 곳이다)를 거쳐 『조선왕조실록(朝鮮王朝實錄)』을 보관했다는 서고(書庫)까지 가는 길은 즐거웠다. 특별한 경치가 있어서 그런 것은 아니라, 요즘 만나기 쉽지 않은 야성의 자연이 곳곳에 존재하고 있었기 때문이다.

그리고 서고에 도착한 후로는 실망했다, 수력발전을 위한 상부 댐과 절까지 만들어져 있는 차도로 인해 차들의 행렬과 만나야 했기 때문이다.

물론 고산분지는 옛날부터 전란을 피하는 요새였다. 더불어 조선의 중요한 서적을 보관하는 서고로써 사용될 수 있는 적당한 곳으로 인식되어서 사람의 손길을 벗어날 수 없는 곳이었다.

최고봉인 향로봉도 특별할 것은 없었다. 인증사진만 찍고, 다시 치목마을로 내려왔다. 내려오는 길에 바위에 걸터앉아 건너편 산들을 바라보면서 조용한 시간을 보냈다. 문득 산길에 세워진 단독산행을 금지하는 안내판이 보였다. '이렇게 진행하다 보면, 우리의 아이들은 아예 자연보다는 스마트폰 속에서 삶을 사는 방법을 배우는 수밖에 없지 않을까'라는 상념이 다시 시작되었다.

19. 덕유산

사냥꾼이 떠나간 빈 정자에서 밤을 보냈다. 젊은이들이 떠나간 마을은 밤이 되자 침묵에 빠졌다.

하지만 새벽은 다르다. 원래 부지런한 농촌 사람들은 새벽부터 거동을 시작한다. 나도 덩달아 일찍 일어나 움직였다.

덕유산으로 들어가는 길은 유명 관광지답게 각종 식당, 카페, 스키 장비 가게 그리고 숙박시설로 가득했다. 긴 계곡을 따라 올라가는 도로는 피서 차량으로 가득했다. 계곡은 차에 가리고, 물소리는 소음에 묻혔다. 청량한 계곡의 맑은 공기 대신 자동차 배기가스를 들이마시며 자전거를 몰 수밖에 없었다. 그래도 일 년 내내 휴가인 여행자가 겨우 일주일의 휴가를 즐길 수밖에 없는 사람들로 가득 채워진 차들을 욕할 수는 없었다.

긴 덕유산 계곡을 따라서 더위에 지친 사람들이 시원한 하루를 바라면서 모여들었다.

덕유산!

명성만큼이나 장대하고 아름다운 산이다.

저 멀리 지리산이나 적상산, 민주지산 등 굽이굽이 이어지는 거대한 산들이 어깨를 이어가고 구름은 골과 산등을 타고 넘는다. 바위와 숲을 지나 거침없이 흐르는 물은 많은 담과 폭포를 포함해 서른세 개의 비경(祕境)을 가진 수려한 계곡을 만들어냈다. 대한민국에서 네 번째로 높은 산, 주목들이 살아서 살고 또 죽어서 사는 산, 산등어리에 피어나는 백합의 사촌인 원추리 꽃의 향연, 그리고 수많은 역사의 이야기가 깃들어 있는 산.

명산이 갖춰야 할 모든 요소를 다 가진 아름다운 산이다.

하지만 미인(美人)은 박명(薄命)하다고 했던가. 덕유산이 그랬다. 산의 허리는 깎여서 스키장이 들어서고, 최고봉인 향적봉은 곤돌라를 타고 올라온 슬리퍼 차림의 탐방객과 등산객들이 함께 섞여서 시장판이 되었다. 이 깊은 계곡을 가진 산골은 이제는 도시의 번화가 못지않았다. 도시의 시름을 비우고 가는, 아궁이에 장작불이 피워지는 평화로운 마을이 아니라, 많은 차에서 내린 수많은 사람이 도시의 음주, 가무를 베낀 듯이 즐길 수 있는 곳이 되었다.

계곡은 수영장이 되었고, 산 아래는 온갖 편의 시설들이 유혹의 신호를 보낸다. 사람들은 취해서 도시의 시름을 잊으려고 한다. 계곡은 사람들의 오물을 껴안고 묵묵히 흘렀다.

그렇다고 그 미인을 탓하겠는가? 아니면 그 미인의 아름다움에 이끌린 사람들을 탓하겠는가?

두 바퀴와 두 다리로 여행하는, 마음 잘 상하는 속 좁은 여행자는 갈 길을 재촉해서 덕유산과 이별을 고했다. 수많은 행락객의 수에서 한 명이라도 덜어주고 싶은 심정도 있었다.

20. 민주지산

휴가철의 인파에서 한 명이라도 덜어주려는 심산(心算)으로 덕유산 계곡을 떠났다. 민주지산으로 향하는 길 위의 마을 정자에서 또 새로운 하룻밤을 보내기 위해 야영 준비를 했다. 그리고 곧 마을이 시끄러워졌다. 마을의 한 어른이 정자에서 야영하려는 나에게 화가 잔뜩 난 것이었다. 화난 어른을 피하는 마을 사람들의 표정에 곤란함이 엿보였다. 나에게 야영을 허락해 주었던 귀가 어두운 할머니는 안타까운 마음에 어쩔 바를 몰라 했다.

다투는 일은 지켜야 할 것이 있는 사람이 하는 일이다.

죄송하다는 말씀을 드리고 짐을 싸서 저녁의 기운 속으로 자전거를 몰았다. 야영지를 찾아 기웃거린 계곡의 조각 땅들조차 휴가철을 맞아서 비싼 자리가 되어 있었다. 내가 머물 곳은 없었다. 거의 깜깜한 밤이 되어서, 오래전에 문 닫은 폐허가 된 식당 처마 밑에 겨우 자리를 잡고 대충 허기만 때우고 잠이 들었다.

밤이 되자 강해진 계곡 바람이 폐가의 남겨진 쓰레기를 이리저리 쓸어대었다. 텐트 아래에서 부서진 타일 조각들의 서걱거림이 들렸다.

덕유산 계곡을 따라서 민주지산으로 가는 길은 자전거로 여행하기엔 어제의 기억이 감히 따라오지 못하는 환상적인 아름다운 길이었다. 길은 맑은 물이 흐르는 계곡을 따라 흘렀고, 계곡은 숲의 그늘 아래 푸르고 시원했다. 내리막길을 질주하는 자전거는 더위에 지친 가슴 깊숙이 시원하고 깨끗한 바람을 불어넣어 마음을 씻어주었다. 계곡과 주위의 산들은 이른 아침의 맑고 깨끗한 생명의 공기를 아낌없이 제공했다.

내리막이 다 끝나자, 고개가 나오기 시작했다. 그리고 그 고개는 끝날 기세를 보이지 않았다. 몇 시간을 자전거 위에서 천천히 걷다시피 페달을 밟았다. 땀은 폭포처럼 쏟아졌다. 주위의 아름다운 경관은 일부러 정신을 차려 주의를 돌리지 않으면 더 이상은 무의미했다.

산허리를 수십 번을 돌고 돌아 도착한 곳은 도마령(해발 800m)이었다. 그리고 시원한 바람이 불었다. 이곳은 영화 〈집으로〉의 첫 장면인 흙길을 달리는 버스에서 내리는 아이와 엄마를 보여주었던 장면에 나오는 곳이기도 했다. 물론 지금 그곳은 포장이 되어 있다.

도착한 도마령의 정상에서는 한 부부가 반갑고 다정하게 나를 반겨주었다. 시원한 차를 건네주고, 점심 식사를 걱정해 주었다. 이들 부부는 20여 년 전 서울에서 도모령 아래 고자리로 귀농해서 살면서 지금은 고개 정상에서 사람들을 반겨주었다. 차도 대접하고 직접 재배해서 손수 만든 민트 향을 팔기도 한다.

도시에서 태어나 자란 사람은 친절과 다정함에 어색하다. 아니, 불편해한다. 그런 경험이 적어서일 것이다. 도시민으로 태어나 자란 나 역시 어떻게 친절에 답해야 할지 불편하다.

주는 것도 힘들고 받는 것도 힘든 도시민들은 어쩌면 멀뚱히 곁눈으로 지켜만 보는 것에 익숙한 것 같다. 그리고 얼굴이 보이지 않는 인터넷 같은 익명의 장소에서만 용감해지는 것이 처량한 도시민이다.

남편분은 생각이 많다고 했다. 그리고 자연에서 살아오시면서 스스로 만든 20년의 철학을 한꺼번에 쏟아 주고 싶은 듯이 말씀을 하셨다. 물론 막걸리도 곁들여서였다. 그의 부인은 오고 가는 사람들에게 친절과 차를 베풀었다. 나처럼, 받는 것도 어색한 도시 여행자들은 그분들의 진의를 파악하느라 머리가 분주해 보였다.

부부가 제안한 저녁 식사를 같이하기 위해, 원래의 계획을 수정해서 도모령 정상에서 출발해서 4.5㎞ 정도 떨어진 민주지산을 왕복하기로 했다.

여행을 시작한 지 한 달, 이제 많은 생각보다 한 끼 해결하는 문제에 더 관심이 간다. 물론 진의가 느껴지는 친절과 다정한 만남이 좋았던 것은 말할 필요가 없을 것이다. 친절과 다정으로 훈훈하게 데워진 마음엔 만사가 만족스러웠던 것인지도 모른다. 민주지산의 묵직하고 담백한 산행의 모든 것이 좋았다. 흔한 데크목으로 된 계단도 없었고, 비탈진 곳에는 굵은 고정 밧줄이 있어 등산객의 안전을 도왔다. 많이 손대지 않아서, 흙을 밟고 능선을 오르고 내리는 느낌이 만족스러웠다. 이것이 물론 해발 800m를 자전거로 오르는 수고 이후의 일이었지만, 훈훈해진 마음의 발걸음도 즐거웠다.

도모령에서 민주지산은 각호산을 넘어간다. 그리고 3.5㎞는 능선이다. 참나무와 소나무가 무성하고, 억세지 않아 독기가 없을 것 같은 풀들이 자라난다. 지금은 젊은 사람들은 다들 농촌을 떠나 버렸지만, 건실한 농촌 총각처럼 우직하고 믿음직한 느낌을 주는 흙산이다.

정상에 도착하고 보니, 저 멀리 삼도봉이 보였다. 삼도(전라도, 충청도 그리고 경상도)에 걸쳐져 있어 그렇게 부르는 것이다. 가보고 싶은 욕심이 살짝 생겼지만, 좋은 사람들과 맛있는 저녁을 위해서 돌아섰다.

돌아가는 내내, 하늘엔 불안정한 기압이 만드는 천둥소리와 빠른 구름이 발걸음 뒤를 따라왔다. 건너편 하늘에는 짙은 구름이 소나기를 품고 있었다.

도마령 정상에서 부부의 소박한 저녁을 나누어 먹었다. 그 저녁은 부부의 도시락이었다. 저녁 식사가 끝나자, 거센 바람이 고개로 밀고 들어닥쳤다. 부부는 상품과 짐을 챙겨, 집으로 향했다. 나는 어렵게 올라온 고개 정상에서 야영을 시도했지만, 바람은 텐트 설치가 불가능하도록 이리저리 몰아쳤다. 바람에 날리는 텐트를 잡고 씨름하는데, 부부의 차가 다시 고개로 올라왔음을 알 수 있었다. 불안한 기상에 나의 밤을 걱정해서 다시 되돌아온 것이었다. 무슨 인연이 있어 만나게 되었는지 모르지만, 도마령의 부부는 아랫마을에 잠자리는 물론 그다음 날 아침까지 챙겨주셨다.

나의 여행은 새로운 인연을 만들고, 많은 사람의 도움으로 연속되었다. 혼자 시작한 여행에 실은 많은 사람의 배려와 격려가 항상 같이했던 것이다.

세상에 나 혼자 살아가는 것처럼 베풂에도 인색하고, 주위의 배려도 불편해하고, 넓은 오지랖으로 여겨지는 것이 도시민의 삶이었다. 여행자의 삶에서는 이런 배려와 도움을 직접적이고 분명하게 만날 수 있어, 우둔한 여행자라도 세상은 혼자가 아니라 서로의 배려와 도움이 우리가 살아가는 데 중요한 요소임을 쉽게 이해할 수 있었다.

　아침이 밝아 왔다. 다시 또 다른 산으로 향하는 자전거는 도마령의 내리막길을 거침없이 달려 내려갔지만, 마음은 도마령의 부부를 쉽게 떠나지 못하고 있었다.
　그들의 따뜻한 마음이 여행의 동반자가 되었음을 느낄 수 있었다.

21. 황악산

황악산은 별 볼 일 없는 산이다.

원래 흙산이라 황(黃) 자를 붙였고, 학이 많이 살아서 황학(黃鶴)산이라고 했지만, 이제 학(두루미)도 떠나가고 별 볼 일 없는 황악(黃岳)산이 되었다. 단지 크고 누른 산이었다.

산을 오르다 보면 그리 도드라진 멋진 계곡도, 기암절벽도 그리고 굽이굽이 중첩되는 심산의 느낌을 받지 못했다. 산행도 그리 특별하지 않았다. 산 아래에 유명사찰인 직지사가 있다는 것 외에는 그리 유명할 이유도 찾기 힘들었다.

그래서 이산의 주봉이 비로봉이 된 것일지도 모른다. 비로라는 말은 비로자나불이라는 법불(法佛)을 뜻하는 말에서 왔다. 부처가 그의 옆을 항상 지킨 사촌 동생이자 제자인 아난다에게 물었다. "나에게 부처라고 부를 특별한 것이 있느냐?" 그러자 아난다가 말했다. "아닙니다! 부처님께는 특별히 부처라고 할 표식이 있지 않습니다."

그렇다. 부처는 특별히 부처라는 표식이 없다. 그가 부처가 된 것은 스스로 고통에서 자유로워지고, 더불어 인간들이 고통에서 빠져나올 수 있는 길을 제시했기 때문이다. 외모가 특별하기 때문에 부처가 된 것이 아니었다. 초월적 힘을 과시했기 때문도 아니었다. 그가 특별했던 것은 자신과 인간들이 고통에서 빠져나갈 수 있게 법을 만들었기 때문이다.

그는 법을 만들었지만, 누구도 구제한 적은 없다. 단지 그 법을 알려주어 고통에서 스스로를 구제하도록 했다.

사회에서 부, 권력 또는 명성을 가지고 있음을 값비싼 옷과 차로, 거만한 우월감으로, 자신을 적극적으로 또는 은연중에 과시하는 사람들의 초라하고 공허한 영혼을 보는 것은 흔한 일이다.

성숙하고 깊이 있는 사람은 스스로 낮추고 스스로 겸손해서 드러내지 않는다.

100대 명산 여행에서 사실 가장 즐거운 부분의 하나는 자신의 부족을 말하고 머리 숙이는 겸손한 사람들을 만나고 그들의 지혜로움과 깊이에 감사하게 되는 부분이다.

학도 떠나버린 황악산은 비로자나불이라고 할 것이 없다. 일반적이고 특별해 보이지 않는 산이다. 그래서 법불인 비로나자불이 어울리는 산이다. 아무것도 볼 것 없는 비로봉에서 인증사진 한 장을 찍고 내려왔다.

특별하고 크고 아름답고 신비한 것에서 신을 향한 초월적 영감을 얻는 사람들은 신도 부처도 볼 수가 없다. 신과 부처를 보는 사람은, 매일 매일 일어나는 일에서, 세끼 밥상에서, 통근 버스나 지하철에서 또는 매일 부대끼고 같이 얼굴을 맞대는 사람에게서 특별함과 기적을 만난다.

　매일 해가 뜨고 해가 질 때까지 자신의 하루의 일과에서 끊임없는 변화와 생로병사의 기적을 보지 못하고, 몇 천 년 전에 지어진 경전을 뚫어지게 읽고 또 그 경전을 외우면서, 철이나 나무로 만든 인형에게 무릎이 짓무르도록 절하는 사람이 신과 부처를 찾는 것은 어불성설일 뿐이다.

　직지사 공양 간에서 점심을 해결했다. 연꽃 밥이다. 비로자나불도 만나고 연꽃 밥도 얻어먹고 아무런 특이할 것 없는 산에서 부처도 만나고 배도 채우는 기쁜 하루를 보냈다.

22. 천태산

멀리서 바라본 천태산은 단단한 반항아같이 생긴 산이었다. 몸집은 작지만, 서로 기분이 상해서 주먹질이라도 할 경우가 생기면 만만치 않을 상대가 됨직한 산이 천태산이다.

산행이 주로 시작되는 영국사의 계곡에 들어서면, 일상에서는 수고를 꽤 들여야 볼만한 훌륭한 경치를 가진 계곡의 바위와 폭포 등이 수월하게 보이면서 산행이 시작된다. 자그마한 산이 그만큼 자신만만한 셈이다.

영국사 경내(국가 영국과는 아무런 상관이 없다)에 들어가기 바로 전에는 천사백 년이나 살아온 은행나무가 여러 개의 지팡이를 짚고 서 있다. 천년을 훌쩍 뛰어넘어 살아온 나무는 방문자의 몸가짐을 조심스러워지게 만드는 내공을 가지고 있는 듯했다.

천태산을 보려면 A 코스인 암능 코스로 올라가는 게 좋다. 물론 두려움이 많거나 고소 공포증이 있는 사람들은 피하는 게 좋다. 우선 바위 구간에 경사도가 꽤 있고, 안전장치로는 철 사다리가 아닌 고정 줄이 설치되어 있어 두 다리와 두 팔의 힘을 같이 사용해야만 오를 수 있기 때문이다. 전문적인 암벽 등반을 요하는 난이도는 아니지만, 보호 장구 없이 고정 밧줄만 잡고 올라가는 바윗길에서는 긴장감과 나름의 공포감을 느끼게 하는 구간이다.

하지만 조금 긴장이 되더라도 바위 사이에 스스로 자라나 분재가 된 아름다운 소나무들을 감상하는 것까지 잊어서는 안 된다.

척박함은 생물에게 좋은 생존환경은 아니지만, 척박함에서의 생존은 아름다운 삶의 모델이 되기도 하는 모양이다. 삶의 구태의연함과 실패를 자신의 환경 탓으로 돌리는 사람보다, 자신의 불리하거나 어려운 환경을 극복하고 생기 넘치고 행복한 삶을 살아가는 사람의 모습은 아름답다.

천태산은 천천히 뒷짐 지고 소요하면서 주위 경치나 능선을 넘어 산을 보면서 감탄하기보다는, 산을 오르는 구간과 순간에 집중하고 그 산을 오르는 즐거움에 머무르기에 좋은 산이다. 자신의 발과 손끝이 닿는 바위 표면의 감촉을 알고, 시각은 다음 짚을 걸음 자리를 예측하며, 몸의 균형을 잡고 천천히 오르면서 팽팽한 밧줄 같은 긴장감을 유지하면서 매 순간을 즐기는 산으로 마땅하다.

하산 길에 산지기는 D 구간으로 하산을 종용했지만, 천태산의 맛을 제대로 즐길 수 있는 하산 코스는 C 코스인 것 같았다. 산을 올라갈 때에 긴장감을 느끼면서 올랐는데, 내려올 때도 긴장감을 유지하게 해주는 구간이 C 코스이기 때문이다.

산에서 내려와 보니, 자그마한 절인 영국사는 그 야무진 산을 닮아서인지 꽤 역사도 오래되고, 보물도 여러 점을 소유한 알찬 절인 것 같았다. 절을 둘러보고 나서 대웅전의 부처님께 인사드리고 휴식을 취하고 있으니, 절 마당에서 공양주 보살이 쌀에 생긴 바구미를 고르느라 채로 까불고 있는 모습이 보였다.

점심도 얻어먹을 겸, 뜨거운 태양도 피할 겸 해서 보살의 보조 울력을 맡았다. 절에서 많은 수의 바구미를 처형해야 하는 불합리가 있었지만, 울력이 끝난 후 맛있는 비빔국수를 대접받고, 떠날 때는 부처님이 드시다 남은 귀한 과일들도 받았다. 물론 말벗이 그리웠을 공양주 보살의 이야기를 듣는 것은 기본이었다. 여행에서 만난 많은 사람이 자신의 이야기를 들려주고 싶어 한다. 물론 이야기는 귀 기울여 듣는 사람이 있어야 제맛이고, 사람들은 자신의 이야기를 들어주는 사람을 만나면 그 사람을 오랫동안 기다렸다는 듯이 자신의 이야기를 풀어낸다. 보살과 나누는 대화는 공양간에 들어선 템플 스테이를 운영하시는 나이를 전혀 짐작할 수 없는 비구니 스님과의 철학적 대화로 이어졌다. 나의 여행을 만행(萬行)으로 격상시켜준 스님에게 감사했다.

요즘은 허기를 달고 다녀서인지 배 속을 채우는 일이 즐겁다.
그리고 매끼 무엇을 먹을까에 초집중하는 스스로에게 성장을 느끼면서 자족한다.

인생을 살면서 동기, 의미, 목표 등의 형이상학적 문제들에 집중해서 제법 대단하게 살 수도 있지만, 매끼 먹는 일에 초집중하는 일은 참 재미있고 즐거운 수행이다.

23. 서대산

금강을 따라 자전거를 달리는 것은 즐거운 일이었다. 한국에 있는 대부분의 멈추어버린 큰 강에 비해서 자연미가 살아있다는 점에서 금강의 상류는 아름다웠다. 콘크리트 제방과 아무도 찾지 않는 공원과 체육시설, 너무 일률적이고 인위적이어서 쉽게 지겨워지는 자전거 길로 채워진 표정 없는 4대강 길의 모습에 비하면 마음을 위로하는 푸른 자연의 편안함이 있었다.

금강을 주변의 논과 인삼밭이 있던 곳을 서서히 밀어내고 들어온 공장들을 내려다보며 우뚝 서 있는 산이 서대산이다. 동서는 좁고 남북으로 길게 늘어져 있어, 서대산 드림 리조트에서 오르면 그 경사면이 가팔라서 가쁜 숨을 몰아쉬게 하는 산이기도 하다. 능선을 따라 발달한 잘생긴 바위를 가진 산의 어느 바위에 걸터앉아도 언제나 시원한 경치를 감상할 수 있다.

밤이 늦어 깜깜해질 무렵에 가파른 경사를 올라야 하는 서대산 드림 리조트에 도착했다. 하지만 생각했던 꿈의 리조트는 없고, 황량하고 폐허 같은 오래된 시설물들이 방치되어 있어 당황했다. 주차장에는 빈 공간을 쓸어대는 바람만이 소슬했다. 버릇처럼 우선 공간과 물을 찾았다.

이제 그것은 본능이 되었다.

넓은 주차장이 휑하게 비어있다. 가로등 하나 켜져 있지 않은 주차장은 아직 남아있는 하늘빛만이 형체를 가늠하게 해준다.

다행히 주차장에 수도 시설이 작동했다. 차들은 떠나가 버린 넓은 주차 공간과 물! 모든 것은 충분했다. 관리되지는 않아 보였지만 화장실도 있었다. 이방인의 등장에 짖어대는 개 한 마리까지, 자전거 여행자가 필요한 모든 것이 충족되었다. 주차 공간 하나를 차지해 텐트를 치고, 어둠 속에 숨어서 한쪽에 설치된 수돗가에서 한낮에 흘린 땀을 씻어낼 샤워를 즐겼다. 대충 밥까지 지어 먹고 나니, 그제야 하늘에 별들이 총총함을 알았다.

가끔 길을 잃은 차가 어둠 속에서 텐트 자리를 치고 지나갈 수도 있을 거라는 걱정도 있었지만, 피곤은 걱정을 이기게 했다. 깊은 잠에 빠져들었다.

이른 아침! 기록적인 무더위를 피해서 산을 오르려면 이른 아침을 이용해야 했다. 새벽이 어둠을 비집고 나오니, 보이지 않던 것들이 보이기 시작했다. 내 눈을 의심하게 하는 현수막이 보였다. 현수막에는 서대산은 개인 소유의 산이라 입장료 1,000원을 보수관리비로 징수한다고 쓰여 있었다.

개인이 산을 소유한다는 것은 코미디 같은 이야기다. 그것도 100대 명산 중의 하나를 말이다. 수억 년을 살아온 거대한 산을 100년도 채 살지 못하는 한 사람이 소유한다. 이건 정말 코미디다. 물론 산주(山主)가 죽으면 그가 묻힐 곳은 넉넉하게 제공할 수 있을 것이다.

땅과 자연도 태어나고 죽는다. 물론 순환한다는 말이다. 바다가 융기하기도 하고 땅의 불의 기운이 화산이 되어 태어나기도 한다. 수억 년의 순환을 거쳐 다시 자라기도 하고 사라지기도 하면서 변하는 것이 자연이다. 하지만 이런 순환은 인간의 삶의 사이클에 비하면 너무도 길어서, 땅은 인간에겐 영원한 것쯤으로 이해되기 쉽다.

욕심 많은 인간은 먼저 도착했다는 이유로, 자신이 지닌 칼의 힘이 더 강하다는 이유로, 인간 세상에서 만든 가치만큼 돈을 지불했다는 이유로, 자신이 땅의 소유자임을 주장한다.

물론 사람들 사이에는 그 계약이 엄연히 통하고, 또 힘을 발휘하는 개념임을 의심하는 것은 아니다. 하지만 산의 생사의 순환에 비해 너무도 보잘것없이 짧은 하루살이 같은 삶을 사는 인간의 소유 개념은, 산에게는 참 헛웃음이 나오는 개념일 뿐이다.

여하튼, 나는 그날 아침 매표소가 열리기 전에 누군가가 소유한 산을 올랐다. 그리고 자신의 주인에 대한 인식이 전혀 없는 숲과 계곡과 풀벌레를 만났다.

정상에는 강우관측소가 스스로를 철조망으로 가두고 서대산의 정상을 차지하고 있었다.

이전에도 산에 지어졌던 많은 암자나 산성의 성곽들도 흔적 없이 사라져 갔다. 자신의 머리 위에 세워진 저 건축물도 산의 하루 같은 계절들이 여러 번 바뀌면 사라지고 말 것이라는 사실을 산은 잘 알고 있을 것이다. 그리고 언젠가는 우리의 기억조차 희미해지는 시간이 곧 따라

올 것이다. 그것이 산의 시간이었다.

　세상에 바늘 하나 꽂을 만한 땅을 가지지 못한 자전거 여행자는 많은 사람이 빈틈없이 나누어 가진 국토를 순례한다. 땅은 누구의 소유가 되었든 개의치 않고 누구에게나 많은 것을 분별없이 베풀어 주었다. 땅은 소유한 자의 전유물이 아니라, 감사하는 자를 받아들이는 무념의 주체이다.

24. 구병산

아홉 개의 바위봉우리가 파노라마처럼 펼쳐져 있다. 서원 계곡은 맑고 깨끗한 물을 끝없이 흘려보낸다. 이렇게 속리산을 지아비 산으로 가까이 곁에 두고 있는 구병산은, 얼핏 보아도 명산의 대열에 속해있다는 사실이 쉽게 이해된다. 하지만 구병산은 그런 아름다운 자태를 지닌 100대 명산임에도 불구하고, 곁에 있는 속리산의 위세와 명성에 가려있는 산이다. 흔히 우리 사회에서 일어나고 있는 1등과 2등의 차이 같은 현상일 것이다.

극심한 경쟁 사회에서 2등의 위치는 좁기만 하다. 그것이 현실이라고 단순히 인정하기에는 논리적 모순이 많다. 또한, 어떻게 1등이 모든 주목과 영광을 독차지하는 세상에 우리는 소극적으로 동의하게 되었는지 이해하기 어렵다. 생각해보면 1등과 2등의 차이점이란 큰 의미도 없고, 그 1등과 2등의 자리는 항상 뒤바뀔 수 있는 자리가 아닌가?

그래도 다행스럽게 자연은 달랐다. 속리산에 가려 2등 산이 된 구병산은 사람의 감정과 태도는 개의치 않고 여전히 아름답고 여전히 당당하고 여전히 친절했다.

어쩌면 다행히도 속리산이 많은 사람의 방문에 몸살을 앓고, 산의 이곳저곳의 숲이 잘리고, 호텔과 상업시설이 지어지고, 수많은 쓰레기로

병들어갈 때, 구병산은 그 많은 고통의 요소를 피해갈 수 있었다.

2등이 1등이 되기를 간절히 바라고, 자신의 자리에서 역할을 즐기지 못하면 불행해진다. 물론 3등, 4등 아니, 모든 매겨진 등수들이 다 그렇듯이, 등수라는 것은 줄 세우는 세상의 편의에 의해서 만들어진 것일 뿐이다. 스스로 자족해버리면 등수의 의미는 사라진다.

자본주의 세상에서 등수는 얼마나 많은 재산을 가졌나에 따라서 매겨지는 경우가 많다. 그러나 가난한 삶에서도 만족을 찾는다면, 사실 그 재산이라는 것은 무기력해진다.

한때 세상을 지배하던 알렉산더(Alexandros)가 시노페(Sinope)의 디오게네스(Diogenes)를 찾았다. 디오게네스는 양지바른 곳에서 일광욕을 즐기고 있었다. 알렉산더는 자신이 알렉산더 대왕이라고 말하고, 디오게네스에게 자신이 두렵지 않은지 물었다. 자신은 개라고 소개한 디오게네스는 "그대는 선한 자인가?"라고 다시 물었다. 알렉산더가 "그렇다."라고 답하자. 디오게네스는 "그렇다면 무엇 때문에 선한 자를 두려워하겠는가?"라고 되묻는다.

이어서 알렉산더가 그에게 소원이 있으면 말하라고 물었을 때, 디오게네스는 "햇볕을 가리지 말고 비켜 달라."고 대답했다. 대왕의 부하들은 그의 무례함에 디오게네스를 해치고자 했지만, 알렉산더는 부하들을 말리며 "내가 만약 알렉산더가 아니라면, 디오게네스가 되고 싶었을 것이다."라고 말했다.

햇볕이 들어오게 비켜달라고 말하는 디오게네스에게 권력과 부가 무슨 힘을 가질 수 있을 것인가?

사실 디오게네스를 부끄럽게 만든 것은 알렉산더가 아니라, 맨손에 물을 받아 마시는 한 소년이었다. 물 마실 컵 한 개를 소유하고 거리의 걸인처럼 살던 디오게네스는 맨손에 물을 받아 마시는 한 소년을 보고 나서, 그의 마지막 소유물인 물컵마저 던져 버렸다.

욕심을 버리고 자연에 귀의해서 자족해서 사는 자는 부러움이 없다.

구병산은 사람들이 속리산을 얼마나 찾고, 얼마나 칭송하고, 얼마나 아끼는지에 대해 아무런 시샘도, 아무런 감정도 없다.

그냥 홀로 충분히 아름답고, 가치 있고, 당당히 자기 자리를 지키는 구병산에서 많은 유명산에서 치러야 하는 인파 속의 불편함을 피해서 호젓하고 조용한 산행을 즐길 수 있었다.

25. 속리산

속리산은 선천적으로 뛰어난 태생을 가지고 태어난 산이다. 파노라마처럼 이어지는 아름답고 단단한 바위 봉우리들을 가졌다. 맑은 계곡물은 흙과 섞이지 않는 깨끗한 바위 위로 흐른다. 숲은 짙고 울창하며 아름답다. 이렇게 산은 문장대부터 퍼져나가는 넉넉한 어깨에 복된 몸을 가지고 태어났다.

사람들은 우월한 태생의 속리산을 사랑하고 경외한다. 산에는 많은 사람의 발자국과 이야기가 남겨졌다.

수만 년의 세월을 지나도 속리산은 여전히 우월하고, 항상 수많은 사람이 찾는다. 하지만 우월한 태생이 항상 우월한 삶을 보장하는 것은 아니다. 그래서인지 지금은 속리산은 많이 지쳐 보인다. 산길은 너무도 많은 방문으로 인하여 깊이 패어 있다. 넉넉한 자연에 천년의 세월을 포근히 자리 잡은 법주사와 산을 찾는 사람들에게 속리산은 더 많은 숲과 계곡을 내어 주어야 했다. 이제 단단한 바위 봉우리조차 어깨를 오르는 무수한 사람의 발자국에 닳아버렸다.

좋은 재목이 되는 나무는 일찍 잘린다.
가치 있는 재물은 탐욕에서 자유롭기 힘들다.

문장대를 내려오면서, 이제 속리산이 인간으로부터 잊힌 산이 될 수 있길 바랐지만, 우월하면서 또한 불행한 태생은 아마 이후로도 그 산을 내버려 두지 않을 것이다.

속리산 야영장에서, 아이 다섯을 키우는 40대 초반의 아이 아빠를 만났다. 그 중 한 아이는 자폐 증세를 가지고 있었다. 자상하게 아이들을 돌보는 아이 아빠를 보면서, 자폐라는 어려움을 가지고 태어난 아이를 만나는 우리 사회의 태도에 대해 생각해 보았다.

뉴질랜드에서 자폐를 가진 사람들과 지적 어려움을 가진 사람들을 돌보는 일을 한 적이 있었다.
그들은 사회적 기준의 성공적인 삶을 살기에는 너무도 심한 중증장애를 가지고 있었지만, 사회와 주위의 성숙한 배려와 국가적인 지원 덕분에 그들만의 행복한 삶을 추구할 수 있음을 보았다.

기관의 서비스 사용자 중 다운 증후군을 가진 60대 여성이 있었다. 그녀는 왜소한 몸매에 제한된 지적능력 그리고 기초적인 언어능력을 가졌지만, 내가 인생에서 만난 가장 행복한 사람 중의 한 명이었다. 항상 웃고, 적극적이며 다른 장애인을 스스로 도와주는 그녀는 일반적으로 40대 중반을 넘기지 못하는 다운 증후군을 가진 사람들의 평균 수명을 훌쩍 뛰어넘어 건강하고 밝은 생활을 영위하고 있었다.

태생이 다소 불완전하고 남들보다 부족해 보여도, 주위의 배려와 일정한 지원이 있다면, 그의 삶은 누구보다도 행복하고 성공적일 수 있음을

생각하면서 아이들을 배려하고 돌보는 아이 아빠의 모습에 흐뭇한 마음
이 들었다.

26. 대야산

대야산은 여름에 찾기 좋은 산이다.

산을 여름 산으로 만드는 것은 넓고 평평한 반석과 마사토(磨砂土)바닥을 흐르는 계곡의 차가움이 있기 때문일 것이다. 한여름의 가뭄에도 깊고 푸른 물을 여전히 흘려보내는 용추 계곡의 계곡물이 산을 흐른다. 계곡은 추상적인 바위 조각품으로 자연의 법칙에 따라 어김없이 경관을 장식한다. 수백 명이 앉아도 충분할 반반한 바위, 월영대는 차가움의 본성인 냉담(冷淡)과는 역설되는 여유를 가지고 있다. 선유동 계곡 따라 늘어진 숲 그늘은 태양의 패악을 막고, 차가운 계곡에 몸을 식힌 바람은 지친 사람들의 열기를 식혀 준다.

나의 산행은 용추계곡을 따라서 정상 상부 바로 아래까지 이어지는 물의 흐름을 따라갔다. 가뭄이 대지의 살갗을 태우는 날들이 계속되고 있음에도 불구하고 어디에선가 물을 끊임없이 흘려보내는 계곡이 있었다. 산행은 계곡에 살아가는 생명의 건강함과 더불어 생명이 없는 것들의 서기(瑞氣)에 대한 놀람으로 이어진다. 그것은 현무암의 굳건한 영원성에서 나오는 서기일 것이며, 바위를 감싸고 살아가는 각종 식물의 기괴한 모습에 식물의 적응과 생존력에 대한 경외(敬畏)다.

계단과 가파른 바윗길을 거쳐 정상에 올랐다. 속리산 영역에 포함되는 산의 바위 능선들은 강건한 군사의 어깨가 되어 도열해 있었다. 철갑의 단단한 바위 봉우리의 물결은 굽이치며 태양의 패악에 뜨겁게 달구어진 의지로 저항했다. 태양과 바위의 뜨거운 대립에 바람은 감히 움직이지 못하고 낮게 숨죽이고 있었다. 태양을 거스른 바위들의 강건한 저항은 계곡의 차가운 이성을 유지하는 여유를 제공했다.

하루 정도 밤새워 머무르고 싶은 정상에서 내려오면서 보니, 계곡은 더위를 피해서 온 사람들로 채워져 있었다. 유난히도 덥고 가물은 여름, 자연에서 더위를 식히고 위로받고 싶은 마음이야 잘 이해하지만, 아직도 자연을 대하는 사람들의 자세는 염치가 없다.

자연에서는 겸손하고 조용하게 자연의 소리를 듣는 게 좋다.

많이 남기지 않을 만큼 적당한 음식을 가져와 물소리, 새소리를 들으면서 그늘과 바람이 제공하는 시원함과 깨끗한 물에 더위를 식히고 지치고 혼탁해진 마음을 깨끗이 하듯, 주위도 깨끗이 정리하고 안 온 듯이 돌아가는 것이 예의다.

산과 계곡의 곁에서 사는 주민들은 자연과 함께하는 공동체일 것이다. 여러 세대가 공유할 자연을 혼자 소유했다고 생각한다면 자신이나 자연이나 불행한 일이 될 것이다.

산행을 마치고, 산 입구 가게 평상에 앉아 산의 여운을 되새김하며 휴식을 취했다. 관광버스에서 내린 여자분이 뭔가를 무겁게 들고 가게로

다가왔다. 그녀가 가게 주인에게 건넨 것은 대야 한가득 분량의 닭백숙이었다. 그녀는 백숙이 너무 많이 남아 아까우니, 개라도 먹이면 좋겠다고 덧붙였다. 백숙으로 몸보신이나 하자 생각하고, 개에게 먹이기 전에 한 그릇 얻어먹어 보니 좀 찝찔한 마음은 들어도 그 맛이 좋았다.

음식이 참 흔한 세상이 되었다. 그래도 개보다는 먼저 숟가락을 올렸으니 다행이라는 생각이 들어서 웃음이 나왔다.

산도 계곡도 숲도 지쳐버린 여름, 이제 매미 소리도 늘어졌고 새들의 날갯짓도 무기력했다.

80을 넘은 연세의 부모님께 전화했다. 더위에 지치고 힘드실 텐데, 그래도 아들에게는 목소리에 힘을 주고 밝게 웃으면서 "나는 개안타."라고 말씀하신다.

부모의 마음은 그렇다. 자식이 걱정할까 봐 항상 "개안타."라고 말씀해 주신다.

세상의 만행(萬行)을 즐기는 아들 걱정이 앞섬을 안다.

이젠 가끔 산속의 바람에 가을이 묻어있음을 인지한다. 곤충의 노래도 바뀌어간다. 자연은 이미 천천히 그리고 세심하게 계절을 준비하고 있었다.

27. 조령산

이화령을 기점으로 해서 조령산을 오르는 것은 초행 산행코스로 좋은 선택은 아니다. 그럼에도 불구하고, 오늘은 이화령을 시발점으로 해서 조령산을 다녀왔다.

지금부터 나는 오늘의 산행을 조령산 원정이라고 거창하게 말해야겠다.

우선 장년이 된 세 명의 귀한 친구들이 멀리 서울, 수원 그리고 대전에서부터 와서 나의 산행에 동참해 주었기 때문이다.

친구들과의 동행은 산행을 특별하게 하고, 또 나름의 의미를 부여했다.

그것은 외로움의 위로 때문은 아니다. 우정의 무사함에 대한 감사이고, 오랜 과도기의 파도를 견디고 살아남은 자들에 대한 격려였다. 그들은 가족과 사회에서의 역할을 충실히 하느라 산과는 오랫동안 가까이하지 못하고 살아왔던 친구들이었다.

1984년 여름, 다섯 명의 친구들이 처음으로 함께한 산행은 33년 전 우리가 모두 대학생이 되어 지리산으로 갔을 때였다.

이제 이 세상에 존재하지 않는 한 친구를 포함해 총 다섯 명은 산행에 경험이 없었다. 불안한 미래와 조국에 대한 의무로 겁박하는 학교는 우리에게 지식을 반복해서 외우게 하고 검증했다. 하지만 우리는 우리가 살아가야 할 사회에 대해서 무지했고, 자연에 대해서는 더욱 알지 못한 채 대학생이 되었다. 우리는 크고 작은 가방을 등에 메고 또 손에 들고 중산리에서 시작해 천왕봉을 향해서 올랐다. 9개의 가방은 야외 생활에 필요할 것 같은 짐으로 가득 채워졌었다.

날은 덥고 짐은 무겁고, 훈련되지 않은 우리는 기진맥진해서 로터리 산장에 저녁이 되어서야 도착했다. 고된 산행 후, 산장 옆 야영지에서 시작한 음주는 가져간 소주를 하룻밤에 다 마셔버리고 대취한 친구들이 텐트의 여기저기에 나둥그러져 잠들었던 추억으로 남고 말았다.

그중 산행에 참여하지 못한 한 명은 대학 졸업 후 대기업 취업과 결혼 그리고 딸아이 탄생의 경사로 성공적인 사회의 시작을 축하받던 친구였다. 그날은 그의 어머니의 생신이었다. 그리고 우리의 삶에서 결코 잊을 수 없는 참혹한 사건이 일어난 날이기도 했다. 본가에서 어머니의 생신을 축하드리고 돌아오는 길에 친구의 막 시작한 작은 가족과 친구는 모두 함께 교통사고로 우리 곁을 떠났다.

사회생활을 막 시작하는 시점에서 생긴 이 사건은 5명의 작은 그룹 친구들의 기억 한 구석에 아픈 상처로 남게 되었다. 앞서간 친구는 우리의 원정에는 참가할 수 없었지만, 우리는 아무도 그를 잊지 않고 있었다.

여전히 만나서 반갑고 그리운 친구들이 이제는 머리가 희끗희끗하고 머리숱도 많이 줄었다. 머리숱이 줄어든 만큼 뱃살도 넉넉했다. 사람의 얼굴에는 살아온 행적이 남는다. 친구들의 얼굴에도 세월과 삶의 흔적들이 고스란히 배여 있어, 대한민국의 50대 남성의 형상을 고스란히 하고 있었다.

친구들과 조령산 등반 계획을 세웠다. 다들 솔직했다.
친구 훈은 2시간 정도의 등반을 원했다. 친구 근은 조령산 바위 구간
은 피하고 싶다고 했다. 친구 영은 운동을 좋아해서 조기 축구도 하고
조깅도 즐기던 친구다. 그는 두어 해전쯤 무릎 연골 이식수술로 아직 걷
는 일이 조심스럽다고 말했다. 거듭된 토의 끝에 이화령에서 조령산 정
상까지 왕복 2시간 30분 정도의 길을 걷기로 결정했다. 산행 기점까지의
이동은 쉬웠다. 열심히 일한 덕에 다들 차를 가지고 왔기 때문이다. 나
는 자전거를 이화령 아래에 두었다.

산행이 시작되고 얼마 지나지 않아 친구들은 후들거리는 다리를 불평
했다. 예전에 다친 허리 신경이 다리를 저리고 아프게 만든다고 호소했
다. 이것은 두 번째 오르막을 넘자 시작된 현상이었다. 가끔 숨넘어가는
호흡 소리가 들렸다. 우리는 연신 땀을 닦으면서 산에 올랐다.
가파른 길을 내려갈 땐 발걸음이 조심스러웠다. 낙상에 대한 걱정 때
문이다.

먼 곳으로부터 가을을 알리는 시원한 바람이 가끔 불었지만, 우리는
자주 쉬었고, 힘든 등반을 서로 격려했다.
우리는 여전히 좋은 친구고 나름 우정을 관리해왔지만, 우리는 예전의
우리가 아님을 알고 있다. 우리가 알지 못한다 해도, 몸이 말해주었다.
숲을 지나가며 영은 대장내시경 후 떼어낸 용종과 근종을 이야기했고,
훈은 지방간과 좋지 않은 소변검사 결과에 대해 이야기했다. 근은 많이

빠진 머리로부터 흐르는 땀의 흡수를 위해 두른 머리띠가 귀여웠다.

조령산 정상은 그리 트인 조망을 보여주진 않았다. 그래도 다 함께 나란히 서서 사진을 찍었다.

정상에서 친구들과 찍는 사진에는 조령산 원정 성공의 의미만 담는 것이 아니었다. 우정의 증거도 함께 담아본다.

영원히 올 수 없는 한 명을 제외한 네 명의 친구들이 모두 다 함께 산 정상에서 언제 다시 사진을 찍을 수 있을지는 기약할 수 없음을 생각했다.

우리는 조령산 원정을 무사히 마치고, 일부러 고른 시골 중국집에서 자장면을 먹었다. 그리고 다시 말했다. 시골 자장면 맛이 너무 달지 않고 옛날의 맛이 있어 좋다고. 우리는 이렇게 현재와 미래보다는 과거를 회상하는 대화의 비중을 늘려가면서 대화하고 있었다.

아마 그것은 우리가 오랜 친구임을 말해주기도 했지만, 이제 살 날들보다 살아온 날들이 많아졌음을 증명하고 있었다.

좋은 친구들과의 조령산 원정은 경관 좋은 바위 능선을 걷는 재미를 포기해도 즐거운 산행이었다. 그리고 말도 많아진 산행이기도 했다.

산행을 마치고, 야영지에서 친구들과 백숙을 삶았다.

항상 같이하는 처도 자식도 없이, 잘 삶아진 백숙을 뜯으며 잠시동안 우리는 젊은 시절로 돌아온 듯이 고교 시절의 어투를 섞어가며 이런저런 이야기를 나누었다.

우리는 먼 인생 여정의 반도 훨씬 넘어가고 있었다.

28. 희양산

조령산 원정을 성공적으로 마친 원정대는 다시 희양산으로 향했다.

사실 희양산은 조령산 이전에 오를 생각이었으나, 고소공포증을 가졌다고 주장하는 친구 근을 생각해서 미루었던 산이었다. 조심스러운 근은 이미 스마트폰을 통해 미리 정보검색을 하고 있었다.

주흘산을 먼저 갈 수도 있었겠지만, 그렇게 되면, 희양산을 가기 위해 무거운 자전거로 이화령을 왕복해야 하는 터라 엄두가 나지 않았다.

삶은 엔지니어로 일하는 훈 대원이 짧은 휴가의 여유를 즐기는 것도 허용하지 않았다. 그는 일 년의 며칠 되지 않는 휴가를 원정팀과 함께 끝내지 못하고 다시 서울로 향했다. 고소공포증이 있다고 주장하는 근은 암벽 구간 아래서 기다린다는 조건으로 원정에 참가했다. 나는 친구 영과 둘이서 정상까지 오르기로 하고 길을 나섰다.

행위에 조건이 많아지는 것은 나이를 먹어감에 따라 나타나는 또 하나의 현상이었다.

사실 희양산 원정에는 계획부터 진행까지 가이드 역을 맡았던 나의 내비게이션에 문제가 있었다. 원래는 은티 마을에서 구왕봉을 피해 지름티재를 지나 정상으로 오를 생각이었다. 구왕봉 길은 근의 정보 검색에 의하면 험하다고 표시된 부분이었기 때문이었다. 하지만 불행하게도 나의 부실한 길잡이로 인해 먼저 도착한 곳이 구왕봉임을 알게 되었다. 원정 대원들의 약간의 책망이 있었지만, 어차피 우리 모두 초행길이었다. 사실 장년의 사내들의 투덜거림에 너무 귀 기울이지 않는 것은 삶의 지혜다.

대충 사태를 수습하고 산행은 계속되었다. 험한 암벽 구간을 대원 근은 생각보단 쉽게 넘어 주었다. 다시 지름티재를 지나 세미 클라이밍(Semi-climbing) 지역에 들어와서도 근은 상당한 암벽 실력을 보여 주었지만, 결국 이 구간은 세미(Semi)가 아니라 '암벽 등반' 구간으로 이름을 바꾸어야 한다는 불평을 털어놓았다. 하지만 불평은 항상 불만의 표시는 아니었다. 불평은 삶에서 어려움을 헤쳐나가는 한 가지 기술이기도 하다. 그의 표정은 힘들어 보였지만, 고소공포증이 발병한 것 같지는 않았다.

이제 한동안 등산을 하지 않겠다고 설레발을 놓은 근은 정상 바로 아래에서 정상 정복을 포기하기는 했지만, 기대 이상의 등반 능력과 지구력을 증명할 기회가 되었던 것 같았다. 그의 얼굴은 웃고 있었다.

영은 평소에도 축구와 조깅을 즐겼다. 숨이 목까지 차오르는 느낌이 좋다고 말하는 친구였다. 무릎 수술에도 불구하고 좋은 등반 능력과 체력을 보여 주었지만, 수술 이후 부족한 활동으로 인해 등산 후반부에 이르러서는 지구력이 떨어져 피곤해 보였다. 피곤을 이기고 또 걷는 그는 체력보다 강한 근성이 있었다.

50대 아재들의 2박 3일 조령산과 희양산 연속 원정은 이렇게 성공적으로 마무리되었고, 친구들은 다시 각각의 일상으로 소환되어 떠나갔다.

나는 친구들을 뒤로하고 다시 혼자가 되어, 이화령을 올랐다. 정상에 위치한 터널을 통해 시원한 바람이 불어오는 지점에 데크로 만들어진 야영지를 미리 보아 두었기 때문이기도 했다.

사이클리스트들이 나를 앞지르면서 간혹 응원을 해주었다.

이화령에 도착하니 과연 기대했던 대로 시원한 바람이 불어주었다. 여름밤의 더위를 피해온 사람들의 호기심 어린 질문에 이리저리 응대하다, 사람들이 내려가고 조용해진 이화령에서 모처럼 시원하게 잠이 들었다.

같이 해준 친구들이 있어 즐거운 며칠이었지만, 다시 혼자되는 즐거움도 컸다.

29. 주흘산

　고개 정상에서 시원한 밤을 보내고 깨어난 아침의 이동은 가볍고 쾌활했다. 아직 태양의 심술이 시작되지 않은 아침, 지난 낮 힘들게 올라온 길의 반대편에서 중력에 자전거를 맡기고 질주하는 기분은 카타르시스였다. 자전거의 무게는 질주의 에너지가 되고, 아침의 대기를 달리며 바람을 만들어냈다.

　계속 무리한 이동에 지친 다리는 휴식을 취하고, 빠른 속도를 감당하기 위해 흐름에 집중하면 마음이 통합된다. 생각은 과거에도 미래에도 머물지 않고 단지 자전거가 달리는 바퀴에 머물게 된다. 바퀴의 회전과 도로의 찰나의 만남에 찰나의 현재가 머문다.

　현재는 항상 짧은 찰나일 뿐이고, 혼란한 생각이 들어설 틈이 없다. 그래서 매 순간 현재에 집중해서 질주하는 자전거 위에서는 생각이 만들어내는 혼돈에서 자유로울 수 있다.

　문경새재는 조령산과 주흘산 사이에 위치한 영남과 그 위 북쪽을 가르는 관문이다.

　주흘관 1관문, 조곡관 2관문, 조령관 3관문은 영남과 기호지방을 연결하는 통로였다. 그리고 적을 막아 세우는 요새였다. 문은 통과하고 막는 것을 하나로 결속(結束)하는 장치였다.

그래서 문은 사연이 모이는 병목이 된다. 관문에는 영남의 선비들이 과거를 보기 위해 거쳐 가며 남긴 숱한 사연과 이야기들이 바람에 밀린 낙엽처럼 쌓여있다.

1관문을 통과해서 혜국사로 오르니 정상에 오를 수 있었다.

주흘산은 오르기가 힘들거나 위험 구간이 많은 산은 아니었지만, 지표면이 거친 산인 것 같았다. 바위에서 부서져 내린 작은 돌덩어리들이 각을 세우고 날카롭게 흩어져 발아래 헛도는 구간이 많았다. 계곡은 오랜 세월에도 부드럽고 매끈하게 조련되지 않았다. 흘러내려 온 나무 조각들이 걸려있는 거친 바위 계곡은 야성(野性)의 기질을 간직하고 있었다.

산에서 내려와 새재로 들어서면, 문화유산들을 곳곳에서 만나게 된다. 성곽과 관문들이 잘 보수·관리되어 있다. 지금의 고속도로 휴게소 역할을 했을 주막과 선비들이나 여행자들이 쉬고 갈 호텔 역할을 했을 숙소도 복원되어 있었다. 옛날의 여행자들이 걸었을 한양을 향한 먼 길은 활짝 열려있었다.

조선의 선비들은 유학 철학자들이었다. 조선 선비들의 유학은 학문이고 세계이며 삶의 지침이었다. 아마 그들에게 유학은 그들과 그들이 사는 모든 세상의 이유였고 설명이었을 것이다.

오랜 세월 조선인과 한국인의 정신세계를 지배하던, 그리고 여전히 생생한 힘을 가진 유학은 사실 지배철학으로 사용될 도구로 수입되었다. 한국의 유학은 덕과 인을 강조하는 공자의 철학에서 충과 효 부분을 특별히 강조해서 백성들을 지배하고자 했다. 그 흔적들과 영향력은 지금도 여전히 사회질서의 원리로 작동한다.

아주 극단적으로 몰아서 생각해보면 충과 효는 힘을 가진 사람들에게 유리한 사상이다. 나라가 곧 임금이고 지배자들이라고 보면, 충이라는 것은 그들을 위한 충이 될 수도 있고, 효라는 것은 부모를 포함한 사회의 윗사람들을 위해 아랫사람들의 역할을 요구하는 것이다.

덕과 인은 힘을 가진 사람이 힘을 가지지 못한 사람에 대한 배려가 들어 있는 생각이다. 덕은 힘을 가진 사람들이 아랫사람을 배려하거나, 그 사람들의 실수나 어긋남에 대해서 인내하는 일이기 때문일 것이다.

이렇게 굳이 극단적인 면을 이야기하는 것은 현재 한국사회에서도 자신들이 가진 부나 힘을 이용해서 부족하고 어려운 사람들을 배려하고 돕는 행위보다는, 충이나 효의 이념을 도구로 하여 국가나 조직 그리고 회사에 개인이 희생하고 공헌을 당연히 요구하는 경향이 많은 것 같기 때문이다.

대한민국의 주권은 국민에서 나온다는 헌법을 가진 오늘날에도, 우리는 정작 국가의 주인들이 수십만, 수백만씩 모여 촛불이 되어야 국가가 겨우 귀 기울이는 모습을 보기도 한다.

이런 이유로, 부자나라 한국은 일부 계층의 사람들은 제외하곤 살기 힘든 속칭 '헬 코리아(Hell Korea)'가 되고 말았는지도 모르겠다. 충과 효가 여전히 국가의 저변에서 국민의 희생과 의무를 당연하게 여기는 장치가 되고 있지는 않은지 다시 묻게 된다.

새재의 관문들은 통과하던 선비들이 했던 공부는 국가와 가족과 개인의 영달을 위해서였을까, 아니면 어렵고 힘들게 살아가는 민초들의 고통을 들어주기 위해서였을까?

새재에는 과거 시험의 합격을 위한 많은 돌탑과 사연들이 남아 있다. 그 한 알의 돌을 쌓을 때 물론 국가, 가족 그리고 시험의 합격을 위한 간절한 바람이 담기는 것은 좋은 일일 것이다. 하지만 진정한 학자라면 하나의 돌을 더 올리면서 민초들의 고통을 덜어주겠다는 맹세도 담아야 했을 것이다.

옛날의 과거 시험과 비교할 만한 요즘의 공무원 시험에서는 국가관에 대한 검증을 철저히 한다고 들었다.
대한민국에 살면서, 가끔 국가의 존립 이유가 정부나 일부 기득권을 가진 사람들의 행복인지, 혹은 국민 개개인의 행복을 지키기 위한 것인지 의심스럽게 여겨지는 것은 나만의 삐딱한 생각일 뿐이길 간절히 바란다.

30. 황장산

다양한 이야기, 역사 그리고 전설이 얽히지 않은 한국 산이란 아마 존재하지 않을 것이다. 산의 이야기들을 배우고 걷다 보면, 간혹 할머니의 이야기보따리가 풀린 듯이 상상 속으로 빨려 들어가게 된다. 할머니의 이야기와 TV 속의 이야기는 기본적 체계가 다르다.

할머니의 이야기는 매번 이야기를 들려주는 상황에 따라 손주들에게 전해줄 메시지가 상황에 맞춰 스며 들어간다. 더불어 상황에 따라 순간순간 각색되고 아이들의 반응에 따라 이야기의 장단과 내용이 변형된다. 듣는 사람과 말하는 사람이 서로의 감정과 흥미의 정도에 맞추어 적용과 변화하는 것은 기본이다. 그래서 할머니의 이야기는 백 번을 들어도 재미있고, 반복이 지겹지 않다. 이야기는 항상 새롭기 때문이다.

또한, 그 이야기의 시각적 장면과 인물들의 감정 등은 아이들의 무한한 상상력 속에서 더욱 화려하고 창의적으로 변한다. 그것은 아마 이야기 속의 묘사에는 아이들의 상상이 끼어들 여유를 가지고 있기 때문이다.

한편으로 TV 속의 이야기는 두 번 보기 지겹다. TV 속의 이야기의 모든 것은 일방적으로 만들어지고 전달된다. 그래서 모든 장면과 인물들의 표정, 감정, 말투까지 모두 의도대로 고착되어 있다. 보는 사람의 감정과 반응은 전달될 수가 없다. 화자와 시청자가 아무런 교감 없이 시청자에게 일방적인 내용만이 전달되는 것이다.

이렇게 화자의 의도에 의해 분명하게 제작되어 시청자의 시각, 청각을 지배하면 상상력이 끼어들 여지가 없다. 그저 멍하니 바라만 보고 있으면 두뇌는 수동적 반응으로 일관할 가능성이 많은 것이다.

산의 이야기는 할머니의 이야기와 많이 닮았다. 자신의 기반 지식을 기초로 자신의 상상력과 관찰력 그리고 시시각각의 감정 상태 등에 의해서 새롭게 구성된다. 많은 사람이 같은 산을 올라도 다른 이야기를 담고, 또 다른 감흥을 가지고 내려오게 되는 것이다.

황장산에도 재미있는 이야기가 많다.

그중에서 말 무덤 전설 이야기가 흥미로운 것은, 요즘도 그 무덤에 근거해 산을 찾을 사람들이 있을 정도로 이야기의 생명력이 있다는 점 때문이다.

전설은 이렇다. 신라 말 도선 선사(道詵禪師)가 황장산은 연주패옥(蓮珠佩玉) 형상의 명당이 감추어져 있다고 했다. 연주패옥은 선녀인 옥녀가 화장하기 위하여 거울을 보며 목걸이(연주패옥)를 벗어놓은 형세를 뜻한다고 한다. 이 자리를 무덤으로 쓰면 자손이 부귀영화를 누린다고 전해진다.

이후 이 명당을 찾기 위해 노력했던 수많은 사람 중에서 약관대감과 중국인 지관, 두사충이라는 사람이 명당을 찾아냈다고 한다. 이후 약관대감이 죽고, 그 자손이 그의 유언에 따라 대감을 수행했던 명당의 위치를 알고 있던 노비, 구종을 데리고 명당을 찾아 나섰다고 한다. 명당을 찾아 산을 헤매던 중, 지친 말의 뒷발질에 구종이 즉사(卽死)해버린다. 이로써 명당자리를 기억하는 유일한 사람이 죽었다. 이에 화가 난 약포의 자손이 말을 그 자리에서 죽이고, 구종의 시체를 함께 묻어 주었다고 한다. 이것이 전설의 전말이다. 한 이야기가 부귀영화를 바라는 사람들을 움직이게 하고, 또 그 사람들의 사연들이 또 하나의 전설 같은 이야기를 만든 예(例)가 될 것이다.

산의 이야기는 변화무쌍하기도 하지만, 살아있는 생물처럼 태어나고 자라나기도 한다.

황장산은 조선 시대에 만들어진 일종의 그린벨트(Green belt)다. 현재도 그 산을 함부로 개간하거나 훼손하지 못하도록 명하는 봉산(封山) 표석이 여전히 그 자리에 서 있다. 그것은 황장산의 이름이 된 황장목 때문이다. 황장산에는 임금의 집이나 관을 짜는 데 사용되는 고급목재인 황장목이 많아서, 사람들의 접근과 벌목을 막을 목적으로 그린벨트가 만들어진 것이다.

내가 대학생이 되었던 1984년에 걸린 빗장이 최근에야 열린 산은 생물의 보고다. 월악산 국립공원 내에도 특히 많은 야생동물이 살고 있다고 한다.

마을을 지나 산을 올라 능선에 오르면 황장산은 자신이 지닌 멋을 한껏 보여주기 시작한다. 특히 멧등 바위에서 정상까지의 길은 환상적인 경치를 보여준다. 건너편 도락산의 바위봉우리들이 북쪽에 나열하고, 백두대간을 잇는 주흘산과 대미산이 어깨를 맞대고 있다. 소백산 봉우리들은 아득한 구름 뒤에 그윽하게 지켜보고 있다.

대담성과 등산 장비 없이는 감히 다니지도 못할 것 같은 아름다운 이 길은 철 계단과 철 다리로 이어져 안전한 방문을 허용하고 있었다.

바위 봉우리를 잇는 철(鐵)길을 벗어나 고도를 낮추면 아름드리 잣나무 숲을 만난다. 위태한 바위 봉우리에서 바라보는 환상적인 경치에 한껏 부푼 감정을 차분하게 숲이 다스려주는 구간이기도 하다.

물론 삼국시대에 삼국의 격전지이기도 했던 이 산에는 아름다운 산의 경치만큼이나 더욱 많은 사연과 역사가 있을 것이다. 내게 있어 황장산은 천천히 시간을 내어서 산을 걸으며 고구려 작성의 우람한 석문이 있다는 문안골 계곡이나 왕이 지나다녔다는 차갓재를 둘러보지 못해서 아쉬움이 남았던 산이기도 하다.

산 아래 마을에도 재미있는 이야기가 있다. 옛날에 마을 계곡을 건너는 외다리가 있었는데 술이 만취되어 다리에서 떨어져도 죽은 사람이 없어, 마을이 '생존한(生) 다리'라는 뜻을 가진 생달리가 되었다는 이야기와 마을에서 볼 거라곤 산과 달밖에 없다는 뜻에서 생달리가 되었다는 두 가지의 이야기가 전해지고 있었다.

종합해보면, 산과 달밖에 없는 산골 마을 사람들이 외다리 건너편 이웃 마을을 다니며 꽤나 술을 즐겼나 보다. 물론 이 이야기는 듣는 사람 마음대로 취사선택해서 들으면 된다.

마을 정자에서 하룻밤을 보낸 생달리에는 이젠 술 취한 취객을 만나기는 힘들다. 다들 연세 든 마을 어른들만 몇 분 남아있어, 밤이 되면 산과 달이 여전히 지키는 마을은 정적 속에 묻힌다. 만취가 되어 떨어져도 죽은 사람이 없는 다리는 어디에 있었는지는 알 길이 없지만, 마을 상부에 위치한 와인 동굴은 주막에서 얼큰하게 취하는 옛 우리의 시골 마을의 모습과는 사뭇 달랐다.

황장산의 많은 등산로가 보호 목적으로 닫혀있어 아쉽긴 하지만, 생달리에서 황장산 정상 작은 차갓재 그리고 안생달까지 약 3시간 30분 정도의 산행에서 산의 곳곳에 얽혀 있는 이야기에 상상력을 덧바르며 즐겁게 산행을 즐길 수 있었다.

하산 길에, 멧돼지가 목욕을 즐긴 진흙욕탕들이 여기저기에 널려있었다. 숲에는 다양한 새소리도 들려 왔다.

사람의 발자국이 멈추면 산과 생명들이 더욱 생생하게 번영하는 것은 인간에게는 불편한 진실이다.

31. 도락산

   주변 산에 올라서면, 저 건너편에 보이던 근육질 산이 있었다. 숲으로 덮인 산들과는 달리, 도락산은 바위 사이에 숲이 형성되었다고 할 만큼 봉우리뿐만 아니라 능선 그리고 산 아래까지 베이지 톤의 발달된 바위들로 구성되어 있는 산이다. 근육질 바위로 구성된 도락산은 그만큼 남성적인 풍모를 지닌다. 입자가 굵은 모래가 발밑으로 굴러 더욱 조심스러운 경사진 바윗길을 올랐다. 바윗길은 나를 능선으로 인도했고, 능선 역시 바위 위로 걸어야 했다. 봉우리에 다가서면 하늘을 향해 올라가는 계단들이 숨을 턱까지 차게 만들었다.

   바위라는 역경을 이겨낸 강한 천성으로 뿌리로 바위를 감아 지탱하는 소나무들은 바람과 태양에 비틀리고 휘어져서 기묘한 기운을 받아내고 있었다.

   이런 다양한 장치들이 산으로 향하는 사람의 긴장을 유지하게 했다.

   도를 알면 즐겁다는 뜻일까? 아니면 도라는 자체가 즐겁다는 뜻일까? 이 근육질 산의 이름은 도락(道樂)산이다.

   오늘도 혼자 산을 오른다고 생각했다.
   천천히 산을 오르다, 바위에 올라앉아 건너편 산을 자주 바라보았다. 한 사내가 전문가용 카메라를 익숙하게 다루며 산에 올라오고 있었다. 인사를 전했지만, 그의 반응은 시큰둥했다. 곧 자신의 사진 찍는 일에 몰입했다. 산을 오르면서 서너 번 다시 마주쳤지만, 서로 냉랭하기만 했다.

어색한 관계보단 혼자가 편했다. 그를 뒤로하고 먼저 산을 올랐다. 한참을 오르다, 바스락거림이 이끈 나무에서 나뭇가지 위에 있는 청설모 한 마리를 마주했다. 무모하게 용감한 청설모는 몸을 잔뜩 크게 키우고 위협적인 소리를 내면서 나에게 적대감을 드러내고 있었다.

나에게는 도망가지 않고 눈앞에서 공격적인 모습을 보이는 청설모의 사진을 찍을 수 있는 기회가 되기도 했지만, 한편으론 청설모가 왜 이런 행동을 하는지에 의문이 갔다.

의문과 함께 또 한참을 걷다가 오래전에 어디에서 본 듯한 문장 하나를 떠올렸다.

"타인의 얼굴은 나의 거울이다."

냉랭한 등산객과 적대적인 청설모, 둘은 나의 표정과 감정 그리고 기운에 반응하고 있었던 것이다. 거울을 볼 순 없었지만, 나의 얼굴에는 친절과 여유가 없었을 것이다.

도락산 정상에 도착하고, 방금 얻은 깨달음을 통해 얼굴을 웃음으로 교정했다. 크고 작은 깨달음의 순간은 항상 행복하다. 잠시 후 도착한 큰 카메라의 주인에게 큰 목소리로 "수고했습니다!"라고 말하면서 활짝 웃는 얼굴로 그를 반겼다. 돌아오는 사내의 웃음과 함께 두 개의 초콜릿

이 나의 손에 주어졌다.

　우리는 살면서 '오늘은 왜 사람들이 신경질적이지?' 또는 '왜 사람들이 나를 짜증 나게 하지?'라고 자문하는 경우를 만난다.

　아마 그 날의 표정과 마음 상태를 거울에 비추어 보면 해답을 얻었을 수도 있었을 것이다.

　표정과 태도 그리고 감정은 쉽게 다른 사람에게 전염된다. 이것은 오랫동안 인간들이 진화시킨 소통의 한 기술이다.

　우리의 속담에는 '웃는 얼굴에 침 못 뱉는다.'라는 말이 있다. 누군가 나에게 불쾌한 얼굴을 보였다면, 나의 얼굴 또한 그런 얼굴이었을 것이다.

　타인의 얼굴은 나의 거울이 되는 것이다.

　산에서 내려오는 길에 나는 입가에 웃음을 달았다.

　도락산에서 하나의 도를 즐기고 있었던 것이다.

　도라는 것이 별것인가? 나를 하나 더 이해하고, 나를 하나 더 이해함으로써 즐거운 것이다.

　도락산 삼거리를 지나 제봉을 넘어서 가파른 산을 내려와 상선암에 도달했다. 한 집배원이 평상에 앉아 담배로 조각 여유를 즐기고 있었다. "더운 날 고생 많으십니다!"라고 크고 밝은 소리로 인사를 나누니, 그가 배달 박스에서 삶은 옥수수 하나를 꺼내 나에게 건넸다.

　오랜 여행과 산행으로 항상 허기를 달고 다니는 나의 뱃속이 즐거움에 요동쳤다.

　나는 도락산을 제대로 즐기고 있었다.

철학은 자칫하면 장황하고 우울할 수도 있지만, 도는 단순명료해서 뱃속부터 즐겁다.

32. 소백산

2016년 8월 26일!

8월의 무더위와 가뭄을 말끔히 해소할 비가 내리는 날, 단양팔경의 하나인 소선암에서 하룻밤을 보내고 비 내리는 아침을 맞았다. 빗속 자전거 운행과 우중 산행의 성가심에 대한 걱정이 다음 길로의 여행을 머뭇거리게 했다. 망설임을 뿌리치고 빗속을 출발하는 데는 집을 나선 자와 날씨의 숙명적 만남과 타협이 필요했기 때문이다.

소선암에서 아흔아홉 굽이를 돌아야 오른다는 죽령까지의 길은 멀기도 하고, 경사도 높아 힘든 하루가 예상되는 길이었다.

해발 700m의 죽령까지 이미 지친 몸에서 젖 먹던 힘까지 짜내어 도착했다.

추풍령과 함께 한양을 향하는 통로였던 고개의 죽령은 이제 옛길이 되었다. 차들이 재를 피해 산을 깊숙이 찔러 지나는 죽령터널 속으로 떠나 버린 고개는 빗속에 소슬하다. 나의 몸은 땀과 비에 흥건하게 젖어 한기를 느끼고 있었다. 체력은 이미 소진되었다.

또 한 번의 망설임이 나를 붙잡았지만, 결국 죽령에서 비로봉까지 왕복 23㎞를 걸어야 했던 소백산은 아름다운 선녀 옷을 입은 채로 비에 젖은 구름을 뚫고 하늘로 승천하는 선녀의 비상길에 꽃잎을 뿌려놓은 모습이었다.

비에 젖어서 몸이 차가워진 상태에, 더구나 지친 몸으로 왕복 8시간의 거리를 걷는 것은 부담이자 위험이 따른다. 아무리 여름이라도 체온 유지가 되지 않으면 저체온증을 유발하기 쉽고, 저체온으로 해발 1,200m와 1,400m 사이에서 많을 시간을 보내는 것은 위험이 따르기 마련이다.

하지만 해발 700m의 죽령까지 다시 자전거를 타고 올라온다는 것은 다시는 하고 싶지 않은 노동이었기에, 가장 단순한 생존 기술을 사용해 죽령에서 비로봉을 다녀오기로 했다. 나는 다시 오르고 싶지 않았기에 산을 오르게 된 것이었다.

높은 지형에서 비에 젖은 채 등산을 할 때, 생존의 방식은 단순하다. 체온이 떨어지지 않게 쉬지 않고 체온을 유지할 수 있는 속도로 계속 걷는 것이다. 물론 우리의 인체는 산소와 연료(음식)가 유지되면, 몸에 이상이 없는 한 빠른 도보가 가능하다. 사람의 근육은 많은 열을 발생해 체온을 유지해 준다. 영양갱 두 개와 비스킷을 구입했다. 어차피 취사가 허락되지 않는 국립공원에서 따뜻한 음식으로 체온을 올리는 것은 불가능하다. 그래서 간단한 음식으로 걸으면서 연료를 입으로 지속해서 투입하는 방식으로 23㎞를 걷기로 했다. 마치 석탄을 삽으로 계속 퍼 넣으면서 달리는 증기기차처럼 달리는 것이다. 몸은 날숨과 들숨을 품어내는 증기기차이기도 했다.

애초에 멋진 경관에 대한 기대치는 없었다. 비가 내리고 안개로 뒤덮인 산에서 경관을 바랄 순 없다. 등산 스틱 두 개를 사용해서 노르딕 걷기 방식(스키를 타는 듯이 스틱을 사용해 걷는 방법)으로 죽령에서 소백산 천문관측소까지 약 4.5km를 한 시간 정도에 주파했다. 오르막길이라 속도를 내기는 힘들지만, 스틱을 사용한 노르딕 방식의 걷기는 그 길의 환경이 나쁘지 않다면 약 30% 정도의 부가적 효과를 낼 수 있다.

오전 11시에 시작한 산행. 일반적인 산행 시간이라면 저녁 7시가 산행이 끝날 시간이다. 초행인 산에서 비 오는 날 야간 산행은 바람직하지 않다. 음식을 지속해서 투입하면서 근육을 지속적으로 움직여 시간을 최대한 아껴야 했다. 고산에서 근육이 멈추면 젖은 몸이 체온을 쉽게 잃게 한다. 당류는 20분 정도면 몸에서 연료로 변한다. 곡물류는 더 많은 시간을 필요로 한다. 산소는 충분히 숨을 쉬면 될 것이고, 물은 땀을 많이 흘리지 않아 그리 많이 보충하지 않아도 되었다. 수분의 필요량은 침과 소변의 상태로 알 수 있었다. 침이 물기가 없이 거품만 나오거나, 소변이 짙어질수록 수분섭취가 필요한 것이다.

제2연화봉을 넘고 제1연화봉을 지나면서, 나는 능선의 젖은 숲길을 걸었다. 제2연화봉 대피소의 전망대와 소백산 천문대는 안개 속에서 희미한 형태만 보여주고 있었다.

제1연화봉을 넘어가면서, 비로소 아고산 지대(1,000m에서 1,900m 사이의 고원)의 초원을 걷고 있음을 알았다. 소백산 능선 위로 구름이 오르고 또 넘어가면서, 가끔은 천광 속에 짙고 깊은 초록색으로 그리고 가끔은 안개 속에 실루엣 같은 색깔로 나타나는 소백산의 초원은 꿈속의 정원 같았다.

어린 주목들이 단단히 버티고, 아래로 진달래와 철쭉류가 자라고 또 그 아래에는 여름을 아쉬워하며 가을을 맞이하는 온갖 키 높은 꽃들과 부드러운 억새풀이 피어 있었다. 이름을 다 알 수는 없지만, 가을을 알리는 투구꽃이 특히 많은 것을 보니, 소백산의 고산 능선에는 벌써 가을이 지배하고 있음을 알 수 있었다.

야생화를 촬영하는 동생이 말해 주었다. 봄꽃이 키 작은 것은 겨우내 주변의 풀이나 잡목이 앙상해서 주의를 끌기 위해 높이 자랄 필요가 없기 때문이라고 했다. 그리고 가을꽃의 꽃대가 높은 것은 여름내 풀이나 잡목이 무성해서, 소녀가 발끝으로 서서 자신을 자랑하듯이 키가 자란 것이라고 했다.

바람이 멀리서부터 불어왔다. 발아래의 산들이 해녀의 움직임처럼 솜털 같은 구름의 운해 밖으로 머리를 드러내고 어깨도 드러내기도 한다. 산은 바람의 속도만큼이나 빨리 다시 구름 속에 숨고, 또 나타나기를 반복한다. 흰 구름을 뚫고 나온 검은 빛 산들이 때로는 상서로운 푸른색을 띤다.

나는 2016년 8월 26일의 소백산과의 만남을 많이 감사한다. 다시 소백산을 찾는다고 해도 더 이상 이날의 소백산일 수 없을 것이다. 또한, 소백산이 8월 26일의 그 모습으로 멈춘다고 해도, 그 소백산을 다시 찾는 나는 같은 나일 수 없을 것임을 알기 때문이다.

순간의 감상은 그 순간에 한정된다. 감상의 대상과 감상의 주체는 서로 항상 변하는 존재들이기 때문이다. 늘 그렇듯이 모든 진리는 그 자리의 그 순간에 머문다. 그래서 과거에 사는 자들과 미래에 사는 자들은 진리를 만나지 못한다. 과거에 연연하고 미래에 현재의 시간을 담보 잡는 사람은 현재에도 불안한 존재일 뿐이다.

쉼 없이 23㎞를 걸어 원점에 돌아오니, 나의 자전거는 빗속에 흠뻑 홀로 젖어 나를 기다리고 있었다. 빗속에서도 주인을 기다려준 크리몰리라는 단단한 몸체를 가진 자전거를 몰아서 내리막길 9㎞를 차가운 바람을 뚫으며 내려왔다. 온몸이 얼어서 내려온 대강면의 기사 식당에서 먹은 국밥은 위장뿐만 아니라 삶의 기운까지 따뜻하게 데워 주었다.

국밥으로 얼마간 데워진 젖은 몸을 이끌고 다시 야영지를 찾아 어두워지는 거리를 헤매었다.

오늘 같은 날은 나에게도 따뜻한 집이 가까이 있었으면 하는 마음이 간절했다.

33. 월악산

강한 것은 쉽게 부러지는 법인가? 뜨거웠던 여름은 단 한 번의 비와 함께, 가을에 그 자리를 내어주고 사라져 버렸다.

월악산이 그랬다.

뜨거운 열기가 사라져 버린 산에는 여름을 그토록 목메어 울던 매미들의 노래마저 단 한 번의 비에 모두 사라져버렸다. 눈과 귀 주변을 웽웽거리다 얼굴의 열린 구멍마다 침입하며 여름 내내 나를 괴롭혔던 하루살이도 여름을 따라가 버렸다.

매미 소리가 사라진 숲에는 바람 소리가 들렸다. 머릿속에도 황량한 바람이 불고 있었다.

나는 많이 지쳐있었다. 너무 지쳐서 월악산을 겨우 올랐고 겨우 내려왔다. 그리고 월악산 산행의 이야기는 바람 속에 실려서 희미한 의식 밖으로부터 날아가 버린듯했다. 지친 몸을 치유하지도 못한 채로 월악산 야영장에서 이틀을 보내고 다시 기계적으로 자전거에 올랐지만, 나는 자전거 위에서 허우적거리고 있었다.

월악산에서 금수산으로 가는 아름다운 길 위에서 세찬 비와 강한 바람에 여행을 멈췄다.

충주호가 내려다보이는 조용한 정자에 텐트를 설치하고 이틀을 꼼짝 없이 텐트 속에서 비와 바람을 피했다.

강한 바람과 사방에서 뿌리는 비에 오래된 텐트는 곧 침수되었다. 나는 2인용 텐트에서도 그나마 젖지 않을 만한 공간을 찾아서 이틀을 인내해야 했다.

이럴 땐 일어나는 마음에 관심을 두는 일은 좋지 않다. 마음은 의지를 흔들고 걱정과 혼동으로 나를 몰고 갈 가능성이 높기 때문이다. 이미 텐트의 구석에 몰린 나를 더욱 구석에 몰아서 서글픈 신세의 중년의 약하고 서러운 가슴이 되어 눈물이 평평 솟아나게 할지도 몰랐다. 텐트 밖에는 강한 비와 바람에 꼼짝달싹 못 하게 된 자전거가 서러움에 엉엉 울어대고 있었다.

세상엔 영원한 것이 없다.

그토록 세차게 뿌려대고 불던 비바람도 두 번째 밤이 지나가자 흔적 없이 사라졌고, 젖은 아스팔트 도로에는 고요하고 깨끗한 산 내음 가득한 공기가 차분했다. 단지 도로는 지난 이틀 동안 죽음을 맞이한 상처 입은 나뭇잎의 젖은 주검으로 가득 덮여 있었다.

여전히 밀도 짙은 아침 공기를 밀치고 호수 옆을 돌아 금수산으로 향했다.

34. 금수산

퇴계 이황(李滉)이 단양군수 시절에 산이 비단에 수를 놓은 듯이 아름답다고 극찬하여 이름이 바뀐 산이 바로 금수산이다. 산의 옛 이름은 백암이었다.

하지만 2016년 초가을에 오른 금수산에서 나는 퇴계 선생이 본 그 산을 만날 수 없었다.

내가 본 것은 금수산으로 바뀌기 전인 흰 바위의 산, 백암산이었다.

산은 계절과 세월에 따라 항상 변한다. 항상 변한다는 것만이 변하지 않는 진실이다. 그래서 내가 본 산이 다른 사람이 볼 산일 수 없고, 혹시 같은 시점에 같이한 사람이라도 같은 산을 본다는 보장은 전혀 없다. 그것은 우리는 모두 각자의 편견으로 사물을 바라보는 존재들이기 때문이다.

금수산을 멀리서 바라보면, 정상부터 이어지는 능선에 누워있는 여인을 볼 수 있다. 뚜렷한 이목구비에 봉긋한 젖가슴 그리고 치켜세워진 발끝까지 영락없는 여인의 와상이 보인다. 물론 나의 편견이다. 그러나 많은 사람의 동의하는 편견은 가끔 진리로 둔갑하기도 한다.

금수산 주변에는 금수산 미녀의 강한 음기 때문에 남자들의 단명을 막기 위해 세워 놓은 남근석들이 있었다고 한다. 철이 들기도 전부터 여성의 음기를 쫓아다니던 남성의 마음 저변에는 역설적으로 여성에 대한 두려움이 있다. 또 다른 새로운 생명을 만들어내고, 주기마다 성기에서 선혈을 흘리는 여성의 마음을 실상 남성은 제대로 이해할 수 없었다. 그것은 현시대에도 마찬가지일 것이다.

이해할 수 없으면서도 생리적으로 끌리는 대상의 모습과 체취에 남성은 스스로의 마음으로도 이해할 수 없는 두려움이 있었다. 끌림과 두려움을 동시에 가진 것은 당황스러운 일이었을 것이다.

조선 후기에 파괴된 남근석은 최근에 다시 세워졌는데, 이번엔 음기를 막기보다는 관광객을 유치해보려는 의도가 엿보였다.

탐방객들이 많이 찾지 않는 산길은 자연스러웠다. 물론 험한 구간이 많을 수도 있다. 초행엔 주의해서 길을 찾아야 할 구간도 두어 군데 있었다.

산의 초입에서 스스로 득도했다는 한 노승을 만났다. 득도가 무엇인지 모르지만, 그는 한 30여 분간 두서가 없는 개인적인 이야기들을 쏟아내었다. 한참을 예의 바르게 그의 이야기를 듣고 나니, 득도하면 안 되겠다는 생각이 들었다.

왕제비꽃 군락지를 지나고 나서 길가에 무언가 움직이길래 무엇인지 보니, 덩치 큰 뱀 한 마리가 나를 경계하며 슬그머니 자리를 옮기고 있었다. 여름 동안 잘 먹어서인지 뱀은 제법 여유 있게 움직였다. 뱃속이 편하면 여유가 생기는 것은 사람도 마찬가지였다. 뱃속은 뇌보다 더욱 포괄적이고 원초적으로 반응하고 있었다.

금수산 미녀는 가까이 가서 보면 안 되나 보다.

가까이 가보니, 가슴이 탐스러운 미녀는 없고, 거대한 바위봉우리만 있었다. 미녀가 바위로 변해서 사라진 것이 아니라면, 감각이 만든 허상은 허무하다. 상상을 벗어나 만나는 현실은 차갑기 마련이었다.

그래서인지, 사람들은 현실의 사물에 관심을 잃어갔다.

우리는 매일 걷는 출퇴근길에 만나는 사람들, 건물들 그리고 사물들을 더 이상 기억도, 인식도 하지 않는다. 옆집에 사는 사람을 알지도 못하기도 하고, 하늘엔 무슨 일이 일어나고, 계절이 언제 어떻게 변하는지도 더 이상 지켜보려 하지 않는다. 사람들의 관심은 적당히 재단된 빛과 소리에 있다.

우리는 스마트폰 내의 디지털 화면에서 보이는 빛과 소리의 변화에 몰두한다. 그 빛이 주는 사진을 보고, 그 빛이 주는 정보를 읽고, 그 빛과 소리가 만들어내는 가상현실에 즐거워한다. 영화관에서는 강렬한 기계에서 울려 나오는 소리와 다양한 색깔들이 흰 벽(스크린)에 부딪히는 모습을 보고, 감정에 북받쳐서 울고 웃는다. 하지만 현실에 돌아오면 감정은 차갑게 식고 피곤해한다.

아마 지쳐버린 현실은 피하고 자신을 위해 적당히 재단된 가상의 세상에 정이 든 모양이다.

수억 광년의 역사가 펼쳐지는 찬란한 하늘의 이야기도 더 이상 사람을 감동시키지 못한다.

하루라도 저 멀리 가버리면, 우리 모두 얼어 죽어 버릴 태양의 힘에 감동하지 않고, 지구에서 떨어져 나와 영원히 지구를 돌 듯한 은은한 달빛의 낭만에도 감사해 하지 않는다.

우리가 상상하지도 못할 거리에서 날아온 저 빛을 보기 위해서 밤하늘을 올려 보는 경우도 이젠 찾기 힘들다.

사람들은 이제 적당히 재단된 디지털의 빛과 소리로 충분한가 보다. 그 속에서 만나고, 희로애락을 느끼고, 세상을 배운다.

아마 현실은 가상의 세계에 그 자리를 내어주고 우리에게서 영원히 멀어져 버릴지도 모른다.

우리가 현실을 간절히 느낄 때는, 아마, 태풍이나 자연재해처럼 지독한 힘으로 우리의 목을 죄는 때가 될 것이다.

그래도 차가운 현실이 진리에 가까움은 기억하고 싶다.

35. 태화산

간간이 뿌리는 빗속을 달려 도착한 단양 영춘면의 몇몇 가게들은 세월의 변화를 피해가고 있었다.

네온사인의 화려함이 식상해진 요즘, 형광등으로 밝혀진 간판들이 정겹다. 거리의 양옆으로는 슬레이트로 지붕을 올린 가정집이기도 하면서 또한 가게이기도 한 상가들이 차분하게 나열해 있었다. 영화 〈너는 내 운명〉에서 전도연 역할과 같은 아가씨가 커피를 배달할 것 같은 다방이 보이고, 농약과 농기구를 취급하는 가게들이 아마도 그 주인의 연세만큼이나 오래 장사한 것처럼 보였다.

도시의 네온사인이 부지런히 화려한 색을 바꾸어가며 주목받기를 목말라 할 때, 끔뻑이는 형광등은 돌다 지쳐 삐걱거리는 이발소의 삼색 회전등만큼이나 옛날을 기억하고 있었다.

면에서 반찬이 족히 10가지나 나오는 곤드레밥을 먹었다. 바람에 흔들리는 잎사귀 모습이 술 취한 사람을 연상해서 곤드레라고 불리는 산나물은 나에게는 강원도가 가까움을 의미했다.

사람들이 떠나간 남한강 북벽 래프팅 도착점에서 하루의 여행을 멈췄다. 수백 년은 족히 살았을 나무들 사이에 위치한 서낭당 옆 정자에서 어설픈 잠자리를 마련했다. 서낭당은 허리띠처럼 두른 새끼줄에 소지를 잔뜩 달고 있었다.

제주도에서는 본향당 같은 마을의 당 나무들에 걸려있는 백지의 종이 편지를 소지라고 한다. 이는 주로 글을 모르는 제주 할망들이 하얀 종이를 가슴에 대고 당신들의 소원이나 하소연 등을 정성껏 빌고 난 후 그 백지를 나무에 달아 놓고 간 것이다. 손이 아니라 가슴으로 간절하게 쓴 편지가 소지인 것이다.

서낭당의 무겁고 침침한 분위기도 있었겠지만, 많은 사람의 애절한 사연과 간절한 소원들이 가득한 서낭당 옆의 야영은 단지 편할 것이라는 기대는 하지 않았다.

한여름이 또 지나가고 서낭당 옆의 오래된 나무는 또 하나의 나이테를 가슴에 새겼다.

다 떠나가 버린 텅 빈 낯선 공원에 나 홀로 앉아 있었다.

나는 낯선 모습을 좋아한다. 그래서 여행자가 되었나 보다.

빗소리와 풀벌레 소리는 서로 충돌하거나 간섭하지 않는다.

비는 비대로 내리고, 풀벌레는 풀벌레대로 운다.

서낭당 소지에는 너무 많은 바람이 담겨있어, 백지로 달려있었다.

가을바람에 맨발로 공원을 서성이니, 지난여름 사람들의 흔적이 바람에 흩어졌다.

저편 마을에서 개가 짖었다. 그것은 가을과는 아무런 관계가 없는 허무한 울림이다. 내가 여기 맨발로 앉아있음도 사실 가을을 맞는 일과는 아무런 상관이 없다.

단지, 내가 무엇을 하든 가을은 이미 내 안에 들어와 있다.

어제 내린 많은 비로 남한강의 수위가 꽤 높아졌다. 아래로 흐르는 남한강을 내려다보는 태화산은 털 많고 덩치가 큰 거대한 짐승이 되어 비에 젖어서 웅크린 채 잠들어 있었다. 그것은 비 온 후 풀벌레도, 새도 침묵한 짙고 빽빽한 숲을 왠지 천천히 그리고 침묵 속에 걸어야 할 것 같은 무거움과 정적이 만들어낸 상상이었을 것이다.

북벽에서 지그재그 길을 걸어 오르다 보면, 암자인지 속가인지 구분이 얼핏 되지 않는 암자까지 1시간 30분이 걸린다. 그리고 여기에서 더 오르면 예상치 못한 임도를 만날 수 있다. 임도를 건너 가파른 오르막을 잠시 오르면, 그 덩치 큰 짐승은 온순할 것이라고 짐작하게 하는 부드러운 능선길이 정상까지 이어진다.

사실 태화산에는 삼국시대에 삼국이 치열한 영토전쟁을 벌인 태화산성과 4억 또는 5억 년 전에 만들어졌다는 고씨동굴을 제외하고는 관광객을 유혹할 요소들이 많이 개발되어있지 않다. 잘생긴 바위가 멋있게 있는 것도 아니고, 아름다운 계곡 소리를 들으면서 걷는 길도 아니며 또한, 북벽 아래부터 정상까지는 짙은 숲으로 이루어져, 산이 보여줄 풍경은 나무 사이로 비집고 겨우 보아야 한다.

이런 저런 이유로 탐방객의 방문이 많지 않아서인지 산은 영춘면의 오래된 가게들처럼 관광을 위한 다양한 개발의 손질이 닿지 않아, 오랫동안 변하지 않은 산의 모습을 여전히 간직하고 있다.

태화산은 다른 산들에서는 흔히 볼 수 있는 데크목 보행로, 나무 또는 돌계단, 그리고 반짝거리는 이정표들로부터도 자유롭다. 길 일부분은 풀이 웃자라서 길을 잘 살펴야 했다.

변하는 것에 저항할 생각은 애초에 없다. 바꿀 수 없는 변화에 저항하는 것은 불필요한 고통을 낳는다.

하지만 변화는 자연스러운 필연에 의해서 일어나길 바란다. 일부 행정의 과시나, 억지로 계획되고 만들어지는 변화는 부자연스럽고 어색하다.

태화산은 영춘면의 가게처럼 억지스러움이 없었다.

추운 날씨가 걱정되어서 서울에서 일부러 가을 침낭을 가져다주려고 온 사촌 동생은 "이제 손 안 타고 남아 있는 그런 마을이 귀한 대접을 받을 것이다."라고 말했다.

변화도 필연에 의해 천천히 일어나는 태화산 같은 자연이 남아 있음이 감사하게 느껴졌다.

36. 정선 백운산

　태화산을 떠나 정선 백운산으로 향했다. 동강을 자전거로 따라가는 길은 가슴 벅찬 여행의 궤적이었다. 강원도에 접어들면서 강과 산들의 생김이 달라졌다.

　산들은 높고 가팔라졌다. 강은 그 높은 산의 발밑을 휘감아 흐른다.

　인구와 차량이 뜸해지고 높고 푸른 가을 하늘에 시원한 바람이 온몸을 훑고 지나갔다.

　차와 자전거는 같은 길을 갈 수 있지만, 같은 여행이 되지는 않는다. 그것은 자전거의 우월성 때문이다. 자전거는 낮은 속도로 세상을 어루만지면서 달린다. 차는 그런 기능이 없다. 차는 목적지에 도착만을 목표로 만들어진 단순한 기계일 뿐이다.

　사진으로 남겨두고 싶은 풍경이 많아 자전거를 자주 세우게 되었다. 사실 자전거에도 관성이 달라붙으면 정지하는 것은 번거로운 일이 된다. 특히 자전거가 시원하게 달리는 내리막길에서 탄력받은 자전거를 세우는 것도 싫지만, 오르막에서 무거운 자전거를 세워 다시 시작하는 일은 피하게 되었다. 경사가 심한 곳에서는 자전거를 다시 출발하는 것마저 큰 부담이었다.

　그래도 기꺼이 자전거를 세워 주위를 둘러보거나 쉬어가게 되는 경우는 몸이 휴식을 필요로 하거나 갈증 때문이기도 하지만, 대부분의 경우는 저항할 수 없는 아름다운 풍경의 유혹 때문이었다. 선선한 바람과 간간이 뿌리는 비를 맞아내며, 도착한 강원도는 높은 산들과 휘어지는 강으로 나를 맞아주었다. 자연이 아직은 성성하고, 광부가 떠나가 버린 마을에는 추억의 바람이 도로 위의 버려진 신문지처럼 나뒹굴었다.

사람보다는 산이 더 많아 보이는 강원도는 때때로 20대에 본 네팔의 모습을 닮아 있어 당혹스러웠다. 당혹스러운 것은 네팔 같은 모습이 아니라, 나의 마음속에 우수처럼 또는 문신처럼 남아있는 네팔의 이미지 때문이다. 그것이 무엇이든, 젊은 시절에 만들어진 마음속의 이미지에 누구나 안개 같은 옅은 우수(憂愁)가 파도처럼 머리를 쳐드는 것은 그리움 때문일 것이다.

강원도를 지나는 나의 자전거가 느려졌다. 자전거의 힘이 빠져서가 아니라, 눈이 원하는 풍경이 잦아졌기 때문이다. 52살의 나이에 지금 여행하는 길을 다시 자전거로 올 자신이 없기도 했다.

넘어야 할 고개와의 만남이 잦아졌다. 또 그 재들의 높이가 만만찮아졌다. 터널이 도움이 될 수도 있겠지만, 자전거로 터널을 지나는 일은 피하고 싶었다. 우선 터널 속에 달리는 차들의 소음이 두려웠고, 터널의 벽과 빨리 달리는 차 사이에 생기는 공기의 압이 자전거의 주행을 불안하게 만들었다. 그리고 터널 안의 차선 밖에는 차량의 유리나 부스러기들이 흩어져 있어, 타이어를 쉽게 훼손했다.

70kg의 몸무게와 40kg의 짐과 트레일러 그리고 자전거를 두 다리로 저어서 해발 1,000m를 넘나드는 고개를 올라가는 것은 힘든 일이었지

만, 찰나의 순간에 빠르게 주행하는 차의 흐름에 빨려 들어갈 것 같은 공포는 피하고 싶었다. 고개를 향한 진척 없는 숙명 같은 주행은 자연이 있어 위로받을 수 있었다.

무더운 여름 끝에는 태풍의 계절이었다. 지난밤에 몰아친 태풍의 여파로 내린 많은 비가 강원도의 산을 흠뻑 젖게 하였다. 그리고 그 산의 허리를 감아 굽이굽이 돌던 동강의 물소리도 한층 기운차고 활기가 있었다.

험하다고 소문난 정선 백운산을 빗속에 오를지 아니면 하루를 더 지켜볼지 미적거렸다. 빗줄기가 가늘어지고, 구름의 색이 옅어지는 것을 보고서야 다시 짐을 챙겼다.

산 입구에는 길이 험하니 조심하라는 경고표시가 있어야 할 정도로 험한 산이라고 느껴지지는 않았지만, 등산로는 미끄럽고 젖은 능선의 바위는 조심스럽게 발 디딤을 해야 할 부분들이 많았다.

점재의 고도가 높아서, 사실 정상까지의 거리는 얼마 되지 않았다.

아직 성성한 구름이 시야를 가렸다. 바람이 흩어버린 구름 사이로 잠시 휘어 흐르는 강과, 산의 비탈에 들어선 집들 그리고 산의 작은 노지(露地)에도 어김없이 들어찬 밭과 과수원이 눈에 들어온다.

구름을 잔뜩 안은 '흰 구름의 산' 백운산은 긴 여정을 흐르는 동강과 그 아래 사는 사람들의 모습과 함께 하는 모습이 아름다웠다.

백운산 아래 게스트 하우스에서 한 사내를 만났다. 고향에 머리를 식히려 왔지만 어머니가 돌아가신 고향 집에 머물고 싶지 않아 게스트 하우스에서 장기 숙박을 하고 있다고 했다.

그는 담배를 연속해서 피웠고, 사람이 그립다고 했다.

그는 아마 사연이 많은 사람일 것이다. 그리고 진짜 사연이 많은 사람은 말을 아낀다. 그는 말을 아꼈다.

나는 그의 담배와 외로움에서 그의 아픔을 보았다.

그는 나처럼 여행을 하고 싶다고 말했지만, 동시에 그가 나처럼 여행할 수 없음을 느낄 수 있었다.

백운산을 떠나 동강 옆 옛길을 따라 가리왕산 캠프장에 도착했다.

아름다운 산들과 그 산들을 더욱 아름답게 만드는 동강과 조양강을 따라서 자전거를 타는 것은 그 주행 자체가 아름다운 일이다. 간혹 달리는 자동차와는 달리, 나의 자전거는 그 산과 강이 만드는 그림에 또 하나의 회화적 요소가 되기 때문이다.

휴가 인파가 다 떠나간 캠프장에는 홀로 여행하는 한 사내가 있었다.

그는 자연에 매료되어서 야영 장비를 차에 싣고 혼자서 자주 야영장을 찾는다고 말했다. 술을 한 두어 잔 정도만 할 줄 안다고 말하는 그는, 오래되어서 신맛이 강한 와인과 이미 상해버린 막걸리를 가지고 있었다.

그는 야영장 내에서 만나는 사람은 친구지만, 야영장 밖에서 만나는 사람들은 다 적으로 변한다고 말했다.

백운산과 가리왕산에서 만난 두 사내는 외로움을 느끼고, 사람과의 대화를 그리워했다. 하지만 두 사내는 사람이 오지 않을 곳에서 사람을 그리워하며 시간을 보내고 있었다.

외로운 사람은 기다리는 사람이다.

세상에 외로운 사람은 많아서, 누군가 내미는 손을 기다리지만, 정작 손을 내밀 용기를 가진 사람은 많지 않다. 또는 내민 손이 무안하거나, 괜히 불편해지지 않을까 미리 걱정한다.

외로움을 친구로 만든다면 손을 내밀지 않아도, 손을 내밀어 무안하거나 불편해지지 않아도 되겠지만, 그것마저도 쉽지 않아 보인다.

외로움이 농익으면, 외로움은 희미해진다.

물론 이건 외로움을 피하거나 무시해서 농익는 것은 아니다.

외로울 때는 그 충분히 농익은 외로움을 잘 지켜보는 것이 좋다. 외로움을 느끼는 주인을 잘 살피게 되면 외로움은 희미해진다.

그것은 외로움을 느끼는 주인의 실체마저 정확한 밀도와 부피를 가지지 못했음을 이해함이다. 주인도 없는 외로움이란 단지 지나가는 구름일 뿐이기 때문이다.

한 사내는 오래된 차를 타고, 부모님 산소에 벌초라도 해야겠다면서 인사를 하고 헤어졌다.

그리고 다른 사내는, 방수가 잘된다는 2인용 텐트에서 희미한 불빛 아래 또 혼자 앉아 있었다.

오늘 밤하늘엔 수억 광년을 날아온 행성의 빛들이 밤을 장식하고 있었다.

37. 가리왕산

　가리왕산은 부드럽고 온화한 느낌의 산이지만, 쉽게 오르고 쉽게 다녀가기엔 만만치 않은 산이었다. 우선 1,500m가 넘는 높이와 거대한 몸체를 지니고 있기 때문이다.

　구(舊) 러시아(Russia) 여성들의 피부처럼 흰 수피(樹皮)를 가진 자작나무들이 도시적이고 세련된 모습으로 여기저기에 자란 휴양림 상부의 심마니교를 건너면서 산행은 시작된다. 등산로에는 갈왕의 시대와 그리 다르지 않을 맑고 시원한 계곡이 흐르고 있었다.

　계곡을 따라 오르고, 소나무 숲을 걷고, 여름내 키워낸 도토리를 떨어내는 참나무 숲을 지났다. 바람이 부는 방향으로 힘들게 자란 키 작은 나무들과 주목군락을 지나 도합 3시간 이상을 쉬지 않고 꼬박 걸어야 가리왕봉 상봉에 이를 수 있었다.

　산길은 걷기에 경사가 부담스럽지 않았고, 숲은 깊고 푸르렀다.

　겨울에 새끼를 낳아서 키우는 멧돼지는 등산로 주변을 먹이를 찾아 온통 뒤집어 놓았다. 다람쥐와 청설모는 엄청난 양의 도토리가 수확된 산에서 배를 불렸다. 여름내 제법 몸집을 불린 뱀은 가을 햇빛에 일광욕을 즐기는 중 나타난 나의 존재가 귀찮기만 했을 것이다.

가을의 들판이 사람을 배부르게 하듯이, 산짐승들에게 충분한 양식을 베푸는 풍부하고 만족스런 산의 가을이 시작되고 있었다.

우리의 역사가 잘 기억하지도 못할 예전에 갈왕(葛王)이라고 불리는 사내가 산으로 숨어들어 왔었나 보다.

사실, 맥이라는 나라를 예라는 이웃 국가에 빼앗기고 정선의 한 산으로 숨어들어와 자신의 나라를 그리워하던 갈왕은 기억하는 사람은 없다. 맥이라는 나라도, 슬픔에 잠긴 왕도, 역사 이전의 희미한 흔적일 뿐이다.

하지만 그 불운의 사내를 기억하는 산이 가리왕산이다.

우리의 문자가 기록하지도, 우리의 기억이 저장하지도 못하는 시대에 살았던 한 사내를 기억하는 것이 가능한 것은 가리왕산이 그 시간 이전부터 현재까지 한 곳에서 우리가 가늠하지 못할 만큼 긴 시간을 살아온 산이기 때문이다.

하지만 가리왕산에도 이렇게 내려오는 전설 같은 이야기를 제외하면 갈왕의 흔적은 없다.

산은 말이 없고, 항상 그 자리에서 하루하루를 흔들림 없이 지내고 있을 뿐이다.

호랑이는 죽어서 가죽을 남기고, 사람은 죽어서 이름을 남긴다고 했다.

그렇다면 갈왕은 분명히 이름만은 제대로 남긴 사람이다. 하지만 죽은 자의 이름은 그 스스로에게는 아무런 의미가 없다. 그 의미는 남은 자의 몫이다. 죽은 자는 말이 없고, 산 자들이 그 이름을 이야기하고 각색하고 색을 입히기 때문일 것이다. 물론 이름을 남긴다는 것은 의미 있는 삶을 살았다는 동의어로 사용되고 있지만, 그렇다고 굳이 삶이 의미를 가져야 할 필요는 없을 것이다.

가리왕산의 산짐승들이 어떤 의미를 가지거나 의미를 위해서 사는 것이 아니듯이, 우리도 삶의 의미를 설정하기 위해 살기보다는 우리의 의미 이전의 삶의 현재를 묵묵히 살아가는 것이 중요한 의미가 될 수 있다.

여행 중 많은 사람이 나에게 이 여행의 의미가 무엇인지에 관해 물었다. 물론 여행을 떠나기 전에는 나름대로 의미라는 장치를 만들어 놓았던 것 같다. 하지만 여행 두 달이 지난 요즘 나에겐 그 의미라는 것은 무의미하다. 단지 그날의 이동과 그날의 산행에 집중할 뿐이다. 그리고 당장 먹을 한 끼의 식사가 내게 있어 여행이 무엇이 될지가 의미보다 더 중요한 위치에 자리 잡은 듯하다.

나는 삶을 의미에 기대어 살지 않는 사람이 되어가고 있다.
단지 하루의 삶을 살아가는 것이 중요한 산짐승이 되어가고 있음이 즐겁다. 체취가 되어버린 땀과 산의 냄새는 산짐승으로의 변화를 강하게 뒷받침해 주었다.

난 갈왕처럼 이름을 남기지 못할 것이고, 또한 이름을 남기고 싶지도 않다.
산의 입구에 산을 즐기되 흔적은 되가져 가라는 구호들처럼, 삶을 즐기되 나의 쓰레기는 말끔히 나와 함께 가져가 버릴 것이다.

38. 백덕산

해발 640m의 여우재를 힘겹게 넘어 비네소골로 들어 왔을 때는 오후 늦은 시간이었다. 여우재가 자전거로 넘기에는 힘든 재였던지 아니면 체력이 소진되어 고개를 넘기 힘들게 느껴졌던 것인지 판단하기도 힘들었다.

체력 소진과 함께 찾아온 무릎의 통증으로 요즘 매일 잠에서 깨어난다. 밤의 추위에 움츠러든 무릎이 굳어 펴지지 않았다. 무릎을 안고 통증을 위로했다. 울거나 고통의 비명을 지르지는 않았다. 그러면 여행이 끝나버릴 것 같은 불안이 생겨났다. 앞으로 나의 무릎이 이 여행이 끝날 때까지 버텨줄지에 대한 의문은 쉬이 가시지 않았다.

비네소골은 백덕산의 계곡 비탈에 화전민들이 살았던 오지였다고 한다. 그리 오래전의 일도 아니었다. 하지만 지금의 비네소골은 더 이상 자연이 성성하고 인적이 드문 오지가 아니었다. 계곡은 잘 지어진 전원주택들로 채워져 있었다. 새로 고속도로가 생기고 서울에서의 이동시간이 짧아지자 형편이 괜찮은 도시 사람들이 좋은 자연환경을 즐기기 위해서 이곳으로 이주해 왔다. 많은 이주민은 목 좋은 계곡에 전원주택을 지었다. 많은 사람이 이주해 왔다고 하지만, 마을에서도 전답에서도 사람을 만나기는 쉽지 않은 곳이었다. 아마 이주민들은 계곡으로 들어왔어도 자신의 활동영역을 집안으로 국한하고 있는 듯했다. 그들은 자연을 찾아 계곡으로 왔지만, 정작 자연은 커다란 창문 너머에 있는 대상이었다.

늦은 오후에 산을 찾은 여행자는 전원주택이 전부 차지한 계곡에서 텐트를 설치할 작은 공간도 찾을 수 없었다. 계곡을 헤매다 결국 인근 교회 앞마당에서 신세를 져야 했다.

역시 이주민이 시작한 교회는 사람들과의 교제가 즐거운 마을의 할머니들을 승합차로 바쁘게 실어 날랐다. 오늘은 예배가 있는 날이었다.

머지않은 옛 시절에, 사람들은 산을 파헤쳐 광물을 가져갔다. 아름드리나무들을 베었고, 화전이 행해졌던 산에 봄이면 산을 태우고 곡식을 심었다.

산은 삶을 위해 집요하게 산을 오르고 물자를 가져가는 인간의 움직임에 무방비였다.

모든 것은 변한다.

산업도 변했고, 사람들은 산을 떠나갔다. 원자재를 팔아 산업화하는 1차 산업이 쇠퇴하자 인간은 산을 떠나갔고, 산은 인간의 흔적을 지워갔다.

화전은 금지되었고, 연로한 주민들은 이제 산을 오르지 않는다. 수탈의 대상에서 벗어난 자연은 자신의 영역을 회복했다. 상처받은 자리에는 풀이 싹을 틔우고 나무가 자랐다. 풀과 나무는 새들과 작은 동물을 불러 모으고, 새와 작은 동물을 따라 포식자들이 따라 들어왔다. 인간의 훼손은 폭력적이고 질서가 없었지만, 자연의 회복에는 질서와 순리가 있었다.

백덕산은 겨울 산으로 잘 알려져 있어, 요즘 같은 가을에는 등산객마저 잘 찾아오지 않는 것 같았다. 웃자란 풀들과 많지 않은 이정표, 흔치 않은 탐방객의 흔적들이 사람이 흔히 찾지 않는 산임을 말해주고 있었다.

비네소골은 자연을 찾아 들어온 귀촌인의 취향대로 변하고 있었지만, 다행히 산은 회복한 자연을 잘 지키고 있어 흐뭇한 마음이 들었다.

사실 요즘은 개발이나 인위적인 손질이 닿지 않는 자연을 만나기란 쉽지 않다. 특히 잘 알려진 관광지나 대도시 주변의 자연이 그렇다. 그 시대 사람들의 취향이나 필요에 의해 자연은 변경되고 왜곡되었다.

하지만 자연은 한 시대 사람들의 전유물이 아니다. 자연은 이전 세대의 유물이며 또한 이후 세대가 살아가야 하는 환경이다. 그러므로 현세대의 가치나 믿음 그리고 필요에 의해서 자연을 변경 또는 왜곡하는 것은 무책임한 일이 될 수 있다.

요즘 다양한 스키장, 케이블카, 휴양림 같은 시설들이 산의 일부분 또는 많은 부분을 깎아내리고 들어서고 있음을 본다. 물론 길을 만들기 위해서 뚫거나 깎아 만든 도로들 역시 그렇다. 요즘 어디에나 흔하게 설치하는 데크목 설치물들 또한 포함될 수 있다.

뉴욕(New York)의 센트럴 파크(central park)는 원래 쓰레기장이었던 곳을 100여 년에 걸쳐서 공원화시키고 있는 공원이다.

세계적으로 잘 알려진 이 공원은 현재에도 많은 땅이 비어 있다고 들었다. 그것은 다음 세대의 가치 또는 필요에 의해 공원을 사용할 수 있도록 배려했기 때문이라고 한다.

우리의 선조들은 궁을 개·보수 하거나, 미래의 자원을 예약하기 위해 심어 놓은 잘 자란 황장목을 국가 차원에서 보호 및 관리했다. 미래를 위한 배려였던 것이다. 자원을 이용할 때는 현시대 뿐만 아니라, 미래의 세대를 고려하는 장기적 계획을 수립해서 실행해야 한다. 또한, 100년을 내다보는 충분한 계획 없이 산을 포함한 영토를 변경이나 개발하는 것에 대해 신중한 의견수립이 필요할 것이다.

　백덕산은 그리 화려하거나 기억에 남을 많은 것들을 보여주는 산은 아니었지만, 자원의 착취가 멈춘 그 시점부터 파괴로부터 스스로 자연 본연의 모습을 회복하고 스스로 유지하고 있었다,
　백덕산의 건강한 모습을 만나는 것은 즐거운 일이었다.

　우리는 이 땅에서 처음이자 마지막으로 살아갈 유일한 사람들이 아니다. 이 땅은 이제까지 사람들이 살아왔듯이 앞으로도 많은 사람이 살아가야 할 땅이다. 그리고 미래에 이 땅에서 살 사람들은 우리들의 아들, 딸이고 그 후손들이 될 것이다.
　그들에게 물려줄 얼마간의 개인적 유산들은 후손의 삶을 윤택하게 할 수 있을 것이다. 하지만 건강한 자연은 그들의 생명을 지킬 수 있는 필수적인 유산이 될 것이다.

39. 치악산

금수산처럼 음기가 강하다거나 소백산처럼 여성적인 산들이 있는가 하면, 근육질의 도락산이나 월출산 같은 남성적인 외모를 가진 산들도 있다.

오늘 오른 치악산은 남성적인 산이라고 하겠다. 좀 더 보탠다면 치악산은 거친 남성미를 보인다. 비록 철 계단과 데크목으로 튼튼한 목줄을 한 맹견처럼 탐방로를 안전하게 정비해 두었지만, 산을 가볍게 생각해서는 안 된다. 등산할 때는 계속되는 급경사의 오르막에 기운을 빼앗기고, 일부 거친 등산로는 주의를 요한다.

하지만 맹견이라고 해서 거칠기만 한 것이 아니듯이, 치악산에는 산을 돋보이게 하는 많은 요소 또한 즐비하다. 우리는 사실 거칠고 볼품없는 개를 맹견이라고 하지 않는다. 맹견은 거칠지만 강하고 충직하거나 당당한 풍채가 있기 때문이다.

산을 시원하게 흘러내리는 야성적 계곡, 전설 같은 이야기들을 간직한 사원들과 유적들 그리고 서사시 같은 많은 전쟁의 기억을 가지고 있는 금대, 해미, 그리고 영원 같은 신라 시대의 산성들이 산에 자리 잡고 있다. 물론, 황장목같이 궁궐을 짓는 데 사용되는 최고급 목재가 자라고, 다양한 동식물들이 살아가는 것도 치악산을 돋보이게 하는 요소다.

가을 단풍이 붉고 아름다워서 적악산으로 불리던 산이 지금은 치악산이라는 이름으로 불리는 까닭은 한 선비와 꿩의 이야기에서 나온 이름에서 연유했다. 이야기는 대략 이렇다. 한 선비가 산을 넘어가다 구렁이에게 잡혀 먹이가 될 운명의 꿩을 구해주게 된다. 그리고 다시 길을 가던 중 선비는 산중에서 밤을 맞게 되는데, 한 어여쁜 여자가 사는 외딴집을 발견하고 하룻밤 자고 가기를 청한다. 여자가 기꺼이 제공한 방에서 피곤한 나그네는 곧 깊은 잠에 빠져든다. 그런데 얼마 가지 않아 숨을 쉴 수 없는 압력에 잠에서 깨어나 보니, 여자가 구렁이로 변해서 자신의 몸을 감고 잡아먹으려 하는 것이었다. 그 구렁이는 선비가 꿩을 구하기 위해 죽였던 구렁이의 아내로, 남편의 원한을 갚으려는 것이었다. 그때 갑자기 어디선가 종소리가 울리고, 구렁이는 기겁해서 선비를 풀어주고 사라져 버린다. 구사일생한 사내가 뜻밖에 울린 종소리가 의아해서 찾아간 종 아래에는 종에 부딪혀 죽은 꿩의 사체가 있었다. 선비는 그제야 무슨 일이 있었는지 이해하고 꿩을 좋은 땅에 묻어주었다. 그리고는 가던 길을 포기하고 그 종이 있던 자리에 절을 세우고 꿩의 영혼을 위로했는데, 이 절이 상원사가 되었다는 전설이다.

은혜를 갚는 꿩의 아름다운 이야기는 사람들의 마음을 움직여 산의 이름까지 바꾸어 버렸다. 이후 산은 한자어로 꿩을 칭하는 치(雉) 자를 사용해 치악산이 되었다고 한다.

인간의 생각에 하찮은 생물까지 생명을 다해 은혜를 갚는다는 다분히 인간 중심적 해석이 첨가된 이야기다. 하지만 모든 생명은 삶을 지속, 유지하려는 본성을 가지고 있음을 생각해본다. 더불어 이러한 본성이 서로 잘 배려될 때 자연과 인간은 공존하고 또 건강해질 수 있음을 다시 한번 환기하게 되는 전설이었다.

또한, 산은 바라보는 다양한 관점에 의해서 이야기를 만들어 낸다.

최고봉인 비로봉(1,228m)이 그 예다. 보릿고개를 넘겨야 했던 옛날의 배고픈 서민들은 비로봉을 떡을 쪄내는 질그릇을 엎어놓은 모양 같아서 시루봉이라 불렀다고 한다. 그러나 주위에 많은 불교 사찰과 함께 불교의 사상이 들어오면서, 비로자나불(법불, 산스크리트 어원)을 뜻하는 비로봉으로 바뀌었을 것이다. 바뀐 생각이 다시 산의 최고봉의 이름을 바꾸어 놓았다. 산과 봉우리의 이름은 많은 사람의 가치와 생각이 담긴 기록물이었다.

비로봉은 한 사내가 세운 세 개의 돌탑으로도 유명하다. 세 개의 돌탑은 미륵불탑, 용왕탑 그리고 칠성탑을 상징한다고 한다. 한 명의 집념이 만들어낸 건축물을 통해서 불교, 도교 그리고 점성을 통한 민간신앙이 한자리에 모이게 된 것도 재미있는 일이라 하겠다.

때때로 한 사람의 강한 집념은 산을 옮길만한 힘이 있음도 인간의 또 다른 모습이기도 했다.

치악산의 봉우리는 신이 되기도 하고 그릇이 되기도 하면서 다양한 신앙들의 모임의 광장이 되었다. 봉우리는 찬바람 속에서 무심하게 서 있을 뿐이지만, 생각하는 인간들에게는 다양한 모습으로 보인다. 이런 생각의 다양함이 인간을 창의적으로 만들기도 하지만, 관점이라는 것은 때로는 스스로 색안경을 끼고 있음을 잊으면 자신의 생각이 옳고 다른 사람의 생각이 틀린다는 어리석음으로 유도되기도 한다. 붉은색의 안경을 쓴 사람이 세상이 붉다고 하거나, 푸른색의 안경을 쓴 사람이 세상이 푸르다고 이야기하는 것은 이해할 수 있다. 하지만 사실이 아님을 우리는 안다. 다만 중요한 것은 그것이 사실이 아님을 색안경을 낀 사람도 알기를 바랄 뿐이다.

불행하게도 요즘 세상엔 자신의 색안경의 색깔을 잘 인지하지 못 하는 사람들이 많은 것 같다. 그래서 자기의 생각과 가치 주장만이 옳다고 하고 타인이 틀렸다고 하는 경우가 많다. 그런 차이가 세상을 더욱 혼란하게 만들곤 한다.

있는 그대로를 볼 수 있는 정견(正見)을 가진다는 것은 물론 쉬운 일이 아니지만, 자신의 색안경의 색 정도는 잘 인지할 만큼 성숙한 사회가 되길 바라는 마음이다.

비로봉의 세 돌탑은 벼락과 사람들의 손길에 훼손되었다가 최근에 복구되어 있었다.

40. 공작산

공작산 아래 노천 저수지에서 한 낚시꾼을 만났다. 육십 대 중반쯤 되어 보이는 사내는 오랜 낚시 경험을 가진 강태공이었다. 그는 며칠째 낚싯대를 드리우지 않고 있다고 말했다. 그것은 요즘처럼 저수지에서 물을 빼고 있을 시기에는 고기가 잡히지 않음을 잘 알고 있기 때문이었다. 내가 그를 만난 날에도 그는 마냥 기다리고 있었다.

그는 오직 참붕어만 잡는다고 했다. 아니 사실 잡는 것도 아니었다. 왜냐하면, 그는 붕어를 잡고 나면 금방 다시 풀어주었기 때문이다. 그는 참붕어의 삶과 행동에 대해서 친근한 사람의 사생활을 말해주듯이 나에게 말해주었다.

그는 미끼를 떡밥을 사용하지 않고, 옥수수 알을 사용한다고 한다. 작은 붕어나 잡어들이 입질하는 것을 원치 않기 때문이라고 했다. 미끼를 띄우지 않고 낚시찌가 저수지 바닥에 위치하도록 하는 것은 참붕어가 저수지의 바닥에서 활동하기 때문이라고 했다. 더불어 작은 붕어나 잡어의 입질은, 그가 찾는 큰 붕어들의 입질과는 다르다고 했다. 큰 붕어는 입질이 조심스러워 미끼를 갑자기 당기거나 물지 않는다고 했다. 그래서 낚시찌가 아주 조심스럽게 아래위를 미세하게 움직인다고 말해주었다. 그런 미세한 찌의 움직임을 가만히 지켜보다가 한순간에 대를 당겨서 입에 걸어 올리는데, 그 걸린 느낌이 바위에 걸린 것 같다는 설명도 더해주었다.

그는 물밖에 살지만, 물 안의 이야기를 참 익숙하게 하고 있었다.

그의 낚시 이야기가 끝나자, 그는 나의 자전거와 여행의 이야기를 듣고, 젊을 때 몸을 혹사하지 말라고 말해주었다. 그리고 왜 이런 힘든 여행 아니 고행을 하느냐고 물었다.

길 위에서 만난 많은 사람이 질문했다.
여행의 의미가 무엇이냐고.
이런 힘든 여행에서 무엇을 얻느냐고.

여행을 시작할 때 나도 이런 질문을 했고, 나름 답을 가지고 여행을 했던 것 같은데, 지금은 그런 질문에 대답할 수가 없었다.
너무나 더웠던 여름의 열기 때문에 생각이 지워졌기 때문이라고 생각도 해봤다. 그리고 너무 지쳐서 아무런 생각도 할 수가 없어진 것일 수도 있었다.

공작산은 공작을 닮은 모습 때문에 이름 지어졌다고 했다. 하지만 노천 저수지에서 바라보는 산은 공작의 모습을 찾을 수 없었다. 산은 억세지 않고 부드럽다. 숲은 울창하고 푸르다.

오늘도 무수한 걸음으로 40번째의 산을 올랐다. 난 오늘도 여전히 무엇을 얻었는지 왜 오르는지 설명할 수 없었다.
그것은 애초에 질문이 나와는 무관하기 때문이다. 나는 의미를 가지고 길 위에 나선 것이 아니다. 그리고 무엇을 얻기 위해서 나선 것도 아니라는 것이 점점 분명해지고 있었다.

나는 요즘 '잃기 위해서 길 위에 있다.'라는 생각을 여행에 적용하고 있기도 했다. 세상의 일반적 생각들을 가끔 뒤집어 보면 더욱 명료하고 적절해 보일 때가 있다는 생각도 일어난다.

내 속의 탐욕, 집착, 무지와 성냄을 매일같이 여행하고 산을 오르고 명상하면서 잃어버리길 원하기 때문이라는 의미를 부처의 생각에서 빌려와 붙여보았다. 꽤 적절하기도 하고 나름대로 여행의 의미가 더욱 성숙해진 것 같다는 자족감이 들었다.

짐도 끌어모으면 혼잡해지고 무거워짐을 알아서 비우면 가벼워짐을 배우듯이, 의미도 얻기보다는 잃기 시작하면서 마음이 가볍고 홀가분해졌다.

또 하나의 산을 오르고, 또 다른 길을 가면서 점점 가벼워진 나를 경험하는 일이 이 길의 의미이자 얻음일 것이라는 생각이 들었다.

홍천 화촌면 두몽소(강원도 가마솥을 뜻함, 두몽) 옆에서 조용히 호흡을 가다듬고 앉아보았다.

41. 가리산

　살다 보면 예상치 않은 일들이 많이 생긴다.

　홍천 화촌면의 홍천 강가에서 야영하고 아침에 자전거로 이동하는 가리산은 예상대로라면 가벼운 자전거 주행 길이여야 했다. 하지만 가벼운 마음으로 시작한 길은, 자전거뿐만 아니라 자동차도 오르기 힘든 경사 12도의 고갯길이었다. 힘들게 길을 올랐다. 고개 위 터널을 지나 내가 좋아하는 자작나무가 줄 서서 자라는 숲이 있는 내리막길을 시원하게 질주했다. 그리고 고개를 내려왔을 때, 비로소 나는 길을 잘못 들었음을 알게 되었다

　사실 너무 예상 밖의 일이라 어리둥절했고 엄청난 에너지를 쏟아 땀으로 씨름하면서 오른 고갯길을 되돌아가야 했을 때는 실체가 무엇인지 모를 여러 대상을 향해 무작정 화가 나기 시작했다. 도로에도 화가 나고, 네이버 지도에도 화가 나고, 특히 판단을 잘못한 자신에게 화가 났다.

　내가 좋아하는 자작나무 숲이 나를 위로하리라, 스스로 위안해보기도 했지만, 스스로 생겨난 화는 불과 같아서 어디론지 뻗어 나가고 싶어 했다. 스스로를 힘들게 한 것에 대한 원망이 화가 되었고, 화는 그 원인 제공자를 떠나 어디든지 상관없이 뻗어 나가고 싶은 것이었다.

감정이라는 것은 우리가 대상이나 사건을 인식할 때 그 인식된 대상이나 사건에 대한 충분한 이성적 검토 이전에 생겨나서 생각을 혼란하게 만들고 행동에 영향을 주는 경우가 간혹 생긴다. 그리고 감정에는 관성이 있어서 설사 이성적 이해나 논리적 해결이 되어도 잘 살피지 않으면 삭여지지 않고 여전히 혼란을 일으키는 경우가 종종 있다.

다시 감정과 마음을 달래고, 길을 잡아서 가리산으로 향했다.

사실 난 길을 잘못 들어섰을 뿐이고, 그래서 좀 더 힘이 들게 되게 된 것뿐이었다. 그래도 감정은 어리석고 뜨거워서 차가운 이성의 토닥임으로도 쉬이 식혀지지 않았다.

가리산으로 제대로 향하는 길은 벼들이 익고, 밤나무가 익어서 밤을 떨어뜨리고, 대추가 익어가는 마을 한편에 강과 산을 낀 아름다운 시골 마을 길이어서 즐거운 길이었다. 화는 여전히 관성을 유지하려고 했지만, 아름다운 주변의 다독임으로 또 다른 감정이 생기자 스멀스멀 사라져 갔다.

가리산 휴양림에서부터 오르기 시작한 가리산은 한국의 많은 산처럼 부드럽고 걷기 좋은 흙산이었다. 가을바람이 시원하게 불고, 참나무들은 도토리를 가랑비처럼 떨어내고, 나무들은 서서히 예쁜 가을옷을 입을 채비를 했다. 특별한 풍경을 가지지 않았지만, 친근하고 정감이 가는 어느 마을의 뒷동산 같은 산길을 따라 기분 좋게 산을 올랐다. 가끔 불의 기운이 문득 저 가슴 깊숙이 잠재되어 있음을 느꼈지만, 이미 그 힘을 잃어버린 상태였다.

정상이 다가오자, 풍경이 달라졌다. 이제껏 친근하고 정다운 산은 사라지고, 단단하고 위엄 있는 바위와 그 바위에 살아가는 고고한 소나무가 자라는 바위 봉우리가 선경을 만들어냈다.

더 이상 걷기 좋은 흙길도 사라지고, 밧줄과 한 발을 겨우 디딜 확보물을 밟고 올라서야 하는 바위산이 나타난 것이다. 바위산 아래에는 어디서 생겨나고 어떻게 유지될지 가늠이 되지 않는 석간수가 바위에서 끝없이 흘러나왔다. 석간수는 냉장고에서 막 꺼낸 물처럼 시원했다.

제1봉을 클라이밍 하듯이 오르고 제2봉을 다시 오르니, 사람의 얼굴 같이 생긴 바위가 앞을 명시하고 있었다. 얼굴이라고 생각하니 바위에서 얼굴이 보인다. 그 바위는 시험을 잘 치게 해준다는 설이 있어 시험의 통과를 기원하는 사람들이 찾는다고 전하고 있었다.

여행하면서 오랜 나무들과 이처럼 거대한 바위 등에 소원 성취를 비는 경우를 많이 만난다. 많은 사람이 많은 바람을 가지고 살아간다.

나는 나의 감정이 나를 괴롭히지 않기를 소원해 보아야겠다는 생각을 했다.

제3봉에 올라 제1봉과 제2봉을 바라보니, 학이라도 날아오르고 구름이라도 휩싸이면 나는 도인의 흉내를 낼 수 있을 것 같았다.

다시 엉금엉금 바위 위의 금속 확보물을 밟고 내려오니, 산은 언제 그랬었냐는 듯이 부드럽고 정감 있는 모습으로 시치미를 떼고 있었다.

가리산을 향한 반전은 마침내 아침의 화의 찌꺼기를 기분 좋게 씻어버렸다.

구수하면서도 뒤끝 있는 가리산은 그렇게 기분 좋게 끝나고, 어젯밤의 비로 깨끗이 씻긴 푸른 하늘에는 가을 햇볕이 성큼 들어서 있었다.

과연 얼굴 바위는 신묘한 힘이 있어서, 화가 나를 더 이상 괴롭히지 않게 해주었다.

42. 팔봉산

　다시 강을 따라 달리고, 고개를 넘고, 마을들을 지났다. 일상이다. 또 하루의 일상의 밤을 보내기 위해 찾은 팔봉산 주차장은 야영객들이 가득 채우고 있었다. 나는 일탈 같은 하루를 일상으로 살고 있었다.

　주차장의 차들, 상가 식당들 그리고 주차장 여기저기에 세워진 텐트들이 마치 난민의 피난지 같은 모습이었다.

　여정의 야영지는 주로 마을 정자, 강변, 계곡 옆, 숲속 그리고 폐허나 무덤 옆이었다. 그리고 대부분의 야영지는 이렇게 사람과 차들이 얽히는 난민촌 같은 곳은 아니어서 몸은 좀 불편하더라도 최소한 조용한 잠을 청할 수는 있었다.

　피난 캠프의 하룻밤은 불편하고 시끄러웠다. 특별한 밤이었다. 그래도 홍천강 건너편 팔봉산의 멋진 배경 속에 지낸 하룻밤이었기에 다행이라고 스스로 위안했다.

　한눈에 쏙 들어오는 산은 많지 않다. 그중에도 모든 봉우리가 한눈에 다 들어오는 산이란, 더욱이 많지 않을 것이다. 홍천의 팔봉산은 그렇다. 처음 팔봉산을 찾는 사람도 산의 주변에 들어서면 저 산이 팔봉산이구나 하는 것을 누구나 놓치지 않는다.

8개의 크고 작은 봉우리가 늘어서 있고, 그 앞은 얕은 하천이 흐른다. 하천에는 모래사장과 풀밭이 위치하고 그 산은 강 저편의 피안(彼岸)으로 서 있다.

물이 흔해서인지, 이른 아침의 나지막한 팔봉산은 안개구름에 둘러싸여 있었다. 물과 안개와 구름 그리고 얼음은 산소와 수소의 다른 배열일 뿐이라는 학교에서 배운 지식으로 눈앞의 변신들을 설명하기에는 충분하지 못했다. 어쩌면 그 지식은 고승의 선문답 같은 설명일 뿐이었다. 산을 둘러싼 안개는 지식의 답보다는 훨씬 신비하고 몽상적이었다.

300m가 겨우 넘는 높이의 산의 바위 봉우리들을 구름이 덮고 그 아래는 강이 휘돈다.

그 모습이 주는 신비함 때문인지 제2봉에는 삼부인당을 포함한 두 개의 당집이 만들어져 있고, 사람들이 가져다 놓은 향과 초 그리고 음식들이 보였다. 사람들은 과학이나 선문답으로도 이해하기 힘든 신비함에 무릎을 꿇거나, 그만큼 신비한 힘이 있을 거라고 생각하나 보다. 아니면 산과 강이 만들어 내는 모습과 기운이 사람들에게는 어떤 신의 힘을 기대하지 않더라도, 우리는 애초부터 저 강 건너 피안의 땅에 많은 바람을 두고 있었는지도 모르겠다.

그것은 답답한 현실을 벗어나 저 너머 있는 땅에 꽃과 꿀이 흐르는 행복한 땅이 있다는 상상조차 없으면 현실의 어려움을 헤쳐나갈 어떠한 희망을 품기도 힘들기 때문일 수도 있을 것이다.

사람들은 항상 자신이 서 있는 땅에서 행복과 안녕을 찾지 못한다. 저 강 너머 또는 저 하늘 세상에 안녕과 행복이 있기를 바란다. 그래서 항상 피안의 세계에 이상향과 가득한 행복의 땅이 있을 것이라고 생각한다.

하지만 현재 여기가 아니라, 미래의 미지의 땅에서 행복을 찾는 사람은 행복하기 힘들다. 미래에 도착했을 때는 이미 미래가 현재가 되어버리기 때문이다.

또한, 현재 서 있는 땅에서 행복한 마음을 키우지 못한 사람은 강 건너 땅에서도 행복하다는 보장을 받긴 힘들다. 행복은 어떤 조건이 아니라, 자신의 마음의 상태이기 때문이다. 현재에서 자족하고 자기가 살아가는 현실에서 행복을 찾을 수 있음이 미래의 행복을 예약한다. 미래는 현재의 결과물이기 때문이다.

등산로의 안전시설이 준비되기 전에는 제1봉에서 제8봉까지 가는 길은 꽤 두렵고 험한 길이었을 것이다.

자연의 두려움과 어려움은 인간의 크기를 작고 겸허하게 만드는 힘이 있다.

옆의 쉬운 우회로를 이용하지 않고, 해산의 산고처럼 힘들게 통과한다는 해산굴 코스를 통과해 보았다. 그리고 우리의 삶에서 고안해낸 많은 고통과 불편의 우회로들을 생각했다. 원하지 않는 것들을 피하고 우회하는 삶에서 고통과 불편이 주는 역경을 통해 배우는 겸허와 인내의 마음은 어디서 만나고 익히고 배우게 될까 잠시 생각했다.

쓰면 뱉고 달면 삼키는 삶을 살고 싶지는 않았다. 그렇게 되면 인생의 단편만을 알게 될 것 같았다.

사람이 살아가는 3만 일(약 80세) 동안 일생의 단맛과 쓴맛을 경험하는 완전한 형태의 인생을 만나고 즐기고 싶다는 것이 나의 바람이다.

80년 동안의 인생을 여덟 개의 봉우리에 비유해 보았다. 여덟 봉우리의 걷기 좋은 부분과 멋진 풍광만을 즐기고 나머지 가파른 오르막과 힘든 바위 능선 지대를 모두 제거해 버린다면, 팔봉산을 알지 못하고 하산하는 것이다. 80년 동안의 인생에서도 어렵고 불편한 병과 죽음의 시간을 피하려고만 하고, 삶의 고통에 대한 명상을 하지 못하고 지나가 버린다면 인생을 진하고 깊게 살았다고 말하기 힘들 것이다.

내일은 추석이라 그런지 들녘에는 평화로운 기운들이 가득했다.
다시 힘든 두 개의 재를 자전거를 끌고 또 타면서 땀을 흘렸다.

어려움과 즐거움은 사실 두 개의 다른 얼굴이 아니다. 오르막과 내리막이 하나의 재를 구성하듯이, 어려움과 즐거움은 하나가 빠지면 다른 하나도 허물어져 버리는 공동체이다.

43. 삼악산

호반의 도시, 춘천의 아침은 안개 속에 갇혀 있었다.

음습한 기운 속에 내리는 안개비는 추석의 풍요와 감사와는 거리가 멀었지만, 이방인에게 춘천이라는 도시의 성격을 보여주기에는 충분했다.

춘천에 도착하니 자전거 여행자를 만나는 일이 흔해졌다. 젊어서 아름답고 생기 찬 사람들 사이에 섞여서 타는 자전거는 더욱 생기가 있다. 젊고 싱그러운 사람들이 이 호반의 도시를 더욱 로맨틱하게 만들어가고 있었다.

또다시 타향의 길 위에서 부모님에게 익숙한 전화를 했다. 누구에게는 일상이 일탈이 되기도 하고, 누구에게는 일탈이 일상이 되기도 한다. 이젠 부모님께도 익숙해질 만한 나의 여행도 걱정의 범위를 벗어나지 못함을 항상 깨닫는다.

경주의 초등학교 수학 여행지에서 만난 상가들을 추억하게 하는 기념품 가게들을 지나면서 등선폭포 길이 시작되었다. 아마 이 길을 통해서 들어간 사람들은 공통점으로 느꼈겠지만, 등산로 입구를 통과하자마자 삼악산은 엄청난 광경을 보여준다.

양쪽의 규암으로 형성된 좁은 절벽 사이로 계곡물이 흐른다. 다양한 모양의 폭포가 만들어져 물을 부순다. 많은 세월 바위를 깎아 만든 소(沼)의 깊고 맑은 물이 감탄을 자아낸다.

하지만 기대가 크면 실망도 크다.

사실 감탄은 거기까지였다. 산은 그 감탄을 자아내는 계곡 부분을 지나면 곧 평범해진다. 심지어는 계곡을 따라 위치한 막걸리나 파전을 파는 음식점들이 자연의 흐름을 깬다. 또한, 계곡을 어지럽게 지나가는 전선들이 이 아름다운 계곡을 단지 유원지 같은 느낌으로 폄하시키고 있었다.

물론 산을 오르면서 만나는 고(古)산성과 산 위의 대평원지대 그리고 이야기로만 남아있는 궁궐터 등으로 삼악산은 방문객의 감탄을 유지하려고 노력하지만, 힘에 부침은 어쩔 수 없는 일인 것 같았다.

하기야 상상력이 풍부한 사람들은 고(古) 삼국 시대의 맥국과 가리왕산으로 들어가 잃은 나라를 그리워하던 갈왕의 이야기를 생각할 수도 있을 것이다. 또는 왕건(王建)에게 패해서 삼악산에서 재기를 노리던 견훤(甄萱)과 그의 군사를 생생하게 상상해 낼 수 있는 사람에게 삼악산은 역사의 현장이자 박물관일 수도 있을 것이다. 하지만 나에게는 어느 것도 등선폭포 계곡의 감탄을 회복하게 할 만한 것은 아니었다.

산 위에 위치한 고산성과 예전의 왕국의 흔적이 남은 바위와 지명들 그리고 역사의 인물들이 들려주는 이야기들조차 희미하게 남았다. 단지 이런저런 이야기가 전해 내려온다는 설명으로 끝을 맺는 것은 뭔가 아쉽다.

이야기라는 것이 그렇다. 역사도 마찬가지일 것이다.

이야기는 그 자체에 생명력이 있는 것처럼 항상 변한다. 아니, 이야기가 변치 않더라도 듣는 사람의 관점에 따라서 이야기는 달라진다.

심지어는, 한 국가의 정사(正史)라고 해도 그 시대와 환경에 따라서 다시 해석되고 각색되어 써지는 것을 우리는 무수히 지켜보았다. 이것은 한 정부 또는 기득권자들의 노골적 의도에 의해서 이루어지고 있는 현재의 교과서 국정화를 굳이 언급하지 않아도 우리의 역사에서도 쉽게 찾을 수 있다.

개인의 이야기와 역사도 변한다. 물론 한국의 많은 노인의 어려운 시절의 이야기는 토씨 하나도 변하지 않고 카세트 플레이어처럼 무한 재생되어 반복되는 경향이 있다. 그들은 이제는 더 이상 귀 기울이지도 않는 후손들에게 기회가 있을 때마다 그 이야기 들려주지만, 듣는 사람들의 태도는 너무도 많이 달라져 있음을 느끼기도 한다.

나의 이야기와 역사를 어떻게 이해하는가 하는 것은 자신의 인생을 어떻게 평가하고 어떻게 수용하느냐는 문제를 지니고 있다. 일생의 이야기를 회의적이고 부정적으로 설명하는 사람의 인생이 행복하기는 힘들다. 설사 인생이 험하고 힘들었다 하더라도 그 인생의 이해가 긍정적이고 감사의 내용을 담는다면 성공적인 인생이 될 것이다.

사실(Fact)이라는 것도 화자의 마음의 태도에 따라 해석의 범위가 다양하다는 것을 잘 이해하면, 사회의 일반적 평가의 폭력성으로부터 자유로워진다.

자신의 인생 이야기를 어떻게 해석하고 어떻게 평가하고 어떻게 남기는가에 대한 주권은 사회가 아니라 자기 자신에게 있는 것이다.

비운의 갈왕이든지, 또는 정적에 의해서 지렁이의 자손이라고 전해지는 견훤도 스스로 남자답고 당당한 일생을 살았다고 자평하면서 삶을 정리했기를 바라는 마음이다.

44. 오봉산

자전거는 호수를 따라 춘천 시내 방향으로 흘렀다.

깊음이 만드는 짙고 무게감 있는 호수의 표면에는 물안개가 가라앉고 있었다.

호수 주변에는 자전거 여행자를 위한 시설들이 잘 정비되어 있었다. 호반 도시의 정취를 느끼며 도착한 화장실 옆을 야영지로 정했다. 호수 넘어 춘천 시내가 보이는 곳이었다.

요즘 화장실은 시설이 좋을 뿐 아니라, 나에겐 물과 전기를 사용할 수 있는 편리시설이기도 하다. 수돗물을 그냥 마시는 사람들은 줄었지만, 수돗물은 최소한 여행을 멈추게 할 병을 초래하지 않을 거라는 믿음이 나에게 있었다. 자연에서 구할 수 있는 물의 오염을 우려하게 된 것은 산업화가 불러온 현상이었다.

늦은 밤 화장실에서 샤워를 할 수도 있었다. 전화기 배터리도 충전했다. 오랜 여행의 길잡이가 되어주는 스마트폰의 충전과 여행기를 작성할 랩톱 컴퓨터의 충전은 야영 생활을 하며 여행하는 나에겐 쉽지 않은 일이었다. 초기에는 태양열 충전기를 사용해 보았지만, 항상 이동하는 여행에서 제 기능을 발휘하지 못했다. 그래서 공중화장실이나 등산 입구 매표소에 부탁해서 충전을 유지했지만 간혹 정전 사태를 맞이하곤 했다.

예전의 화장실과는 달리, 요즘의 화장실은 사람의 오물 냄새가 아니라 꽃이나 초콜릿 향이 났다. 나는 가끔 화장실에 인분의 냄새가 아닌 꽃향기가 나는 것이 진정으로 건강한 것인지 의문을 가진다.

낮의 피로를 풀어줄 숙면을 기대하면서 잠자리에 들었다. 하지만 춘천의 자전거 도로는 잠들지 않는다는 것을 깨달았다. 밤새 자전거들이 달리고, 자전거 주차 시설 옆에 위치한 스탬프 부스에서 주행 확인 도장을 찍고, 또 먼 밤을 달려 도착한 성취감에 젖은 자전거 라이더들이 서로 활기찬 심야의 대화를 주고받았다. 그래도 불청객이 허락도 없이 자리 잡은 이런 야영지에서 조용한 밤의 권리를 요구할 면목은 없었다. 안개가 가득한 호수 옆의 야영은 선잠으로 밤을 새웠다.

유람선을 타고 소양강댐을 건너서 도착한 곳은 청평사였다. 청평사는 오봉산의 아래 위치한 고려 시대에 만들어진 절이다. 절은 가람의 배치가 계단식으로 단아하고 국보인 회전문등을 가지고 있다. 또한, 고려 시대의 정원의 형태를 엿볼 수 있는 몇 안 되는 곳이다. 산의 바위 봉우리들을 비추어지도록 만들어진 인공 연못, 영지를 포함해 자연의 계곡에 인공의 세공이 첨가된 고려정원을 살짝 엿볼 수 있는 곳이다. 세월이 대부분의 정원을 삼켜버렸기 때문이다.

정원은 고려 중기의 문인 이자현(李資玄)이라는 사람이 조성했다. 왕의 총애와 왕후와 공주에게 의복을 받았다는 기록은 그가 어떤 위치의 사람이었는지 말해준다. 하지만 그는 28세에 청평사에 들어와 정원을 조성하고 죽을 때까지 거기서 지냈다. 식암(息庵) 또는 청평 거사(淸平居士)라는 호로 불리던 그는 나물밥과 베옷으로 평생을 살면서 선학을 공부했다고 한다.

그가 계곡의 바위를 깎아 만든 소박한 세면기에 손을 씻어보았다.

세속의 부귀영화는 그에게는 아마 계곡에 흘려보내는 오물같이 부질없는 것이었을지도 모른다.

아름다운 청평사와 그 정원을 품고 있는 오봉산은 이름 그대로 다섯 개의 봉우리를 가지고 있다.

청평사에서 시작해 오르는 가파른 바위로 이루어진 산길은 암벽의 설치물과 밧줄을 잘 이용해서 올라야 하는 세미-클라이밍 지역이 많이 있어 산을 오르는 재미를 더한다. 물론 심약한 사람들은 단단한 각오를 해야 하는 산이기도 하다.

오봉산은 바위로 구성된 봉우리와 분재의 모습을 한 소나무와 참나무들이 절묘하게 구성된 산이다. 산 아래로는 소양강댐이 햇볕에 반짝인다. 그리고 사방에 굽이굽이 즐비한 산들이 만들어내는 아름다운 모습들에 가슴이 시원해진다. 바위에 가부좌를 튼 청풍 거사를 다시 상상했다. 그의 자리에서 보이는 산 아래 세상이 부질없이 느껴졌다.

많은 사람이 '여행에서 남는 건 사진뿐이다.'라는 말을 종종 한다.

나는 산행 중 틈틈이 오래 간직하고 싶은 풍경들을 사진에 담았다. 하지만 카메라 조작을 잘못 해서 오봉산 기록을 포맷해 버렸음을 나중에 알게 되었다.

사진을 모두 지워버린 나에게는 사람들의 말처럼 기억 외에는 남는 것은 없는 것인가? 그렇게 생각해보면, 사실 기억도 오래 보존해 둘 수 있는 것은 아니었다.

우리가 인식하는 기억은 두뇌에 제한된다고 배웠다. 하지만 인간은 두뇌의 기억보다 훨씬 오래 보관 가능하고 훨씬 정교한 기억 체계를 가지고 있다. 예를 들어, 우리 근육의 기억을 생각해보자. 우리가 자전거 타는 방법을 말이나 글로 정교하게 설명할 수 없어도, 우리의 근육은 자전거를 탈 때 그 균형감이나 방식을 오랜 시간을 지나도 정확하게 기억하고 있다. 생물의 세포들은 어떤가? 세포를 배양하면, 한 세포는 생물의 조상 모습까지 기억하고 있다. 애완용 개를 복원해 내기도 하는 세상이 아닌가? 또한, 하나의 체세포는 그 사람에 대한 기억 외에도 그 사람의 조상에 대한 정보까지 기억하고 있어, DNA 감정으로 그 사람의 출신이나 인종에 대한 많은 정보를 알아낼 수 있음을 배웠다.

우리의 면역체계도 그렇다. 우리의 면역 기능은 몸속에 침투한 미세한 감기 바이러스도 영구히 정확하게 기억해 내어, 몸을 건강하게 유지하게 한다. 또한, 한 번 경험한 바이러스의 모습을 정확하게 기억해서, 그 바이러스를 제거할 수 있는 항체의 모습을 만드는 데 사용하게 된다.

이처럼 우리는 두뇌의 기능을 넘어서는 훨씬 정교하고 오랜 시간을 유지하는 다양한 형태의 기억 체계를 가지고 있음을 안다.

우리의 삶에서 두뇌의 기억은 곧 사라진다. 가까운 사람과 이별하고 오랜 시간이 지나면, 우리는 그 사람을 잊게 되는 것은 인식의 범위에서는 자연스러운 것이다.

하지만 그 사람과의 만남을 통해서 생기는 미세한 다양한 변화는 인식을 넘어서 훨씬 오래 그리고 정교하게 남아있게 된다.

자녀들은 부모와의 인연의 정밀한 기억들은 잊어가지만, 부모의 말투, 행동 그리고 성향 같은 우리가 기억하지 못하는 정교한 흔적으로 남아

자녀의 삶에 영향을 미친다.

산이라는 것도 그렇다.

한 번 오른 산은 우리의 기억엔 언젠가 희미해지지만, 산은 몸에 또는 마음에 남은 정교하고 은밀한 기억으로 남아 있기 마련이다.

오늘 카메라 속의 기억은 포맷이라는 불상사로 다 지워져 버렸다. 또한, 인식의 범위에서도 기억들은 곧 지워져 버리겠지만, 어느 형태로든 산은 나의 한 부분이 되어있을 거라는 생각을 잃어버린 사진에 대한 위안으로 삼아봤다.

45. 용화산

춘천에서 출발해 배후령을 향해 자전거로 올랐다.

배후령은 해발 620m 높이에 오르막이 9㎞나 계속되는 오봉산과 용화산 사이를 가로지르는 재이다. 터널이 생긴 이후 차량이 뜸해지자, 많은 도전적인 사이클리스트들이 즐겨 찾는 곳이기도 하다. 한적한 배후령의 도로를 따라 오르면서 이틀을 머물렀던 춘천과 호수를 아래로 내려다보았다. 들숨과 날숨의 증기기관처럼 한 발, 두 발 저어 오르는 나의 반대편으로, 먹이를 발견하고 급강하하는 솔개처럼 자전거 팀들이 스쳐 지나갔다.

별일이 아니다.

고개라는 것이 그렇다. 나도 올라가면 저들처럼 다시 내려와야 하는 것이 고개일 뿐이다.

재의 정상에 도착하면 한때 남북한의 경계가 되었던 위도 38도선을 상기하게 해주는 표석(標石)을 만나게 된다. 위도 38도선은 한국의 과거와 현재 그리고 미래의 온갖 아픔과 슬픔 그리고 설움을 상징하는 문신처럼 바위에 새겨져 있었다.

저녁 빛이 깃드는 위도 38도 선상에 위치한 배후령 정상에서 야영을 준비했다. 한때 남북의 경계였던 38선상에서 잠이 든다는 것은 묘한 감정을 일게 했다. 물도, 화장실도 없는 이곳에는 예전의 긴장감이 고요한 자연의 침묵 속에 여전히 존재했다. 빵과 약간의 음료수로 저녁을 대신하고 남북의 대치 속에 죽어간 영혼들이 헤맬 것 같은 공간에서 무거운 마음으로 잠이 들었다.

용화산은 한국 현대사에서 중요한 사건들을 기억하는 38선에 위치한 산이다. 산행은 길게 늘어선 오래된 참호 옆의 길을 따라 시작되었다. 참호와 참호의 번호 그리고 주변의 바위에는 총탄 자국이 가득했다. 산행 내내 주변 사격장과 포병대의 총소리와 포 소리가 간혹 멀리서 들려왔다.

나는 세상에서 가장 긴장이 고조된 국경의 하나에 가까이 와있었다.

산은 춘천 부근에 위치했던 고대국가 맥의 경계였다고 전해진다.

그리고 이제는 백제, 신라, 고구려의 삼국의 분단 시대를 지나, 통일신라와 고려 그리고 조선까지 한반도의 통일국가 시대들이 끝나고, 남북한 두 개 국가로 나누어진 이국 시대를 살고 있음을 느끼게 된다. 이처럼 한반도는 많은 나라가 흥망하고, 또한 분열 대립하고 통일하면서 살아온 땅이다. 아마 대한민국도, 조선 인민민주주의 공화국도 분열과 대립을 반복하다 어느 미래에 통일되어 두 나라는 많은 한반도에 존재했던 나라들처럼 역사 속으로 사라지게 될 것이다.

국가와 그 국가에 사는 사람들은 계속해서 바뀐다. 이 땅은 그 많은 사람과 나라들이 생멸(生滅)하는 모습을 지켜보고 있다. 이 땅과 산은 그 사람들이나 나라들의 소유가 아니었다. 그것은 단지 그 사람들과 나라의 믿음일 뿐이다. 대신 이 땅은 많은 사람과 나라들 소유했었다. 그리고 그들의 흔적을 기억하고 있다.

배후령에서 용화산까지 7.5㎞ 거리에 위치한 두 개의 고개(사여령, 고탄령)를 지나 바윗길을 위태하게 걸었다. 수명이 100년에도 미치지 못하면서 같은 동족에게도 폭력적인 적대감을 보이는 인간의 역사를 조용히 지켜보는 산의 감회는 무엇일까 하는 생각이 산행 내내 들었다. 오랜 긴장의 흔적들이 지속적으로 내 생각에 간섭했기 때문일 것이다.

깊은 상념 속에서 산행을 마치고 배후재를 떠나 솔개처럼 부드러운 선을 그리며 산에서 내려왔다. 도착한 마을에는 이국 시대의 한 나라인 북쪽 나라에서 탈출한 사람들이 남쪽 나라에 정착할 수 있도록 도와주는 탈북자 교육기관인 '하나원'이 높은 담 위에 철조망과 망루 안에서 자리 잡고 있었다.

마을 정자의 야영지에서 하나원이 보였다. 우리 동족의 나라이면서 또한 적국인 북한에서 넘어온 사람들이 새로운 삶을 준비하고 있었다.

46. 대암산

"인제 가면 언제 오나. 원통에서 못 살겠네. 그래도 양구보다는 나으리."

대한민국의 남성이라면 다 간다는 군대 중에서도 힘들기로 유명하다는 인제, 원통 그리고 양구를 지나면 대암산에 다다른다.

많은 전역자들이 그쪽 방향으로는 오줌도 누지 않겠다고 했다. 서울 시내에서 군 복무를 한 나에게 전방의 분위기는 새로웠다.

무장 차량이나 무궤도 차량이 뜨거운 공기를 품어내며 지나갈 때면, 자전거는 포식자의 발톱 아래에 짓눌린 쥐새끼처럼 바들바들 떨었다. 그것은 지축이 바들바들 떨었기 때문이었다. 거대한 몸집의 군 차량들이 도로를 다 차지하면서 달려오면 자전거는 길 위에 머무르지 못했다. 단지 대열이 지나가도록 비켜서 있었다.

군대 차량에 실려 있는 병사들은 다들 무표정하다.

병사는 생각으로 움직이지 않는다. 명령에 따를 뿐이다. 생각이 사라진 얼굴에 표정도 사라졌을 것이다.

매일 하는 야영이 오늘은 색다르게 느껴졌다.

밤이 되자 기온이 뚝 떨어졌다. 거대한 장갑 차량들이 줄지어 지나가면서 차가운 밤기운 사이로 뜨거운 배기가스를 뱉어냈다. 믿고 의지하던 대지(大地)마저 흔들렸다.

물론 나에게는 특별한 경험은 지역민들에게는 일상임을 알 수 있었다. 오히려 마을 빈 공터에 텐트를 설치하는 사람이 지역민들에게는 일상적이지 않은 일이었다. 그것은 의구심 어린 지역민의 눈빛에서 알 수 있었다.

장갑 차량이 지축을 흔들며 지나다니는 전방 군사 지역에서 혼자 야영을 한다는 것은 꺼림칙한 일이지만, 그렇다고 별다른 방법은 없었다.

한국전쟁 후에 남한의 땅이 되었지만, 전쟁 이전에 대암산과 양구는 북한의 땅이었다.

양구와 산에는 전쟁의 흔적이 여러 개의 전적비로 남아 있었다.

광치계곡을 따라 오르다 보면, 산은 국경에 있는 산이라 해도 여타의 산과 다를 게 없었다. 통제된 탓에 가보지는 못했지만, 고산 늪지 용늪을 제외하고는 너무나도 평범한 산이었다.

능선에 오르자 병영에서 사격연습을 하는지 포와 소총 소리가 연이어 들렸다. 임도를 따라 산을 오르는 장갑차량의 굉음도 들리기 시작했다.

저 멀리 보이는 북쪽 산 중 일부는 북한 영역의 산이라고 생각하니 더욱 특별한 느낌이 들었다. 누군가가 정상에서 날씨가 좋으면 금강산을 볼 수 있다고 말해주었다.

분단국가!
우리는 왜 이렇게 남북이 서로 적대하면서 이 땅을 나누어 서로의 목에 총을 겨누고 있는가?

공산주의든 자본주의든 두 나라는 국민이 주인이 되는 민주주의국가임을 말하고, 두 개의 사상은 인간 사회를 행복과 번영으로 만들기 위해 고안된 사상임을 다투듯이 주장한다. 하지만 요즘 두 나라의 사람들은 나라의 주인이라고 느끼기 힘들다. 북한의 사람들은 나라를 버리고 탈출을 하는 시대가 되었고, 주인이 되어 행복해야 할 남한의 국민들은 '헬 코리아(Hell Korea)'라는 신조어를 만들어 낼 만큼 불행을 표현하고 있다.

인간을 행복하게 하지 못하는 두 개의 사상 때문에, 한반도가 두 개의 나라로 분단되어야 한다는 것은 아마 핑계일 것이다.

두 국가 간의 대립은 주권을 가진 국민의 뜻이라기보다는, 대립을 통해서 기득권자들의 힘과 권력을 유지하기 위함이 아닌지 의심스럽다. 자유분방한 국민들의 생각과 의견을 통제하고 무기력하기 위해서는 증오와 공포심을 유발하는 상황을 조장하는 것은 아닌지? 강(强) 대 강(强)의 충돌과 상대를 향한 힘을 과시해서 긴장을 조장하는 것은 아닌지? 삐딱한 생각을 가진 자의 의문은 꼬리에 꼬리를 물었다.

민통선에 위치한 대암산은 사람들이 많이 찾지 않았다. 아마 부추긴 긴장 때문이 아닌지? 출입이 허락된 고지인 솔봉(1,129m)에 앉아 오랫동안 이런 난감한 생각에 빠졌다.

47. 설악산

9월의 네 번째 주, 양구를 떠나 다시 31번 국도의 높은 재를 넘어 설악의 한계령으로 향했다.

작전 차량들이 무표정하게 지나갔다. 자전거는 중력에 지친 몸짓으로 재를 올랐고, 광치 터널을 지나자 중력을 싣고 빠르게 설악을 향해 달렸다.

중력은 선도 악도 아니었다.

설악산은 내가 좋아하는 동생들과 오르게 되었다. 그들은 산을 좋아하고, 산을 알고, 산을 존중하는 산 사나이들이다. 무엇을 준비해야 하는지, 어떻게 산을 즐기는지, 산을 좋아하는 사람들 사이에 예절과 의리를 안다.

멀리 보이는 능선이 시각을 압도하는 한계령에서 산행을 시작했다.

가파른 오르막을 한동안 올랐다. 익숙한 산행도 초입부터 가파른 오르막을 만나면 힘들었다. 몸은 때때로 금방 잊고 금방 익숙해졌다. 능선에 도달하니 바위들이 능선의 상부를 늘어서 있었다. 잘 자란 나무들은 이제 가을 색으로 옷을 갈아입었다. 가을이 가장 행복한 단풍나무들이 연거푸 감탄을 자아내게 하고 있었다.

산 사나이들은 산에 대한 감탄과 찬사에 인색하지 않다. 오히려 이런 산을 다닐 수 있음에 감사하고 자랑스러워 한다.

하지만 이제 산에서 단련된 중년의 몸은 삐걱거리는 소리를 냈다. 산악잡지 사진작가인 영선은 척추 하부의 근육 경직으로 산행의 시작부터 고통스러워했다. 허리를 곧바로 펴지도 못하고 다리 저림 현상까지 나타나 고통에 어쩔 줄 몰라 했다. 등을 마사지하고 온통 파스를 바른 채로 힘겨운 산행을 이어 나갔지만, 강한 의지의 사내는 고통 속에서도 사진 작업도 포기하지 않고 무거운 짐을 동료에게 맡기는 것도 거부한 채로 산행을 계속했다.

48세! 오랜 세월 동안 도전적인 산행으로 조금씩 탈이 난 자신의 몸을 다독이기도 하고 채찍질도 하면서 설악의 길을 오르고 있었다.

사촌 동생이자 한국의 산에 대한 정보를 제공하는 인터넷 사이트를 운영하는 동생은 4명을 먹일 식량을 가득 실은 배낭을 메고 산을 올랐다. 건장한 거구를 가졌지만 유독 더위에 약한 동생은 가을 햇빛에도 땀을 비 오듯이 흘렸다. 동생은 이날 발바닥의 통증으로 걷는 것이 어색했음에도 불구하고 묵묵히 걸었다. 그는 근족막염이라는 병을 오랫동안 앓고 있었다. 오래된 통증인 만큼, 참아내는 힘도 그만큼 강해진 것이다.

한계령 삼거리를 지나고, 대청봉을 향한 서북 능선을 걸었다. 왼쪽으로 귀때기청봉을 잇는 산맥들이 줄지어 보이고, 멀리는 장수대를 넘어서 가리산 정상의 3봉들이 눈에 들어왔다.

9월 넷째 주의 설악의 단풍은 푸름 속에서 더욱 붉고 더욱 노랗다.

사실 나는 이 길을 사촌 동생과 몇 년 전에도 걸었다.

하지만 이 모든 경관은 나에게 처음이다. 그때 모든 주위의 경관은 짙은 안개 속에 침묵하고 있어 우리는 등산로만 보면서 묵묵히 걸었었다.

인종은 오늘 유난히 느렸다. 몇 달 전 다친 발목이 조심스러운 모양이었다. 말이 없는 그는, 가끔 씩 웃는 것 외엔 얼굴 표정도 없다. 그저 묵묵히 그의 커다란 배낭과 함께 따라오고 있었다.

중청봉의 허리를 돌자 공기가 한결 시원해졌다. 중청 대피소를 지나 소청봉을 오르고 대청봉에 도착한 시간이 다소 늦어서인지, 정상에는 부상자로 구성된 우리의 산행 팀원들만 서 있었다.

가파르고 긴 산행길을 다들 고통 속에 걸어왔음을 알면서도 나를 제외한 우리는 가지고 온 맥주 한 캔을 나누어 마셨다. 육체의 고통이 산행의 즐거움을 경감하지는 못했다.

서서히 용하장성의 왼편으로 해가 막 지고서야 우리는 소청봉 대피소에 도착했다. 석양에 붉어진 용하장성, 공룡능선 그리고 저 멀리 울산바위의 아름다움에 취해서 발걸음이 잡혔기 때문이다. 발걸음을 잡는 것은 육체의 고통이 아니라 아름다운 산과 하늘빛이었다.

동생이 준비해온 맛있는 음식에(사실 뭔들 맛이 없을까?) 소주가 곁들여지고, 나를 배려해서 가져온 인종의 정종이 더해졌다.

사실 나는 이런 특별한 경우가 아니면 약간의 술도 마시지 않음을 동생들은 잘 알고 있었다.

통증으로 고생스러웠을 몸에 소주의 기운이 들자, 달이 사라진 하늘에는 무수한 별들이 가득했다. 이제 사진첩에나 볼 은하수가 뚜렷이 존재감을 드러냈다.

요즘 사람들은 자신의 몸을 너무 쉽게 병원과 의사에게 맡겨버린다. 어디가 아프고 불편하면 차분히 자신의 통증과 불편을 관찰하고 원인을 생각해보기 이전에 이미 병원으로 달려가서 자신의 몸을 맡겨버리는 것이다. 이것은 자기방임이라는 게 나의 생각이다.

사람들은 건강을 중요하게 여긴다고 하면서 현실에서 자신의 건강을 지키는 일에도 수동적이다. 담배와 술을 줄이는 일을 어렵게 생각하고, 먹지 말아야 음식을 식탐에 이끌려 먹고, 바쁘다는 핑계로 건강을 지켜줄 약간의 운동이나 자신의 몸에 대한 진지한 관찰은 어려워한다. 그리고 결과적으로 자신에게 나타나는 통증이나 불편을 병원에서 해결해 주기를 바란다. 단순히 의사의 판단과 처방에 자신의 건강을 맡겨버리는 것이다.

우리는 능동적으로 건강을 돌보는 관심이 필요하다. 건강한 습관과 해로운 습관을 알아서, 지켜야 할 습관을 지키고 해로운 습관은 버릴 수 있어야 할 것이다. 자신의 건강에 도움이 될 운동이나 활동에 적극적으로 시간과 노력을 투자하고 식탐에 의해서 먹기보다는 몸에 필요한 음식을 가려 먹어야 할 것이다.

이런 능동적 건강관리는 병원과 의사를 가까이하지 않아도 되는 결과를 낳게 한다는 게 나의 소신이기도 하다.

산장에서의 불편한 잠에서 깨어난 아침, 동생들은 여전히 피곤한 몸을 잠속에서 위로받고 있었다.

가만히 앉아서 호흡을 깊고 차분하게 한 뒤 천천히 그리고 오래 나의 몸의 각 부위를 살펴보았다. 어디가 아픈지, 어떻게 불편한지 그리고 경직과 이완 또는 순환이 잘 되는지를 찬찬히 살펴보면서 산행의 두 번째 날을 준비했다.

소청봉 대피소에서 봉정암을 지나 가을 하늘만큼 맑고 청아한 물이 흐르는 계곡을 따라 산에서 내려왔다.

영선이 말했듯이, 가을엔 계곡의 물 빛깔이 여름과는 사뭇 다르다.

설악의 가을은 많은 탐방객을 유혹한다. 버스가 쏟아내는 많은 흐름을 지나 백담사로 내려오는 길에 깨끗한 반석 위로 흐르는 계곡물은 높은 하늘과 함께 아름다웠다. 사실 물의 색과 하늘의 색은 별개가 아니었다.

두 달하고도 보름 동안 47회의 등산과 자전거 운행으로 시큰거리는 두 무릎과 어깨를 느끼며, 몸을 너무 힘들게 하지 않는가 생각해본다. 고통과 어려움은 피해가고 싶지만, 어떨 때는 동생들처럼 아프고 힘들어도 묵묵히 수행해야 할 일이 있는 법이다.

9월의 네 번째 주 설악의 풍경 사진을, 몇 해 전 비와 안개 속에 젖은 길만 묵묵히 같이 걸어 주었던 아들, 가한에게 보내주었다.

48. 방태산

9월 말에 방태산 자연 휴양림의 야영장을 찾는 사람은 자전거에 온갖 살림을 싣고 찾아온 나밖에 없었다. 매표소에서도 2.5㎞를 더 들어가 도착한 야영장은 한가위의 둥근 달도 별도 다 사라져 버리고 완전한 어둠이 덮인 숲이었다.

완전한 어둠은 눈을 감아도, 눈을 떠도 실낱같은 빛 한줄기 없는 상태일 것이다.

몇 년 전에 인도(India) 맥그리드 간즈(Mcleod Ganj)의 트리운드(Triund)라는 히말라야 산줄기의 동굴에 머문 적이 있다. 동굴 속의 밤은 언제나 완전한 어둠과 완전한 정적이었다.

동굴에서 지낸 20일! 그 완전한 정적과 완전한 어둠은 감각의 장난에 의해 오염됨을 알게 되었다. 정적과 어둠이 계속되자, 나의 두뇌는 전기 흐름 같은 소음을 스스로 생산하였다. 그리고 시각을 담당하는 두뇌는 완전한 어둠 속에서도 희미한 색들을 보여주었다. 그것은 우리가 눈을 감고 조용히 있으면 눈에 나타나는 희미한 패턴과 색이었다. 우리의 감각 인식기관이 아무런 빛이나 소리를 탐지하지 못해도, 두뇌는 그 공간을 스스로 만들어 낸 소리나 빛으로 채우기 때문이었다. 두뇌는 아무런 외부자극이 없음을 두려워했다. 그래서 스스로 무언가를 꾸며내곤 했던 것이다. 없으면 없다고 인정하는 것을 두뇌는 두려워하고 있었다.

어두운 밤이 걷히고, 아침이 되자 이번 여행의 48번째 산을 오르기 시작했다. 계곡 아래로부터 따라온 길을 계속해서 따라 올랐다. 먼 길이었다. 흙길을 따라 걷고 또 걷다 주변을 볼 여유가 생겼을 때는 이미 산의 허리에 도달했을 때였다. 산은 이미 가을의 옷을 입고 있음을 알았다.

9월 말의 방태산은 친절하고 육덕이 있는 중년의 여인이 특별한 날을 위하여 귀한 옷으로 치장한 모습이었다.
아직 깊은 가을이 아니어서, 중년 여인은 녹색을 바탕색으로 하여 붉고 노란색을 적절히 곁들이고, 여백은 깊은 황색과 일찍 떨어진 낙엽의 갈색으로 채워 치장하였다. 아름답게 치장한 산의 배경으로는 시리게 푸른 하늘과 높은 구름이 들어섰다. 가을바람은 여인의 정감 어린 손길이 되어 여행자의 땀을 닦아 주었다.

육산인 방태산은 바위산이나 계단 길로 이루어진 다른 산들과는 달리 탐방자에게 관대하고 친절했다. 그것은 탐방자의 발걸음 아래로 밟히는 흙의 부드러운 감촉과 낙엽의 포근함이 있기 때문일 것이다.

여름벌레에서 깊은 가을벌레로 교체되는 공백기의 산은 조용했다.
산길은 일찍 떨어진 낙엽이 발아래서 부서지는 소리로 나지막하게 숨 쉰다.

산의 여름이 짙고 깊은 청록색의 유화로 표현된다면, 방태산의 가을은 화려한 수채화일 것이다. 또한, 중년 여인의 육덕 있는 몸매를 가진 방태산은 북쪽에 자리 잡은 귀때기봉부터 소청, 중청, 대청봉까지 이어지는 설악산, 삼봉과 그 능선의 거대한 투구 모양의 바위 봉우리를 가진 가리산, 방태산만큼이나 육덕이 있는 점봉산 그리고 동쪽에 위치한 오대산과 계방산 같은 이웃들을 잘 조망할 수 있도록 해준다. 강원도에서 내로라하는 산을 더욱 돋보이게 해주는 균형감을 가진 산이기도 하다.

세상을 아름답게 하는 것은 특별하고 뛰어난 것들만 있는 게 아니다. 특별함은 평범함이 중심을 잡고 지켜주지 않으면 그 힘이 빠져버리는 경우가 많다. 특별한 것은 평범함의 배려 위에서만 존재하는 것이기 때문이다.

요즘처럼 모두가 스스로 잘나고 나를 봐 달라고 아우성치는 세상에서는 친절하고 관대한 방태산처럼 다른 사람들이 잘나보일 수 있도록 한 발짝 양보하는 사람들이 더욱 크게 느껴진다.

산에서 내려오면서 한국의 100대 명산을 찾아 산행하는 두 여자분을 만났다. 페이스북(Facebook)에 나의 산행과 사진을 간혹 올리곤 했는데, 그중 한 분이 나를 알아보았다. 초면이지만, 같은 목적을 위해서 산을 찾는다는 동기 때문인지 서로 반갑게 인사를 나누었다.

49. 계방산

낮과 밤을 지치지 않고 내리는 비를 피해, 운두령 아래에서 하루 낮과 이틀 밤을 머물러야 했다. 비가 내려도 식수는 구하기 힘들었다. 내리는 비를 모으기도 힘들뿐만 아니라, 많은 비가 내리면 계곡의 물도 탁해지기 때문이다. 비는 끝없이 내렸지만, 소갈증이 난 것처럼 목이 말랐다. 세상과 집은 젖어갔지만 목은 말라만 갔다. 근처 외딴집에서 약간의 식수를 구할 수 있었던 것은 다행스러운 일이었다.

비가 주춤해지자 길로 나왔다. 나를 맞아준 것은 1,089m 고도의 운두령이었다.

고개는 높이에 비해 무리한 경사 없이 설계되어 있어 전 구간을 자전거를 밀어 올리지 않고 오를 수 있었다. 교통량이 많지 않은 것도 다행이었다.

사실 숨이 턱까지 차오르는 오르막길의 자전거 주행 중, 곁을 지나가는 차량의 배기가스는 호흡을 곤란하게 할 뿐만 아니라 기분까지 훼손하는 원인이 되곤 했다.

운두령에서 시작하는 등산은 우리나라에서 다섯 번째로 높은 산인 계방산의 산행을 쉽게 느끼게 해주었다.

9월이 되면 잎이 노랗게 물들면서 잎에서 달콤한 솜사탕 냄새가 난다는 '계수나무의 향기'라는 뜻의 계방산에는 비록 계수나무를 찾을 순 없었지만, 막 시작한 단풍의 시절을 맞아서 숲이 화려한 색의 옷을 입고 있었다.

작곡가 윤극영의 「반달」에 나오는 '계수나무 한 나무 토끼 한 마리'라는 구절은 어린 시절 입에 달고 다니는 구절이었지만, 사실 나는 계수나무가 어떻게 생겼는지 알지도 못했다.

비에 젖은 흙에서 올라오는 짙은 대지의 향기와 숲이 뱉어내는 단아한 향기가 산을 채우고 있었다.

등산로 입구에서 20여 분 정도 걸어 오르면, 나무 껍질을 물에 담그면 물을 푸르게 만든다고 하여 이름 지어진 물푸레나무들이 산을 채우고 있다.

물푸레 군락을 지나 좀 더 올라갔다. 참나무가 만드는 노란색 잎들과 단풍나무가 만드는 붉은 잎 그리고 각종 잎과 풀들이 만들어 내는 갈색, 흙색, 노랑 그리고 붉은 빛으로 화려했다.

산은 각종 식물이 만들어내는 색의 콜라보레이션(collaboration)으로 비에 젖은 산의 검은 대지 위에 수를 놓았다. 콜라보레이션의 결과로 만들어진 화려한 낙엽의 양탄자를 등산화로 밟고 지나가는 것은 군화의 폭력 같은 느낌이 들어서 발걸음이 조심스러워졌다.

주위의 오대산이 탐방객들을 많이 유혹해 가서인지 계방산엔 인적이 드물었다. 멧돼지가 마구 파헤쳐 놓은 땅과 멀리서 들리는 흰 궁둥이 노

루의 소리와 우연히 조우한 맹금류인 올빼미를 통해 계방산이 야생동물
의 좋은 서식지임을 짐작할 수 있었다.

숲을 혼자 걷고, 생각하고, 숲에서 배우는 사람을 인도에서는 '아사신'
이라고 부른다. 인도에서는 남자들이 가족을 건사하고 아이들이 크고
나서 일정한 나이가 되면 아사신이 되는 것은 전통이면서 동시에 인생
을 정리하는 과정이다.

세상에 가장 확실한 사실 중 하나는 사람은 언젠가 병들고 죽는다는
것이다. 하지만 사람들은 영원히 살 것처럼 이렇게 확실한 사실에 대해
무시하거나, 피하거나, 인정하고 싶어하지 않는다. 그렇게 살다가 아프고
병들면 자신의 귀중한 생명과 몸을 의사에게 맡겨 버린다.

스스로 혼자되어 자연 속에서 자신의 인생을 조용히 정리하는 능동
적이고 적극적인 삶에 대한 관조는, 살아가면서 단 한 번도 자신의 인생
을 깊이 생각해 볼 여유 없이 살아가는 현대인들에게 더욱 필요한 전통
이 아닌가 하는 생각을 해본다.

산행이 끝나고 허기진 배를 마른 식빵으로 때우고, 산 아래서 내내 나
를 기다려준 자전거를 타고 평창으로 향했다.

50. 선자령

선자령은 백팩커(backpacker)들이 좋아하는 겨울철 산행지다. 눈이 많이 내리는 대관령의 순백색 초원에서 눈밭 위의 하루와 하얀 밤을 즐기는 것이다.

가을엔 선자령으로 가는 길의 풍경이 많이 다르다. 공원의 산책로처럼 잘 나 있는 길을 따라 오르면, 긴 젓가락처럼 막대만 불쑥 올라온 풀들이 가득하다. 속새라는 미나리과 식물이란다. 재미있는 것은 규소성분이 많은 이 식물은 잘 타지도 않고 거칠어서 손톱 손질이나 칫솔 대신 이빨을 닦기도 하고 연마제로 사용되었다는 설명이 있었다.

좀 더 산행하면 조림된 침엽수림 구역을 지나는데, 그 침엽수림 아래는 녹색 사막화가 진행되어있음을 볼 수 있었다. 이렇게 조밀하게 조성된 숲 아래는 빛의 투과가 잘 되지 않아 나무 아래에 다른 식물들이 잘 자라지 못해서 녹색 사막(Green dessert)이라고 부른다고 한다.

더욱 놀라운 것은, 잘 자란 일부 나무들은 일종의 성장억제 화학물질을 뿜어내 주위의 다른 식물의 성장을 방해하기도 한다는 점이다.

사실 우리는 식물의 세계를 잘 이해하지 못하고 있는 것 같다.

평화롭고 친절하기만 할 것 같은 식물의 세계는 실상 동물의 약육강식처럼 서로 화학무기와 물리적인 방법으로 치열한 영토전쟁을 벌이고 있는 것이다.

　다시 산행을 지속하니 하늘 목장의 목초지와 그 목초지 능선을 따라 설치된 풍력 발전의 프로펠러가 이국적인 풍경으로 다가왔다. 사실 이국적이라는 말은 우리에겐 한국을 제외한 다른 나라를 뜻하지만, 여기는 서구적이라고 해도 무방할 것이다.

　한국 사람은 북미나 유럽에 대한 선망이 많아서인지, 한국의 농촌과 산촌을 여행하면서 한국의 국토에는 뭔가 2% 부족한 서양식 주택과 펜션들이 한국적인 가옥형태를 대신하는 곳을 많이 보았다. 강원도에서는 너와집을 만나리라 생각했지만, 실상 너와집을 볼 기회는 적었고 뉴질랜드 이민 시절에 자주 보았던 목조주택이나 국적이 불분명한 서구적인 집들이 아름다운 계곡이나 마을에 들어서는 모습을 쉽게 볼 수 있었다. 목초지도 그랬다. 뉴질랜드에 여행 온 한국 관광객들이 소나 양을 키우는 목초지를 보고, 아름다운 자연에 감탄하는 모습을 자주 보았다.

　실상 그 목초지라는 것은 뉴질랜드의 수많은 세월 동안 존재해 온 천연림을 불태우고 조성한 인공 풀밭이다. 그것이 무슨 문제냐고 반문할 수 있겠지만, 현재에도 아마존 우림을 불태우고 목초지를 만들고자 하는 계속되는 개발 행위는 이제 벼랑까지 몰린 국제환경을 더욱 위협하고 있다. 유럽과 북미에서는 이미 많은 숲이 불태워지고 개간되어 목초지나 농장이 되었고, 현대에서는 지구에 몇몇 남지 않은 거대한 숲이나 열대우림을 개간하거나 개발하려는 시도를 막기 위해서 국제적인 노력을 하고 있음을 생각하게 된다. 물론 대관령의 서구적인 풍경이나 목초지를 문제 삼고자 함은 아니다. 나 역시 대관령에서 선자령으로 가는 동안 다양한 풍경을 감사하고 즐겼다. 하지만 그러면서도 자연의 이용과 개발에 대한 국제적 환경과 이에 대한 한국의 접근을 한번 생각해보는 동기가 되기를 바랐다. 물론 나의 소견에는 자연에 대한 한층 더 조심스럽고 사려 깊은 접근을 하길 바라는 부분이 있고, 한국의 개발 모델이 서구 지향적이라는 것에는 유감을 느끼는 것도 있음을 부인하지는 않는다.

산에서 내려오다 국사 서낭당과 산신각에서 치성을 드리는 많은 무리의 사람들을 만났다. 새해의 곡식을 추수했음에 감사드리기 위해서 온 사람들이라고 했다. 한 무녀로 보이는 장년의 부인이 옛날엔 말을 타고 서낭당을 지나가면 말이 무릎을 꿇어 더 이상 나아가질 못해서, 말을 서낭당에다 바치고 갈 정도로 서낭당의 힘이 강했다고 말해주었다. 그녀의 말은 신앙의 믿음에 기초하겠지만, 국사나 산신령을 통해 자연에 대한 두려움을 지니고 있음을 느낄 수 있었다.

자연에 대한 두려움이 있는 사람들은 자연을 함부로 훼손하거나 변형하지 못한다.

지금도 이런 자연에 대한 숭배나 두려움을 가진 종족들이 살아가는 지역은 자연이 잘 지켜지고 있음을 우리는 안다.

요즘, 많이 달라진 기후나 잦아진 천재지변을 경험하거나 방송을 통해서 들으면서, 어쩌면 현대인의 생각에도 자연에 대한 두려움이 생겨서 자연을 변형하거나 개발하는 데 좀 더 신중하고 조심스러워지면 좋겠다는 생각을 하면서 산행을 마쳤다.

평창과 주변에는 많은 도로공사가 한창이었다. 많은 산의 허리가 깎이고 있었다. 나무들은 베어져 쓰러졌다. 토지의 가격을 이야기하는 사람이 많다. 평창은 동계올림픽을 준비하고 있었다.

51. 오대산

　나는 오대산 비로봉에 올랐다. 하지만 오대산을 다녀왔다고 자신 있게 말할 수는 없다. 비로봉을 오르는 행위가 오대산을 제법 알 만큼 탐방했음을 뜻하지 않기 때문이다.

　비록 최고봉이기는 하지만, 비로봉을 오르고 오대산을 안다고 말하는 것은 장님이 코끼리 다리를 만져보고 코끼리를 설명하려는 것과 다름없다는 생각이 들었다.

　불교의 『열반경(涅槃經)』에 나오는 이야기다. 사실 한 사람이 지나갈 만한 등산로를 따라 산을 오른 뒤에 코끼리에 비교해 수백, 수천 배는 더 큰 산을 아는 것은 무리가 있다. 나는 항상 산을 좁은 소견과 주관으로 경험하고 있다.

　조카를 죽이고 왕권을 잡았던 세조(世祖)가 피부병을 고쳤다는 상원사는 월정사로부터 7.5㎞나 되는 계곡 길 너머에 있었다. 그 비포장 길은 단풍철을 맞아 차들로 가득했다. 차들을 비집고 걸었다.

　상원사에서 부처님의 진실 사리가 모셔져 있다는 적멸보궁까지는 잘 다듬어진 돌계단이 있었다. 나들이 철을 맞아 많은 사람이 혼잡하게 적멸보궁 길을 걷고 있어 마치 도시 속에 있는 착각이 들곤 했다. 나는 도시를 오래 떠나 있었다. 연등이 계단을 줄곧 따라오고 있었다. 기대했던 비로봉까지의 자연스러운 산길은 짧았다.

산과 공원은 다르다. 자연의 영역을 가득 채운 인위(人爲)에 나는 배알이 뒤틀리고 있었다. 머리가 움직이기 이전에 뱃속에서 전해오는 메시지는 이성의 관점을 휘저어 놓았다. 그것은 동물적 본능에서 나오는 묵직한 소리였다. 오랜 여행과 산에서의 생활은 뱃속의 소리에 민감해 지고 있었다.

비로봉에서 올라서면 노인봉을 비롯한 오대산의 다른 봉우리와 설악산을 포함한 주위의 산들을 조망하는 위치에 올라설 수 있다. 그러나 쉽게 올라온 만큼, 감동이 상대적으로 크지 않았다. 두 눈으로 보는 것과 몸으로 보는 것은 달랐다. 온몸이 땀에 젖은 몸으로 보는 자연은 전율이 흘렀다.

적멸보궁은 석가모니 부처의 진신 사리를 모신 절, 탑, 암자를 뜻하는데, 상원사의 적멸보궁은 우리나라 5개 적멸보궁인 영축산 통도사의 적멸보궁, 사자산 법흥사(法興寺, 영월군에 있는 절)에 있는 적멸보궁, 정암사(淨巖寺)의 적멸보궁, 설악산 봉정암(鳳頂庵)에 있는 적멸보궁 중의 하나라고 한다. 이날 적멸보궁은 참배객들로 붐볐다.

우리나라에서는 사리는 화장 후에 수행자의 몸에서 나온 영롱한 보석을 뜻하는 것이 일반적이지만, 사실 사리라는 말은 산스크리트어로 신체(Sarina)를 뜻한다, 이 말은 석가모니 부처의 죽음 후, 부처의 화장된 뼛조각을 그를 추앙하는 사람들이 나누어 가져갔으며, 그중의 몇 조각이 한국의 적멸보궁에 안치되었음을 뜻할 것이다.

부처는 인간의 근본적 고통의 원인 중의 하나로 '집착'을 들었다. 부처의 임종이 다가왔을 때, 부처의 제자들이 스승이 없는 수행을 걱정하자, 부처는 제자들에게 부처(佛)와, 부처의 가르침(法)과, 부처의 가르침으로 깨우친 사람(僧)에게서 도움을 받으며 수행하도록 일렀다.

이런 관점에서, 부처의 뼛조각 앞에서 기도하는 사람은 그 불, 법, 승 중 무엇에 의지하여 수행하고자 하는지 물어보고 싶다. 과연 그 뼛조각 속에 부처가 깃들여 있을 것인지?

티베트(Tibet)의 수행자는 부처가 되지 않는다면, 주인 없는 거리의 개처럼 죽어가는 것을 차선으로 생각한다고 들었다. 돌봄이 없는 배고프고 고통스러운 삶을 살았을 거리의 개의 죽음에는 인간의 고통의 원인인 세상에 대한 집착도, 죽은 자에 대한 집착도 그리고 죽은 자의 주검에 대한 집착도 없다. 죽어서 거리에 뒹구는 개의 주검은 누구도 거들떠보지도 않는다.

부처는 죽었지만, 가르침(Damma)을 남겨두었고, 그의 가르침으로 삶과 죽음의 고통으로부터 자유로워진 수행자들이 있다.

2,600년 전에 죽은 부처의 뼛조각에 절하는 것은 불, 법, 승의 상징적인 대상으로 감사하는 의미는 있겠지만, 신체의 일부분에 남아있을 것 같은 영혼에 대한 집착이나 기복을 위해서 절하고 기원하는 행위라면 불교에 대한 이해를 다시 시작해야 할 것이다. 그것은 죽은 아들의 고추를 만지는 부모의 고통처럼, 고통의 원인 중 하나가 집착임을 설파한 부처의 가르침을 이해하지 못하는 행위이기 때문이다.

부가적으로 부처님의 뼛조각에 또는 보석 같은 사리에 부처가 깃들여 있다고 믿는다면 고통의 주체인 '나'라는 것이 인연에 의해서 만들어지고 곧 사라지는 존재임을 설파한 부처의 가르침에 대한 부정이기도 할 것이다. 나라고 할 만한 것이 없다는 '무아(無我)'는 영원불멸하는 '나'를 부정한 부처의 가르침에 대한 부정(否定)이 될 것이다.

오대산의 월정사부터 비로봉까지의 산행은 시작부터 비로자나불을 상징하는 정상까지 어쩌면 철저히 불교적 장치로 가득했다. 길은 온갖 장식품과 조각들로 채워졌으며, 숲을 깎아서 절은 덩치를 키워가고 있었다. 한 번 뒤틀린 배알은 산을 영역을 깊이 침범한 절에 대한 불평으로 이어지고 있었다. 분명 부처와 그의 가르침을 이해한다면 수행처는 소박하고 단순하며 겸손해서 탐방객들이 스스로 공손하고 경건하게 되는 그런 장소를 만들어야 했다.

『금강경(金剛經)』의 첫 구절은 수많은 제자와 수많은 사람의 존경과 경애의 대상인 부처가 스스로 음식을 얻어서, 고요하고 겸손하게 나누어 드시고, 발을 씻고 자리에 앉는 구절부터 시작된다. 그것이 진정한 수행자의 모습이고 그래서 그의 그림자조차 존경의 대상이 될 수 있었던 힘이 되었던 것일 것이다.

바리때로 스스로의 음식을 얻고 다른 비구들과 나누어 드시는 부처가 요즘 절간의 모습을 보면 무슨 말씀을 하실지?

나는 자신의 영역에서 일어나는 부조리도 다 관대하게 받아들이는 비로봉 아래 오대산의 모습은 정작 보지 못하고, 스스로 만든 상념에 실망하고 투덜거리고 있었다.

52. 두타산

두타산을 찾는 많은 사람은 대부분 깎아지는 암벽과 그 위에 자라는 소나무 그리고 청아한 계곡이 흐르는 유명한 무릉계곡에서 출발하여 산행을 시작한다고 들었다.

하지만 나는 덕항산과 태백산에 용이하게 접근하기 위해서 댓재에서 출발하기로 했다. 매일 산을 오르고 자전거로 이동하기에 힘을 아끼자는 생각이었다. 그리고 아픈 무릎을 조금이라도 더 아껴 쓰자는 배려도 있었다. 무릎은 고통받고 있었다.

하지만 내륙의 재들과 달리, 동해 바닷가의 해발 제로(0m) 지점에서 해발 810m의 댓재를 이미 지친 몸에 짐이 가득 실린 트레일러를 달고 자전거로 오른다는 것은 예상보다 훨씬 힘든 일이었다. 사실 이전에는 정확하게 해발 제로 지점에서 고개를 오른 적도 없었던 것 같다.

구름이 잔뜩 낀 바다를 바라보며 동해시를 지날 때는 이미 비가 내리기 시작했다. 여행의 첫 산행을 시작한 제주도 남쪽을 지나 태풍 '차바(Chaba)'가 많은 비와 바람을 쏟아내며 올라오고 있었다.

사람들이 사라져버리고 생기 잃은 망상해수욕장의 해변에서 쓸쓸해진 갈매기가 바람을 타는 가을 바다를 바라보다 다시 여행을 시작할 즈음, 여행 중인 부부를 만났다. 권하는 커피를 마시고 이런저런 이야기를 나누다 보니 그 부인은 지역의 풍수 공부를 하면서 여행을 다닌다고 했다.

나에게 풍수란 원초적으로는 사람이 살기 적합하거나 적합하지 않은 장소의 구분에서 시작해서, 세밀하게는 그 조건과 의미를 부여한 공부라는 정도로 알고 있다고 말했다. 부인이 건네는 사과 하나를 받아들고 다시 길을 떠났다.

오십천의 다리를 건너 미로면으로 향하면서 길은 서서히 고도를 높여가기 시작했다. 도마평교 이후에는 댓재까지는 끝이 날 것 같지 않은 오르막이었다. 물론 모든 오르막 후에는 내리막이 있다는 것을 알지만, 안다는 것과 느낀다는 것은 다른 차원의 문제다. 바다는 댓재에 도달할 때까지도 뒤에 남아주었지만, 나는 바다를 뒤돌아볼 엄두도 내지 못한 채단순히 한발, 한발 자전거를 중력의 반대 방향으로 저었다.

석탄을 나르는 25t 덤프트럭의 완력에 길을 내어 주어가며 오르는 고개 길은 산행보다 훨씬 많은 땀과 에너지를 요구했다. 댓재에 도달할 즈음에는 이미 날은 어두워지고 있었다. 아직은 천광이 어둠을 어렵게 밀고 있었지만, 재는 짙은 안개 속에 덮여 있었다. 어둡고 짙은 날씨만큼이나 지친 몸이었지만, 마음만은 안도했다.

야영지가 마땅찮았다. 그렇다고 어렵게 오른 재를 내려가 다시 올라온다는 것은 상상하기도 싫었다. 아니 내려간다면 다시는 올라오지 않을 것이 확실했다. 이리저리 찾아보다가 댓재 산신각 옆 소나무 숲에 야영준비를 하였다. 많은 사람의 치성(致誠)의 성성한 산신각은 왠지 피하고 싶은 야영지였다.

두타산은 한국의 풍수지리상 최고의 명당을 품고 있는 곳이다. 조선을 건국한 전주 이씨의 조상인 양무장군이 묻혀있는 '준경묘'는 한국 제일 명당의 하나로 이씨 가문에서 임금이 나오게 도왔다고 전해지는 명당이다.

이미 스스로 풍족한 두타산은 그 아래와 위로 더 많은 것들을 가진 산이었다.

아름다운 계곡, 깊고 건강한 숲, 선경 같은 바위들과 그 위에 자라는 노송, 청옥산을 잇는 백두대간 능선 위의 봉우리들. 그리고 그 아래로 내려다보이는 동해와 동해의 바다에서 생산해내는 크고 강렬한 태양이 있고, 위로는 산을 따고 오르는 따뜻한 바람이 있다.

더불어 두타산 줄기의 산들은 낙동강과 한강의 시원지이기도 해서 끊어지지 않는 맑은 물로 바다를 채우고 있었다.

오늘의 두타산은 안개와 구름 속에 숨어 많을 것을 보여주지는 않았다. 대신 크고 넉넉한 산은 많은 생명을 아늑하게 품어주는 그런 산이라는 확실한 느낌을 주었다.

아침 산행 도중에, 후각이 예민해서 사람을 잘 피해 다녀 만나기 힘든 멧돼지가 산에 일찍 오른 나를 뒤늦게 발견하고 짧은 꼬랑지를 휘날리게 도망치는 모습을 만났다. 멧돼지는 긴장을 풀고 여유롭게 먹이를 뒤지고 있었던 것이다.

동해에서 올라오는 따뜻한 공기 때문인지, 두타산의 단풍은 느리고 여유롭게 물들고 있었다.

두타산 산신각 옆에 야영하기로 한 것은 좋은 결정이었다. 소나무 숲에 위치한 산신각은 태풍 차바의 영향으로 밤새 내린 비로부터 나의 잠자리를 보살펴주었다. 아니 산신각이 위치한 소나무 숲이었을 것이다. 명당은 주위의 환경이 만드는 곳이었다.

잠이 들자, 형용하기 힘든 어떤 기운이 가슴 속으로 밀려들어 옴을 느꼈다. 그 알 수 없는 기운은 경외감이 생기도록 뜨겁고 강력했지만, 나는 우호적인 힘 속에 깊은 숙면을 취할 수 있었다. 좋은 자연의 환경과 생명 친화적인 산이 만드는 풍수도 있겠지만, 이런 설명될 수 없는 힘이 명당을 만드는 것은 아닐까 하는 생각이 들었다. 그것은 수많은 치성의 긴 여운일 수도 있었다.

사람의 자연에 대한 이해는 부족한 인간의 능력에 의해 제한받는다. 사람은 빛이 없이는 볼 수 없고, 파동이 없이는 들을 수 없고, 접촉 없이는 느낄 수 없다. 우리는 오감이 수여하는 세상을 산다. 다른 형태의 감각기관을 가진 많은 곤충이나 동물들이 느끼는 세상과는 많이 다르다. 그러나 그렇다고 해서 우리가 못 느낀다고 존재를 부정할 수 없고, 우리가 이해하지 못한다고 해서 거짓이 되는 것은 아닐 것이다. 모르는 것을 짐작이나 상상으로 안다고 하는 것은 더욱 위험한 일이겠지만, 모르는 것은 우리가 이해하고 알 수 있기 전까지는 모르는 영역에 남겨두어야 할 것이다.

풍수나 심령이라고 설명되는 자연의 이해하지 못할 많은 힘이 그렇다.

모르는 것을 없다고 하는 것과 모르는 것을 모르는 영역에 두고 인식의 한계를 인정하는 것에는 많은 차이가 있는 것이다.

태풍 차바의 강한 비바람을 피해 산신각 옆에 천막 속에서 이틀을 견디는 입장에서는 산신의 존재를 믿지도, 알지도 못하지만, 가능하다면 이 낯설고 외진 곳에서 누구의 배려라도 반가웠을 것이라고 생각했다.

53. 덕항산

사물을 어떤 방향과 감정 또는 생각으로 바라보느냐에 따라서 하나의 사물도 다양한 모습을 가지게 된다.

덕항산도 그랬다. 덕항산은 동양 최대의 석회동굴이라는 환선굴 외에도 갈매굴, 제암풍혈, 양터목세굴, 덕발세굴, 큰재세굴같은 석회굴이 즐비하고, 긴 계곡과 기암절벽 그리고 수려한 산세로 유명하지만, 정작 내가 본 것은 비와 안개 속의 몽상적인 가을 숲뿐이었다. 그 비와 안개는 이미 힘을 상실한 태풍 '차바'의 여운이었다.

두타산에서 태백으로 가는 길에 하사미 마을 산행 기점까지의 거리는 12㎞였다. 태백산으로 가는 이동 거리를 줄이기 위해 정한 산행기점이었다. 자전거길은 긴 내리막길 이후 오르막 없이 평탄해서 기분 좋게 하사미 마을로 도착했다. 그것은 두타산 산행을 마친 오후였다.

태풍으로 텐트에 갇힌 지난했던 이틀 후의 주행은 자유로의 탈출처럼 가벼웠다.

하지만 오후 3시쯤에 도착한 하사미 마을엔 마땅한 야영지가 보이지 않았고, 야영하기에는 시간도 일렀다. 그래서 우선 산행 기점을 둘러보기 위해 산으로 향하는 좁은 포장도로를 따라 올라가 보니 뜻밖에도 예수교 수도원에 도착할 수 있었다. 산행 기점은 예수원 앞뜰을 지나서 시작되고 있었다.

고풍스럽고 비밀스러워 보이는 예수원은 유럽 시골 마을의 한 부분을 가져온 것 같은 이국적인 모습을 가지고 있었다. 그것은 깊은 숲과 작은 계곡 옆에 자연의 돌로 벽을 올리고, 짚으로 소박하게 지붕을 덮은 건물은 중세 유럽의 수도원을 연상케 했다. 화려하게 치장하고 출처를 알 수 없는 조각상들로 가득 채워 놓고 찻집, 불사를 위한 모금처, 보시함으로 가득 차서 지극히 상업적으로 보이는 관광지 불교 사찰에 비교해 보니 소박함과 단아함 그리고 차분함이 존재해서 좋았다.

하지만 중세 유럽의 폐쇄성과 비밀스러움까지 같이 옮겨왔는지, 수도원은 외부인에게 냉담했다. 우선은 수도원에 들어선 등산객이 반갑지 않은 표정이었다. 야영지를 묻거나 밥이라도 한 끼 청하는 것은 어려워 보였다. 어렵게 다가가 길을 물어본 수도원의 사내는 궂은 날씨의 오후임에도 불구하고 산행 거리가 짧으니, 빨리 산행을 하고 내려가시라고 감정 없이 조언했다. 한편에는 수녀복장을 한 수행자가 방어적인 표정으로 물끄러미 바라보고 있었다. 외부인을 경계하는 수도원을 방해하고 싶지도 않고, 야영지도 마땅찮고 해서 나는 비 내리는 늦은 오후에 하루 동안 두 번째 산을 얼떨결에 오르게 되었다.

산에 들어섰다. 가을 산은 많은 낙엽의 주검으로 덮여있었다. 안개는 그 주검을 더욱 무겁게 하고 숲에 내리는 가랑비는 숲을 어둠보다 더욱 짙은 무게감으로 더했다.

수도원이 등산객을 반기지 않았듯이 이정표도 성의 있게 길을 안내하지 않았다. 숲의 무거움과 무성의한 이정표 때문인지 나를 비롯한 다른 한 무리의 등산객들이 길을 잃었다. 스마트 폰을 켜서 방향도 잡아보고, 이정표도 찾아봤지만, 결국 직감을 믿고 숲속의 가느다란 길을 내려가 보니 정상을 향하는 작은 이정표가 나타났다. 큰 소리로 다른 팀에게도 길을 알려주고는 환영받지 못한 손님들은 몽상적인 안개 속을 조심스럽게 걸어야 했다.

오후 늦게 시작한 산행이라, 숲속은 더욱 깊고 비밀스러운 모습으로 변해갔다. 정상에서 정상 인증 촬영을 빨리 마치고, 어두워지기 시작하는 숲을 빠른 걸음으로 내려왔다. 하산이 늦어지면 야영지를 찾고 두 개의 산을 하루에 오른 뒤 절실한 휴식에 지장이 생김을 우려했다.

산에서 내려와 다시 수도원의 뜰을 지나면서 인상 깊은 안개 속의 수도원의 모습을 두어 장 찍고 있으니, 수도원 관계자가 사진 촬영을 제지했다.
명상과 기도에 집중할 수 있는 고요와 속세의 번뇌와 혼탁함으로부터의 결별은 수행에 도움을 주는 요소일 것이다.
이런 이유로, 많은 수도원과 사찰은 깊은 숲과 산속으로 찾아 들어왔을 것이다. 그리고 외부인의 관심과 방문이 달갑지 않을 수도 있을 것 같다.

하지만 수행은 폐쇄성과 비밀주의에 빠져서는 안 된다. 수행의 폐쇄성은 독단적인 자기만의 세상에 빠져 교조적이고 일방적인 세계에 머무르게 할 수 있다. 또한, 수행은 조용하게 자신의 깊은 성찰로 이어지면서도 항상 열려있어 잘됨과 그릇됨을 평가하고 수정해서 그 결과를 살펴 항상 진보하는 공부가 되어야 한다.

수행은 과학과 많이 다르지 않다.

과학에서 다른 연구와 비교 테스트를 하고, 다른 학자들의 견해를 살펴고, 그 이론을 적용한 뒤에 도출된 결과를 살펴서 새로운 연구로 향하듯이 수행도 항상 열려 있어야 하고 항상 자신의 수행의 결과를 솔직하게 판단하고 부족한 것을 살펴서 여러 각도의 견해와 선각자의 깨달음을 통해서 공부하고 스스로의 수행 결과를 냉정하게 살펴서 더 높고 깊은 수행의 단계로 향해야 한다.

100대 명산을 찾는 것은 어쩌면 하나의 수행과 같아서 뚜렷한 목표에 대한 의지를 갖추고 그 과정을 뚜벅뚜벅 걸어가면서 자신과 산과 그 긴 여행에서 만나는 과정을 사색하고 살피면서 나아가는 과정일 것이라는 생각이 들었다.

100대 명산의 산행이라는 목표에 치우쳐 안개와 비속에 급하게 다녀온 덕항산을 떠나면서, 목표는 갈 길을 분명하게 하고 방황을 방지해주지만, 목표에 얽매이면 중요한 과정의 살핌과 다양한 관점에서의 관찰과 이해가 부족할 수 있음을 새삼 느꼈다.

방향은 뚜렷하되 과정과 주의를 차분히 살피면서 목표로 향해가야겠다는 다짐을 하면서 태백을 향해서 밤이 깔리는 도로를 달렸다.

54. 태백산

밤늦게 도착한 태백시에서는 비와 땀에 젖은 몸을 따뜻하게 데우고 씻을 수 있는 찜질방을 찾았다. 오랜만에 욕조에서 아린 무릎을 위로했다. 굳어진 근육을 쉬게 했다. 쉰내 나는 몸을 씻고 향긋한 비누로 닦았다. 따뜻한 국밥도 먹었다.

지금의 나는 여행을 시작하기 전에 쉽게 접하던 것들로부터 멀리 떨어져 있었다.

자연을 찾아 여행하고 자연에서 잠들지만, 따뜻함과 편안함이 있는 문명을 즐기는 일은 행복한 일이다. 삶에서 박탈(剝脫)은 항상 당연히 즐기는 많은 것들의 소중함과 감사함을 새삼 느끼게 해주었다. 전화기와 랩톱 컴퓨터도 재충전으로 다시 원기를 회복했다. 물론 지친 자전거를 돌보는 일도 재충전의 중요한 일이었다.

1970년대에 국가적으로 토속신앙을 정리해서 산에 산재하던 당집들이 많이 사라졌다고 들었다. 하지만 태백산을 향하는 길에는 홍백(紅白)의 기가 달린 서낭기가 세워진 많은 신당(神堂)들을 만날 수 있었다. 나는 당(堂)골을 향하고 있었다.

신령한 태백산을 가는 길에는 그 신령의 주체가 누구인지 질문이 강하게 다가온다. 태백산과 영(靈)은 주체와 그림자처럼, 의식과 무의식처럼, 몸과 정신처럼 떼어놓으면 다른 하나가 완전하지 못할 것 같은 곳이었다.

많은 날을 살아왔지만, 나는 영(靈)도, '참나'도 만난 적이 없다. 무덤이나 흉가 터에서도 많이 잠들었지만, 잠을 설치게 할 귀신을 만나지도 못했다.

한국의 산에는 무속, 불교, 도교 그리고 유교의 흔적이 가득하다. 바위와 소나무가 잘 발달한 산에는 도교적 상상이 자연스럽다. 많은 봉우리는 불교적 이름이 새겨져 있음을 알았다. 물론 호랑이를 올라탄 산신이 있는 산신각들이 산마다 있기 마련이다. 유교는 사람과 도시 속에 더욱 진하게 녹아있지만, 유림의 문화 역시 산의 곳곳에 시(詩)와 정자로 존재했다. 사람들은 산에 기대어 살았고, 산에 묻혔다.

백단사에서 산으로 오르는 길은 불교와 무속이 융합된 기도처들을 지나면서 시작한다.

외래종교인 불교는 토속종교의 융합과정을 거쳐 사원마다 산신각을 지었다. 한국의 불교는 한국의 정서와 문화뿐만 아니라 이 땅의 신과 영의 개념도 녹아들어 있었다. 더불어 무속은 불교적 개념을 많이 차용했음을 쉽게 볼 수 있다. 개념 차용과 융합으로부터 어느 종교도 자유롭지 않았다. 종교도 인간의 동의를 구하지 않고는 살아남을 수 없었다.

한국 불교는 힌두의 개념으로 회귀(回歸)해서 인지, 무아(無我)의 개념을 부정하는 듯한 '참나'를 논하는 것도 자기소멸을 받아들일 수 없는 인간의 강한 집착과 타협을 구하고 있었다.

서로 타협 없이 끊임없이 다투는 종교들도 어쩌면 스스로 완벽하지 않음을 말해주고 있는 듯하다. 스스로 완벽한 것은 다투고 비교할 필요가 없기 때문이다.

육산(陸山)인 태백산을 오르는 길은 가파르지 않고 험하지 않게 느껴졌다. 하지만 내가 선택한 백단사에서 오르는 길은 제법 가팔랐다. 무궤도 차량의 흔적이 길을 따랐다. 잘자란 전나무 군락 아래 낙엽송들은 전나무의 허리 높이에 가을 색을 들여놓고 있었다. 짙은 안개에 덮힌 비 내리는 태백산은 단풍이 한창이었다. 가을빛이 한층 농밀하고 몽상적이었다.

몽상 속에 부유하는 영(靈)이 혼재하는 산길을 한참 걸었다. 흐릿한 모습을 드러내는 망경사는 정상으로부터 500m 아래 있었다. 안개 뒤로 나타난 부처의 미소는 더욱 그윽했다. 지나가는 사람들의 목을 축이게 할 약수터의 물은 언제나처럼 흐르고 있었다. 이곳은 물 한 잔에 몸을 숙이며 부처에게 허리 굽혀 인사하게 되는 곳이기도 하다. 한 잔의 물을 마시고 잠시 오르면, 정상 바로 아래에서 잘 모셔진 비각을 만날 수 있었다. 삼촌 세조에게 권력과 생명을 빼앗긴 불운의 단종이 태백산의 산신령으로 모셔져 여기에 비각으로 남아있었다. 불운한 자의 죽음에 대한 안타까운 마음들이 그를 신으로 다시 태어나게 한 것이라는 추측을 해봤다. 그리고 또 계단을 걸어 올라가 도착한 정상에는 고대부터 천제에게 제를 올려왔다는 천제단이 있고, 장군봉에는 또 다른 제단이 보이지만 누구의 신격(神格)을 모신지는 알 길이 없었다.

민족의 영산이라는 태백산! 수많은 신앙, 처와 비각 그리고 제단들을 만나며 그 신령한 영의 주체는 누구인지 생각해본다. 산 자체의 신령함인지, 단군인지, 부처인지, 산신령이 된 단종인지 설명되지 않아 혼란스러웠다. 아니면 그런 많은 영이 깃들 수 있는 좋은 환경을 제공하기 때문에 영산이 된 것인지도 모르겠다. 산은 신들의 집이 된 것이다.

이렇게 살펴보면, 태백산의 신령함은 각자의 믿음에 따라 다르게 해석되고 있는 것 같다. 또는 다양한 신앙들이 제각각의 영들을 태백산에서 찾고 숭배하고 있을 수도 있을 것이다.

개념이라는 게 그렇다.

하나의 생각은 관점의 차이에 의해서 다양하게 해석된다. 다양하게 해석된 생각은 또 다른 개념으로 변화한다. 그리고 개념은 끊임없이 변화한다. 또한, 그 개념에도 흥망성쇠가 있다. 그래서 지속적으로 보살피고 발전시키고 시대에 맞게 변화하지 않으면 고대 화석 속의 생물처럼 고사하고 만다.

이집트(Egypt)를 탈출한 노예들이 하나의 집단을 이루어 만들어진 유대인은 그들의 종교적 개념을 잘 발달시켜 세계적 종교로 만들었다. 힌두적 사고에서 변화하고 발전한 불교는 어떤 민족에 국한하지 않고 그 개념을 잘 설명하고 정리해서 누구나 그 개념을 받아들이고 그 개념을 통해서 고통을 멸할 수 있도록 하는 종교가 되었다.

힌두의 초기 경전인 『베다(Veda)』를 보면, 철학적이라기보다는 주술과 이해하기 힘든 개념으로 가득함을 알 수 있다. 하지만 『우파니샤드

(Upaniṣad)』의 시대에 힌두는 한층 철학적이고 고차원적인 사고로 발전했다. 이것은 구교에서 신교로 발전해가는 『성경(Bible)』에서도 찾을 수 있다. 이처럼 토속종교 역시 시대의 수준에 맞는 설명과 고차원적인 철학적 논의를 통하여 사람들이 내세의 고통에서 벗어나 자유롭게 하는 길을 제시할 수 있을 것이다.

태백산맥의 중심에 자리 잡아 산세가 부드럽고 아름다워 많은 탐방객이 찾는 산, 자원이 풍부하여 그 광물과 자원으로 주변에 도시가 태어나도록 만든 산, 정의하지 못할 영역이지만 신령함이 있어 많은 종교인과 수행자들이 찾는 산이 태백산이다.

당연히 산을 잘 보존하고 가꾸어야 하겠지만, 산에 얽힌 많은 개념도 잘 보존하고 발전시켜야 할 것이다. 잘 성장한 개념들은 인간의 삶의 질을 향상시킬 것이다.

55. 응봉산

태백시를 출발해서 응봉산으로 가는 길의 시작은 높은 재였다.

오르는 것은 힘들지만, 높이 오를수록 내리막길이 시원한 법이다. 재를 넘고 나니 자전거는 가파른 내리막을 거침없이 달렸다. 중력에 의해서 계곡과 산 사이를 시원하게 질주하는 아침은 축적된 피로를 어루만지는 위로가 되었다.

가곡면을 지나가기 전 신리(里)에서는 너와집들을 몇 채 만날 수 있었다. 가공되지 않은 목재로 지어져 내구성이 약한 너와집들은 대부분 사라지고, 복구되거나 다시 지어진 집들만 남아있었다. 초가를 매년 갈아주어야 하듯이, 너와도 이삼 년 만에 다시 갈아 주어야 한다.

신리는 김신조 외 무장 공작원들의 침투로에 위치해 있다. 그들의 침투 이후 정부는 산에 살던 화전민들을 소개(疏開)시켰다. 소개된 마을 사람들이 새롭게 정착한 마을이 신리다. 이런 소개 작전이 산속의 너와집들이 버려지고 빨리 사라지게 하는 계기도 되었다는 게 마을을 잘 아시는 분의 설명이었다.

신리의 너와집들을 구경하고 산으로 향하는 길에 어느 길가의 집 앞에서 중년의 아주머니가 자전거를 불러 세웠다. 오랜 여행을 하는 사람

같이 보이는데, 본인의 댁에서 점심을 먹고 가라고 청하셨다. 가정에서 먹는 따뜻한 밥과 사람이 그리워 보이는 아주머니의 청이 고마워서 초대에 응했다.

아주머니는 신리 사람이 아니었다. 대구의 유명가문의 딸로 태어난 아주머니는 인생의 어느 날 암 선고를 받고, 가족과 삶을 등 뒤로 하고 아무 준비도 없이 20여 년 전 무작정 강원도로 들어왔다고 했다. 준비 없이 들어온 아주머니는 많은 시련을 겪으면서 의학의 도움 없이 암과 그리고 생존을 위한 싸움을 벌여야 했다. 오랜 시간이 지난 그녀는 오늘날 이제 암도 극복하고 신리의 길가에 있는 작은 집에서 홀로 살고 있었다.

사람은 어느 순간 자신이 살아온 일생을 누군가에게 말해주고 싶은 모양이다. 초면의 여행자에게 아주머니는 지극히 개인적인 삶의 이야기와 그 시절의 감정을 털어놓았다.

모처럼 먹는 맛있는 식사를 즐기고 커피를 한 잔 얻어 마시면서 한 여인의 애환이 서린 이야기를 두어 시간 동안 때로는 공감하고, 때로는 놀라워하며 들었다. 마침내 애환의 사연이 평온함으로 마무리될 무렵, 아주머니는 내 시간을 빼앗은 것에 대해 미안해하며 나에게 챙겨주고 싶은 음식을 손에 쥐여 주었다. 그렇게 이별했다.

여행 중에 많은 사람을 만난다.
대부분은 스쳐 지나가듯이 만나지만, 어떨 땐 진솔한 삶의 이야기를 듣게 된다. 사람들은 자신이 살아온 인생의 과정을 다른 사람이 기억해

주기를 바라는 것인지 아니면 그렇게 이야기함으로써 자신이 살아온 길을 정리해 보는 것인지는 알 길이 없다.

수십 년을 살아온 삶은 두어 시간의 이야기로 남았다. 그것은 코끼리를 냉장고에 넣는 행위와 닮아있다. 말로야 냉장고 문을 넣고 코끼리를 넣어서 문을 닫으면 되는 간단한 작업이지만, 실제로는 불가능한 일이기 때문이다. 인생도 이야기로 정리할 수는 있지만, 삶의 많은 사실은 이야기에 닮기지 않는다. 아주머니의 인생을 공감해보지만, 결국 나의 한계에 의한 재구성일 뿐일 것이다.

신리를 지나 다시 가벼운 기분으로 달려 덕풍계곡 입구에 도착했다. 덕풍계곡의 산행 초입까지는 아름답고 훼손이 비교적 적은 계곡 길이었다. 가을빛이 아직 짙게 내려오지는 않았지만, 낙엽의 타닌(Tannin) 성분이 만들어낸 짙은 군청색 계곡물이 힘차게 계곡의 바위를 때리면서 흐르고 있었다.

덕풍계곡 산행기점에서 용소골을 통해 정상을 향하는 길은 야성적이었다. 야성적이라는 말은 그냥 자연미가 잘 보존되어 있다는 이야기만은 아니다. 5시간을 걸어야 하는 긴 용소골은 도강을 스무 번 정도는 해야 하고 계곡 절벽과 폭포 옆 바위를 밧줄과 간신히 발을 디딜 수 있는 바위에 설치된 등반 보조물을 이용해서 올라야 하는 거칠고 험한 길이다.

오늘은 지난 며칠 동안 내린 비로 계곡의 수위가 높아져서 몇 개의 큰 돌로 이어진 징검다리마저 물에 잠겨 산행 내내 무릎 아래는 물에 젖은 채로 도강(渡江)을 하든지, 물살이 거친 곳은 바위와 바위를 뛰어넘든지

해야 하는 모험을 감행했어야 했다.

힘든 일 후에 그만한 보상이 있다면 마음은 자족한다.

사회에서 힘든 일을 하는 사람들이 그만한 보상을 받지 못하는 안타까운 소식을 자주 접했다. 그러나 용소골 계곡은 여태 다른 어느 계곡이 보여주지 않은 깊은 속살까지 보여주었고, 그 보상에 감사하며 거칠고 힘든 산행이 즐거움과 행복감으로 다가옴을 느끼며 산을 올랐다.

제3 용소의 5분 거리 앞 지점에는 정상으로 가는 샛길이 있다. 이 길은 길이라기보다는 산의 급경사면을 그냥 기어오르는 느낌이었다. 그리고 그 경사면이 끝나면 응봉산은 수고했다는 듯이, 숲속의 차분한 산길로 받아준다. 거칠고 은밀한 계곡 길과 경사면을 기어오르고 나면, 산은 마을 뒷산 같은 모습으로 급변했던 것이다.

정상에서는 저 아래 동해를 시원하게 보여주었다. 탐방객들의 즐거운 대화 소리가 가득했다. 그들은 잘 다듬어진 덕구 온천 산행기점에서 올라왔다고 했다.

올라오면 내려가야 하는 것이 순리다.

우리 사회에서는 올라가기만 하고 내려오지 않기 위해서 허둥거리다 결국 좋지 못한 모습을 보이고 인생에 오점을 남기는 사람들이 많다. 정당하게 노력해서 올라가고 내려올 때가 되었으면 미련 없이 내려오는 것이 한 인생을 아름답게 만들 듯이, 산행에서도 아무리 힘들게 올라갔어도 때가 되면 미련 없이 내려와야 한다. 하지만 응봉산에서는 그 미련 없이 내려옴에 문제가 생겼다. 길고 험한 계곡 길을 내려가기에는 시간과 체력 안배에 문제가 예측되고, 능선을 통한 하산 길은 찾을 수 없었다. 덕구 온천 쪽이나 다른 산행 초입으로 내려가는 길만 있었던 것이다.

모를 때는 물어가는 것이 방법이지만, 정작 정상에 있는 누구도 덕풍 계곡으로의 능선을 걷는 하산 길을 알지 못했다.

경험 많은 한 사내의 지도를 참고하여 계곡 쪽의 갈림길을 향해 40여 분 정도 걸어 내려가는 도중에 다행히 계곡에서 올라오는 3명의 탐방객 중 한 명이 능선 길을 다녀본 경험이 있었다. 그로부터 믿을 만한 제대로 된 하산 길을 알 수 있었다.

그의 말에 따르면, 덕풍능선 길은 위험해서 비 법정 등산로로 등산로를 폐쇄해두었다고 했다. 그의 설명을 듣고 나니, 그 길이 정상에서 줄과 경고문으로 막아 놓은 샛길을 뜻함을 알 수 있었다.

다시 내려온 길을 따라서 정상으로 되올라가야 했다. 시간과 체력 그리고 내가 가진 음식과 물을 측정해 볼 때, 다시 정상으로 올라가서 능선 길을 내려가는 것이 옳다는 생각이 들었다. 결정되면 가차 없이 실행하는 것이 좋다.

폐쇄 등산로의 초입은 폐쇄의 이유를 전혀 짐작하지 못할 만큼 쉽고 좋은 길이었다. 길옆 초목들이 웃자라 길을 가리고 있어 사람의 출입이 오랫동안 없었음을 알 수 있었다.

빠르게 진행해서 능선에서 고도를 낮추는 길에 들어서자, 폐쇄의 이유를 이해할 수 있는 길이 나타났다. 낭떠러지 같은 산의 사면을 내려가야 했다. 심마니나 계곡을 잘 아는 사람들이 겨우 다닐, 발 하나 디딜 희미한 길이 하산 길이 되고 있었다.

걸음마다 집중해서 내려가는 길은 명상과 같다.
이런 길은 잡생각이 사라지고, 마음이 혼란해지지 않는다.
마음이 이렇게 번잡하지 않고 현재에 집중해서 사는 것은 수행자의 길과 같다.

험하지만, 즐겁다.
마음은 통일되고, 목표는 단순하다.
산행을 어렵게 하는 것은 험한 산길이 아니라, 혼란한 마음일 경우가 많다. 마음이 숨을 죽이면 깊은 산중에 혼자 하는 산행처럼 고요하고 명료하다.

산에서 내려오니 감나무와 대추나무가 가지가 휘어지도록 열매를 달고 있었다. 대추 서너 개를 따서 입에 넣어보니 달고 맛있었다. 힘든 산행 후의 여운은 달고 맛있었다.

* 응봉산 덕풍계곡 등산로는 비가 오거나, 비온 직후에는 들어가지 않아야 하며, 산의 많은 경험자나 충분한 준비가 된 상태에서 산행을 해야 한다. 하지만 이 코스는 탐방의 어려움 때문에 자연이 잘 보존되어 있어 산행의 보상이 큰 코스다.

56. 청량산

　태백의 황지에서 시작한 낙동강은 강원도의 높은 산들에서 모아주는 계곡물을 모아서 거침없이 흐른다. 자전거는 하늘을 향하는 재를 자주 넘어야 했지만, 장구한 낙동강의 흐름을 따라 흘렀다.

　낙동강은 낮은 곳을 향하여 방향을 잡고 인간의 시간 이전부터 산의 허리를 깎아서 숨은 바위를 드러내게 했다.

　강을 따라 흐르다 경북 봉화군에 들어오면서 탁월한 모양의 바위 봉우리가 시선을 붙잡고, 깎아지는 바위 절벽이 강의 흐름을 휘어 흐르게 막아선 기개 있는 산을 만났다.

　그 산이 청량산이다.

　서예가 김생, 문장가 최치원, 유학자 최치원 같은 많은 유학자와 종교 수행자들이 애정을 표현했던 청량산은 퇴계 이황 선생에게는 누구보다도 각별했다.

　시장(市場)의 손에 의해 닳고 오염된 세속의 증표가 되어버린 종이돈의 얼굴이 되어 만나는 퇴계와는 달리, 사실 그는 온갖 세속의 유혹을 뿌리치고 이 땅에 유교적 이상향을 건설하기 위해 일생을 살았던 사내였다. 청량산 아래 도산면에서 태어난 이황은 그 땅에 도산 서원을 세우고, 후학들에게 주자학을 가르치면서 한 사람의 수행자이자 스승으로 살았다. 조선의 청량산에서 그의 정신적 스승이자 삶의 모델이었던 주자(朱子)가 은거하며 제자를 가르쳤던 중국의 무이산이라는 이념적 이상향을 실현하고 했던 것이다. 주자가 그러했듯이, 자신도 부와 권력을 사양하고 산 아래 고향으로 돌아왔다. 그리고 도산 서원에서 학문 연구와 인격의 수양, 그리고 후진(後陣) 양성을 위해서 삶을 살았다. 더불어 중국 무이산의 육육봉을 본떠서, 청향산의 열두 봉우리를 육육봉이라고 불렀다고 전해진다.

이렇게 한 시대의 거인이 사상의 이상향으로 만들고자 했던 의미가 가득한 청량산은 그 의미만큼이나 많은 옛사람의 수행처들의 흔적과 이야기들을 하나하나 살펴 가며 가파른 봉우리를 유람하는 즐거움이 큰 산이다.

퇴계는 이렇게 말했다.

> 글 읽기가 산을 유람함과 같다.
> 사람들 말하기를 글 읽기가 산 유람함과 같다지만,
> 이제 보니 산을 유람함이 글 읽기와 같구나!
> 공력을 다했을 땐 원래 스스로 내려오고,
> 깊고 얕음 아는 것 모두 저로부터 말미암네!
> 앉아서 피어오른 구름 보며 묘리를 알게 되고,
> 발길이 근원에 이르러 비로소 처음을 깨닫네!
> 높이 절정을 찾아간 그대들에게 기대하며,

노쇠하여 중도에 그친 나를 깊이 부끄러워 하네!

당대 최고의 학자가 고개 숙이는 모습을 보면 요즘 세대에 조그마한 지식과 힘과 부를 가지고 곧 운명의 바람에 먼지처럼 사라질 자신의 이름에 뻣뻣한 힘을 주는 사람들이 청량산은 아마 우습기도 하고 처량하기도 할 것이다.

청량산에서 안동으로 내려오는 길에, 그 아름다운 산하의 모습이 여음(餘音)같이 남아서, 안동댐 가에 야영지를 정하고 밤하늘 아래 검은색 호수를 바라보다 잠이 들었다.

새벽의 찬 기운에 일어나 보니, 세상이 온통 구름 속에 싸인 듯 호수의 안개가 세상을 가득 덮고 있었다. 안개 속에서 하룻밤을 보낸 나의 이동식 집도 안팎으로 깊게 젖어 습하고 찬 기운이 온몸을 무겁게 눌렀다.

그래도 여행자는 자전거의 앞뒤 라이트를 밝게 밝히고 어깨를 누르는 무거움을 털어버리며 안개를 뚫고 안동으로 향했다. 환한 자전거 전조등은 안개 속의 앞길을 보기 위해서라기보다는, 거침없는 새벽길을 빠르게 달리는 자동차들에게 나의 존재를 알려서 안전을 도모해 보고자 하는 최소한의 장치였다.

57. 주왕산

안동을 거쳐서 낙동강을 따라 들어온 청송의 들녘은 온통 사과밭이었다. 과일들의 무게가 버거운 나뭇가지가 부러지지 않게 일일이 지지대로 받친 사과나무들이 가을의 풍요로움을 증명하고 있었다.

그러나 풍요로운 가을 들녘과는 달리 나의 몸은 삐걱거렸다. 무릎은 힘이 부칠 때나 걸음의 자세가 불안해지면 고통스러운 통증을 호소했다. 시린 칼이 베어내는 아픔은 순간이었지만, 통증이 마침내 여행을 멈추게 할 것 같은 스멀거리는 불안이 더욱 무겁게 마음을 눌렀다. 텐트 안에서 잠을 자다 무릎의 통증으로 잠에서 깨어나 무릎을 움켜잡고 달래야만 할 밤들이 늘어나고 있었다.

체내 지방은 완전히 소비되었다. 체중이 많이 줄고 근육량도 줄었다. 천고마비의 시절 나는 추운 겨울을 벗어난 광야의 야생마처럼 수척하고 약해져 있었다. 수척한 말 위의 오랜 전투에 지친 기마병의 얼굴처럼 나의 얼굴은 검고 메말랐지만, 거울을 보지 않아도 나의 두 눈만은 번뜩일 거라는 생각이었다. 그것은 수척한 몸에서 죽지 않고 살아나는 의지의 표현이길 바랐다.

주왕산은 들녘의 한가운데 자신의 몸통을 철갑으로 무장한 채 높은 깃발을 굳건히 세운 우월한 장수의 모습으로 우뚝 서 있었다. 그 산은 철갑 같은 바위와 협곡으로 둘러싸인 천혜의 방어지이기도 했다. 역사라기에는 기억이 희미한 전설의 시대에 주왕이라고 불리는 사내가 그의 군사들과 함께 들어온 것도 산의 기운과 조건이 만든 결과였을 것이다.

그런데 역사의 희미한 기억은 이 한 사내의 이야기를 세 명의 사내의 이야기로 둔갑시키고 말았다. 아니, 각각 세 명의 다른 이야기들일 수도 있을 것이다. 오랜 역사는 희미하고 인간은 희미한 기억을 원하는 대로 각색한다.

그중 한 사내는 중국 상나라의 마지막 왕인 주왕(紂王)이다. 그는 달기(妲己)라는 여인과 사랑놀이에 빠져서 국가를 돌보지 않은 탓에 나라를 잃은 사내다. 나라 잃은 사내는 중국의 역사 제일의 악녀로 기록되는 애첩인 달기를 데리고 주왕산에 들어왔다. 그녀와 주왕은 함께 불에 달구어진 기름이 발라진 구리봉 위를 죄인들이 고통 속에 걷다 미끄러져 숯불에 타죽도록 고안된 포락형(炮烙刑)이라는 형벌을 재밋거리로 즐겼다고 전해진다.

물론 이 사내의 이야기는 전설에 가깝고 가능성이 있어 보이진 않지만, 주왕산의 이름이나 달기 계곡과 탄산 약수로 유명한 달기 약수 등의 이름이 나름 이 이야기를 뒷받침한다.

두 번째 사내는 주도(朱滔)라는 이름의 사내로 진나라의 부활을 위해서 당나라와 다투다 전쟁에 패하여 이 산으로 들어온 사내다. 당나라의 요청으로 파견된 신라의 마 장군 형제에게 죽임을 당했다는 주왕굴 그리고 그의 아들(대전)과 딸(백련)의 영혼을 달래기 위해서 지어졌다는 불교 사원인 대전사와 백련사 등이 그의 이야기에 신빙성을 더해준다.

세 번째 사내는 신라의 왕자인 김주원이라는 사람이 이 산에 들어와 급수대라는 바위 꼭대기에 궁궐을 짓고 살았다는 이야기이다. 그 급수대라는 바위를 보면 바위 위에 물이 없어 물을 끌어 올렸다는 급수 자국이나, 그가 고려군을 막기 위해 쌓았다는 주방 산성 등이 그의 이야기를 더욱 생동감 있게 만든다.

사실, 역사라는 게 지나간 옛 사실의 기록일 수도 있지만, 그 역사적 사건에 의미나 목적 또는 재미를 담기 위해 각색 및 변화하면서 시간이 갈수록 그 역사적 사실은 희미해지고, 여러 가지 해석과 메시지를 담은 이야기들로 변하는 경우가 많다. 그리고 이런 의미에서, 많은 인류의 역사는 어쩌면 역사적 사실을 이용해 각색한 이야기에 불과하다. 세계사를 보더라도 누가 쓰고 어떤 집단에서 말하는가에 따라서 완전히 다른 이야기가 되고, 때로는 거짓말에 가까운 정반대의 의미를 담는다.

일례로, 우리는 기독교 문화와 이슬람 문화 간의 세계사에서 역사를 쓴 관점의 차이에 의해서 악인과 선인은 순식간에 바뀜을 배웠다.

분명할 것 같은 근대나 현대사에도 역사를 이해하려는 집단의 성격에 따라서 완전히 다른 이야기를 만들고 있는 것은 단지 우리나라만의 이야기가 아니다.

사실, 내 가족이나 자신의 이야기도 시간이나 삶의 사정에 따라서 변화함을 관찰하다 보면, 때로는 그 이야기보다는 그 이야기를 해석하는 나의 마음의 상태를 더 잘 이해하는 것이 중요할 것이라는 생각이 들기도 한다. 그것은 나의 마음 상태에 따라서 나와 가족의 평범한 일상의 이야기조차 각색해서 받아들이거나 의미를 수정하기 때문이다.

각설하고, 이제 산에 들어온 주왕은 누구인지 확인할 방법은 없지만, 어떻게 각색하고 어떤 의미를 부여해서 이야기를 만들어도 주왕산은 근사한 배경이 되어주는 흔들림 없는 장수처럼 든든한 산임은 틀림없다.

높은 깃발을 든 당당한 장수 같은 모습의 주왕산을 뒤로하고 지치고 메마른 늙은 기마병은 가을의 결실이 무거워 고개 숙이는 풍족한 들판을 지나 남쪽으로 향했다.

58. 내연산

세상을 살펴보면 다양한 가치, 이념, 믿음으로 구성된 다양한 삶을 살아가는 사람들을 만난다. 그 사람들 중에, 어떤 사람들은 사회 능력부터 개인적인 인품까지 두루 잘 발달해서 사회적 인정을 받는 사람들도 있고, 또 어떤 사람들은 사회성이나 인품은 부족하지만, 특정한 지식이나 집단에 대한 강한 사명감 같은 특출한 특징에 의해서 사회적 인정을 받고 살아가기도 한다. 물론 사회적 인정 자체를 신경 쓰지 않고 자신만의 세계를 구축해가면서 살아가는 사람도 있다.

산도 그랬다. 산의 형태, 조망, 바위의 조화, 맑고 깨끗한 계곡, 풍부한 수림, 다양한 자원, 생물의 다양성 등의 다양한 조건들을 잘 갖추어 사람들이 자주 찾는 명산이 되거나, 산의 다양한 면에서 어느 한 두어 가지의 특징들이 아주 잘 발달하여 명산의 대열에 들고, 사랑을 받는 산들이 있다. 물론 산도 사람처럼 누구의 인정이나 칭송을 바라지 않고 홀로 깊숙한 산군에 청정하게 위치해서 잘 찾지도 않고 유명하지도 않지만 홀로 건강한 산들도 있다.

내연산은 다양한 조건들을 고루 잘 갖추어서 명산이 된 것은 아닌듯했다.

귀한 거울을 묻은 자리 위에 세워진 절이라고 해서 '보경'이라는 이름을 가진 보경사를 지나, 문수암 갈림길로 따라 올라간 삼지봉은 마을의 작은 야산에 비해서도 특별할 것이 없는 산이라는 느낌이었다. 그리 뛰어난 조망도 없었고, 산길도 특징 없는 임도 같았다. 좋은 소나무들이 많은 것을 제외하곤 숲도 특별할 게 없었다.

하지만 내연산 계곡은 달랐다. 가파른 경사를 내려와 깊은 계곡에 도착해서 계곡을 따라 걸어 내려오다 연산폭포를 만나면서 명산이 되는 이유에 대해서 더 이상 의문을 품을 수가 없었다.

내연산과 천령산 사이에 위치해서 10㎞를 흘러내리는 계곡은 우선 물이 맑고 깨끗하다. 계곡은 선계의 배경이 될 만큼 높고 가파른 암벽들이 좌우에 들어서 있다. 봉우리에는 학들이 날아다니고 구름이 걸릴 것 같은 느낌이다. 계곡의 바닥은 작은 조약돌 위로 희다. 비구상 예술품의 전시장의 조각품 같은 바위들이 물의 길을 장식한다. 물은 때로는 천천히 때로는 힘차게 흐르고, 급경사를 만나면 중력에 순응해서 하염없이 떨어지는 폭포가 된다.

그 영혼이 맑은 물은 수백만 년의 집념으로 다양한 형태의 폭포를 깎아 놓았는데 그 숫자가 12개나 된다.

뒤늦게나마, 뛰어난 바위 하나 없이 평범한 산이라고 생각했던 보경사 주위 산들의 특별함을 이해했다. 그리 높지도 않고 잘나지도 않은 산들이지만, 보경사의 주위 산들은 숲과 듬직한 흙에 많을 물을 저장해 두었다가 사시사철 보경사 12 폭포를 만든 계곡에 끊임없이 물을 제공해왔던 것이다.

우리의 역사에서 많은 위인이 역사의 한 페이지를 장식했지만, 그 위인들이 역사에 남을 뜻깊은 일을 할 수 있도록 했던 많은 평범한 사람들의 뒷받침이 있었음을 우리는 자주 잊어버린다. 한 위인의 업적을 위해서 수많은 평범한 사람들의 공헌이 있었음을 망각하는 것은 아쉬운 일일 것이다.

보경사 12폭포의 아름다운 계곡이 존재하기 위해서는 주위의 산들의 뒷받침이 없이는 불가능했음을 환기했다. 그 산들은 한 명의 위대한 사람을 만들어낸 수많은 이름 없는 민초의 모습을 가지고 있다.

그래서 내 생각을 수정했다.

보경사 계곡을 품은 내연산과 주위 산들은 그냥 보잘것없는 산이 아니었다. 그 산들은 보경사 계곡을 만들어내는 실질적 주역이고. 그래서 내연산을 포함한 주위 산들은 우리의 명산으로 자리 잡은 것이었다. 보경사의 거울 같은 계곡에 비추어지는 산들은 계곡의 어버이이자 창조자이지만 정작 목소리 한 번 내지 않고 내어만 주고 있었다.

어쩌면, 절 아래 명경(明鏡)이 묻혀있어 보경사라 이름 지어진 것이 아니라, 우리의 마음까지 비추어주는 맑고 아름다운 계곡을 만든 산들이 있어 보경사가 된 것이 아닐까?

내연산에서 남산으로 가는 길에는 깊고 푸른 동해를 자주 만났다.

사람이 떠나간 가을, 바람과 파도 소리가 들리는 부드러운 모래 위의 야영은 색다른 즐거움이었다.

　사람이 떠나간 해변은 유독 외로움이 과장되었다. 하늘을 파도 타는 갈매기의 날갯짓이 공허했다.

59. 경주남산

국립공원이라고 찾아간 남산은 어느 고풍스러운 마을의 뒷산이었다.

기와집과 신라의 석탑들이 여전히 서 있는 고풍스러운 마을의 뒷산은 많은 한국의 동네 산들처럼 선이 부드럽고 나지막하다. 산이 만만해 보여서인지 산행길은 각각의 마을마다 시작되어 여러 방향으로 산을 오를 수 있었다. 산을 조금 오르면 습기가 충분한 차가운 가을엔 송이가 잘 자라는 화강토 위에 소나무가 자라고 그 숲 사이로 작은 개울이 흐른다.

서라벌에 위치한 나지막한 남산은 주위에 견줄 산들이 없고 넓은 논밭으로 둘러싸여 있어, 조금만 올라도 제법 괜찮은 조망을 보여준다. 오르막이 높아질 때쯤에는 흔한 화강암 바위들이 소나무와 잘 어울려 지극히 한국적인 산의 모습을 보여준다. 큼직한 화강암 바위와 그 위에서 척박함과 거친 바람에 적응해서 살아온 소나무가 한 폭의 아주 한국적인 진경산수화를 만들어내는 것이다.

산을 오르면서 만난 남산은 작다고 해서 만만한 것만은 아니었다.

작지만 야무진 것이 남산이다. 봉우리 아래에는 산을 오르는 사람들이 잘 발달한 바위를 두 팔과 두 다리로 기어오르기도 하고, 설치되어있는 밧줄의 도움을 받기도 했다.

남산은 갈 길이 많고 들려 볼 곳이 너무 많아서 쉽게 내려오기에는 많이 아쉬운 산이기도 하다.

위의 이유가 아니더라도 남산이 우리에게 보물로써 다가오는 것은 산의 곳곳에 산재한 문화재 때문일 것이다. 퇴계 이황이 주자의 무이산을 모델로 삼아 성리학의 이상향을 만들고 싶어 했던 청량산처럼, 남산은 신라 사람들이 꿈꾸는 부처의 나라인 '불국토(佛國土)'의 이상향을 형상화하고 싶어 했던 산이다.

금오봉과 고위봉에서 흘러내리는 40여 개의 계곡과 산줄기에는 현재 발굴한 것만 기초해도 112개의 절과 80여 개의 불상 그리고 60여 개의 불탑들이 있다고 하니, 남산은 그야말로 하나의 거대한 불교 문화 유산의 야외 박물관 같은 곳이다. 산의 유적들은 박물관의 유리관 속의 유적들 또는 사람이 떠나가 버린 고가들과는 달리, 여전히 자연 속에서 기원과 믿음의 대상으로 살아있어 그 기운이 성성하다.

아무리 아름다운 가옥이라 해도 사람이 떠나가 버리면 그 가옥은 혼이 빠진 생명체가 된다. 유리 상자에 갇혀 버린 유적들은 관속의 시체처럼 창백하다. 하지만 버려진 듯이 비바람 속에 서 있어도 찾아오는 사람들의 간절한 기원의 대상이 되는 사물들은 날씨와 세월에 아무리 낡고 훼손이 되어도 그 기운이 살아있는 것이다. 사람의 간절함은 생명 잃은 바위의 조각에도 생명의 혼을 부여하는 힘이 되어서일 수도 있다.

사람도 그렇다. 연로해서 찾는 사람의 발길이 줄어들고 사회가 더 이상 필요한 대상이 되지 않으면 사람은 급격히 생명력을 잃는다. 하지만 어떤 일이든지 사회에서 꾸준히 역할을 하고, 아무리 쇠약해도 그들을 필요로 하는 사람들이 있는 노년은 생명의 기운이 성성한 법이다.

남산은 많은 시간을 가지고 아주 천천히 다녀야 할 것 같다는 생각이
들었다. 무거운 배낭이 아니라 유적을 자세히 설명하는 해설서를 지니
고 작은 노트와 펜 그리고 부담스럽지 않은 무게의 카메라 한 대를 가지
고 다녀야 할 산이었다.

목표를 향해 부지런히 걸어가기보다는 조망이 좋은 바위에 걸터앉
아 신라 사람들이 내려 보았던 서라벌과 그 사람들이 바라보았던 하늘
을 보면서 그 사람들이 원했던 사회와 나라는 어떤 나라였는지 그리고
1,500년이 훨씬 지난 이 땅에는 그들의 꿈이 어떻게 실현되고 있는지 생
각해볼 수 있는 산이기도 했다.

많은 국민이 스스로 '헬 코리아(Hell Korea)'라고 표현하는 현대의 대한
민국은 신라의 사람들이 생각하던 이상향과는 너무나도 동떨어진 방향
으로 가고 있는 것은 아닌지 하는 생각에 나의 발걸음이 가볍지만은 않
았다.

60. 비슬산

경주를 벗어나, 대구로 향하는 길은 자전거 여행자에게는 버거운 길이었다.

산업도로에서 오염된 연소 가스를 내뿜으며 배타적 공기압으로 길가의 가로수를 밀어내며 지나가는 차량은 자전거에는 거대한 포식자였다. 또한, 논과 밭의 자리를 밀어내고 들어선 산업공장들의 굴뚝에서 품어 나오는 숨은 남의 육신을 뜯어먹는 짐승들의 역겨운 입 냄새를 닮아있었다.

자전거는 경주와 대구를 이어주는 대경로를 거칠게 달리는 포식자들에 짓눌리며 스스로 납작하게 몸을 낮추고 겨우 나아갔다. 각종 공사와 포식자의 몸싸움에 부서지고 패인 도로 위에서 자전거는 아픈 신음을 하더니 마침내 도로 주변의 날카로운 쇳조각에 주저앉고 말았다. 펑크가 난 것이다.

도로를 벗어나 실린 살림살이를 내리고 자전거의 뒤축과 연결되어있는 트레일러를 분해하고, 뒷바퀴에서 튜브를 빼내어서 튜브를 바꾸는 복잡하고 번거로운 과정을 거쳐야 했다. 자전거 여행에서 자전거를 정비하는 일이 익숙해져 가긴 하지만, 매번 짐을 내리고 바퀴를 분리하고 튜브를 갈거나 때우는 일은 여전히 번거롭고 기운을 빼는 일이었다.

이런저런 과정을 거치고 다시 짐을 다시 정비해서 길을 나서려고 하니, 몸이 더욱 무겁게 느껴졌다. 그리고 분명치 않은 대상에 대한 짜증이 슬그머니 올라왔다. 이럴 땐 불필요한 감정에 휘말리지 말고 감정의 주의를 환기해야 함을 스스로 다짐했다. 호흡을 깊이 쉬어서 마음이 거칠어지지 않도록 했다. 감정이란 가끔 많은 관심을 주면 동네 양아치처럼 의기양양해서 점점 세력을 확장하려 하기 때문이다.

 긴 여정에서 종잡을 수 없는 감정의 움직임에 흔들렸으면, 아마 이 여정은 일찍이 끝났을 것이다.

 이제 대도시인 대구 시내로 들어가려고 하니, 혼비백산하는 까투리와 마른 가지 속에 먹이를 찾던 참새들을 놀라게 해주며 주행했던 한적한 도로가 새삼 그리웠다.

 다시 지도를 살폈다. 빠른 도로를 피해 강변도로로 우회하니 한결 주행이 가벼워졌다. 하지만 일방적인 정책에 의해서 인위적으로 급조된 자전거 길은 나에겐 최악을 피하는 차선책일 뿐이었다. 이런 길은 편리하고 안전함이 있을지 몰라도, 획일적인 단조로움에는 자연과 문화가 결여되어 있기 때문이다. 그래서 여행 중에는 가능하면 마을과 마을을 이어주는 오래된 국도를 우선적으로 이용했다.

 어렵게 찾아온 대구에는 내가 오를 두 개의 산이 있었다.

 그들은 여성성을 상징하는 비슬산과 남성성을 상징하는 팔공산이었다.

 유가사에서 시작한 비슬산 정상을 오르는 길은 두 개의 길이 있었다. 비교적 자연이 잘 보존되어 있을 것이라고 짐작되는 급경사 쪽을 이용했다. 급조되어 보이는 돌탑들과 시를 새긴 바위들로 잔뜩 꾸민 유가사를 비켜 올라간 3.5㎞의 산행길은 계곡에서는 인지(認知) 가능한 물의 흐름과 인지(認知) 불가한 바위의 흐름을 만날 수 있었다.

두 개의 흐름은 인간과 자연의 시간이라는 개념의 커다란 격차를 설명하고 있었다.

바위의 강은 '암괴류(巖塊流)'로 알려진 바위의 집합들이 화산이라는 불에 의해서 태어나 다시 많은 시간이 지난 후 빙하기의 얼은 땅 위를 지구의 중력에 의해서 위에서 아래로 흐른 바위의 흔적이다. 바위들은 2㎞의 거리를 인간이 인지하기에는 너무도 천천히 흘러온 것이다(현재는 훼손에 의해 1.4㎞만 남아있다).

암괴류를 지나면서 길은 더욱 급해졌다. 가끔은 두 팔과 두 손의 힘을 빌려야 했다. 일주 구간에는 두 팔과 두 손의 수고를 덜어줄 생각인지 급경사에 계단을 설치하는 공사가 진행 중이었다. 하지만 이런 친절이 그리 달갑지 않은 것은 그만큼 바위에 구멍을 뚫어야 하고 나무를 베어야 하는 만큼 인간의 편의를 위해 산을 파괴하고 변형시켜야 하기 때문이었다.

우리는 역사에서 인간의 주관적인 자연 이용과 변형은 당장의 편안함과 이익을 주었지만, 때로는 많은 재앙과 불이익을 초래함을 익히 경험했다.

그리고 잠재적 재앙과 불이익을 우리 삶의 어느 순간, 어느 곳에서 만날지 누구도 알지도, 예상하지도 못한다. 예상할 수 없음은 '보이지 않는 적'처럼 인간의 불안의 무의식을 위협하고 있지만, 욕망은 그 두려움을 감수할 만큼 강하고 기만적이었다.

요즘은 엘니뇨나 온난화 같은 인간 중심적 자연 변형의 결과가 어쩌면 인간 역사의 존멸과 연관될지도 모른다는 의심을 가지게 한다. 당장의 이익이나 편리가 예상치 못한 시점에 인간의 존멸을 초래할지 모른다는 것은 두려운 일이다.

대한민국은 밝고 휘황찬란하게 밝혀진 공장의 가동과 편안하고 안락한 삶을 유지할 전기를 만들기 위해 수많은 발전소를 건설해 왔다. 경주를 지나오면서 생각했다. 동해 해안선을 따라 지어진 핵발전소를 며칠 전 경주에서 일어난 지진이 파괴했다면, 또는 신문 보도에 나오는 부정한 부품이 사고로 연결된다는 가정을 해보면 지진 그 자체의 피해나 사고보다는 원자력 발전소의 파손에 의한 방사능의 누출과 파괴력 때문에 훨씬 막대한 피해를 초래할 수도 있었을 것이다.

인간은 욕구를 채우는 방식의 변화를 선호했다.
교통이 막히면 우리는 항상 도로를 만들고 터널을 뚫지, 그 수많은 차의 숫자를 줄일 생각은 하지 않았다. 어쩌면 생각했을 수도 있지만, 실행은 항상 주저한다.
인간의 욕구는 채우는 만큼 자라서 결코 채워서 만족할 수는 없다는 것은 이미 오래전부터 깨우치고 공유하고 심정적으로 동의했던 진리다. 하지만 인간의 욕망은 항상 차가운 진리보다는 달콤한 욕망의 충족을 원했다.

정상 평지에 도달하니 봄을 채운 진달래의 자리에는 가을의 억새가 자리 잡고 있었다. 봄에는 진달래 옷, 가을엔 억새의 옷, 겨울엔 하얀 눈 그리고 여름엔 초록의 옷으로 비슬산은 윤회를 거듭하고 있었다.

산은 '비슬'이라는 산스크리트 이름을 가졌다.

무슨 연유로 인도풍의 이름을 가지게 되었는지는 아무도 모르겠지만, '무성한 숲으로 덮인'이라는 뜻을 가진 비슬이라는 이름은 가진 산은 어쩌면, 영어식 예명을 가진 디자이너나 유명인들처럼 유행을 타는 산이었나 보다.

사람들은 유행을 즐기고 철마다 옷을 갈아입는 젊은 처녀 같은 비슬의 모습에서 여성성을 엿보았지 않을까?

능선을 따라 대략 9㎞를 걸어서 톡 쏘는 상큼한 탄산 레몬의 맛이 나는 용연 샘의 약수를 마시고 우리나라 8대 적멸보궁을 가진 용연사를 지나 내려왔다.

산은 인도의 성자인 부처의 뼈 한 점을 인연의 증표로 가졌다. 인도와 부처와 윤회와 인연의 추억으로 비슬은 일연(一然)이라는 스님을 안아주었다. 비슬산에서의 일연의 20년 수행은 "오늘에야 삼계(三界)가 꿈과 같음을 알았으며, 대지에 터럭 하나만한 장애도 없음을 보았다."로 마무리된다. 그리고 그는 『삼국유사(三國遺事)』를 우리에게 남겼다.

하지만 산에는 일연의 흔적은 희미했다.

인연과 윤회는 모든 것은 만들고 모든 것을 지우고 있었다.

비록 가을답지 않게 간혹 비도 내리고, 안개가 시야를 제한하는 산행이었지만, 흐려진 시야를 채우는 것은 분주한 생각이었다.

61. 팔공산

팔공산은 금호강 자전거 길을 이용했다. 높고 푸른 가을 하늘을 보여주는 날은 아니지만, 그래도 가을의 기운이 강가에 가득했다. 낙동강과 금호강을 따라 잘 만들어진 자전거 길에는 많은 사람이 깊어가는 가을의 주말을 달리는 자전거 위에서 느끼고 있었다.

몇 달 동안 뵙지 못한 아버지와 형 그리고 다정다감한 세 분의 고모님들, 사촌 동생 내외들과 다음 세대를 이어갈 조카들이 팔공산으로 모였다. 나의 여정에 맞추어서 가족 모임을 팔공산 아래 동화사 부근으로 정했기 때문이다.

핏줄과 만남은 즐겁다. 하지만 이 핏줄은 역설적으로 행복의 저변인 동시에 괴로움의 근원이 되기도 한다. 그것은 핏줄의 관계는 '나'라는 존재와 끈끈하게 이어져 있기 때문일 것이다.

부모님 세대의 노화와 지쳐 보이지만 생활을 책임지는 우리 세대 그리고 미래의 삶을 살아갈 조카들이 한자리에 모인 팔공산 아래 삼대의 모임에서 건강함을 느꼈다. 그것은 이런 생멸하는 세대의 사이클에서는 노화와 죽음 역시 건강한 모습의 한 부분이기 때문일 것이다.

사실 과거, 현재, 미래는 이렇게 핏줄의 흐름이라는 하나의 유기체처럼 구성되어서 끊임없이 윤회하는 것이 건강한 사이클이다. '창조와 유지 그리고 파괴'라는 생명의 사이클은 개인과 그 개인들이 구성하는 가족과 많은 가족이 만드는 사회와 국가 그리고 인간세계도 하나의 유기적 생명체로 윤회한다.

고인 샘처럼 윤회하지 않는 것은 썩고 부패한다. 건강하지 않은 것이다.

그리운 사람들과 회포를 풀던 밤을 보내고 아침이 되었다. 여행자는 다시 가족들과 헤어져 길 위로 돌아간다. 매일 길 위에서 잠들고, 또 새로운 길을 나서는 여행자이지만, 가족을 뒤로하고 길로 향하는 나의 자전거는 무거웠다. 핏줄의 끈끈하고 무거운 끈으로부터 자전거는 자유로울 수 없기 때문일 것이다.

팔공산의 이름은 원래 '공산'이었다. 팔공산은 신라 태백산, 계룡산, 토함산과 지리산의 오악(五岳) 중 중심에 존재한다고 해서 중(中)악으로도 불렸던 산이다. 이 공산이 팔공산으로 된 것은 고려 태조의 여덟 명의 장군이 죽은 곳이어서라고도 하고, 여덟 고을에 걸친 산이라서 그렇다고도 하고, 팔간지(八干支)를 봉인했기 때문이라고 하지만, 오랜 시간이 지난 현재는 여러 말만 분분할 뿐이다. 그래도 현재 팔공산에는 항상 따라오는 이름이 있다. 그것은 '팔공산 갓 바위'이다. 많은 사람에게 '팔공산은 갓 바위가 있는 산'이라는 개념이 뚜렷하다.

사실 갓 바위는 관봉에 있는 관봉석조여래좌상(冠峰石造如來坐像)의 별명이자 애칭이다. 약사보살의 머리에 그 시대 이후 미래불의 개념이 들어오면서 미륵보살의 특징인 갓을 올려놓을 것이 갓 바위가 된 것이다.

그런데 갓 바위는 그 부처상을 일러 갓 부처라고 하지 않고 바위를 바로 지칭함을 알 수 있다.

나는 개인적으로 이 부분을 주목하고 안도했다. 우선 갓 바위로 불리는 관봉의 바위는 불교가 들어오기 훨씬 이전에 토속신앙처였다는 점 때문이다.

부처보다는 여전히 바위에 주목하고 있는 점이 신앙의 원형을 잘 간직한다는 것이며, 또 한편으로 갓 바위는 소원성취를 위해 기도처로 사용됨을 생각해보면, 부처의 법과는 사실 관련이 없기 때문이기도 하다.

불교는 자기의 성찰의 종교이며, 원인 없는 결과를 원력으로 도움을 주는 종교가 아니다. 부처 역시 전지전능한 신이 아니며, 인간을 고통 (Dukkha, 산스크리트어)에서 구할 법을 만들고 가르친 수행자이자 의사임을 스스로 말한다.

석가 집안의 장자로 태어나 카필라(Kapila)국의 왕자였던 싯다르타는 부처가 되고 나서도 자신의 아버지가 다스리는 카필라국이 코살라(Kosala)국에 의해 함락되고 자신의 혈족인 석가족이 코살라 병사들에 의해서 살육됨을 살아있을 때 겪어야 했다. 부처 자신도 원인이 있어 생기는 결과를 수용해야 했던 것이다. 그 부처의 가르침을 이해한다면, 석조여래좌상에게 많은 사람이 기원했던 성공, 결혼, 수능합격 같은 수많은 기도가 "한 것만큼 받게 해주십시오."라는 경건한 바람들로 이루어지길 바란다.

만약, 노력보다 많은 것과 원인 없는 결과를 원한다면, 여래좌상보다 훨씬 오래 사람의 소원을 들어주던 토속신앙의 대상으로써의 영험한 바위에 기원하는 것이 옳다고 생각한다. 기원이 나쁜 것은 아니다. 단지 노력한 것보다 더 많은 것을 바라고, 원인 없는 결과를 기원해서 그 바람이 성취되지 않을 때 생기는 고통은 스스로 짊어지고 나가야 할 뿐이다.

우리의 70㎝ 보폭의 발걸음은 진리를 담고 있다.

산을 오르면 걷는 만큼 앞으로 나간다. 단 1㎝도 자신의 보폭보다 더 또는 덜 나아감이 없다.

한 발, 한 발 걷는 걸음에는 한 것만큼 받는 진리가 잘 담겨 있다.

팔공산 비로봉에서는 겨울처럼 매서운 바람과 비를 맞았다. 짙은 안개는 하산을 재촉할 정도였지만, 비바람을 상대하지 않을 작정이라면 길 위에 나서지도 않았을 것이다.

나는 가족들이 무사 편안하게 귀가하기를 마음속으로 기원했다.

팔공산에서 금오산으로 가는 길엔, 몸도 마음도 아주 느려지고 힘들었다. 등산을 마치고 달리는 자전거 길에 어둠이 깔렸다. 주위에 마땅한 야영지도 보이지 않고, 지친 몸은 휴식을 요구했다.

길을 한참 따라가다 큰 찻길 가에 오랫동안 사람이 자리를 비운 듯한 휑한 건물을 보았다. 이렇게 몸이 간절히 휴식을 원할 땐 야영지의 좋고 나쁨을 고를 여유가 없다.

차량의 소음이 밤새 그치지 않고, 사람이 떠나간 빈 건물은 주검처럼 싸늘하고 을씨년스럽지만 빨리 텐트를 치고 대충 배를 채운 후 잠자리에 들었다.

피곤함과 잠자리의 불편함이 잠시 다투었지만, 피곤함은 잠자리의 불편함을 항상 이긴다.

그것은 그 피곤함에는 절실한 진정성이 있기 때문일 것이다.

62. 금오산

　엄청난 예산을 들여 끊임없이 녹차라떼를 만들어내는 강의 길을 따라서, 자전거는 올라갔다. 강은 물곰팡이의 비릿한 냄새와 함께 물을 하늘의 푸름을 온건히 담아내지 못하고 아주 천천히 흐르고 있었다. 왜가리는 탁해진 강물 표면 위의 처량해진 자신의 모습을 물끄러미 지켜보고 있었다. 그의 긴 목이 더욱 늘어져 보인다.

　인간 오욕(五慾)의 오물을 온몸에 가득 싣고 흐르는 낙동강을 뿌리치듯 뒤로하고 도착한 금오산 야영장에서 산행을 준비했다.

　시설이 좋은 금오산 야영장은 따라온 강과는 무관하게 깨끗했다. 게다가 무료라는 것이 더욱 마음에 들었다. 성수기가 지난 평일의 비 내리는 야영장은 한산했다. 텐트를 침수시키는 정도의 비가 아니라, 성수기 야영장의 북적임의 잔상(殘像)까지 가라앉히는 비가 차분하게 내렸다.

　종일 내리는 비로 눅눅한 텐트 안에서 산행을 미루고 하루를 더 보냈지만, 낮잠과 따뜻한 세 끼 식사로 그동안의 피로로부터 회복할 수 있는 좋은 시간이 되었다. 나는 자는 시간도 깨어있는 시간도 완전히 깨어있지 않았다.

　구름과 안개 속에 숨었다 간간이 얼굴을 내미는 금오산은 금빛 까마

귀가 날지는 않았지만, 적절한 신비감을 자아내고 있었다.

바닥에선 물이 스멀거리고 천정에 맺힌 물이 한 두어 방울씩 떨어지는 텐트 안에서 접하는 모처럼의 인터넷 뉴스에는 개탄스러운 대한민국의 정치 소식으로 가득했다. 박근혜 대통령과 비선실세의 중심인 최순실의 뉴스를, 나는 대통령의 아버지인 박정희 전 대통령의 고향에서 접해야 했다.

금오산으로 향하는 길옆 호숫가에서 박정희 전 대통령의 금빛 동상을 지났다. 그가 조림하도록 했다는 메타세쿼이아 거리를 지난다. 그리고 산행이 시작되었다. 입구에서 또 하나의 기념탑을 만났는데, 한국의 자연보호 최초발상지라고 쓰여 있었다. 박정희 전 대통령이 고향을 찾아 계곡을 청소하고 자연보호의 중요성을 말했다는 설명이 뒤따랐다.
이렇듯 금오산은 전(前) 대통령 고향의 산답게 그의 흔적들을 곳곳에 만들어 놓고 있었다. 고향의 산은 죽은 자에게도 관대했다.

금오산은 멀리서 바라본 모습이 와불(臥佛) 같다. 무학 대사가 왕이 나올 지세라는 예언을 했다는 이야기가 전해지며, 박정희 전 대통령의 하숙집이었던 청운각의 우물 벽에 자라 난, 봉황이 내려앉는 상서로운 나무인 오동나무에 박근혜 오동나무라는 이름을 붙이기도 했다. 이처럼 구미시의 박정희 일가에 대한 태도는 타 도시에 비해서 사뭇 달랐다.

짙은 안개 속에서 방송 매체를 점령한 무능하고 부패한 대통령의 뉴스를 접하면서 씁쓸한 마음으로 금오산을 올랐다.

금오산에는 볼 것이 많았다. 조금만 걸어 올라도 금오산성 외성을 지나고 곧 대혜폭포의 시원한 모습을 접할 수 있었다. 그리고 폭포 옆 절벽 위에는 왜란 때 100명이나 피신했다는 도선 굴이 위치했고, 계단 길이 끝나면 할딱 고개라고 이름 붙어진 가파른 오르막이 정상을 향했다.

정상에 가까워지면서 흔적만 살짝 남은 금오산성 내성 안으로 100가구가 살았다는 평지와 습지가 있는 성안 마을에 도착했고, 마침내 정상에 도착하면 힘없는 소국인 한국의 비애가 느껴지는 두 개의 정상 표지석을 만날 수 있었다. 달이 걸린다는 현월(懸月)봉은 우리 땅이면서도 미군의 통신기지가 있어 60년간 출입이 금지되어 정상 표지석을 세울 수 없었다. 그래서 정상으로부터 10m 아래에 설치되어 있는 예전 정상 표지석과, 미군 부대로부터 땅을 되찾은 후 실제 정상에 세운 현재의 정상 표지석이 혼란스럽게 존재하고 있었다.

구미의 달도 아마 60년간 나처럼 엉거주춤하게 현월봉에 걸려 있었는지도 모르겠다.

정상에서 내려와 절벽 아래에 지어진 약사암을 지나, 700m를 더 걸어가면 자연 바위의 모서리 면을 깎아 만든 마애 보살이 있다. 절벽 바위의 모서리 면을 깎아서 만든 5.5m 크기의 불상은 많은 사람의 기원의 공력이 배어들어서인지 오랜 시간이 지나도 그 기운이 성성했다.

사람이나 산이나 존재의 위치는 중요한 일이다.
비옥한 낙동강 유역의 비옥한 국토의 내륙에 위치한 금오산은 조용할 때는 수도자와 사림(士林)이 찾아와 수양을 하고 학문을 닦았지만, 외부의 세력이 침입했을 때는 많은 군사와 향민들이 찾아 들어와 성을 쌓고 적과 싸웠던 격전지가 되었다.

이제 구미산은 대통령이 태어난 도시라는 인연으로, 금오산은 그 대통령의 흔적과 미화를 위한 배경으로써의 역할을 받아내고 있었다.

산이 발이라도 달렸으면 이 모든 부조리와 번잡함을 피해 저 깊은 곳에 숨어 지내기라도 하겠지만, 금오산은 비옥한 땅에 자리 잡은 대가로 그리고 사람들의 이목을 끄는 출중한 아름다움 때문에 편안할 날이 없을 것 같다.

아버지의 후광을 입고 대통령의 자리에 앉았지만, 어리석음과 부도덕으로 탄핵의 위기에 몰린 박근혜 대통령은 그 금오산에 만들어진 아버지의 흔적에 오점을 더해서 금오산의 불편한 이야깃거리로 남게 될 것 같다.

63. 가야산

구미에서 낙동강 길을 따라 내려와 칠곡을 지나고, 미사일 방어체계인 사드(THADD)의 설치 문제로 결연하고 살벌한 문장이 쓰인 현수막이 곳곳에 걸린 상주를 지나, 가야산 아래 수륜면까지 자전거는 거침없이 달렸지만, 번뇌하는 마음은 현수막에 막혀 주춤거리고 있었다.

수륜면에서 해발 550m의 백운동은 오르막길이었다.

다행이었다. 자전거가 중력에 억지로 저항하는 동안 생각은 현수막의 덫에서 자유로워졌다. 그것은 실존의 괴로움이 상념의 번뇌를 이겼기 때문이기도 했다.

자전거와 몸이 지쳤는지 페달을 한 발, 한 발 밟는 행위가 힘들었다. 땀도 비 오듯 흘렀다. 무릎이 아파왔고, 엉덩이는 불이 붙은 듯 뜨거웠다. 이런 노동이 직업이라면 고용주가 많은 보수를 준다고 해도 나는 아마 거절했을 것이다. 이렇게 보수도 없이 인내하며 오르는 것은 오직 자의에 의해 선택된 여행이기 때문에 가능한 것이었다. 나를 괴롭히는 것이 나이기 때문에 인내할만하다는 이상한 논리가 되고 있음이다.

오르막을 힘들게 끌기도 하고 타기도 하면서 오르니, 백운동에 도착했을 때는 저녁때가 다 되었다.

백운동은 주위 상업 지구는 사람은 보이지 않고 바람만 먼지를 이리 저리 몰고 다니는 곳이었다. 온통 시멘트로 덮인 주차장 외에는 야영할 만한 곳을 찾기가 쉽지 않았다. 물론 백운동 야영장은 자전거 한 대와 작은 텐트 하나를 치기에는 비용이 만만찮아서 가난한 여행자가 쉬어 갈 곳은 아닌 것 같아서 제외했다. 사실 자전거 한 대에 싣고 온 짐과 한 명의 사람이 누울 작은 야외의 땅을 위해 2~4만 원을 지불한다는 것은 반년을 여행하는 무직의 장년에게는 너무도 가혹한 가격이었다.

마땅한 장소를 찾아 주위를 한참을 배회하다가 결국 주차장 한쪽 구석에 어설프게 텐트를 치고 침낭 속으로 비집고 들어가니, 새벽부터 비가 내리기 시작했다. 주차장 바닥의 젖은 콘크리트 바닥에서 시멘트 냄새가 먼지처럼 올라왔다.

아늑한 거실이나 음악이 나지막하게 흐르는 카페의 창안에서 바라보는 가을비는 운치 있었겠지만, 나는 눅눅한 텐트에서 유난히 비가 잦은 올해의 가을에 다시 내리는 비를 운치 있게 바라볼 여유를 잃고 있었다.

하룻밤을 텐트에서 병든 짐승처럼 웅크려 자다가 내다본 다음날의 하늘은 여전히 비를 뿌려대고 있었다. 아침과 밤의 기온이 많이 쌀쌀해진 가을비가 내리는 날, 나는 그 비를 맞고 산행을 강행할지 혹은 눅눅한 텐트 속에서 하루를 더 인내할지 선택해야만 했다.

또 하루를 주차장 한쪽 끝에서 비와 함께 스스로 처량한 하루를 보내고 싶지는 않았다. 가끔 지나가는 차량의 짙은 코팅된 창을 통해 속절없이 비 맞는 자전거 옆 어설픈 텐트 속을 꿰뚫어 보는 눈들을 의식하게 된 것은 마음속에 자라 난 처량한 나의 모습 때문이었다.

짐을 싸고, 빗속이라도 산을 가자고 결정했다. 마음을 정하고 나자 주차장 한쪽에 버려진 우산이 눈에 들어왔다.

비교적 쉽게 오를 수 있는 용기골로 산행을 시작했다.

얼마를 걷자 차가운 몸에 온기가 돈다. 그러자 비는 다시 운치를 살리는 매개체로 살아났다. 나는 살이 부러진 주운 우산을 배낭 옆구리에 찔러 넣고 숲이 막아주는 빗속을 걸었다.

비로 더욱 짙어진 검은 흙 위로 떨어진 강렬한 붉은 색과 노랑 그리고 갈색의 가을 잎들이 수분을 머금고 분명한 색을 발산했다. 숲이 안개 속에 갇히자 청각이 살아나면서 계곡의 물소리와 새소리들이 선명해졌다. 비 오는 날의 계곡을 오르면서 나의 의식은 짙은 계곡의 정취에 젖어 들다가 깊은 심연의 생각 속에 잠겨 문득 다른 세상으로 빨려 들어가곤 했다.

비를 밀어낸 안개가 가득한 정상에 도착했다.

새롭게 가야산의 정상이 된 칠불봉과 항상 산의 정상으로 살아오다 얼마 전 계측으로 제2봉이 되어버린 상왕봉에 올랐다. 그 어느 쪽도 새로운 변화에 연연해 하지 않았다. 그들은 쫓겨 사라지는 비와 새롭게 들어선 안개의 교차점에서 나를 조심스럽게 허락해 주었다. 단지 문제는 가야산의 정상을 소유하고 싶어 하는 상주와 합천 간의 문제일 뿐이었다.

안개 너머 산의 모습을 읽어 보려고 안간힘을 쓰다 포기하고 너무도 무겁고 고요한 정상에서 잠시 머뭇거리다 하산을 시작했다.

대가야의 수도 방어요충지이기도 하고 이궁(離宮, 또는 별궁) 기능을 했을 거라고 짐작되는 오래된 성터가 있는 서성재를 지나서 만물상 능선으로 향했다.

개인이 인지하는 세상의 모든 사물은 한시적이고 상황 제한적이다. 그것은 그 순간의 상황이나 그 사물을 만나는 개인의 감정 상태나 마음의 흔들림 등에 의해서 항상 다르게 인지된다는 뜻이다. 사실, 비로 미끄러워지고 안개 속에 보지도 못할 만물상 바위 능선 구간을 가야 할지 혹은 그냥 안전한 계곡 길로 내려가야 할지 망설임이 있었다.

상아덤에 올라서자, 한순간의 선택은 커다란 감동으로 바뀌었다.

* 가야산 만물상의 최고의 조망지인 상아덤은 달에 사는 미인의 이름인 '상아'와 바위를 지칭하는 '덤'이 합쳐진 단어로 가야산 여신 정견모주와 하늘의 신 이비가지가 노닐던 전설을 담고 있다. (산상(山上) 설명서 참조)

잦아드는 빗속에서 온갖 모양을 한 바위 능선 사이에 살아 움직이는 운해가 시시각각 만드는 아름다움에 그동안 만났던 모든 아름다움을 잊어버려도 상관없다는 생각이 들었다.

바위는 온갖 동물들을 만들고, 부처와 인간 만상을 표현했다. 물론 바위는 단단하게 굳은 사물이지만, 운해 속에서 바위를 읽고 형상을 이해하는 것은 각 개인의 기분과 생각과 믿음에 의해서 만물의 모든 형태로 변하는 것이다.

부처상이 예수 또는 비슈누(Vishnu)나 크리슈나(Krishna)로 변하는 것은 순전히 그 개인의 자유일 뿐이다.

아름다운 소설을 많은 수고를 들여 영화로 만들면, 매번 많은 사람이 실망하는 경우가 많다. 그 소설의 묘사와 아름다운 표현을 영화의 장면들이 다 담아내지 못해서이기도 하지만, 소설에 더해지는 우리의 상상력은 영화에서 표현해내는 CG(computer graphic)나 영상이 따라잡을 수 없기 때문일 것이다.

가을 단풍의 색조를 배경으로 한 수천 개의 얼굴을 가진 바위의 배열과 그 사이를 꿈틀거리는 운해의 빠른 움직임은 아름다운 소설에 더해지는 우리의 상상력까지 동원하게 해서, 세상을 다 잊고 빠져드는 풍경에 환상과 극적 카타르시스까지 보태진 한편의 지극히 주관적인 극을 만들어낸다.

바위에 올라서 있는 백 년 동안 3m도 채 자라지 못하고, 바람과 세월과 사연에 다듬어진 소나무들 옆에 앉아서 어쩌면 난 이 산에서 내려가지 못하고 바위 위에 굳어서 망부석으로 또 하나의 바위가 되어도 좋았을지도 모르겠다는 생각을 잠시 했다.

산에서 내려오니, 좋은 영화를 보고 나온 듯이 현실의 땅 위에 서 있으면서도 여전히 여운이 뒤따라왔다.

대가야의 옛 벌판을 따라 고령으로 향하면서 자전거 뒤를 따라온 황홀한 산의 여운에, 비도 피곤도 모두 잊고 자전거는 가야산과 부둥켜안고 춤추며 달렸다.

64. 화왕산

2009년 '대보름맞이 억새 태우기 행사에서 일어난 화재로 비롯된 6명의 죽음과 60여 명의 부상으로 끝난 행사의 비극은 아직도 많은 사람에게 화왕산 억새와 오버랩(overlap)되는 기억으로 남아있다. 비극적 사건은 이제 조금씩 잊혀가지만, 제철이 끝나가는 억새는 여전히 화왕산의 정상 평원에 가득 펼쳐져 있었다.

홍의장군 곽재우와 그의 의병들과 왜구의 처절한 전쟁으로 피로 물든 화왕산 6만 평의 대평원은 사람의 싸움이 있기 훨씬 이전에 억새와 진달래의 아름다운 전쟁터였다.

억새와 진달래 또는 철쭉은 영토 싸움이 심한 자연의 경쟁자들이다. 비슷한 환경을 좋아해서 서식지를 두고 경쟁하는 것이다.

이런 영토 전쟁에서 산불은 낙엽 활엽수로 성장의 속도가 느린 진달래에 비해서 다년생풀로 생육이 빠른 억새의 영역 확보에 많은 도움을 준다. 이런 이유로 억새 태우기 행사를 치른 대평원에는 사람의 도움으로 승리한 억새가 기세를 떨치는 반면, 화왕산 진달래는 예전 같지 않았다.

가까운 영남 알프스의 억새밭의 경우, 오랫동안 산불이 일어나지 않아 진달래 같은 관목들이 억새의 영토를 많이 점령해 가고 있는 것을 볼 수 있었다. 억새로 많은 관광객을 유치하는 울주군은 억새를 유지하기 위해 많은 방법을 강구 중이라고 전해 들었다.

불의 힘이 왕성한 화왕(火旺)산은 화산폭발로 만들어진 산이다. 땅 아래의 분노한 불길이 하늘로 치솟으면서 연기와 함께 품어낸 재와 용암이 만들어낸 산인 것이다.

하늘을 향한 땅의 분노가 아주 천천히 식고 그 식은 분노 위로 평상심이 찾아오듯이, 순한 식물들이 자라고 동물들이 생겨났을 것이다. 그리고 또 오랜 세월이 지나 현재의 억새가 가득한 대평원엔 세 개의 분화구가 세 개의 연못이 되고, 바위 성 같은 암벽으로 둘러싸인 분지엔 사람들이 생겨났을 것이다.

분지의 득성비(得姓碑)는 창녕 조 씨 시조의 탄생을 증언하고 있었다.

5~6세기경에 사람들(아마 대가야의 사람들이었을 것이다)이 들어와서 화왕산 분지 주위에 석성을 쌓았고, 성은 분지 내의 샘과 못들까지 포함해 천혜의 방어지가 되어 주었다고 한다.

우리나라 산들을 오르다 보면, 주요 지점에 위치한 대부분의 산은 산성들을 가지고 있음을 알게 된다. 그것은 잦은 전쟁과 외세의 침입으로 항상 위협받던 작고 힘없는 소국의 비애가 어쩌면 오래된 산성으로 남은 것이라고 짐작해본다. 산성은 군사 방어시설이지만, 또한 두려움의 표현이기도 했다. 거대한 만리장성도 인류가 만든 최대의 군사 방어시설이라고 자랑하지만, 이 또한 북방 유목민족들의 침입을 두려워한 옛 중국의 불안이 만든 거대한 건축물이기도 하다. 커다란 두려움이 거대한 방어성으로 형상화된 것이다.

세상 한 모서리의 작은 반도에 자리 잡은 한반도의 국가들은 항상 외부세력의 침입에 대한 두려움을 가지고 살아야 했다. 북방의 유목민족이나 중국이라는 강력한 세력과 일찍 시작한 근대화로 강국이 된 일본을 이웃한 한반도의 사람들은 어쩌면 오래 묵은 두려움을 잠재적 불안이라는 유전자로 대물림하고 있는지도 모르겠다.

두려움을 가지면 사람들은 두려움을 주는 대상을 막거나 피할 대비를 한다. 그러다 두려움이 감당하지 못할 만큼 커지면, 사람들은 대부분 무기력에 빠지게 되는 경우가 많다. 두려움은 인간을 단단하게도 하지만 또한 무기력하게도 만드는 것이다.

그래서인지, 현대의 한국 사람들은 변화를 싫어한다는 느낌을 받곤한다. 나이가 든 사람들은 보수적이고, 젊은 사람들은 무기력해 보인다. 사회와 직장에서 변화의 새로운 피로 투입된 젊은이들이 어느새 그 조직의 문화에 순응하고 변화에 무기력해지는 모습을 쉽게 볼 수 있다. 또한, 불합리와 부조리를 접해도 당장 자신에게 피해가 오지 않으면 대응하지 않는 것도 어렵잖게 볼 수 있다. 많은 사람이 예측할 수 없는 변화보다는 불편하고 부조리한 현재의 시스템에 안주하는 것이 안전하다고느끼고 있는 것 같다는 인상이다.

권력자들은 이러한 사람들의 두려움을 즐긴다. 그래서 공포는 사람들을 지배할 좋은 도구임을 권력자들은 안다. 공포는 대중이 스스로 지배를 받아들이게 하는 조성된 폭력이자 위안이다. 그래서 권력자들은 항상 적을 만들어내고 미래에 대한 불안감을 조성한다. 권력자들은 이런 실체가 불분명한 불안으로 변화를 회피하고 또는 무기력해지는 국민을 사랑하는 것이다.

산과 자연을 다니면서도 요즘 한국이 처한 개탄스러운 정치 상황을 피해 갈 수는 없다. 그리고 이번 상황에서도 한국이 변화에 실패한다면, 한국은 엄청난 무기력감에 빠져들고 말 것이라는 생각을 하게 되었다.

분노와 허탈감보다는 앞으로의 바람직한 변화를 위해 용기를 내는 사람들이 많아지면 좋겠다는 생각을 해봤다.

역사는 이미 지나간 나라들을 평가한다.

이처럼 많은 나라와 많은 사람이 살고 또 사라져 간 한반도의 역사에서, 대한민국은 정의로운 나라로 그리고 용기 있는 문화국으로 후세의 역사에 남을 수 있기를 바란다.

산행 후 둘러본 화왕산 주변에는 잘 복원된 화왕산성과 산 아래 고분군들, 진흥왕의 척경비, 석빙고, 목마산성 그리고 석조여래좌상 같은 문화재들이 앞서간 사람들의 불안과 용기 그리고 삶과 죽음의 역사를 엿보게 허용한다.

지나간 것들 위로 부는 바람은 소슬하다.

65. 금정산

"무엇이 제일 맛있는가?"라는 질문에는 갖가지 산해진미의 이름이 거론될 수도 있겠지만, 나에게는 어릴 때부터 자주 접하고 익숙해진 맛이 제일 맛있다.

지난 4개월 동안 많은 지역의 산을 올랐다. 그들은 달고, 향긋하고 감칠맛 나며, 또한 정갈하고 푸짐했다. 매일같이 맛있는 산을 오르면서 나는 미식가가 산해진미를 즐기는 듯한 행복감에 젖었다.

그리고 먼 길을 돌아서 도착한 고향 부산에서, 어릴 적 추억이 가득한 산길을 걸었다. 나에게 산행의 즐거움을 가르쳐준 금정산을 걸으면서 익숙하고 친근한 '집밥'의 맛에 빠졌다. 그것은 오랜 여행이 끝나고 도착한 어머니의 부엌에서 먹는 김치와 흰 쌀밥의 익숙하면서도 당연한 맛이었다. 또한, 그 맛은 혀뿐만 아니라 몸이 기억하는 맛이었다. 배가 익숙함에 부르고, 당연함에 편해지면서 마음은 안도했다.

산행은 범어사에서 시작했다. 범어사(梵魚寺)는 고당봉(姑堂峰) 아래 금(金)샘의 전설과 이어진다.

고당봉 아래편에 돌우물이 있다. 높이가 세 길가량 되는 돌이 있는데, 그 위에 우물이 있다. 둘레가 10여 척, 깊이가 7촌가량인데 물이 항상 가득히 차 있어서, 비록 가물지라도 마르지 아니하고 빛이 황금과 같다. 우물에는 예전에 금빛 고기(金色魚)가 오색구름을 타고, 범천(梵天)으로부터 내려와서, 그 가운데서 헤엄쳐 놀았다.

- 『세종실록지리지(世宗實錄地理志)』

고당은 무녀의 집이고 신전을 뜻한다. 범천은 힌두교의 창조의 신인 브라흐마(ब्रह्म, Brahma)를 지칭하고, 불교 사원인 범어사는 브라흐마의 세상에서 내려온 금빛 고기가 사는 봉우리 아래 위치한 절이다.

금정산은 커다란 요새다. 산의 정상인 고당봉에서 시작해 장골봉, 미륵봉, 장군봉, 계명봉, 원효봉, 의상봉, 동제봉, 대륙봉, 상계봉, 파리봉, 화산이 산성마을을 감싸고, 그 19㎞의 능선 위에 한국 최대의 산성이 그 봉우리들을 잇는다.

임진왜란과 정유왜란의 혼란과 아픔을 겪으면서, 적을 막기 위해 지어진 금정산성은 탐욕의 침략과, 폭력으로부터 자신의 삶과 재산을 보호하려 했던 전쟁과 고통의 상징일 것이다.

산은 많은 한국의 다른 많은 산이 그렇듯이 신들의 세상이다. 그리고 산은 인간의 세상이기도 하다. 물론 산은 신과 인간 외에도 다양한 생물들의 세상이기도 하다.

부산이라는 거대 도시의 한 편에 위치한 금정산은 신과 사람과 산에 사는 다양한 동식물들의 삶을 지켜주고 있다.

신과 인간과 미물(微物)의 삶은 다른 곳에 있지 않았다. 그들은 같은 시간, 같은 공간에 살고 있는 것이다. 사실 그들의 무게도 다르지 않을 것이라는 생각이다.

적의 침범은 물러갔지만, 도시의 침범에는 산도 무기력한 요즘, 산성 마을에는 지금도 여전히 사람들이 살아간다. 푸성귀를 키우고 오가는 등산객이나 관광객을 맞아 장사를 한다. 사람의 기분을 돋우고, 마음을 들뜨게 하며, 기운이 나게 사람을 취하게 하는 천(賤)한 술인 산성 막걸리는 산행을 더욱 즐겁게 해준다.

천한 술이 좋았다. 술은 넉넉한 산의 품에서 인간을 짐승으로 그리고 신으로 만들어 주었다. 그리고 신과 짐승이 되어 산을 품었다.

나는 어릴 적에 아버지와 장에 들려 구입한 어묵을 배낭에 넣고 어린 놈이 산을 잘 따라온다는 격려를 들으면서 어른들을 따라 금정산을 올랐다. 차가운 바람이 산성을 타고 넘는 능선의 무너진 산성의 한쪽에서 알코올로 버너를 예열하고 펌프질을 해서 올린 푸른색 화염의 석유 버너에 끓여 먹던 어묵의 맛은 허기를 달랠 뿐만 아니라, 산의 세찬 바람에 차가워진 몸을 데워주는 위안이었다. 어린 나는 산에서 석유 버너의 차고 푸른 화염은 실상 온화한 붉음을 능가하는 뜨거운 색이었음을 배웠다. 또한, 그 푸른 화염의 소음은 엄청나서, 일시에 모든 자연의 소리들을 눌렀다. 화염이 꺼지자 소리들은 일시에 되살아나곤 했다. 어린 나는 아린 손끝을 어묵을 담은 그릇에 녹이고 연신 시린 코에서 흐르는 콧물을 소매에 닦아대며 어묵을 먹었다.

우리는 가까운 것들에 대한 감사를 자주 잊고 산다. 타인의 가벼운 배려와 도움에도 쉽게 감동하고 감사하지만, 정작 내 가족과 가까운 사람의 배려와 걱정의 고마움을 우리는 잊고 사는 경우가 많고, 주위에 있는 자연의 혜택이나 위로를 자주 간과한다.

동화 「파랑새」에서 틸틸과 미틸이 파랑새를 찾기 위해서 먼 곳을 헤맸듯이, 우리는 행복은 저 강 넘어 또는 산 넘어 먼 곳에 있을 것이라고 가정한다.

금정산을 항상 즐거운 마음으로 만나게 되는 친우 '권'과 함께 걸었다. 먼 길을 돌아 다시 만난 금정산은 장년이 되어서 돌아온 세월에 늙고 지친 여행자를 변함없이 반겨주었다. 또한, 떠나있다가도 만나면 항상 즐거운 권과의 진지한 대화 속에서도 감사와 행복을 느꼈다.

틸틸과 미틸처럼 파랑새는 집 앞에 달린 새장 안에 있음을 새삼 다시 느꼈다.

66. 천성산

　대다수의 국민이 신뢰하고 존경할만한 단 한 명의 어른다운 어른이 절실한 대한민국에, 당나라에서 온 1,000명의 스님이 원효 대사의 『화엄경(華嚴經)』 강의를 듣고 성인의 경지에 들게 되었다는 산이 천성(千聖)산이다.

　많은 사람에게 이 산은 최근에 꼬리치레도롱뇽과 30여 종의 환경부지정 법정 보호 생물 및 환경을 지키기 위한 지율스님과 함께한 사람들이 산을 관통하는 대구 부산 간 고속철도용 터널 공사에 반대하면서 대중에게 잘 알려진 산이다.

　가을 단풍이 짙어진 오늘, 무지개 폭포 입구 산행 기점 아래 터널을 통과하는 KTX의 소음을 제외하면 산은 여전히 침묵 속에 잠겨있었다. 그 침묵은 부정도 긍정도 하지 않은 미결정의 상태가 아니라, 사실 폭력 같은 개발과 저항의 거센 바람 뒤의 체념 같은 것이었다.

　무지개 폭포 아래 갈림길에서 은수 고개로 가는 어영골의 오른쪽 급경사면을 오르면 철쭉 군락지를 지나고, 천성산 제1봉인 원효봉과 제2봉인 비로봉 사이의 고개에 도착한다. 고개에는 소풍 나온 아이들이 숲을 뛰어다니며 만들어내는 숨 가쁜 재잘거림이 있었다. 늙어가는 도시에서 아이들의 재잘거림에는 건강함이 있었다. 숲 역시 그들의 존재로 환하게 밝아져 있었다.

비로봉은 과거 천성산의 주봉 역할을 오랫동안 했다. 원효봉 부근의 군사시설이 물러가면서 지금은 원효봉이 천성산의 주봉의 되었다.

내원사 계곡과 천성산 공룡능선 아래 성불암 계곡을 품고 있는 비로봉은 날카로운 바위들로 구성되어 있다. 반면에 희귀생물의 보고인 화엄늪 위에 자리 잡은 원효봉은 부드러운 토질의 봉우리다.

원효 대사가 당나라에서 온 1,000명의 유학생에게 설법을 한 곳은 어디인지 알 길은 없지만, 원효봉 주변은 과거 군부대에서 설치한 과거 지뢰 지역이 여전히 조심스럽게 철조망으로 경계되고 있어 씁쓸한 느낌을 준다. 그 지뢰 지역 사이의 늪 자리에 아직도 도롱뇽이 살고 있는지 스쳐 지나가는 탐방객이 자꾸 철조망 넘어 늪 자리를 힐끔거리지만, 가을이 짙어가는 이 철에 도롱뇽이 보일 리가 없다.

개발과 보존!

이 두 개의 개념은 여전히 우리 사회에서 갈등의 원인이 된다. 우리는 근대에 들어와서 부강한 나라를 만들겠다는 의지로 끊임없이 국토를 개발하였다. 그 결과 한국은 부유하고 예전보다 훨씬 힘 있는 나라가 되었다. 먹을거리가 풍부하고, 편하게 국토의 어느 곳이라도 하루 안에 여행할 수 있으며, 각종 편리와 풍부한 물질을 누릴 수 있게 되었음은 역시 부인할 수 없다. 하지만 다른 한편으로는 한국의 자연이 많이 오염되어 아름다운 대부분의 자연은 원형으로 되돌릴 수 없을 만큼 파괴된 것 또한 사실이다.

내가 갖는 의문은 이렇다.

누가 그 개발의 수혜자가 되었는가? 그리고 누가 그 파괴된 자연의 피해자가 되었는가?

물론 국민 모두 그 수혜자이자 피해자가 되었겠지만, 자세히 들여다보면 그 개발과 파괴를 통해 생산된 많은 부는 균등하고 적절하게 국민들에게 분배되었다고는 생각하지 않는다.

한국은 상위 10%의 사람들이 나머지 90%의 사람보다 훨씬 더 많이 가진 사회가 되지 않았는가? 또한, 한국의 많은 부자는 노동을 통해서가 아니라, 토지의 개발과 부동산의 성공으로 부를 축적했음도 여러 가지 수치가 증명하고 있다. 부득이한 개발이라면 생산된 혜택은 골고루 나누어져야 하고, 개발의 피해도 나누어야 했다고 생각한다.

자연 파괴의 피해는 물론 자연 스스로가 최대의 피해자일 것이다. 파괴된 자연으로 인한 기상재해, 이상기온 등으로 나타나는 피해는 국토의 좋은 자리를 점유할 수 없고 피해를 막을 방비책을 충분히 갖출 수 없는, 또는 원하는 환경으로 쉽게 이주할 수 없는 가난한 사람들이 더욱 큰 피해자가 된다. 이는 옳지 않은 일이다. 개발과 투기에 참여하지 않은 많은 사람이 급등한 집값과 주거비용 등으로 고통받고 있음도 아픈 현실이다.

또한, 개발과 보존의 결정에 어떤 결정을 내릴 수 없는 미래 세대가 이 짐을 고스란히 짊어져야 된다는 것이 더욱 많이 아쉽다. 예를 들어, 동해안에 늘어선 원자력발전소로 현재 세대는 많은 전기를 저렴하게 풍부히 사용하고 있지만, 발전소에서 나오는 폐기물 핵연료는 최소한 십만 년간 서서히 방사능을 뿜어낸다. 연료에서 나오는 방사능에 잠시만 노출되어도 죽음에 이르는 대량의 방사능이 빠져나가지 못하게 관리할 짐을 우리는 미래 세대에게 고스란히 남겨주는 것이다. 물론 이런 관리에 필요한 아무런 비용이나 손해배상금을 남겨놓을 계획도, 논의도 없는 것이 현실이다.

최소 십만 년이라는 세월을 사용하지도 못하고, 관리만 해야 하는 원자력 폐기물과 폐 발전소를 아무런 선택의 여지가 없는 미래 세대에게 떠맡기게 되는 것이다. 그리고 원자력 발전소에서 나오는 이익과 혜택은 현재 세대 중에서도 일부에게만 대부분 돌아가고 있을 뿐이다.

1,000명의 성인을 배출하고 도롱뇽을 포함한 많은 생물의 삶의 터전이 되는 천성산에 터널을 뚫고 임도를 만들며 곳곳에 지뢰를 매설한 현재 세대를 미래세대는 어떻게 받아들일까 생각하면 머릿속이 혼란스럽다.

고개 위에서 뛰어놀던 아이들의 건강하고 천진난만한 재잘거림에서 시간을 멈출 수는 없음이 미안하다.

67-71. 영남알프스 5개 명산

많은 장비를 여러 가방에 싣고 도착한 곳은, 내가 오르던 따뜻한 사람의 체취가 있는 산들에 비해 너무 차고 험해서 오르지 못할 것 같은 히말라야가 길게 늘어서 있는 네팔(Nepal)이었다. 중국 항공의 저렴한 표를 이용해서 두 번의 환승과 매번 공항에서 오랫동안 대기를 해야 했지만, 매일 자전거를 타고 매일 산을 오르는 여행 덕분에 공항 벤치에서 환승을 기다리며 보낸 차가운 밤의 불편과 좁은 비행기 좌석에서의 지루한 시간을 보내야 하는 여행도 나에게는 휴식이 되었다.

카트만두(Kathmandu)에서 재정비하고 다시 깊은 계곡을 넘어 저 멀리 보이는 눈 덮인 히말라야와 가파른 그 산비탈에 따개비처럼 겨우 붙어 만들어진 집들과 다랭이밭이 보이는 산악도로를 버스로 7시간을 달린 후 도착한 곳은 랩티와 레와 라는 두 개의 강 사이에 위치한 치터완(Chittwan) 정글이었다.

치터완은 인도코뿔소, 벵골호랑이, 표범, 늪지 악어 등 멸종 위기의 다양한 동물이 서식하고 있는 네팔 남부에 위치한 국립공원이다.

우리는 정글의 관문 도시, 바랏푸르(Bharatpur)에서 또다시 로컬 버스를 타고 치터완의 정글을 가로질러 버퍼 존에 위치한 깊숙한 정글 마을에 도착했다. 야생동물의 거침없는 침입으로 황폐해진 마을에서 촬영이 본격적으로 시작되었다. 우리는 '사람과 코뿔소의 관계'라는 무거운 주제를 가지고 매일 아침 짙은 안개가 끼는 마을을 베이스캠프로 삼고 촬영했다.

거친 야생에서 뜯을 풀을 찾는 대신에 버퍼 존에 위치한 정글 마을에서 농부에 의해서 잘 가꾸어진 곡식을 먹기 위해서 강 건너 마을의 들판으로 내려오는 코뿔소 같은 야생동물로부터 자신의 전답을 지키는 고단하고 힘든 삶을 유지하는 마을 사람들의 생생한 이야기를 촬영하는 것은 고된 일이었지만, 자신의 작품을 만들기 위해 고뇌하는 권 PD의 열정에 도움을 주고자 하는 마음이 간절했다.

물론 야생동물과 음식을 다투어야 하는 정글 사람들의 삶의 무게는 영상 작업의 고됨을 무색하게 만들었지만, 마을 사람들은 내가 떠난 도시의 사람들보다 더 많이 웃고 더 친절할 수 있는 마음을 보여주어 인간의 잠재적 힘을 확인하는 순간들이 자주 있었음은 놀라운 일이었다.

밤이 기온에 싸늘해진 차가운 강바람을 맞으며 잠복하고, 코뿔소를 찾아다니고, 정글과 마을을 다니면서 주민들의 삶을 기록하는 45일은 100대 명산을 오르는 일과는 다른 힘든 일이었지만, 우리는 머나먼 타국의 정글에서 그렇게 겨울을 보내고 있었다.

나는 1989년부터 산과 사람이 좋아서 찾다 보니 익숙해진 네팔에서 다큐멘터리 촬영을 돕는 코디네이터로 참여했다.

45일간 지속된 촬영의 고단함은 귀국 후 제주도의 집에서 이해할 수 없는 일주일간의 긴 잠으로 마무리되었다.

그리고 지난해부터 진행했던 한국의 100대 명산의 여행은 다시 시작되었다.

2월 둘째 주에 다시 시작한 100대 명산의 67번째 산인 영취산부터 71 번째 산인 운문산까지 영남 알프스 종주 구간인 3박 4일간의 산행을 시작한 날은 혹한과 강풍 예보가 있던 날이었다.

산행은 우리나라의 3대 사찰 중의 하나인 통도사 뒤편의 지산마을에서 시작했다. 통도사에서 영취산으로 오르는 길은 가파른 오르막길로 구성되어있다. 그 가파른 오름은 3박 4일의 동계 종주용 배낭의 무게의 중력까지 더해져서 네팔의 촬영 이후 다시 시작된 100대 명산을 오르는 힘겨운 산행의 재개를 일깨워주었다.

신문과 인터넷 그리고 전화기의 재난 문자를 통해 2월에 예상치 못하게 찾아온 강풍과 강추위를 경고하던 이 날의 추위에도 불구하고, 근육의 발열량은 대단해서 강추위를 이겨내고 온몸에 땀을 맺히게 했다. 뱀처럼 S자를 그리며 오르는 임시도로의 중간을 가로질러 만들어진 가파른 등산로를 이용해 오르면, 산 중턱에는 양산의 산업시설들과 마을들 그리고 고속도로로 너머로 산들이 겹겹이 내려 보이는 막걸리와 파전으로 발걸음이 무거워진 등산객을 유혹하는 휴게소에 오를 수 있다. 예상대로 휴게소는 닫힌 채로 꽁꽁 얼어있었다.

그리고 휴게소 뒤 바위를 넘어 가파른 길을 따라 오르면 영취산 정상 아래 400m 지점에 위치한 마지막 샘에 도착하게 된다. 여기서 밤새 사용할 물을 보충해 영취산의 정상을 지나 신불산까지 연결되는 능선에 올라서자, 4일간의 산행을 위한 동계 야영 장비와 식량 등으로 가득한 85L짜리 배낭을 울러 멘 몸의 중심을 뒤흔들어 놓을 만큼 강한 바람이 기다리고 있었다.

바깥으로 드러난 신체의 말단 부위에 베어내는 아픔을 주는 극지방의 차가운 칼날 같은 바람을 맞으며 신불산 정상에 도착했을 때는 이미 기운이 다한 태양이 뿌려놓은 노을빛이 산으로 스멀스멀 들어오고 있었다.

바람이 부는 방향을 피해 텐트를 치고 저녁을 준비했다. 하지만 낮은 기온과 광기 어린 바람은 수통의 물을 얼렸고, 단백질을 제공할 참치캔은 꽁꽁 언 마구로가 되었다. 가스버너는 이런 추위에서는 성능이 형편없었다. 추위엔 가스버너의 성능이 열악해짐을 알았지만, 휘발유 버너로의 장비의 진화는 나에게는 아직 먼일이었다.

나의 코펠과 식기는 여전히 알루미늄이다. 비행기 동체에 사용된다는 티타늄 식기와 장비를 꺼내어 놓는 산행 동생들과 나의 구식 장비에 대해서 농담한 기억들이 났다.

"석기 시대 사람들이 청동기 시대 사람들에게 정복당하고, 청동기 시대 사람들이 철기 시대 사람들에게 정복당했듯이, 알루미늄 시대의 산쟁이가 언젠가 티타늄이나 두랄루민 시대의 산쟁이들에게 멸종당하지 않을까?"라고 말하며 웃었던 기억이다.

우리의 역사에서 인간의 삶을 향상하기 위해 만들었다는 새로운 물질과 과학의 발견은 때로는 그 물질과 발견이 뒤늦은 사람들을 복종시키거나 가해하는 데 사용되었음을 빗대어 본 것이다.

조리를 하기 보다는, 음식을 대충 녹여서 저녁을 먹고 잠자리에 들었다.

그때는 광풍이 산을 흔들고 있을 때였다. 산은 병든 거대한 짐승의 신음을 내며 밤새 잠들지 않았다.

배낭 안의 옷을 모두 꺼내 껴입었다. 1,500g짜리 동계용 침낭에 핫팩

두 개를 흔들어 넣고 찬 공기가 들어올 만한 틈을 모두 막은 뒤에 숨 쉴 구멍만 열어 놓은 채로 일찍 누웠다. 그나마 추위를 견뎌볼 심산이었다. 거친 바람은 텐트를 이리저리 굴리듯이 흔들어대다 마침내 텐트의 외피를 벗겨내 날려 버렸지만, 침낭을 나가서 텐트를 손볼 의지나 용기는 없었다.

잠이 들었는지 아닌지는 알 수가 없었다. 잠든 내내 바람 소리를 들었고, 몸을 뒤척였지만, 꼭 깨어있었다고 말할 수도 없었다. 재개한 '100대 명산 시즌 2'의 첫날밤은 꽁꽁 언 아름다운 보름달과 산 아래 울산의 도시 불빛을 즐길 여유도 없이 그렇게 지나갔다.

무섭게 얼어붙은 밤이 지나가고, 바람에 날려 나뭇가지에 찢어질 듯 걸린 텐트 외피를 수습했다. 바람에 날려 멀리 달아 날려는 물건들은 당겨 배낭에 겨우 쑤셔 넣고 출발한 아침 능선엔 빛만 있고 열기가 사라져 버린 태양이 올라왔다. 겨울 태양은 온기 없이 빛만 내고 있었다. 찬바람은 두 개의 장갑을 파고들어 손가락 마지막 마디를 얼리고, 예리한 면도날이 된 바람은 코끝을 아리게 베어냈다.

바람을 피해서 간월산 능선 대신 배내골 사슴농장을 거쳐 재약산으로 향하는 먼 임도를 이용해서 산행을 했다. 바람은 머리 위로 날아서 어느 정도 피할 수는 있었지만, 추위는 피할 수 없었다.

생각은 몸의 상태와는 완전히 분리된 것이 아니어서 추위에 같이 얼어붙어버렸다. 두뇌도 추위를 피하지는 못했던 모양이다. 그래서 생각이 사라진 채, 사자봉을 향해서 바람을 밀어내며 걸었다.

늦게 찾아온 강추위는 가는 길의 계곡과 샘들을 얼려버렸다. 갑작스러운 맹추위가 오기 이전의 겨울은 남단에 위치한 산의 어깨에 걸린 눈을 말끔히 녹여버려 녹여서 마실만 한 눈조차 보이지 않았다.

물이 떨어지고 수통에 얼음만 남자 또 하루를 견딜 마실 물과 조리를 위한 물 그리고 혹한 속에 밤을 보내기 위해 수통에 끓어 넣을 물을 구하는 것이 과제가 되었다.

사자평을 가는 고산 습지 주변의 작은 개울과 물줄기까지 뒤져봤지만, 모든 물이 꽁꽁 얼어 버렸다. 차가운 태양은 이제 빛마저 거두어 멀어져갔다. 목마름을 달래고 주린 배를 채울 음식을 만들 물을 찾을 희망은 점차 절망으로 바뀌어 가고 있었다. 내일을 기약하며 갈증을 안고 하룻밤을 견디겠다는 생각을 수용할 즈음, 수미봉 아래에 있는 간이 천막 국숫집의 20L 물통에서 아직 완전히 얼지 않은 물을 찾은 것은 행운이었다. 족히 2L에 가까운 물을 구했다. 주인은 추위에 산에 올라오지 않았다.

그 물은 따뜻한 라면을 먹게 하고, 또한 수통에 뜨거운 물로 채워져 체온을 유지케 도와주었다. 이 거대한 산군의 차가운 자락에 혼자 서성이는 사내에게 절실한 물을 제공한 것은 나와 일면부지의 어느 사람의 의도하지 않은 배려였다. 나는 그에게 감사했다. 한 사람의 의도하지 않은 배려가 다른 사람의 간절함을 채우는 '나비 효과'에 감사했다.

다시 차가운 아침이 식은 태양과 함께 찾아왔다. 지난밤에는 바람이 침범하지 못하는 빽빽한 숲속에서의 야영 덕택에 적절한 휴식을 취할 수 있었다. 얼은 몸에는 재약산 수미봉과 사자봉을 넘을 에너지가 재충전되어 있었다.

정상에 올라선 사자봉은 여전히 일본 제국주의의 잔재인 '천황봉'이라는 이름이 쓰여 있어 좀 아쉽다는 생각을 했다. 아쉬운 마음은 잠시고, 나에겐 식수를 구하는 것은 여전히 산행의 간절한 과제가 되었다.

사자봉을 넘어 능동산을 거쳐서 가지산으로 가는 길에는 물을 구하지 못했다. 결국, 나는 배냇 터널 아래 마지막 휴게소까지 걸어 내려가서 2L짜리 생수 두 통을 구입해 다시 차가운 산으로 되돌아와야 했다.

휴게소 안에는 따뜻한 난로가 피어있었다. 바람은 휴게소의 창을 흔들며 길게 지나갔지만, 휴게소 문턱을 넘지는 않았다.

능동산에서 가지산까지 가는 길은 좁고 긴 능선길이었다. 빽빽이 자란 나무들 사이로 터널 위를 지나 가지산 자락으로 길을 잡으면, 한쪽으로는 언양 석남사가 내려다보이고, 반대편에는 밀양 산내면 마을들이 자리 잡고 있다. 정면을 바라보면 영남알프스에서 가장 높은 가지산 정상과 그 오른편으로 쌀 바위가 자리 잡고 있었다.

아직 만나지도 않은 차가운 잠자리를 생각하면서 쉼 없이 걸었다. 계속되는 산행에 몸은 달구어졌지만, 마음은 아직 오지 않은 또 하룻밤의 추위에 고통받고 있었다. 상상이 아직 존재하는 않는 고통을 미리 끌어와서 스스로를 힘들게 만들고 있었다. 상상력은 자주 고통의 근원이 된다.

강풍이 부는 날, 그 좁고 긴 능선 위에서 바람을 피해 하루의 지친 몸을 위로할 야영지를 찾는 것은 쉬운 일이 아니었다. 그래도 얼지 않도록 배낭에 넣은 4L의 물은 오늘 밤의 편안을 어느 정도 보장해 주고 있었다. 서풍이 강력하게 불어서 좁고 가파른 동쪽 사면의 능선을 넘어 좁은 땅에 텐트를 설치했다. 언양의 도시 불빛들이 저물어가는 붉은 석양에 점을 박고 있었다.

거친 조건도 사흘을 온건히 유지하지는 못했다.

바람을 피해 자리 잡은 능선 오른쪽 비탈의 좁은 야영지에서, 나는 만월의 은은한 조명에 내려다보이는 아름다운 도시의 야경과 새벽의 일출 빛을 즐길 만큼 추위에 익숙해져 가고 있었다. 치트완 정글에서의 어깨가 움츠러드는 음습한 추위를 익히고, 살을 에는 영남알프스의 마르고 차가운 추위에 이틀 밤을 보내고 나니, 이제야 텐트 밖을 보는 여유가 생긴 것이다.

단지 서쪽 비탈을 넘어 야영지 위를 넘어 부는 바람의 소리는 가슴을 쓸어내릴 두려움이었다.

석남 터널을 지나 중봉을 거쳐 가지산 정상으로 가는 길의 오른편에는 쌀 바위가 가까이 눈에 들어왔다. 먼 옛날에 한 수행자가 그 쌀 바위 아래서 공부를 했다고 한다. 쌀 바위에는 주먹만 한 크기의 구멍이 있었는데, 그 구멍엔 항상 한 줌 정도의 쌀이 채워져 있어 수행자의 식량이 되어주었다. 하지만 그 한 줌의 쌀로 허기를 채움에 부족함을 느낀 수행자가 쌀을 더 많이 구하기 위해 그 구멍을 크게 팠지만, 그 이후로 쌀 바위의 구멍에는 더 이상 쌀이 채워지지 않았다는 전설이 전해지는 곳이다.

쌀 바위의 이야기에 나의 가난한 삶을 투사하기를 즐겼다.

나의 가난과, 나의 여행과, 나의 삶에서 한 줌의 쌀에 만족하는 삶을 살고자 하기에 능선을 걷는 내내 철쭉의 작은 가지마다 맺힌 눈꽃들이 피어난 능선 아래의 쌀 바위를 바라보며 애정을 표했다.

쌀 바위는 스승이었다.

나는 영남 알프스 종주에서 이 구간을 가장 좋아했다. 여기는 산행의 많은 추억의 단편들이 산재한 구간이기도 했다.

가지산에서 운문산으로 가는 능선 구간은 동남쪽을 향한 절벽 옆 능선을 걷게 된다. 끝없이 펼쳐지는 주위의 산과 잘 발달한 절벽 위의 아름다운 바위 봉우리 그리고 능선 길에서 하염없이 앉아 태양의 따뜻함에 취해서 절벽 건너편의 산과 저 멀리 동해안 바다를 볼 수 있는 곳이다.
젊은 날 친구와 이 능선을 걸으며, 태양 아래 등산화를 벗고 옷을 가볍게 한 뒤 배낭을 깔고 앉아 기다란 순간들을 즐겼던 추억이 떠올랐다.

태양이 잘 드는 바위에 앉아서 수통에 언 물을 흔들어 깨고, 점심으로 생라면을 깨어 먹었다. 젊은 시절 친구들과 하염없이 자연에 취해서 시간을 보내던 추억의 쉼터는 여전히 평화로운 기운을 가득 담은 채 언제라도 자리를 내어줄 준비가 되어 있었다. 젊은 날의 한 단편처럼, 무거운 배낭을 벗고 등산화 끈도 느슨하게 한 후에 태양 아래에 않아서 눈을 감고, 감은 눈에 어른거리는 붉은 태양 빛과 느려진 바람이 소나무를 쓰다듬으며 만들어 내는 소리에 감각을 집중해 본다. 이내 마음은 순식간에 고요한 평화로 가득해졌다.

추위와 바람은 사흘을 채 넘기지 못하고 열기를 되찾은 태양에 쫓겨났다. 기력을 되찾은 태양이 한껏 빛을 비추어 다시 봄을 채비하는 산 능선을 여유롭게 걸어 도착한 운문산 정상에서 영남 알프스 마지막 다섯 번째 정상 사진을 찍고 밀양 석골사 방향으로 여유롭게 내려왔다.

따뜻하고 감미로운 커피를 마실 생각이 여유를 더욱 진하게 만들었다.

나는 자연을 좋아한다고 말한다.

그래서 산을, 숲을, 바다를 그리고 사막과 정글을 다녔다.

하지만 길고 힘든 여행의 끝에 만나는 뜨거운 샤워와, 수증기를 세게 뿜으면서 흘러나오는 커피를 진하게 마시며 또한 도시를 좋아함을 느낀다.

그 도시의 편안함과 안락함에 취하는 것 또한 즐거운 일이다.

나는 산에서 때로는 하찮게 내려다보던 도시들을 실상은 좋아하고 있었던 것이다.

72. 무학산

부산의 번잡한 구(舊) 도심을 지나 낙동강 하구언을 건너 진해, 창원을 지나 마산의 무학산까지의 길은 낙동강 하구와 해안선을 따라 공장, 산업도로 그리고 새롭게 만들어진 신도시들이 나열해 있었다.

도시는 욕심 많은 생물처럼 영역을 넓히고 자신의 세력의 힘을 키우기 위해서 안간힘을 쓰고 있었다. 도시의 신경망처럼 퍼져 있는 넓고 잘 정비된 도로는 거칠게 달리는 트럭과 차들이 주인이었다. 짐을 가득 실은 나의 자전거는 그 기계들의 먼지와 소음을 피할 방법 없이 온몸으로 삼키며 천천히 나아갔다.

기계문명의 혜택은 그 문명을 구입하고 운영 가능한 사람에게 돌아간다. 기계문명을 누릴 능력과 의향이 없는 사람은 그 기계문명이 쏟아내는 오물과 소음을 삼킬 뿐이다.

무학산, 학이 춤추듯이 날아다니던 산은, 욕심 많은 도시와는 달리 영역은 움츠러들고 기세는 쇠약했다. 물론 춤추던 학은 그런 산을 떠났다.

세상의 부조리가 싫어 세상을 방랑하다 스스로 신선이 되어버렸다는 최치원이 만났던 무학산은 지금의 무학산과는 많이 달랐음이 틀림없다. 무학산은 그가 지은 이름이었다.

자그마한 산의 주변은 토속신앙 처, 절 그리고 기도원들이 자리 잡았다. 계곡은 식당들로 가득하고, 산의 초입은 주변 사람들이 산을 개간해서 푸성귀를 키우는 작은 밭들과 농막들이 차지하고 있었다.

부드럽고 평편한 계곡 바닥의 암석은 아름다웠을 옛 모습을 상상하게 해주었지만, 계곡 초입부터 정상까지 계곡을 따라 이어지는 데크길은 100대 명산에서 기대했던 풍경과 달라 어색했다.

최치원이 이 산을 올랐을 때는 산 아래에 뱃사람들이 그물을 던지고 갈매기가 쉬어가는 작은 포구들이 있었을 것이다. 산은 허리 아랫마을까지 내려와 있었을 것이고, 계곡은 반석 위를 조용히, 때로는 힘차게 흘렀을 것이다. 남도의 태양에 반짝이는 바다는 학이 나는 하늘과 산의 그림자를 안고 살았을 것이다. 학들은 하늘에서 춤추다 소나무에 앉아 풍요의 바다와 산의 포근함에 꿈꾸듯이 졸음에 빠졌을 것이다.

산업화가 많은 물질과 풍요를 가져다주었다고 하지만, 그 산업화의 혜택과 풍요를 즐기는 사람들의 숫자는 줄어가고 있다는 느낌이다.

많은 사람이 어깨에 짊어진 산업의 무게로부터 탈출구 없는 하루하루를 겨우 삶을 유지할 만큼의 보수를 위해서, 산업의 공해와 소음을 한 움큼씩 삼키면서 살아간다.

산업은 많은 혜택과 복지를 약속하고 우리는 그 산업의 부풀린 약속에 소극적으로 또는 적극적으로 동의했지만, 실상 산업은 희생과 양보 위에 자라나는 거대한 포식자의 모습으로 힘없는 사람들의 덜미를 물어누르고 있다.

학이 춤추는 모습을 연상케 했던 최치원의 무학산 역시 개발과 산업화의 수혜자가 아니라, 개발의 무게 아래에서 힘들게 숨 쉬고 있었다.

무학산 아래 낡고 오래된 산마을 슬레이트 지붕 아래 집들은 담벼락을 각종 밝은색의 벽화로 꾸며 놓았지만, 우리 모두 개발과 산업의 혜택을 골고루 누리고 산다는 믿음을 주지는 못했다.

73. 연화산

산업의 기세가 성성한 도시들을 벗어나 나와 자전거는 고요와 느림 그리고 자연이 있는 길로 들어섰다. 자전거는 차량의 소음과 공해에 자유로워졌고 빈 들녘의 이삭 쪼는 참새들은 자전거의 출현에 혼비백산해서 하늘로 날아올랐다. 때로는 자전거가 도로의 포식자다.

겨울을 막 지난, 들녘은 메마르고 비어있었다. 이런 공허한 들녘이 좋다. 그 비어있음엔 여유와 잠재력이 존재한다.

대한민국은 빈 곳을 채우는 일에 열중했다.

산을 깎아서 땅을 만들고, 바다를 메꾸어서 생긴 땅에 아파트와 산업시설을 지었다. 도로와 철도를 국토 먼 구석의 모퉁이 땅까지 잇고, 비어있는 땅을 컴퓨터 오락게임인 '테트리스'를 하듯이 빈틈없이 채워왔다. 사람들은 빈 땅에 생산력을 더하고 가치 있게 만들어 삶을 더욱 윤택하고 행복해지는 것을 원했지만, 더 이상 채울 수 없이 꽉 찬 공간에서 사람들은 질식할 것 같은 현기증을 느낀다. 그리고 우리는 사람의 밀도에도 지친다. 동시에 꽉 찬 것들에 대한 신경질적인 분노를 경험한다.

이렇게 채우고 나서야, 우리는 빈 공간과 여유가 우리에게는 얼마나 중요한 일인지 절감한다.

사실 공간(空間)은 '아무것도 없이 비어있음'을 뜻한다.

우리가 구입하고 빌리는 집의 방들은 공간을 구입하는 행위이다.

공간은 채우는 것만큼 사라진다. 공간의 가치는 많이 채워 넣음으로 인해 떨어진다. 우리가 살아가는 곳은 채워진 곳이 아니라 비워진 곳이다.

국가는 우리가 살아가기 위한 영토의 확보에 의미를 둔다. 영토는 사람들이 살아가는 공간이고, 그 공간을 채워갈수록 사람들이 살아가는 영토는 좁아지는 것이다.

나는 도시를 벗어나, 겨울 동안이나마 비어있는 공간에서 안도와 여유를 찾고 있었다.

고성의 장산 숲은 많이 알려지지 않아 많은 사람의 방문으로부터 자유롭고 사람의 부대낌이 없는 공간에서 느낄 수 있는 한적함이 존재한다. 700년 전의 정취는 공간을 채우려고 메꾸어오는 것들의 힘에도 여전히 밀려나지 않았다.

산을 오르려면 나의 생존 장비가 가득 찬 짐을 지고 다니는 자전거는 두고 가야 했다. 그 짐 속에는 텐트, 요리기구, 침낭, 여벌 옷, 음식 등 생존 도구들이 가득했다. 사용할 때는 생존의 도구들이지만, 트레일러를 가득 채워 이동할 때는 그야말로 무거운 삶의 고뇌 같은 짐이었다.

도마령에서 한 목사님을 만났다.

산을 오를 때 자전거와 짐을 어떻게 하냐고 그는 물었다. 목사님은 자전거와 짐의 도난을 걱정해주고 있었다. 나는 산에서 돌아왔을 때, 나의 자전거와 짐이 두었던 그곳에 그대로 있을 거라고 믿고 산을 다녀온다고 말해 주었다.

그 목사님은 아마 하나님이 자신을 돌봐주고 모든 악으로부터 지켜줄 거라는 신에 대한 절대적 믿음을 가졌을 것이다.

목사의 믿음과는 달리, 나의 믿음은 도난이나 분실이 생기지 않을 거라는 절대적인 믿음이 아니다. 혹시 자전거와 짐이 기다리지 않을 수도 있다는 걱정도 가지고 있다. 가능성이 있음을 알고 있다. 단지, 혹시 손실이 생기더라도 의심하고 걱정하여 자전거와 짐을 어깨에 이고 산을 오르는 것보다 믿고 다니는 것이 더욱 이익이 많기 때문에 내린 결정이다.

그렇다. 나의 믿음은 어떤 불행한 사건들이 생길지 않을 거라는 믿음이 아니다. 미래에 그런 불행이 찾아올지 몰라 걱정하는 데 마음 쓰기보다는, 잘 될 것이라고 믿고 순간을 살아가는 것이 삶을 더욱 행복하게 해줄 거라는 이기적인 결론에 바탕을 둔 믿음이다.

불안과 걱정에는 관성이 있다.

어떤 불안과 걱정이 해결되더라도, 또 다른 불안과 걱정이 만들어지고 찾아오게 마련이다.

그 이유는 이런 불안과 걱정은 그 상황과 현실의 조건에서만 오는 것이 아니라, 이미 내재된 마음의 상태에서 시작되기 때문이다. 마음이 이미 버려버린 물건이면 어떤 상황과 조건에서도 불안하거나 걱정할 필요가 전혀 없다.

연꽃을 닮았다는 연화산의 첫인상은 동네의 이름 없는 산들과 별다름 없이 평범한 모습을 가졌다는 것이다. 명산으로써 이름값을 위해, 산은 특별히 애쓰지 않았다는 느낌이다. 528m의 높이에 규모도 크지 않고, 특별한 계곡도, 눈에 들어오는 기암괴석도 가지지 않았다. 부처님의 신체 일부를 가진 적멸보궁을 가지고 있지만, 그것 역시 산을 특별하게 만들지는 않는 것 같다.

어쩌면 명산이라고 알려져 애써 찾아온 사람들의 인터넷상의 실망스러운 평판 덕택으로 많이 훼손되지 않은 채 조용히 자리를 지키고 있는 연화산의 모습이 마음에 들었다. 누구에게도 드러내지 않고 특별할 것이 없이 보이는 은둔한 현자들의 자태를 가지고 있는 산이 명산이 된 비결일 거라는 스스로의 답을 만들어 보았다.

실망은 분명한 사실이나 원래의 모습 그대로에서 오기보다는, 우리 스스로의 기대에 의해서 오는 경우가 많다. 우리는 기대와 실재(實在)를 비교해서 실망하거나 감탄한다. 실재는 비교되지 않은 있는 그대로다. 비교되지 않은 것은 있는 그대로의 가치를 지닌다. 높은 기대감으로 방문했던 맛집에서 실망했던 경험은 종종 있어도, 편의점 도시락에서 크게 실망하는 경우는 드물다.

인터넷상의 연화산에 대한 많은 후기로부터 실망스럽다는 반응을 이미 많이 접해서, 전혀 실망하지도 않았다. 오히려 낮춰 잡은 기대를 충족시켜줘 만족스러운 산행이 되었다. 더불어 자전거와 두 다리로 산을 찾아다니는 나에게는 연화산은 백 개의 산에서 힘들이지 않고 또 하나의 숫자를 줄여주는 고마운 산이 되어주었다.

연화산 초입의 매화나무들의 눈처럼 흰 꽃들이 수줍은 자의 얼굴처럼 연한 분홍빛을 머금으며 부끄럽게 피어 있었다.

74. 통영 미륵산

조선의 수군의 심장부인 두룡포의 삼도수군통제영에서 그 이름이 유래한 통영은 조선 수군의 상징이라고 할 만한 거북선과 영웅 이순신의 이야기를 다양한 모습으로 쉽게 만날 수 있는 곳이다. 수군 통제영이라는 군사적 요소는 이제 옛 유물로 남았지만, 통영은 바다 냄새와 바닷사람의 정취가 가득하다. 겨울을 막 벗어난 3월의 일요일에 자전거는 통영에 도착했다. 동양의 나폴리라고 불리는 통영의 바다와 앞바다의 많은 섬 사이의 바다 이야기에 남아있을, 아프지만 자랑스러운 옛 역사의 흔적을 다 기억하는 사람은 없다. 단지 바다 냄새를 따라 봄 정취를 찾아온 사람들로 시장과 부둣가는 분주했다.

자전거는 고성천의 차가운 강변에서 아침을 맞고, 남쪽에서 불어오는 따뜻한 바닷바람과 봄 태양의 온기가 숨으로 빨려들어 오는 허파의 느낌으로 시작했다. 그리고 천천히 충무대교를 넘어 미륵산으로 향했다. 바닷바람에는 고깃배의 엔진에서 완전 연소되지 않은 기름 냄새가 짠내에 엉겨 붙어 불어왔다.

한산도의 열린 바다에서 학이 날개를 펼친 듯이 적을 포위한 조선 수군에 크게 패한 죽은 일본의 수군들의 주검들이 물길 따라 모인 판데목에는 오래된 해저터널이 두 섬을 오랜 시간 연결하고 있다.

통영과 미륵도 사이의 좁은 해협인 판데목은 오래전에는 목교와 돌다리로 연결되어 있었지만, 일본의 대륙침략 시기에 일본인들이 자신들의 조상인 많은 일본인 수군들의 영혼이 묻혀있는 해협 위에 있는 이 다리를 밟고 갈 수 없다고 해서 해저터널을 만들었다고 산을 오르면서 만난 통영사람이 전해주었다. 나는 판데목을 가로지르는 충무대교를 건넜다.

해발 461m의 자그마한 미륵산은 높지 않았지만, 아래 펼쳐진 바다가 아득해서 높은 산이다.

절실한 인간들의 험한 전쟁을 지켜본 미륵봉의 자태는 단단한 삼각형의 모습으로 단아하다. 여러 봉우리 아래로 미래의 부처인 미륵불을 기다리는 지닌 유서 깊은 절들이 곳곳에 배치되어 있다.

그래도 미륵산을 특별하게 하는 것은 산에 있기보다는 산 아래에 있다. 그것은 아마 깊고 유속이 빠른 푸른 앞바다와 617㎞의 해안선을 따라 늘어선 150여 개의 부속 섬들이 만들어내는 풍경일 것이다.

바다에서 시작한 해무가 산을 오르고, 일출과 석양이 간조와 만조처럼 올라왔다 쓰러지는 바다가 산 아래 펼쳐진다. 충무공 이순신이 망루에서 보았을 큰 달이라도 뜨면 미륵산의 풍경은 단순히 시각적 풍경이 아니라, 마음에 저며 드는 정취가 될 것이다.

전쟁의 화약 냄새같이 진하게 과거를 기억하는 산 아래로 봄 바다가 해풍을 불어내고, 봄은 해풍을 타고 연안으로 몰려들었다.

섬들은 무연해서 두려운 바다에 닻을 내리고 흔들리고 있었다.

오늘은 무거운 겨울옷을 벗어버린 많은 사람이 가벼운 표정으로 정상에 모여들어 미륵산의 정상을 단풍보다 더욱 원색적인 색깔로 덮었다. 바다를 가로지르는 케이블카는 표정이 가벼운 사람들을 끊임없이 데려오고 있었다.

나는 기계에서 토해져 나와 산을 찾고 싶지 않았다. 그것은 자연에 대한 나의 배려이기도 하고, 나에 대한 나의 배려이기도 했다. 기여하지 않은 대가를 바랄 만큼 늙지 않았다는 나의 독선에 대한 배려였다. 그래도 봄을 맞아 표정이 가벼워진 즐거운 사람들의 얼굴에 나의 고집스러운 표정을 비추어 보고 싶지는 않았다.

사촌 동생이 사량도 지리망산 산행을 같이하기 위해서 서울에서 내려온다고 했다.

어린 시절에는 축구경기를 할 만한 숫자의 친구를 모으는 것은 어렵지 않았다. 하지만 나이가 들면서 점점 무언가를 같이할 사람을 모으기는 쉽지 않은 법이다. 때로는 동네 앞산을 같이 갈 친구 하나도 귀해지는 것은 나이와 무관하지 않은 것 같다.

자연에서 걷고 노는 것은 좋아하는 사촌 동생이 서울에서 먼 통영까지 온다는 소식이 더욱 반가운 이유였다.

75. 사량도 지리망산

통영시를 벗어나 33번 국도를 타고 생각 없이 달리다 보면 삼천포에 도착한다. 사천이나 진주를 향해 가던 사람들이 33번 국도의 진주로 가는 분기점을 지나치면 삼천포에 도착하고 마는 것이다. 그래서 '잘 가다 삼천포로 빠진다.'라는 말이 생겼는지도 모르겠다. 나는 진주로 빠지지 않았다.

남해안을 달리는 것은 기분 좋은 일이지만, 비가 오면 사정이 다르다. 난 33번 국도를 달리고 있었고 빗줄기가 굵어지기 시작했다. 자전거는 주위의 환경과 바람에 담긴 내음과 소리를 온몸으로 느낄 수 있는 친밀한 운송수단이지만, 그래서 비가 내리면 속절없이 맞아야 한다.

친밀함은 상대를 세밀하게 느끼게 하지만, 그 때문에 상처입히고 또 상처받는다.

이른 봄의 차가운 비를 피해 길에서 벗어난 마을의 정자 아래서 비에 젖어 더욱 차분해진 마을을 보면서 비가 그치기를 기다렸다. 비와의 일정한 간격은 평온한 마음으로 비를 지켜볼 수 있게 허락했다. 기다림은 비의 시간만큼 길어져서 그 기다림이 끝나자 아침이 와 있었다. 비 온 뒤의 시골 아침은 맑고 조용했다.

샤량도 지리망산 산행을 위해 새벽을 달려온 동생의 일행이 마을 정자까지 와주었다.

사량도 지리산, 또는 지리망산.

사람이 거주하는 3개의 섬과 17개의 무인도로 이루어진 사량도(蛇梁島)는 뱀이 많아서 붙여진 이름이라고 한다. 그중 사량도 상도에 위치한 기다란 바위 능선을 가진 아름다운 산이 지리산 또는 지리망산(智異望山)이다.

지리산이 보여서 붙여진 이름, 지리망산. 또는 지리산이라고 불리는 산은 섬사람들의 내륙에 대한 향한 부러움이나 동경이 담겨있다. 넓고 큰 바다를 가진 섬사람들은 넓고 큰 내륙의 육지에서의 삶을 동경하는 마음이 많았던 모양이다. 사람은 결국 가진 것을 동경하지는 않는다. 동경하는 것이 항상 멀리 존재하는 것은 인간의 고뇌가 되었다.

돈지에서 시작해서 지리망산 불모산 옥녀봉을 가로지르는 종주 코스는 가까워서 잡힐 것 같아 더욱 애타게 하는 섬들이 촘촘히 박힌 다도해를 조망하는 코스다. 비 온 다음 날 푸르고 깨끗한 하늘은 산의 자태를 돋보이게 해주는 또 다른 배경이 되었다. 바다는 하늘의 빛을 온전히 받아내고 있었다.

편편한 편암들이 층층이 포개져서 만들어내는 독특한 바위는 가파르게 솟아 있고, 또 칼날같이 좁고 위태롭게 보이는 능선을 만들어 산을 잇고 있다. 가파른 산은 사실 두껍지 않은 편암들이 겹겹이 포개져서 쌓아 올린 탑처럼 만들어져 있지 않을까 생각해본다.

산에서 사람이 아름답게 보일 때는 하늘과 바위가 맞닿는 부분을 깨알 같은 크기로 걸어가는 실루엣으로 보일 때이다. 자연에서 작아져서 색도, 얼굴도 없어져 버리고 단지 태양을 등진 채 묵묵히 걸어가고 있을 때 인간은 산의 충분한 한 부분이 되기 때문이다.

계절을 알리는 진달래가 부끄러운 홍조로 서서히 깨어나고 있었다.

동생과 같이 온 사람 중에는 필리핀에서 온 로베르토 씨가 있었다.

지리망산 종주가 끝나고, 우리는 야영 준비를 해서 고동산 정상으로 올랐다. 하늘 푸른 남해의 푸른 바다에 뿌려진 많은 다도해의 섬들이 내려 보이는 자연에서 밤을 보내기 위해서다.

나는 로베르토 씨에게 "아마 당신이 여기를 종주한 첫 필리핀인일 것이다."라고 말해주었다. 그리고 아마 고동산 정상에서 밤을 보내는 첫 필리핀인이기도 하고, 산의 정상에서 회를 안주로 삼아 술 한잔하는 첫 필리핀인이라고 말하면서 유쾌함을 보탰다.

그렇게 말하고 보니, 매일 전국의 산을 떠돌며 매일 밤 야영을 하는 나에게도 고동산 정상의 야영은 첫 경험이었다. 로베르토 씨를 포함한 동생들과의 만찬도 처음이었고, 2017년 3월 21일의 첫 야영이었고, 같은 날 해와 달 아래 산행과 야영도 첫 경험이었다.

아차! 우리는 매일 매일 같은 날을 사는 것이 아니고, 매일 매일 새로운 날을 살아가고 있는 것이 아닌가?

난 매일 같이 자전거를 타고 있지만, 사실 매일 새로운 길을 새로운 몸과 마음으로 새로운 사람이 되어서 새로운 자전거를 타고 있었던 것이다.

누군가 매일 똑같은 삶을 살아간다고 말하면 그는 삶이 단조롭고 반복적임을 이해하지만, 한편으론 하루하루의 섬세한 차이를 인식하지 못하며 살아가는 것일 수도 있다.

매일 똑같이 반복하는 삶을 사는 사람의 삶과 매일 새로운 날을 사는 사람의 인생은 아마 많이 다르지 않을까?
그리고 같음과 새로움은 단지 순간순간의 섬세한 차이를 살필 수 있는지에 달려있는지도 모른다.

76. 지리산

　예기치 않게 내린 3월의 많은 눈으로 인해 더욱 특별하고 더욱 높아서 흡족했던 지리산 산행을 마치고, 자전거는 10㎞ 정도의 내리막 도로를 타고 산을 가볍고 상쾌하게 미끄러져 내려왔다. 덕천강변 축대 아래에서 지리산의 진한 여운을 가진 채로 깊고 달콤한 잠에 빠졌다. 덕천강은 지리산이 만든 물줄기였다.

　차가운 눈을 헤치고 나아가는 백색의 높은 산에서 걷는다는 것은 항상 그렇듯이 깊고 달콤한 잠을 보장해 주었다.

　피곤한 몸은 잠 속에서 재정비하고, 무수한 감정의 움직임과 일어났던 마음들이 물속으로 가라앉는 침전물처럼 스스로 정리되어 물이 맑아지듯이 마음이 고요하고 맑아졌다.

　강변 차로의 부지런한 사람들의 이른 아침 출근 차량의 엔진 소리와 얼은 날개를 털어내는 작고 민첩할 것 같은 새들의 명랑하고 맑은 아침 재잘거림에 잠에서 깨어났다. 나의 숨과 바깥 온도와의 차이에 생긴 수분들이 밤새 얼어서 텐트를 하얀 이글루처럼 만들어 놓았음을 발견했다.

　이틀 전, 나는 지리산 산행을 같이하기로 한 사촌 동생의 일행을 기다리기 위해 이른 봄비가 내리는 게스트 하우스에서 묵었다.

각종 전자 기기를 충전하고, 땀에 전 옷들을 빨고, 짐승의 냄새가 나는 몸을 뜨거운 물로 씻었다. 그 후에는 TV 채널을 이리저리 돌리면서 그동안의 뉴스도 정리해 보았다. 시즌이 지난 게스트 하우스에서 나는 그 이틀 동안 유일한 게스트였다.

그 이틀 동안 봄이 시작되는 시점에 지리산은 다시 하얀 눈을 맞아 두꺼운 겨울의 옷으로 갈아입고 있었다. 새로운 한 해의 봄을 준비하던 연초록 새싹들과 동면에서 깨어난 산의 생명들은 예고 없이 다시 찾아온 겨울에 움츠러들었지만, 봄은 그들을 배신하지 않음을 잘 알고 있었다.

서울 면적의 2/3 정도나 되는 크기의 지리산의 다양한 코스 중, 우리는 가장 많이 탐방 되는 중산리 장터목 산장을 거쳐 정상을 오르고 중산리로 내려오는 코스를 1박 2일 동안 산행하기로 했다. 중산리를 출발해 두어 개의 전설이 전해지는 칼처럼 날카롭게 찢어진 칼바위를 지나고, 계곡 철 다리를 건너 장터목과 로터리 산장의 갈림길에서 장터목 쪽으로 방향을 잡아 계곡을 10여 분 정도 오르니 설경이 나타나기 시작했다.
나무들은 어린싹으로 봄을 준비하고, 겨우내 느려졌던 계곡물이 다시 시원하게 흐르는 시점에 내린 눈으로 계곡의 표정은 급히 얼어붙었다. 계곡의 바위는 한결같이 하얀 털모자를 깊게 눌러썼고, 나무의 굵은 가지부터 섬세하게 가는 가지 끝까지도 눈이 내려앉은 계곡은 흑백사진 속의 모습처럼 강렬하고 간결했다.
봄의 힘은 눈 속에서 잠시 힘을 잃었지만, 눈 덮인 계곡 아래로 흐르는 경쾌하고 맑은 물소리는 봄은 숨을 죽이고 있을 뿐 이미 시작되었음을 우리에게 환기시켰다.

장터목을 오르는 급경사의 눈에 깊은 발자국을 남기며 장터목에 도착했을 땐, 우리는 3월의 말이라는 시점에 더 이상 존재하지 않았다. 우리는 이른 봄에 출발했지만, 겨울의 한중간에 도착해 있었던 것이다.

산장에서의 잠은 고단한 산행에도 불구하고 산장에 베인 오랜 땀의 체취와 지친 사람들의 코골이와 부스럭거림이 있는 공동 침상의 불편함까지 겹쳐서 잠을 설치게 된다.

240×180㎝ 크기의 텐트 속에서 고요와 어둠을 벗 삼아 홀로 보냈던 숱한 밤들에 익숙한 나의 의식은 잠들지 못하고 뒤척였던 것이다. 잠들지도, 깨어있지도 않은 경계에서 서성이던 의식은 긴 뒤척임 뒤에 서슬 푸른 아침을 맞았다.

장터목에서 정상까지 산행길은 깊은 눈으로 덮여 있었다. 새벽 일찍 출발해 아직은 누구도 밟지 않은 눈은 발아래로 사각거리는 소리를 낸다. 헤드 랜턴의 LED 등은 눈길을 길게 따라 흐르고, 주위는 아직 깨어나지 않았다. 뒤로는 동료들의 LED 등이 길게 늘어져 따라오고 있었다. 바람이 쓸어 모아 허벅지 높이까지 쌓인 눈길은 물속을 걷듯이 걸어야 했다. 러셀(Russel)은 많은 체력을 소모하게 하지만, 한국에서 쉽게 만날 수 없는 겨울 산을 즐기는 백미다. 눈 위의 놀이에 흠뻑 빠져 걷다 보니, 몸은 피곤하기보다는 더욱 상쾌하고 가벼웠다.

몸이 깨어나자 의식도 맑고 총기가 생겼다. 나는 평소에 깨어있는 상태보다 더 활짝 깨어났다. 덩달아 아침도 저 멀리서 깨어나고 있었다.

차가운 눈 내린 이른 아침의 겨울 지리산 능선은 온통 서슬 푸른 파랑

(blue)이다. 엷고 차가운 푸른 기운이 하늘과 눈과 산을 덮으면, 의식 말단의 감각들은 순례자처럼 욕망에 매달리지 않고 매사에 분명하다.

차가움과 푸름에 깨어난 분명한 감각을 앞세우고 깊은 눈을 헤치면서 나아가는 발걸음은 흐트러짐이 없었다.

비자발적인 노동과는 달리 스스로 즐기는 놀이는 어떤 어려움이나 고통, 심지어는 느껴지는 생명에 대한 위험까지 감수해야 할 때도 몸과 마음을 능동적이고 즐겁게 만든다. 아마 이것은 아드레날린이나 도파민이라는 호르몬의 생성이라는 간단한 생리 화학적 설명만으로는 충분하지 않은 마음의 상태가 우리에게 끼치는 영향에 따른 신비일 것이다.

전라도의 평야를 자전거로 건너갈 때 만났던 한 야심 찬 농부가 했던 말이 있다. "당신이 지금 하는 수고를 참된 노동에 사용하면 많은 재화를 모을 것이다." 그는 도시에서 힘든 일을 하다 고향으로 내려와 열심히 일한 대가로 많은 땅과 재산 그리고 어느 정도의 명성도 쌓은 유능한 농부였다. 개미 같은 그에게 나는 베짱이의 모습으로 비추어졌는지는 모르겠다. 하지만 인생은 의미 있는 일을 하는 것만이 최선일 수는 없다.

인생의 최선은 무엇을 어떻게 하느냐에 달린 것이 아닐 수도 있다. 어쩌면 어떻게 느끼는가에 대한 문제이다. 참된 노동에 대해서는 잘 모르지만, 참된 삶은 어떤 일을 하든지, 어떤 조건에서든지 자족하는 마음을 가꾸는 삶이라고 생각했다. 나는 농부에게 "나 역시 마음을 가꾸는 농부입니다."라는 제법 있어 보이는 멘트를 날리지 못했다.

3월의 예기치 않은 눈 위의 즐거운 걸음은 이내 우리를 천왕봉으로 데려다 주었고, 천왕봉은 푸른 기운 속에 얼어서 그 자리를 지키고 있었다. 산행에 참가한 여섯 명의 사람들은 잠시 서 있기도 추운 정상에서 성취감과 놀이의 정점에서 맞는 즐거움으로 기뻐했다.

곧 무수한 산등선을 넘은 동쪽 하늘에서 붉은 기운으로 시작한 아침 해는 얼어붙은 천왕봉에 얼어붙은 여섯의 사내를 맞아주었다.

77. 황매산

천왕봉 200m 아래 위치한 천왕샘에서 시원(始原)한 물길은 거친 계곡을 타고 흘러 덕천강을 만들고, 그 물은 다시 남강으로 흐른다.

높고 맑은 태생의 물은 강을 따라 인간의 오물을 자신의 고귀한 몸에 싣고 흐름을 마다하지 않아서 더욱 고귀한 존재가 되어 바다에 도달할 것이다. 사람은 끊임없이 오물을 배설하지만, 더욱 오염되어 갔다.

차고 상쾌한 아침 바람과 함께 덕천강을 따라 주행했다. 빠르게 스쳐 지나가는 계곡에서 겨울을 벗어나는 아침 햇살의 이른 온기를 느꼈다. 아직은 앙상한 가지 사이를 투과해 강의 표면에 가득히 햇살이 반짝거렸다. 두 팔을 양쪽으로 뻗고 자전거가 흐르는 대로 몸을 맡기고 나도 그대로 고귀하게 흐르는 상상에 빠졌다.

높은 토석담(土石)으로 고옥(古屋)들이 이어진 남사예담 마을에서 이순신 장군이 백의종군 길에 쉬어간 이사재(尼泗齋)라는 이름을 가진 집의 대청마루에 한참을 앉아 있었다. 나는 아귀 같은 허기(虛飢)를 군것질로 달랬다. 고귀한 백의종군의 길 위에서도 허기는 천박하게 나를 재촉했다. 마을 앞으로 개울이 휘어 지나가는 것을 안 것은 배고픔이 조금 달래졌을 때였다.

다시 개울을 따라 한참을 올라가면 신등면에 단계리의 고옥(古屋)들을 만날 수 있다. 관광지화되어가는 유서 깊은 고옥 마을들과는 달리, 단계리의 고옥들은 아직 사람의 온기를 품고 있다. 관광지가 되어버린 고옥 마을들은 많은 예산으로 반듯하게 고쳐지고 잘 정비되지만, 사람의 온기가 사라져버린 집들은 생기를 잃어버렸다. 온기가 사라져버린 집은 소를 팔아버린 텅 빈 외양간처럼 그저 공허하기만 했다. 사람이 그러하듯이 집은 사람의 온기에 기대어 사나 보다.

　산청 방향 신촌 마을 개울가에서 채취한 쑥에 된장을 한 숟가락 넣고 끓인 쑥국을 갓 지은 고봉밥 한 그릇과 함께 맛있게 먹었다.

　개울가에서 봄 햇살 아래 따뜻하고 달콤한 휴식을 보냈다. 새롭게 입수한 담뱃갑 반만 한 중고 FM 라디오에서는 '팬텀싱어'라는 텔레비전 프로에 소개된 노래들이 나오고 있었다.

　고가들의 주인들을 오랜 세월 먹여 살렸을 논과 강을 따라 다시 한참 동안 주행했다. 여전히 사람들이 살아가는 고가에는 그곳을 살았던 옛 사람들의 움직임과 온기들이 중첩되어 아직도 공간에 여전히 맴돌고 있을 것 같았다.

　산의 경사와 꺾임을 고스란히 따라 형성된 산골 마을의 전경과 황매산의 바위 봉우리들이 한눈에 보이는 신촌 마을의 정자에서 봄비를 피해 밤을 보냈다. 마을의 누구도 빗속을 걸어와 마을의 정자를 차지한 이방인의 하룻밤 연유를 묻지 않았다. 봄비에는 왠지 온기가 느껴진다.

　비가 그치고, 또 그 빗소리에 지난 하루의 피곤을 씻어내고 비가 걸러낸 맑고 상쾌한 아침 공기를 가슴 깊이 호흡하곤 황매산을 올랐다.

기분 좋게 시작한 산행이지만, 아름다운 황매산을 오르는 마음은 점점 무겁게 다가왔다.

해발 800m까지 건설 중인 2차선 도로와 그 도로가 끝나는 지점에 만들어지는 공원과 주차장 그리고 상업시설로 인해 황매산은 그야말로 개발 중이었다.

산을 대하는 우리의 생각은 다양하다.

산을 신적 존재로 생각하고 숭배하는 문화가 있는가 하면, 산을 단지 이윤 창출을 위한 경제적 도구로 생각하는 사람들도 있다. 자연의 파괴로 인한 재앙적인 피해의 경험이 자연과 사람은 서로를 위해 건강하게 공존해야 하는 대상이라는 생각에 더욱 많은 사람이 동의하게 되기는 계기가 되길 바란다. 산을 개발해서 관광지로 만들고 이윤을 창출하겠다는 생각들을 나는 아직 잘 받아들이지 못하고 있었다.

해발 800m에 올라서야 자연스러운 산의 모습이 시작된다. 그곳에는 임진왜란의 역사를 간직한 채로 이어진 단단한 석성의 성문이 굳건하다. 벌판 아래는 여전히 그 전쟁의 주검들이 묻혀있다고 들었다.

비록 짙은 안개 속이지만, 바위 봉우리들과 고산의 평전에 펼쳐져 있는 진달래 군락들이 화려한 시간을 준비하고 있었다. 가지 하나하나마다 자라나는 푸른 봉우리는 곧 붉은 또는 연분홍 꽃으로 피어나 황매산의 바위 봉우리 아래를 온통 눈부신 붉은 색으로 덮을 것이다.

안개 속에서 눈 덮인 데크 등산로를 걷다 보니, 뒤늦게 나를 발견한 고라니 한 마리가 혼비백산해서 진달래 숲속으로 황급히 달아났다. 미리 헛기침이라도 해야 했었나 보다. 고라니의 눈이 겁에 질려있었다.

눈 덮인 등산로에서는 앞사람의 흔적이 뚜렷했다. 이른 아침 누구도 밟지 않은 순백의 등산로를 걸어 오르니, 나보다 이른 아침 작은 생명체 하나가 눈 덮인 등산로를 따라 정상 아래까지 작고 예쁜 발자국들을 뚜렷이 남겨두었다. 한참을 그 발자국을 따라 걷다 보니, 왠지 그 작은 생명체와 시간 차이를 둔 동행같이 느껴진다. 눈은 앞선 시간의 흔적을 잡아놓고 있었다.

진달래 평전 위에 우뚝 자리 잡은 황매산 정상에 오르고 보니, 안개가 산을 온통 덮어서 발아래 존재하는 것은 형체가 없었다. 어쩌면 산은 영역을 침범하는 개발의 상처를 나에게 보여주고 싶지 않았나 보다. 나 역시 산의 마음처럼 사람들의 욕망이 만든 산의 상처를 보지 않았더라면 좋았을 것이라고 생각했다.

내려오면서 계곡 비탈에 자라는 어린 머구 잎을 뜯었다. 참치캔이 지겹다. 살짝 데쳐서 된장에 무쳐 먹으니 씁쓸하고 향긋한 맛이 혀를 행복하게 했다. 훼손된 산을 만나고 이것도 산을 훼손하는 것이 아닌지 잠시 생각했지만, 자라에 놀란 자가 솥뚜껑에 놀라는 것 같아 피식 웃고 말았다.

78. 황석산

　남강을 따라서 생초면을 지나고 안의면을 지나 용추 계곡을 따라 여행하는 길에는 강의 흐름과 주위의 산의 높낮이에 따라 생겨난 크고 작은 마을들이 자연의 흐름과 단절에 동화된 모습으로 산재해 있었다. 집도, 사람도 산의 높낮이와 강의 크기나 물을 흐름과 단절을 고려해서 만들어지고, 오랜 세월에 곰삭으면 집도, 사람도 자연의 일부분이 된다. 제법 규모가 있는 옛 서원이나 정원의 외딴 정자도 자연에 편입되고, 또 자연을 돋보이게 만들어 주는 것은 비슷한 이유일 것이다.

　하지만 국적 없는 별장이나 생뚱맞은 건물들 그리고 우뚝 솟은 산업탑들이 자연과의 동화를 거부하고 홀로 우쭐해서 주의의 산하(山河)의 흐름을 흩트려 버리는 경우를 길 위에서 만나는 경우가 잦아지는 것은 아쉬운 마음이 든다.

　산청에서 합천으로 가는 옛 국도 길을 따라 황석산과 기백산이 서로 마주 보는 사이에 흐르는 용추계곡까지의 주행은 행복했다. 잘생긴 자연과 자연에 순응하는 마을이 만드는 풍경에는 자연과 사람 그리고 사림(士林)의 멋이 구석구석 배여 있었다.

　영·호남의 길목에 서 있는 황석산을 찾았다.

용추계곡의 왼편에 있는 유등마을에 도착했을 때는 이미 산행하기에는 늦은 오후였다. 마을 주변에 야영지를 찾으면서 어슬렁거리다 인사를 건넨 마을 어른이 마을회관이 비어있으니 추위에 떨지 말고 유숙(留宿)하도록 권했다.

여행에서 만난 많은 마을의 어른들은 들려줄 이야기가 많았다. 삶을 살아오시면서 경험하고 느낀 것들을 들려주고 싶어 했다. 그분들의 이야기는 정제되어 있지는 않았지만, 사적이고 담백했다. 대부분 한 두어 시간 정도에 압축된 일생의 이야기를 들려주고는, 이야기를 잘 들어 주었음에 감사하였다. 물론 어디에서 어디로 왜 여행하는가에 대한 연유를 묻는 질문이 항상 우선했지만, 나는 어른들의 마음을 흡족하게 할 만한 대답을 하지 못했다.

마을 어른은 이야기와는 따로 됫병에 담긴 소주와 건어물을 축약된 인생사를 풀어내는 같은 통로로 드셨다. 이야기는 나오고 소주는 그 빈 곳을 훈훈하게 채우고 있었다.

술은 같이 해야 더 맛이 난다는 어른의 권유에 받아 마신 두어 잔의 소주에 피곤이 밀려왔다. 나는 술을 마시지 않는다. 그것은 나이 사십에 들어서면서 시작된 것이다. 두어 시간의 경청으로 따뜻한 실내의 잠자리에서 잠들게 되었다.

지난밤 익숙한 텐트가 아닌 지붕 아래서 잠을 설치고 아침에 일어나니 봄비가 내리고 있었다. 몸은 따뜻하고 편안함보다는 익숙함에 더욱 만족했다. 차고 축축이 젖은 텐트에서는 불편했지만, 편안하게 잠들었기에 생긴 상념이다.

빗줄기가 가늘어서 산속으로 들어가면 비에 젖지 않을 것 같아 간단히 아침을 먹고 산행에 나섰다.

마을 뒷길을 따라 오르는 산은 가파르고 빗길에 험해진 구간이 있었다. 그래도 정상 부근을 오르기 전까지의 산은 평범했다. 하지만 날카로운 이빨처럼 서 있는 바위로 이루어진 정상과 그 주변의 바위 지대는 황석산을 올라야 하는 중요한 이유가 되었다. 누구는 황석산 정상을 마터호른(Matterhorn)의 모습과 비교하기도 했다. 물론 정상에서 바라보는 경관은 더없이 좋았겠지만, 오늘의 짙은 안개는 어떤 경관도 허용하지 않았다. 그래도 바람에 흐르는 안개 사이로 잠시 모습을 드러낸 황석산과 주변 바위 지대의 경관만으로도 4.2km의 가파른 오르막을 오르는 수고를 충분히 보상받을 수 있었다.

정상부와 이어져서 만들어진 복원된 황석산성은 정유재란의 아픔을 품고 있다. 호남의 곡창지대로 가는 길목에 위치한 '바람도 울고 넘는다는 육십령' 고개로 통하는 관방요새로 지어진 황석산성은 피로 바위를 붉게 하여 만들어졌다는 피바위 전설이 생길 만큼, 왜구에 대항한 합천 군관민의 피비린내 나는 전투의 역사를 굳건히 증언하고 있었다.

아름다운 정상의 바위들과 그 사이를 이어 지어진 슬픈 산성은 안개와 비속에 홀로 산에 올라온 사내를 흩날리는 눈으로 맞아주었다.

아름다움과 슬픔이 만나면 이야기를 형성하기 마련이지만, 비와 눈 그리고 안개의 하늘 아래서 만난 산의 아름다움과 인간의 슬픔의 묘한 조화에서 수동적 감정만 무질서하게 느껴지고, 아무런 생각이 없어지는 것은 아마 내가 많이 지쳐서일 것이다.

79. 기백산

황석산을 내려오니, 유동마을에는 비가 세차게 내리고 있었다. 하염없이 내리는 비는 여행자의 감성을 깊게 조율해 해주기도 하지만, 비와 바람과 태양에 항상 노출되는 자전거 여행자에게는 길 위로 나서기가 여간 성가신 게 아니었다.

마을 회관에서 글을 정리하면서, 비가 그치길 기다렸다.
한참이 그렇게 지나간 후, 비 내리는 길에 어둠도 따라오자 여행자는 길 위로 나갈 엄두를 내지도 못하고 다시 마을 회관에 누워버렸다.
산골 마을엔 밤이 일찍 시작되고 사람들의 인적이 사라지자, 야생동물의 움직임이 시작되었다. 야생동물의 울음소리가 계곡에 울렸다.

기백산은 황석산과 용추계곡을 사이에 두고 나란히 자리 잡고 있어 비가 그친 다음 날 아침 일찍 기백산 산행에 나설 수 있었다.

기백산 산행은 한국전쟁 중 불타버린 장수사의 일주문을 지나면서 시작되었다. 절은 타고 없어져 절터만 남았지만 '덕유산장수사조계문'이라는 현판이 달린 일주문은 여전했다. 기둥은 굵고 단단해 보이는 자연목을 다듬지 않은 듯 그대로 사용했지만, 지붕의 장식은 화려하고 특별했다.

계곡을 따라 오르는 산길은 짙은 나무숲이었다. 아마 가을엔 단풍으로 많은 사람의 감탄을 자아내게 했을 참나무 같은 활엽수들이 빽빽했다. 거대한 반석 위로 굽이굽이 흘러 용추계곡으로 흘러갈 산속의 계곡물은 겨울의 무거움에서 벗어나 제법 바위에 부딪치는 소리를 내어가며 흐르고 있었다. 아침의 숲속 산행은 이때까지 좋았다.

계곡을 따라 올라가다 바위 위에서 휴식을 위해 앉으니, 마을 사람들이 고로쇠나무에 구멍을 내서 호스를 꽂고 수액을 튜브로 흐르게 하도록 연결해서, 깊은 계곡 위에서부터 마을까지 이어지게 만들어 놓은 시설이 눈에 들어왔다.

잠시, 매번 봄마다 나무둥치에 구멍을 내서 이렇게 수액을 채취하는 것이 나무에 해로울 것이라는 생각을 해봤다. 그러다 문득 고로쇠 수액 맛이라도 보자는 생각에 연결 고리 하나를 풀었다. 며칠 동안의 날씨가 흐리고 추워서인지 튜브는 말라 있었다.

문제는 이때부터였다. 빈 튜브를 확인하고 고리를 다시 연결하고자 했는데, 그 기다란 튜브의 연결이 팽팽하게 당겨져 있어 내 힘으론 연결이 불가능했다. 배낭과 워킹 스틱을 던져놓고 사지(四肢)로 버텨가며 튜브를 연결해봤지만, 붙을 만하면 번번이 튕겨 나갔다.

마을 사람들이 고로쇠 물 채취를 위해 힘들게 연결해 놓은 관을 분리해놓은 것이다. 수차례를 시도하다 마음만 바빠지고 죄스러운 마음이 들기 시작했다. 이른 아침이라 튜브 연결을 도와줄 사람을 산에서 만날 수도 없었다. 일단은 정상까지는 다녀오자고 다시 산행을 시작했는데, 마음은 뒤숭숭하고 쫓기는 마음에 걸음이 빨라졌다.

아무도 본 사람이 없는데 그냥 모른 척하고 가버릴까 하는 생각이 떠오르다가, 또 한편 마을에 내려가서 사람을 구해서라도 고쳐야지 하는 생각이 들기도 하고, 혹시 마을 사람들이 이 일을 알고 지금 시간에 유일할 등산객인 나를 찾고 있지 않을까 하는 염려도 들어 마음이 편하지 않았다. 걷기는 걷지만, 숲이고 산이고 하늘이고 어느 하나 눈에 제대로 들어오는 것이 없었다. 다리는 다리대로 걷고, 숨은 숨대로 가쁘고, 생각은 생각대로 많고, 마음은 마음대로 어수선했다. 어제 내린 눈으로 하얗게 변한 정상에 올라서 겨우 사진 몇 장을 찍고, 계곡으로 내려가서 차근차근 해결하리라 마음을 다독이며 걸음을 재촉해서 내려갔다.

내려와 보니 그동안 마음 졸이던 문제는 우려와는 달리 아주 쉽게 해결되었다. 튜브가 분리된 지점에 도착하고 보니, 계곡을 올라오던 두 명의 등산객을 만나 도움을 청해서 고리를 다시 연결할 수 있었던 것이다.

마음이라는 게 이렇다.
마음이 혼란하거나 복잡하거나 두려워 마음이 안정되지 않으면, 주위는 그 마음의 상태만큼이나 혼란하거나 복잡하거나 두렵게 느껴진다. 역으로 말하면, 평온하고 안정된 마음으로 보는 주위는 평온하고 안정되게 느껴질 것이다. 주위의 세상은 거울처럼 자신의 마음의 반영이 되는 것이다.

해발 1,331m의 일주문부터 정상까지 4.2km의 산행 동안, 걸음걸이도 생각도 마음도 따로 가는 어렵고도 험난한 산행이었다.

산행을 마치고 나니, 기백산에 머무르는 것도 싫어서, 뒤 한번 돌아보지 않고 찬바람 사이로 자전거를 거칠게 몰아 안의면에 도착했다. 혼란스러운 마음은 얼마간 자전거를 따라왔지만, 자전거가 빨라지자 제풀에 지쳐 뒤로 길게 뒤처졌다.

'안의 갈비탕' 한 그릇을 먹으면서 따로 놀던 몸도, 생각도, 마음도 수습해 보았다.

80. 영취산

안의면 화림계곡의 농월정을 지날 즈음, 다시 구름이 짙어지기 시작했다.

산의 겨드랑이에서 생겨난 맑은 물은 낮은 곳을 향해 몸을 낮춘다. 흐를 곳과 아닐 곳을 살펴 흙이 씻겨 가버린 단단하고 반반한 바위 바닥 위로 순리대로 흐른다. 물이 하는 일이 곧 순리다. 계곡의 주위에는 굽이치는 산들이 늘어서고, 오랜 소나무에서는 솔향이 진하다. 사철 푸른 소나무의 향기는 머리를 맑게 해주었다. 그것은 쉽게 변하지 않는 것들의 단순함과 소박함을 닮아있었다.

계곡에는 한양의 거친 당파 싸움을 떠나온 선비들과 왕의 부름을 더 이상 받지 못하는 늙은 신하들이 고향에 내려와 거친 세월로 인해 쌓인 혼탁한 마음을 씻어낼 정자를 지었다.

굽이쳐 흐르는 계곡엔 각가지 사연들이 같이하는 람천정, 정모정, 동호정, 군자정, 영귀정, 거연정 같은 수많은 정자들이 출렁이는 물결을 타고 흐른다. 화림계곡의 정자에 잠시만 앉아보아도 마음이 저절로 맑아졌다.

계곡은 장고한 세월을 흘러도 여전히 생기 찬데, 정자들만 늙어가고 있었다. 그리고 나는 그 정자들보다 빨리 늙어가고 있음을 새삼 느꼈다.

나의 아버지는 지금의 나보다 젊은 나이였을 때 한여름에 형과 나를 화림계곡에 데려와 그 시절엔 드물었던 야영을 했다. 더운 여름 텐트를 쳐 놓고 우리는 멱을 감고, 고동을 주웠다. 아버지는 차가운 계곡물에서 놀다가 파래진 입술로 몸을 떠는 우리에게 따뜻한 음식을 해주었다. 그리고 그는 자연을 벗하여 소주를 드셨다.

그때는 세월이 흐르지 않던 그런 날들이었다. 우리는 항상 아이들이고 아버지는 변하지 않는 아버지일 거라고 믿고 있던 시기이기도 했다.

이제 여든다섯의 노인이 된 아버지께 전화했다. 아버지께 감사하다는 말은 하지 못했다. 자연에서 마음이 편해지고 자연에서 홀로 머무는 것의 풍미를 가르쳐 주셔서 감사하다는 말을….

그는 항상 그렇듯이 "나는 개안타."라고 하셨다. 나의 작은 것들을 걱정하시면서 정작 스스로는 항상 개안타고 하신다. 그는 "개안타."라고 말씀하실 때 목소리에 과장된 힘을 주는 습관이 있었다.

자전거가 거연정에 가까워질 무렵, 농월정의 짙은 구름이 세찬 비가 되어 내리기 시작했다. 봄비가 제법 여름의 장대비를 노릇을 한다.

이제 늙어서 더욱 귀한 몸이 된 거연정에서 비 내리는 계곡을 바라보다가, 나는 건너편 마을의 젊은 정자에서 차가워진 날씨와 비를 피해 잠이 들었다. 마을 사람들의 호기심과 경계심 어린 눈에 인사와 웃음으로 안심하라는 신호를 보냈다.

장안산 산행은 서하면의 깊은골 저수지에서 시작했다. 항상 나의 길잡이가 되어준 네이버 지도에서 보여준 일반적인 등산로가 아닌 깊은골 저수지에서 시작하기로 한 것이다.

그런데 무엇이 잘못된 것일까? 나의 길의 이정표가 되어주던 네이버 지도는 나를 막다른 길로 안내했다. 인간의 길도, 짐승의 길도 보이지 않는 산비탈에서 한참을 돌아보다 오던 길로 발길을 돌렸다. 내려오는 길에 만난 마을 사람이, 다른 쪽의 가파른 산 능선을 가르키며 능선에 오르면 산으로 가는 길을 찾을 수 있을 거라고 다시 길을 잡아주었다.

다른 등산로 입구까지 이동하기에는 먼 길이었다. 주위 지형을 세심히 살피면서 제대로 된 길을 만나기 바라며 마을 사람이 알려준 능선을 올랐다. 능선을 오르는 길은 동물이나 심마니나 다닐 만한 희미한 길이었다. 나는 그 길이 어디로 나를 데려갈지 확신이 없었다. 이런 곳에서 길을 잃는 것은 달갑지 않은 일이 될 것이었다. 때로 아주 힘든 상황에 처할 수도 있었다.

가끔은 표식이 되도록 버려진 작업용 장갑을 주워 나뭇가지 위에 걸어 놓기도 하고, 나뭇가지를 꺾어 놓으며 발자취를 여기저기 남기는 것도 잊지 않았다. 또 올라갈 때와 내려갈 때 달라 보이는 지형 때문에 길을 잃지 않도록 온 길을 뒤돌아 보면서 눈에 익혔다. 혹시 길을 찾지 못하고 돌아와야 할 때를 대비한 것이었다.

능선을 오르니 다행히 백두대간 길을 만날 수 있었다. 여타 산에 비해서 유난히 많은 산죽(山竹) 사이로 등산로를 빠르게 걸어 3시간 만에 영취산 정상에 도착할 수 있었다. 사실 지체할 시간이 많지 않았다.

영취산 정상에서 바라본 목적지인 장안산 정상은 산 너머 저 멀리 뚜렷하게 보였지만, 갈 길이 한참임을 한눈에 알 수 있었다. 장안산 정상은 영취산 정상에서 왕복 7㎞. 지금의 체력으론 세 시간 정도를 부지런히 걸어야 다시 영취산 정상으로 돌아올 수 있었다. 그리고 다시 자전거로 복귀하는데 3시간. 영취산 도착 시각이 오후 1시이고 보면 쉬지 않고 걸어야만 그나마 저녁 7시나 8시가 되어서야 자전거로 도착할 수 있는 것이다.

아침엔 참치캔 하나와 식빵을 먹었고, 점심은 초코바와 다량의 사탕을 먹었다.

3일을 연속으로 고도 1,000m 이상의 산을 오르고 있는 나에게는 여러모로 커다란 도전이 될 것이었다. 물통의 눈금을 살피니 물은 300㎖ 정도 남아있었다. 이 정도의 체력과 물로 장안산까지 다녀온다는 것은 고생길임이 분명했다. 혹시 이정표가 확실치 않아 길을 잃는다면 조난으로 이어질 수도 있었다.

마음이 바뀌면 사정이 달라진다. 영취산의 잘생긴 정상 표석을 보았다. 그리고 갑자기 그 정상 표석이 더욱 근사해 보였다. 해발 1,075.6m. 부처가 머무르고 처음으로 설법하던 곳의 지명을 이름으로 가진 산. 백두대간에서 금남과 호남정맥이 갈라지는 산, 대동여지도에서는 장수의 진산으로 표기된 곳. 낙동강 금강 섬진강의 분수령이 되는 산.

이 정도 되면 나의 100대 명산이 되어도 될 것이라고 마음을 설득했다. 마음은 망설였지만, 갈 길을 바라보니 어렵지 않게 동의해 준다. 마음이 바꾸고 나니 인생이 편해진다고 했던가? 얼굴에 장난기 있는 미소도 같이 떠올랐던 것 같다. '굳이 블랙야크나 산림청의 100대 명산을 따라야 할 이유는 없지 않은가?' 마음은 이렇게 반문했다. 결정은 이미 나 있었던 것이다.

아쉬워하는 장안산의 모습이 여전히 뒤따라왔지만, 산을 돌아서 내려오는 길은 여유로웠다. 장안산에서 찍을 것을 대비해 소홀했던 사진도 여기저기 찍으면서 산에서 내려왔다. 오를 때 가지에 걸어놓은 작업용 장갑을 보니 다시 웃음이 났다.

영취산은 나의 아주 특별한 100대 명산이 되었다.

81. 운장산

새벽부터 내린 비는 아침과 함께 그쳤다.

지난 이틀, 따뜻한 봄 햇살에 자전거는 더 이상 차갑지 않은 바람을 만들며 가볍고 훈훈해진 마음으로 산하를 비행하듯이 달렸다.

함양 사하면을 출발한 자전거는 '산적들이 많아서 장정 60명이 모여야 넘을 수 있다'는 육십령을 어렵지 않게 넘었다. 고개를 넘어서자 자전거는 중력에 실려 날아갈 듯이 고개를 내려왔다. 육십령을 올라오면서 자전거 안전모에 꽂아 놓은 꿩의 깃털이 날아갈 듯 비상했다.

고개를 오르면서 페달을 한발씩 휘젓다 보면, 주위의 경관도 잊은 채 오직 오르는 길에만 집중하게 될 때가 있다. 그렇게 오르다 길 위의 깃털 하나가 인연의 힘으로 나의 시선을 끌었다. 꿩의 깃은 생명이 살아있는 몸체에서 떨어져 나와 낯선 도로에서 더 이상의 비상을 포기하고 나뒹굴고 있었다. 갑자기 그리고 아무런 논리적 근거 없이 그 깃털이 다시 하늘을 날게 해주고 싶다는 생각이 강하게 들어, 안전모에 검정 테이프로 하늘을 향하게 깃털을 매달았다.

사실 여행 내내 도로에서는 무수히 많은 동물들의 사체를 만났다. 언젠가부터는 로드킬(Road Kill)당한 동물의 사체가 주행하는 차들에게 더 이상 짓눌리지 않도록 길 밖으로 밀어내거나 사진을 찍어두었다. 언젠가 그 주검의 사진이 운전자들에게 경종을 울릴 수 있었으면 하는 바람에서였다.

육십령을 오르면서 만난 깃털 하나는 어쩌면 자동차와의 충돌에 부서진 동물의 사체들이 다시 하늘로 날아 올라가기를 기원하는 마음으로 이렇게 나의 여행의 일부가 되었는지도 모르겠다.

장계면을 넘어서 용담댐으로 올랐다. 아직은 오지라서 차량의 통행도 뜸한 도로를 달리며, 산과 산 사이에 만들어진 호수를 내려다보니 이렇게 아름다운 곳에 집이라도 지어놓고 살아보고 싶다는 부질없는 생각이 들었다.

머릿속에야 금방 어느 곳에나 쉽게 지어지는 집이지만, 실제 짓고 살자고 하면 온갖 불편한 삶의 무게들이 따라오는 게 인생이었다. 눈으로 보고 마음으로 흡족해하며 그냥 지나가는 여행자의 상상 속에나 만들어진 집이면 충분하다. 삶의 무게가 따라올 빈틈이 없기 때문이다.

용담댐의 물길을 따라 올라가다 보면 깎아지는 암벽과 숲에 둘러싸여 햇빛이 반나절밖에 들어오지 않는다는 운일암반일암 계곡에 도착하게 되는데, 행락객이 찾지 않는 아직은 이른 봄의 조용한 계곡은 암벽과 소나무를 날아다니는 산새들의 소리까지 질감 있게 느껴지게 했다. 계곡에서 올려다보이는 한 정자와 계곡의 거대한 바위 위에 지어진 정자를 보면서, 저런 곳에서 시상(詩想)이 떠오르지 않고 오래 머물러도 신선 같은 마음이 되지 않는다면 미련한 사람이 분명할 것이라고 스스로 단언했다.

운장산 산행은 내처사 마을에서 출발했다.

벼슬을 하지 않고 초야에 묻혀 사는 선비가 있어서 내처사라는 이름이 되었나 보다.

마을과 마을을 지나다 보면 흥미로운 마을 이름들이 많다. 구라마을이나 효리마을 또는 광석리처럼 유명한 방송인의 이름도 나오고, 육십령 아래에 있는 피적(避狄)리처럼(산적을 피해서 온 사람들이 만든 마을) 역사나 문화적 유래가 있는 곳도 있다. 핑계 없는 무덤이 없듯이 사연이나 유래 없는 마을도 없는 것이다.

고도가 꽤 높은 내처사 마을에서 오르막을 쉼 없이 오르니 한 시간 조금 더 걸려 최고봉인 삼정봉에 도착했다. 호남지방의 노령산맥에서 제일 높은 곳에 도착하니 먼 곳의 경관까지 시원하게 내려다보였다.

삼정봉(동봉)의 서쪽으로 보면, 비슷한 덩치와 높이의 운장대와 칠성대(서봉)가 나란히 자리 잡고 있다. 그중에 반반하고 단단한 바위로 구성되어 돋보이는 칠성대는 전설도 함께 서려 있었다.

전설은 대략 이렇다.

옛날 옛적에(많은 전설이 이렇게 시작된다), 칠성봉 아래 계곡의 사찰에 잘생기고 유난히 눈이 반짝이는 일곱 명의 청년들이 들러 공양을 청했지만, 가난한 사찰의 스님이 냉정히 거절했다. 그러자 그들은 산을 올라 정상의 바위 아래에서 공부하고 있던 선비를 찾아 다시 밥을 간청했다고 한다. 사정을 들은 선비는 불공을 드린 후에 음식을 드릴 테니 기다려 달라고 말했다. 그가 불상 앞에 불공을 드리려고 하자, 일곱 명의 청년들은 화를 내며 "배고픈 사람의 사정도 모르면서 벼슬은 무슨 벼슬을 하느냐!"고 호통치며 밥상을 지팡이로 내려쳤다. 선비가 놀라서 뒤돌아보니 그들과 그가 공부하던 책들도 모두 사라져버리고 없었다고 한다.

그들은 선비를 시험해보기 위한 칠성성군(七星星君, 북두칠성의 각각의 별이 인격체로 묘사됨)이었고, 그 이후 이 봉우리는 칠성대로 불리게 되었다고 한다.

정치사상이나 명분이나 대의도 중요하지만, 배고픈 사람의 사정을 안다는 것은 벼슬에 나아가거나 사회의 중요한 직무를 맡거나에 상관없이 어떤 경우에라도 가장 중요한 일임을 말하고자 함이었을 것이다. 나는 그렇게 전설을 정리했다.

한국 사회에는 성공을 좇는 유능한 사람들이 많지만, 배고프고 힘든 삶의 사정을 잘 이해하는 사람은 찾기 힘들어지고 있지는 않은지? 먼 옛날의 전설이지만 여전히 현대에 대입(代入) 가능한 것은 인간 성정의 발달은 기계문명의 발달과는 달리 여전히 다람쥐 헛바퀴처럼 제자리를 맴돌고 있기 때문일 것이다.

칠성대를 뒤로하고, 햇볕이 들지 않은 산비탈에 아직 녹지 않고 얼은 눈길을 걸어서 독자동으로 내려오니 아직 봄 햇살이 따스했다.

82. 대둔산

농촌은 긴 겨울의 휴식이 끝난 땅에 농사준비로 한창이었다. 트랙터와 경운기가 겨우내 굳었던 땅을 부수며 농토를 오간다. 부서져 부풀어 오른 농토 위에 뿌려진 퇴비는 땅 내음과 섞여 우리의 양식이 될 곡식의 자양분을 준비했다. 그래서인지 퇴비의 냄새는 코에는 상쾌하지는 않지만, 뱃속을 흡족하게 만드는 효과가 있었다.

비가 내린다.

봄비는 우리의 생명을 지속시켜 줄 농사를 가능케 하는 중요한 요소임을 알기에, 마냥 텐트 속에서 비가 그치기를 기다리는 자전거 여행자에게도 불청객만은 아니라고 스스로를 타일렀다.

비는 이틀 낮과 밤을 힘차게 내렸다. 바람도 계곡을 몰아치며 봄을 준비하는 자들을 겁박했다. 이틀째 쉼 없이 내리는 비에 운일암반일암 계곡을 벗어나지 못했다. 꼼짝 못 하고 텐트 속에서 갇혀서 먹고 자는 일을 반복했다.

비가 길어지면서 식량이 소진되어 갔다. 겨우 몇 끼 정도의 음식을 싣고 다니는 자전거의 식량으로 얼마를 더 기다릴 수 있을지 점검을 해본다. 아귀 같이 따라 다니는 허기는 더욱 긴장했다. 일기예보도 계속 읽어보지만, 산과 계곡의 날씨 변화는 스마트폰에서 일러주는 정보보다는 더욱 변화무쌍했다.

비상식량인 에너지바가 두어 개 남은 시점에 비가 가늘어져 안개처럼 흩날렸다. 마냥 기다릴 수만은 없어 자전거로 가는 길에 부식을 구할 생각으로 대둔산으로 향했다.

시골 마을에 기대는 하지 않지만 따뜻한 국밥집이라도 만날 수 있으면 좋을 거라는 생각도 했다. 그러나 한적한 시골엔 중국집은 있어도 국밥집이 없다는 것은 깨닫는 데는 오래 걸리지 않았다. 나는 여행 중에 중국집은 이용하지 않았다. 가끔 있는 외식이므로 다양한 반찬이 나오는 식당을 선호했기 때문이다. 매일 같이 먹는 면을 사 먹고 싶지도 않았다. 여행자에게 제일 만만한 음식은 역시 라면이었기 때문이다.
다시 생애 처음 가보는 길을 달려서 도착한 대둔산 아래는 가난한 여행자가 감히 들어갈 용기가 나지 않는 식당들과 카페들이 가득했다.
그래도 자전거에는 길 위의 슈퍼에서 구입한, 다시 며칠을 배부르게 먹을 수 있는 음식들이 있음에 만족했다. 사람들이 흔적으로 남긴 쓰레기를 발로 이리저리 걷어내고 정자 위에 야영자리를 잡았다. 긴장한 허기 때문인지 평소보다 많은 식품을 구입한 것이 살짝 후회되었다.

배티재 정상에서 아침을 맞았다. 대둔산은 짙은 안개 속에 묻혀있었다. 자전거를 산 아래 두고, 배티재로부터 시작되는 가파르고 숨찬 경사로를 안개 속에서 올랐다. 짙은 안개 속에서 나는 전조등이 고장 난 차처럼 오직 길만 보고 올랐다. 그래도 걸음은 정직해서 능선에 나를 올려주었다. 도착한 능선에는 견고하고 남성적인 바위 봉우리들이 안개 사이로 간간이 드러났다가 다시 사라졌다. 보여주고 싶은 것만 보여주고 사라져 버리는 바위 봉우리들은 호기심과 상상력이 더해져 묘한 느낌을 주었다. 안개가 준 묘한 기운을 바위가 받았을 수도 있다.

바위 봉우리들이 운해 위에 떠 있는 오늘의 대둔산의 모습은 태어날 때부터 늙은이의 모습으로 태어났다는 노자(老子)의 이상향 속의 산을 닮았다는 생각을 했다.

물론 하얀 학 두어 마리가 봉우리 사이를 날고 거침없이 뛰어노는 사슴들과 죽어서도 꼿꼿이 서 있는 나무에 영지버섯이 달린 모습은 아니었지만, 바위 봉우리를 감는 구름과 그 바위 봉우리에 뿌리를 간신히 내려 휘어지고 바람에 다듬어진 소나무는 영락없는 그림 속의 세상이었다. 결국, 이상향도 현실의 모습과 크게 동떨어져 있지는 않을 것이라 짐작했다. 그것은 인간의 이상향이란 현실의 개선에서 시작하기 때문일 것이다.

끝없이 펼쳐진 운무는 대둔산의 정상인 마천대 아래로 주위 산들의 봉우리를 섬처럼 남겨 놓은 채 세상을 하얀색으로 덮어 다도해의 모습을 만들었다. 모처럼 나타낸 태양에 아침의 짙은 안개가 밀려나면서 만들어 낸 현실은 개선되어 실존하는 증강현실이었다.

지난 이틀 봄비치곤 강렬하게 내린 비가 아침의 짙은 안개를 남겨두었고 그 짙은 안개가 가라앉으면서 남겨놓은 것이 오늘의 운해임을 생각해보면 눅눅한 텐트 속에서 기다렸던 시간이 황홀한 풍경으로 보답받게 됨을 감사하게 된다. 연신 사진을 찍어 보지만, 사진은 이 풍경을 이해하지도, 담아내지도 못함을 잘 안다. 헛되지만 그래도 혼자 가지기에는 너무 벅차서 연신 사진을 찍었다.

마천대에서 운무를 내려다보며 하염없이 앉아 있을 수는 없어, 아쉬운 걸음걸이로 용문골로 내려오니 산행 중에 인사를 나눴던 개와 산행하는 사내가 다가왔다. 그의 손에는 커피 두 잔이 종이컵에 담겨 있었다. 그는 내게 카페의 로고가 찍힌 테이크아웃 종이컵에 담긴 아이스커피 한잔을 내어 주면서 여행의 행운을 빌어주었다.

봄비에도 감사하고 잠깐 인연에 베풀어준 친절에도 감사하면서, 많이 각박해졌다는 세상에 아직도 많은 감사의 이유가 존재함을 다시 배웠다.

이제 편한 마음으로 받을 줄 아는 것을 보니, 앞으로는 베풀 줄도 알고 살아갈 것 같다는 믿음이 들었다.

83. 계룡산

밤의 추위와 잦아진 비로 나의 오감은 움츠려져 있었나 보다. 문득 움츠려진 어깨를 펴고, 고개를 들어 주위를 돌아본다. 나는 화려한 봄의 가운데 서 있음을 깨닫는다.

움츠렸던 벚꽃, 진달래, 매화, 목련 그리고 개나리도 문득 봄의 중앙에 도달했음을 깨달았는지, 자연의 순리와 절차도 무시하고 동시에 꽃을 피웠다.

아니면, 일탈도 자연일 것이다. 봄이 갑자기 왔을 수도 있고, 이제야 문득 봄의 가운데 서 있는 모습을 발견한 것이기도 한 것이다.

일생의 많은 것들은 일부러 챙겨보지 않으면, 어느새 지나가 버리곤 했다.

계룡산에 도착해서 대전에 사는 친구에게 전화를 했다. 멀리 있어 자주 보지 못하니 가까이 스쳐 갈 때 보고자 함이었다. 대전 친구는 내 연락을 받고 곡성에서 공무원으로 근무를 시작한 친구에게도 연락해 같이 신원사까지 와주었다. 그는 여행의 초반에 공무원 시험의 결과를 기다리는 동안 나의 여행에 함께했던 친구였다.

50대 초반의 친구들은 다들 몸이 조금 불었고, 얼굴엔 우리 사회가 요구하는 표정과 약간은 지친 시니컬함이 겹쳐있었다. 술도 줄었고 건강을 걱정하는 모습이었다.

이제 친구의 잘 자란 자식들은 대학을 다니고 있거나 취업을 앞두고 있다. 집도 마련했고 묵직하고 큰 자가용을 탄다. 여유롭다고 말할 순 없지만 그래도 안정감이 한층 더 생긴 것 같아 보기 좋았다. 자식 농사나 인생 농사를 그런대로 잘 지어온 친구들이다.

야영 장비, 달가거리는 식기 등이 실린 자전거와의 여행으로 거칠어진 나의 마른 얼굴을 그들의 모습에 비추어 보게 된다.
가끔은 인생 개똥철학이 정서(情緒)를 배신한다.

친구들은 산 주위에 있는 음식점에서 '자연 건강식 정식'을 사 주고, 각자의 집을 향하여 어둠에 묻힌 도로 위로 떠나갔다. 친구의 차는 어둠을 통과해 빛의 터널을 만들며 멀어져갔다.

밤엔 바람이 심하게 불었다. 늦은 밤중에 급하게 찾은 공중 화장실 옆의 공터에 친 텐트는 바람에 들썩였다. 나는 잠을 설쳤다

희미한 새벽빛이 텐트의 얇은 천을 넘어 들어오자 짐을 정리했다. 불편한 자리를 빨리 벗어나고 싶었다.

절의 아침이 좋다.
차고 맑은 공기가 감싼 신원사의 봄꽃들이 고요하다. 부지런한 스님들

이 지난 밤바람에 무수히 흩어진 꽃잎들을 쓸고 있었다.

신원사의 중악단은 특별했다. 부처에 귀의한 수행자들의 터에 들어온 산신의 집이기 때문이다. 명성 황후와 인연이 깊은 중악단은 사가(私家)에서 지은 건축물과는 다르다. 궁중에서 사용되는 건축 양식을 사용해서 더 화려하고 위엄 있게 지었다는 설명이 나의 시각을 설득했을지도 모른다.

신원사의 암자들이 본사에서 연천봉 아래까지 계곡을 따라 곳곳에 자리 잡고 있었다.

부처의 가르침과 함께 자연의 섭리를 관찰함도 수행자들에게는 중요한 깨우침의 길잡이이기에, 계곡의 아름다운 터는 암자들이 자리 잡고 있음일 것이다.

힌두 경전인 『우파니샤드』에는 한 사내가 현자에게 가르침을 받고자 간청하니 현자가 어리고 연약한 소 100마리를 내어주며 소들의 뒤를 따르며 돌보도록 하고, 그 소들이 1,000마리의 건강한 소가 되는 날 돌아오도록 했다고 하는 구절이 있다.

스승의 지시대로 제자는 소를 돌보며 홀로 숲과 자연에서 소를 따라 다니며 살면서 수행했다. 제자는 오랜 세월이 흐른 후, 1,000마리의 건강한 소를 데리고 현자에게 돌아갔고, 말 없는 미소로 서로를 마주했다. 제자는 깊은 숲과 산하와 황야를 소를 따라 여행하고 보살피고 자연을 관찰하고 배우면서 현자의 가르침을 이미 배우고 익히고 돌아왔던 것이다. 고요하고 청정한 마음으로 자연 속에서 살고 자연을 관찰하면 지혜는 스스로 자라남을 현자는 익히 잘 알고 있었음이다.

길을 오르면서 암자의 유래를 하나씩 살펴 읽어보았다. 백제와 의자왕을 비롯한 역사 속의 익숙한 인물의 이름을 포함한 백제와의 사연이 많았다. 여기는 백제의 옛터였다.

정상부의 능선에 오르면, 계룡산의 봉우리들이 한눈에 들어온다.

닭의 볏을 쓴 용의 모습 같다 해서 계룡이라는 이름이 붙여진 정상의 바위 봉우리들은 누구에게는 용의 모습으로, 누구에게는 부처가 누운 와불(臥佛)의 모습으로 보이기도 한다.

산이야 사람이 만들어낸 의미 이전의 본질의 모습으로 존재하지만, 마음이 분주하고 의미를 만들어내기 좋아하는 사람들의 눈에는 산은 다양한 모습으로 존재한다. 고요하고 청정한 마음만이 자기가 만들어낸 산이 아닌, 그 앞에 있는 산의 본연을 볼 수 있을 것이다.

있는 그대로를 보는 데서 지혜가 생겨나는 것일 것이다.

우리의 삶도 마찬가지일 것이다. 우리는 우리의 인생에 많은 의미를 부여하고, 의미 있도록 사는 것에 보람을 가진다. 하지만 저 산처럼 의미가 있든, 없든 살아가는 것, 그리고 굳이 무엇을 하지 않아도 태어난 모습대로 성질대로 묵묵히 살아가는 것 역시 저 말 없는 산처럼 멋있는 삶이 될 수 있을 거라고 생각해본다.

운 좋으면 지혜로운 삶이 따라올 수도 있을 것이다.

84. 칠갑산

계룡산에서 만났던, 애완견과 함께 등산하던 사내는 내게 칠갑산이
왜 100대 명산에 들어가게 되었는지 이해할 수 없다고 말했다. 그리고
은근히 충남에 위치한 다른 좋은 산으로 가는 것이 좋겠다고 권했다.

천장호가 내려 보이는 전망대 데크에서 또 다시 '사월의 비'가 내리는
밤을 보냈다. 나는 야영하기 좋았던 밤의 기억보다는 어렵고 불편한 밤
들에 더욱 주목하고 기록하고 있었다. 그것은 부정(否定)에 대한 진한 인
상이라기보다는 곤경의 극복에서 얻는 긍정(肯定)의 보답이 더욱 크기 때
문이었다.

편안한 인생의 조각보다는 곤경을 헤치고 나온 삶의 진한 향을 잊기
힘든 법이다.

산으로 향하는 길의 천장호 공원은 주말이 아님에도 불구하고 아침부
터 많은 사람으로 붐볐다. 대형 관광버스는 전국 각지에서 온 많은 관광
객을 쏟아내고 있었다.

공원의 전망대를 지나, 청양의 명물인 고추조형물을 가진 현수교를 지
나면서 너무 과장된 크기의 고추가 유치하다는 생각을 했다. 순간 유치
함과 음담(淫談)으로 소란스러운 한 그룹의 관광객들이 오버랩(overlap)

되면서 계룡산에서 만난 사내의 충고가 떠올랐다. 그의 충고에 나는 너무 성급하게 동의하고 있었다.

천장호 출렁다리를 건너 만난 갈림길에서 호수 둘레를 걷는 사람과 산으로 가는 사람들이 분리된다. 산으로 향하는 급경사의 계단길이 정상으로 향하는 길이다. 다행히 대부분의 단체 관광객은 뭔가 어색하게 보이는 호랑이와 용 조형물과 기념사진을 찍고 오른쪽 호수 길로 걸어 들어갔다.

산으로 들어서자 사람들의 음란하고 소란스러운 소리는 산과 호수가 이별하듯이 멀어져갔다. 멀어진 소음은 숲 젖은 아침의 싱그러운 새 소리가 대신했다. 비에 젖은 산길은 젖은 흙색과 짙은 갈색의 떡갈나무 낙엽이 배합되어 흔들림 없는 깊은 색이 되어 깔렸다. 소나무의 비늘 골과 굴피나무의 쭈굴탱이 골은 비에 젖어서 한층 짙고 분명하게 살아난다. 그렇게 갈색과 물먹은 흙색의 배경에 이슬까지 머금은 연분홍 진달래가 화사하게 물이 올라 있었다.

애완견과 산행을 하던 사내가 본 칠갑산은 어땠는지 모르지만, 오늘 내가 만나는 칠갑산은 명산의 대열에 합류하기에 모자람이 없을 만큼 충분히 당당할 뿐만 아니라 무릉도원으로 들어가는 길목같이 아름다웠다. 나는 나의 성급한 동의를 후회하고 있었다.

산은 매일 같이 변하고 매일 같이 새롭다.
그와 나는 필시(必是) 같은 산의 다른 모습을 대하고 있음이 분명했다.

칠갑산은 만물 생성의 7대 근원인 칠(七) 자와 싹이 난다는 뜻의 갑(甲) 자를 통해 생명의 시원이라는 뜻에서 칠갑산이라고 불린다고 안내문에 설명되어 있었다. 또한, 일곱 장수가 나올 명당이자 성스러운 산으로 경배 되어 왔다는 설명도 덧붙여져 있었다.

풍수와 기(氣)는 알 수 있거나 측정, 증명 가능한 개념이 아니다. 측정 불가한 개념이나 인간의 상식으로 이해할 수 없는 개념을 일반 과학에서는 부정한다.

프로이트(Sigmund Freud)와 함께 심리학 학자로 널리 알려진 칼 융(Carl Gustav Jung) 또한 이런 문제로 오래 고심한 듯하다. 과학적 사고가 일찍부터 중시되던 유럽에서 증명할 수 없거나 측정하지 못하는 기운에 대해서 고심하던 심리학자 칼 융은 『주역(周易)』을 읽고 자신 외에도 측정, 증명되지 않는 힘을 이해하는 다른 문화가 있음에 대해서 많은 위안을 받았다고 전해진다. 칼 융의 고민은 그에게만 한정되는 것이 아니라, 과학이 설명하지 못하는 부분을 의심하는 많은 사람의 고민이기도 할 것이다.

나는 칠갑산을 오르면서 그런 산의 풍수나 신비로운 기운에 대해서 느끼지도, 이해하지도 못했지만, 문득 다가온 강하고 분명한 봄기운과 비 온 후 대지에서 뿜어내는 달콤하고 명확한 생명의 기운은 분명했다. 그리고 봄의 기운에 나무들은 생기가 가득했고, 진달래는 은은히 분출하는 아름다운 생명의 기운을 자랑하고 있었음을 분명히 느낄 수 있었다. 아니, 어쩌면 대지와 봄과 나무와 꽃이 만들어 내는 명료하고 분명

한 생명의 기운의 조합이 그 신령한 기운의 분명한 예일지도 모른다는
생각을 해봤다.

인간은 이해의 범위를 벗어나는 개념이나 현상을 거짓이나 신비의 영
역에 두고 있다. 하지만 인간의 이해의 범위는 너무나 제한적임을 인정
하는 편이 오히려 많은 진실을 왜곡하지 않는 데 도움이 될 것이라는 생
각을 했다.

계룡산 그리고 칠갑산 같은 많은 산에서 수행하고 산의 기운을 받기
를 원하는 숱한 기도와 바람들을 보면서 그들이 느끼고 말하는 신비로
운 기운을 나는 이해하지 못함을 인정한다. 그것이 나의 능력의 범주를
벗어나는 세상임을 역시 인정한다.

하지만 산을 걸으면서 하늘과 대지와 나무와 꽃들이, 그리고 그들이
이루는 자연의 분명하고도 확실한 생명의 모습을 관찰하고 즐기는 것만
으로도 나는 충분히 그리고 모자람 없이 행복하고 감사한다.

사내와의 성급한 동의의 변절자가 되어, 제한된 능력으로도 행복하게
산의 생생한 생명의 기운을 즐겼다. 그리고 다시 만난 천장호 출렁다리
의 고추들의 거대하고 단단한 발기의 기($氣$)를 이왕이면 받아봐야겠다고
생각했다.

85. 덕숭산

　수덕사에 도착했을 때는 벚꽃, 개나리, 목련이 일제히 만개해 있었다. 그 화려한 색을 그나마 저감(低減)할 수 있었던 것은 관광버스에서 내리는 상춘객의 원색적인 등산복뿐이었다. 백의민족이라고 스스로 부르던 한국인의 색깔이 언젠가부터 다른 어느 다른 민족의 색상보다 보다 더욱 원색적이고 화려해졌음을 느낀다.

　　　인적 없는 수덕사에 밤은 깊은데
　　　흐느끼는 여인의 외로운 그림자
　　　속세에 두고 온 정 잊을 길 없어
　　　법당에 촛불 켜고 홀로 울적에
　　　아-아 수덕사에 쇠북이 운다

　　　산길 천리 수덕사에 밤은 깊은데
　　　염불하는 여승에 외로운 그림자
　　　속세에 맺은 사랑 잊을 길 없어
　　　법당에 촛불 켜고 홀로 울적에
　　　아-아 수덕사에 쇠북이 운다

내가 수덕사에 대해 아는 것은 오직 이 노래의 한 구절뿐이었다.

하나의 대상을 오랜 옛 노래로 연상한다는 것은 이제 나의 나이도 적지만은 않음을 말해주는 것 같아 깊은숨을 들이쉬며 푸른 하늘을 괜스레 올려다 보았다.

처음 들려보는 수덕사는 인적이 없지도, 산길 천리도 아니었다. 밤 깊은 수덕사에는 여승이 흐느끼는 소리도 없었고, 꽃보다 화려한 옷을 입은 상춘객의 떠들썩한 소리만 상가와 주차장을 가득 채웠다.

엔간히 이름 있는 사찰이면 문화재 관리비를 받는다. 수덕사도 당연히 예외는 아니었다. 그러나 가난한 여행자에게는 그것도 부담스러웠다. 그래서 아침 일찍 매표소가 열기 전에 산행을 시작하기도 하고, 때로는 매표소가 없는 산행기점을 찾아 오르기도 한다.

오늘도 수덕사를 지나 오르는 코스가 아닌, 덕숭산의 긴 능선을 따라 오르게 되는 '개구멍 등산로'를 택했다. 이렇게 되면 일반적으로는 좀 더 걷게 되거나, 개고생할 확률이 높아진다. 그것은 개와는 아무런 관계가 없는 일임을 미리 밝힌다.

하지만 덕숭산을 그 개구멍 등산로로 택한 것은, 요즘에 유행하는 표현에 따르면 '신의 한 수'였다.

산을 오르기 시작하자 산 능선까지 쉽게 도달했다. 능선 아래로는 넓은 논들이 펼쳐진 정겨운 경관을 찬찬히 볼 수 있는 길을 만났다. 표면이 부드럽고 단단하며 그 생김새가 다양한 거대한 바위들이 능선을 이어가면서 연속적으로 포진해 있어 산행을 즐겁게 했다. 또한, 바위들은 한국적 서정을 깊게 해 줄 소나무들과 동맹적인 모습을 연출하고, 마음 들뜨는 봄의 화려함은 진달래로 마무리 지었다. 땅은 화강토로 이루어져 있어 산의 한 부분을 축소하여 가져가 수반에 그대로 옮긴다고 하면 영락없는 분재의 모양이 될 것이다. 아니, 분재가 덕숭산의 한 부분을 모방하여 만든 것일 거라는 게 더 맞는 말일 것이다.

산업화로 옛 모습을 잃은 고향을 가진 사람들이라면, 능선의 넓고 반반한 바위에서 내려다보이는 주위의 낮은 산과 논들은 단번에 옛 추억 속으로 마음을 앗아가 버릴 것이다. 어릴 적 들었던 귀에 익은 산새 소리까지 더해지면, 그 추억이란 빠져나오기 힘든 올가미가 될지도 모르겠다. 이 모든 것들은 돈 내고 들어가면 놓치게 되는 호사(好事)였다.

작은 산이라 정상까지는 오래 걸리지 않았다.

물론 하산 길은 돈 없이는 들어올 수 없는 수덕사 방향이었다. 들어오는 것은 돈 없이 할 수 없어도 나가는 것은 자유이니 다행스러웠다.

산 위까지 암자들이 올라와 있지만, 다들 수행 정진을 위해서 길이 막혀있었다. 힘든 수행을 하는 스님들을 위해 호기심이나 사찰 구경의 욕망을 수정하는 배려는 나에게는 문제 될 것이 없었다. 하지만 수행 정진을 위해서 일부 등산로와 암자의 방문을 포기하는 사람들의 이해와 협조를 생각한다면, 스님들은 수행의 결과로 그 이해와 협조에 답해야 하는 무거운 업의 짐을 지게 될 것이라는 생각이 들었다.

우리의 삶은 완전히 독립적일 수 없다. 우리는 서로의 이해와 협조를 통해서 살아가게 된다. 그런 면에서 생각해 볼 때, 우리의 삶도 스님들의 삶처럼 그 이해와 협력에 대한 답을 가지고 살아야 하는 것이다.

이제 조금씩 그 끝이 보이는 자전거와 두 다리로 오르는 100대 명산 기행도 많은 사람의 도움과 이해와 협력이 있기에 가능한 일임을 잘 인지하고 있다.

이 여행을 마치고, 나는 어떤 결과로 그들에게 보답할 수 있을지 생각하니 벌써 마음이 무겁다.

절에는 벌써 연등이 가득하였다. 부처님의 탄생을 축하하기 위해서였다. 계절에 가득 찬 꽃과 상춘객의 원색의 등산복들이 더욱 원색적이고 화려한 연등 아래서 제각각 봄을 맞이했다.

무심한 것에는 업이 없다.

86. 용문산

매일 산을 오르고 자전거를 타면서 지친 몸을 누일 야영지를 찾는 일은 또 하나의 오늘인 내일을 준비하기 위해서는 중요한 일이다.

내일이 찾아온다는 것을 감히 보장할 순 없지만, 지친 몸으로 내일을 만나고 싶지는 않았다. 나는 하루의 에너지가 완전히 소모된 상태로 잠자리에 들었다.

야산의 공터에, 강변에, 해변에 또는 마을의 외딴 정자에서 주로 야영했다. 야영지는 화장실 사용이 가능하거나 물을 구할 수 있다면 어디든 최적의 조건이 되어주었다. 하지만 최적이라는 것은 자주 경험하는 조건이 아니라는 뜻이 될 것이다. 빈번한 최적의 경험은 곧 평범한 조건이 되기 때문이다. 마땅한 야영지를 찾는 데 실패한 날들은 폐가(廢家)의 마당이나 무덤 터 같은 달갑지 않은 공간이 내 집이 되기도 했다.

멀리서 좋아 보이는 자리를 찾아가 보면 무덤 터에 도착하게 되는 경우가 종종 생긴다. 그것은 아마 많은 무덤이 편평하고 햇빛이 잘 드는 배려된 지형에 조성되어 있기 때문일 것이다.

상춘객으로 붐비는 용문산 관광단지 주변엔 약 2㎡ 정도의 공간을 차지하는 텐트를 칠 여유는 없었다. 계곡과 주변 산을 살피다 결국 도착한 곳은 나보다 훨씬 이전에 무덤이 먼저 자리 잡고 있는 터였다. 나는 분주한 관광단지에서 꽤 멀어져 있었다.

사실 무덤 터가 문제 될 것은 없다. 단단한 근육과 튼튼한 뼈대를 가져서 위협이 되는 산사람도 아니고 살과 뼈마저도 녹아 없어졌을 죽은 사람이 무서울 이유는 없기 때문이다.

하지만 이런 죽은 자들의 영역은 논리적 변명 없이 두려움의 대상이 되는 경우가 많다. 어두움과 고요함 그리고 죽은 사람이 묻힌 자리. 이런 것들에 대한 두려움의 설명에 동의할 만한 논리는 없었지만, 논리적으로 설명되지 않는 두려움을 피해 가는 일은 더욱 쉽지 않다. 그것은 적을 알지 못하고 싸우는 전쟁 같은 일이었다.

죽음은 우리 누구 하나도 피해 갈 수 없는 필연이지만, 우리는 그 죽음의 터를 가까이하거나, 죽음에 대하여 이야기하거나, 죽음의 암시는 피하고 싶어 한다. 하지만 삶에서 죽음은 가까운 것이다. 삶을 뒤집어 보면 결국 죽음 외의 결과란 있을 수 없기 때문이다.

물론 나는 불사영생(不死永生)의 유혹은 단호히 거부한다. 무엇 하나도 명확하지 않은 꿈같은 삶이 끝나면 죽음이라는 명료한 진리에 잠들고 싶다. 안개 속의 삶을 마감하고 또다시 수 없는 안개 속에서 악마의 유혹 같은 불사영생에 뛰어들고 싶지는 않다.

매일 지구상에서 많은 사람이 하루가 끝날 무렵 잠자리에 들면서도 많은 사람이 다시 내일의 아침을 기약할 수 없다. 병상에서 마지막 밤이 될지 모른다는 생각으로 잠자리에 드는 사람들과 사형수의 매일 같은 마지막 밤이 아니더라도 그 기약은 누구에게나 없는 것이다.

제발 무덤 터에 자리 잡지 말라고 하는 친구의 전화 내용을 생각했다. 별이 가득한 천광 아래에 하루의 무게를 견디어내고 지친 몸으로 누워 있는 건너편 산을 바라보다 잠이 들었다.

다시 내일의 아침이 내게 왔을 때는 오늘이 되어 있었다.

용문산은 용문사를 통해서 오르기로 했다. 역시 아침 일찍 매표소가 열기 전에 산행을 시작했다.

용문산을 찾는 사람은 용문사를 지나고, 용문사를 가는 사람은 용문산을 찾았다. 둘은 하나같은 느낌이다. 용문사에서 사람들이 가장 많이 찾는 것은 아마 대웅전이 아니라 천 년도 넘게 산 은행나무일 것이다. 천 년을 넘게 산 엄청난 덩치의 은행나무는 그 나이만큼이나 많은 이야기와 전설도 간직하고 있었다.

이른 아침에도 불구하고 두어 부부들이 나무에게 막걸리를 뿌려주고 깊이 허리를 굽혀 기도하고 있었다. 천 년의 삶을 살아온 나무에게 사람들은 무엇을 기원하는 것일까? 영생(永生)은 많은 종교의 약속이지만, 영생만큼 오랜 세월을 살아온 나무에게는 종교가 약속하는 어떤 힘이 있을 것임을 확신하는 듯한 모습이었다.

우리는 삶이 힘들고 고통스럽다고 하면서 영생을 바란다. 누구도 피해 갈 수 없는 죽음의 그림자조차 멀리하고자 하는 것은 죽음에 대한 우리의 두려움의 크기를 가늠케 한다.

용문산은 우선 거친 산이라는 느낌을 주는 산이었다. 바위는 야수처럼 거칠고 금강처럼 단단해서, 억겁 같은 세월을 지나온 계곡의 흐름에도 불구하고 둥글게 깎이거나 부드럽게 조련되지 않았다. 날카롭게 부서져 날 선 돌이 될지라도, 부드럽고 둥글게 연마되지 않는 대쪽 같은 성정(性情)을 가졌다. 산 정상에도, 능선에도, 계곡에도, 등산로에도 어느 돌 하나 세월과 잦은 발길에도 굴하지 않고 단단하게 날을 세우고 있는 기개(氣槪) 있는 모습이었다. 그리고 기개 있고 날 선 모습이면서도 산은 나무들과 꽃을 피우고 맑은 물을 흘려보내는 일을 게을리하지 않는다.

또 한 번의 봄을 맞는 산에는 생명의 기운이 가득했다. 새 생명이 싹 트는 산의 대지는 가을과 겨우내 조금의 집착도 없이 떨어진 잎들로 가득했다. 새로운 봄은 지난가을에 이미 준비되고 있었다.

산은 삶과 죽음을 구분하지 않는다. 죽음을 멀리하지도, 영원한 삶을 갈구하지도 않는다.

산은 죽음으로 봄의 새 생명을 키운다. 죽음이 생명 탄생의 밑거름이 됨은 산에게는 이해 이전의 본연(本然)이었다. 그것은 머리로 알고 가슴으로 느끼기 이전에, 뱃속을 간질거리는 일종의 생리였다.

사는 동안 아름답게 살고 필연적인 죽음을 자연스럽게 맞이하는 것
은, 산을 잠시만 지켜보아도 배울 수 있는 삶의 교훈이자 죽음의 교훈일
것이다.

87. 천마산

영국의 시인 토마스 스턴스 엘리엇(Thomas Stearns Eliot)은 그의 서사시, 「황무지」에서 '가장 잔인한 4월'이라고 4월을 표현했다. 만물이 겨울의 무거움에서 깨어나 생기를 되찾는 4월, 산하는 온갖 꽃들로 향기롭고 따뜻한 햇볕 들뜨는 4월을 왜 잔인하다고 했을까?

양평을 떠나 유명산으로 향했다. 안개 짙은 산악 도로에서 간혹 지나는 차들은 광선 칼 같은 전조등을 앞세우고 나타났다 다시 안개 속으로 묻혔다.

힘들게 도착한 고개 위의 왼편으로 영화 〈스타워즈〉의 알투디투(R2-D2)같이 생긴 중미산 천문대가 안개 밖으로 머리를 내밀고 있었다. 자전거는 산을 넘어 이젠 우주로 들어서고 있었다. 안개 속의 몽상은 우주를 방황하고 있었다.

두 개의 높은 고개를 넘고 우주를 가로질러 가파른 내리막길을 질주해서 도착한 유명산은 휴업 중이었다.

'한국 제1호 자연 휴양림'이라는 유명산 휴양림에서 멀고 고달픈 여행의 여독을 풀리라는 기대를 하고 있었다. 야영장에서 삼겹살이라도 두어 근 먹고 싶었다. 여독은 허기와 함께 허덕이고 있었다. 하지만(뒤늦게 알았지만), 화요일은 휴양림이 닫는 날이었다. 그리고 휴양림이 닫는 날에는 산으로 가는 길도 굳건히 닫혀있었다. 유명산의 휴일은 나에게는 유명하지 않았던 것이다.

하늘엔 제 몸의 무게를 더 이상 지탱하지 못하고 쏟아질 것 같은 먹구름이 점점 짙어졌고, 갈 길을 잃은 여행자는 길 위에서 망설였다. 휴양림 직원의 차갑고 배려 없는 응대는 방향 잃은 여행자의 비위마저 상하게 했다.

망설임 끝에 유명산을 나의 100대 명산에서 제외하기로 하고 천마산 방향으로 자전거를 향했다. 네가 아무리 유명해도 나는 너를 제명하겠다는 오기(傲氣)였다. 마음속에서 실망이 화로, 화는 오기로 바뀌어 갔다.

무거운 몸을 더 이상 지탱하지 못한 먹구름이 길 위에 세찬 비로 무너졌다. 여행자는 무너진 하늘 아래에서 피할 곳이 없었다. 주위에 펜션과 음식점들만이 늘어선 길가에는 자전거 여행자가 비를 피할 곳이 없었다. 어깨와 허벅지가 젖을 때쯤 편의점을 발견한 것은 그나마 다행이었다.
편의점 처마에 들어가 커피 한 잔을 들고 자전거와 함께 비를 피해 보지만, 비는 여전히 맹렬하고 세찼다.
기다림의 시간은 언제나 더뎠다. 젖은 몸을 데울 겸 해서 마신 막걸리 한 병에 스스로 초라해져 울컥한 마음이 일어나기 시작하니, 걷잡을 수 없는 번뇌가 가득했다.

이래서 4월은 잔인한 달인가, 자전거 여행자에게는….

잠시 숨죽인 빗속을 주행해서 도착한 가평 설악면의 관공서 옆 정자에서 갠 아침이 오기를 바라면서 불편한 밤을 보내야 했다. 별수 없이 차지한 불편한 정자 위에서 오가는 사람들의 눈치를 살폈다. 혹시 면사무소 직원이나 주민들의 신고로 빗속으로 쫓겨나게 되지 않을까 우려했다. 어두운 날 빗속으로 다시 나가고 싶지 않았다.

비가 그친 4월의 아침은 몸이 시렸다.

청평호를 거쳐 북한강을 따라 경춘선 자전거 도로를 타고 천마산으로 가는 길은 풍경이 아름다웠다. 멋진 차로 호수를 주행하는 모습이 부럽게 보였다. 그런 적이 없어서 잠시 당황스러웠다.

배가 물 위를 미끄러지듯 부드럽게 흐르는 주행에 몸에는 훈훈한 기운이 살아났다. 아침 공기가 맑은 호수는 더욱 맑았다. 여행자는 낯선 풍경을 좋아한다. 그래서 항상 낯선 곳으로 향하게 된다. 호수를 지나 강가에 펼쳐진 자연과 삶의 모습들이 익숙하지 않아서 여행이 더욱 즐겁게 다가왔다.

눈이 즐겁고 몸이 훈훈해지자, 마음은 4월의 날씨보다 더 변덕스러워서 어제의 서글픔은 저항 없이 개였다. 호수와 강의 주변의 시설들이 고급스럽고 때로는 이국적인 느낌이 드는 것은 부유한 서울이 지척이기 때문일 것이다. 서울은 얼굴에 여유 없이 빈곤해 보이는 사람들이 사는 부유한 도시였다.

자전거는 터널을 지나고 고가를 지나 명멸하는 교통신호를 받으면서 경춘선 철마의 옛 궤적을 따라가고 있었다. 그 궤적은 강을 따라 흐르고 도시를 가로질러 긴 선을 긋고 있었다.

그리고 기분 좋은 아침이 된 또 하나의 이유는 서울에서 동생들이 산행에 합류하기로 했기 때문이기도 했다. 또한, 이제 여행이 그들의 영역 내로 들어온 것을 의미하기도 했다.

임꺽정의 본거지가 되었다는 천마(天摩)산은 하늘을 어루만질 만큼 높지는 않았다. 산은 방사형으로 지세를 뻗어 안정감 있게 자리 잡았다. 산행이 시작되면 심신 훈련장과 야영장이 있는 숲을 지나 깔딱 고개라고 불리는 가파른 오르막을 오른다. 키 작은 봄꽃들이 땅 위에 따개비처럼 붙어서 피어있다. 바람이 시원한 바위에 올라서면 성냥갑 같은 집들이 촘촘한 도시가 발치에 있고, 도로 위에 차량들이 성냥갑 사이를 흘러 다닌다. 단단한 바위들로 제법 험한 봉우리들 아래로 강은 멀리 흐르고, 호수는 자신만의 산과 하늘을 담고, 산은 도시를 안아준다.

도시는 강과 호수와 산의 영역을 침범하지 않는다.
자연은 품속에 드는 도시를 거부하지 않는다. 남양주시는 천마산이 내어준 요람(搖籃) 속에서 안녕(安寧)하고 있었다.

오늘 산행엔 말이 많아졌다. 어제의 서글픔은 이야기하지 않았다. 잠시 떠오르고 사라지는 것까지 마음에 두고 동생들과 나누고 싶지 않았다. 소식도 묻고, 이것저것 세상살이하는 일들을 묻고, 식사 시간엔 풍성해진 상에 즐거웠다.

여행 중 항상 1식 1찬으로 살아오던 나는 여러 가지 반찬과 신선한 채

소 그리고 혼자서 먹기는 힘든 고기까지 마주했다. 비가 씻어내고 구름이 지나간 산에서 봄빛의 따뜻함과 깨끗한 바람을 맞으며 동생들과 하는 식사는 행복했다.

허기가 물러가고 좋은 사람과 같이하고 숲이 하늘 높이 자랐다. 가난하고 단순한 여행이란 참 좋은 것이라는 상념이 다시 기운을 얻고 되살아났다. 이런 상념은 마음을 언제라도 훈훈하게 위로하니 붙잡아둘 만하다.

평소에는 대수롭지 않던 하나하나가 행복하게 느껴졌다.

88. 축령산

여행은 많은 것들을 지나가는 행위다. 머무르지 않기 때문이다.

가평을 지나갈 때 남이섬을 지났다. 지나가는 것은 자전거가 궤적이 지나갔다는 뜻도 있지만, 섬이 내포하는 의미에 머물러 보지 못하고 지나갔다는 뜻이기도 했다.

축령산 휴양림에서 반나절과 하룻밤을 보냈다. 하늘을 향해 빽빽이 올라선 잣나무들이 만드는 자연은 고요하고 차분했다. 봄이 은밀하면서도 당연하게 숲속으로 들어서고 있었다.

아침이 되자, 몸이 가벼웠다. 깊은 잠이 든 동안 잣나무의 상서로운 힘들이 나를 치유했다고 생각할 수밖에 없었다. 유럽의 숲을 연상하게 하는 곧고 높게 자란 잣나무 숲을 지나 수리바위 능선을 향해서 올랐다. 숲의 향기는 사람의 원시적 생존 기억을 위로하는 깊고 아득한 힘을 가지고 있었다.

숲을 지나면 능선이 나왔다. 동쪽 편으로 깎아지른 낭떠러지를 지닌 날 선 바위 능선이 길을 내어주었다. 그 날을 넘어서는 아득한 하늘이 채우고 있었다.

수리 바위에 도착했지만, 푸른 하늘에 핀(pin)으로 박힌 듯이 공간에 머무는 수리를 볼 수는 없었다. 수리와 사람은 공존할 수 있어도, 가까이할 수는 없었다. 사람이 산을 오르면서, 수리는 떠나갔을 것이다.

능선 삼거리를 지나 남이 바위에 도달했다. 그제야 나는 가평 길에서 무심코 지나간 남이장군을 만났다. "남아 20세에 세상을 평정하지 못하면, 후세에 누가 대장부라 이르리."라고 포효하던 남이 장군의 흔적을 만난 것이다.

남이섬에는 역모로 몰려 능지처참당한 장군의 훼손된 시신 일부가 묻혀있다고 전해진다. 물론 오래된 일의 진실을 확인하긴 힘들다.

남이 바위에는 장군이 앉았다는, 등받이가 있는 옴폭 파인 앉을 자리가 있었다. 안내판이 바위 위에서 그가 무예를 닦고 심신을 수련하며 호연지기를 길렀다고 전하고 있었다. 자리에 앉아 보았다. 젊은 시절에 칼로서 세상을 평정한 사내가 부서진 시체가 되어 묻힌 산하를 내려 보았다. 사자처럼 포효하던 사내의 자리는 수리가 떠나간 빈 하늘을 공허하게 바라보고 있었다.

산은 스무 살에 세상을 평정하고 스물 여덟 살에 죽임을 당한 대장부를 기린다. 영(靈)을 기리고 제사 드리기에 축령산이 되었다. 그렇게 전해지고 있었다.

그는 그가 평정했다고 믿었던 세상에 의해서 죽었다. 그것은 자신이 키운 개에게 물려 죽는 일과 다르지 않았다.

인간의 역사에는 세상을 바꾸고 세상을 변화시키고자 하는 무수한 시도들이 있어 왔다. 그리고 많은 사람이 세상을 바꿨다고 믿었다.

하지만 세상이 나아졌는지에 나는 의문을 가진다. 여전히 세상의 많은 사람은 끼니를 걱정하고, 여전히 세상의 여러 곳에는 전쟁이 진행되고, 여전히 정의롭지도 도덕적이지도 못한 일들이 매일 같이 일어나기 때문이다.

어쩌면 세상을 바꾸는 일은 한 사람의 이상으로는 너무 크고 멀고 어려운 일이다.

자신의 나쁜 습관 또는 스스로의 헛된 욕망도 제어하는 데 힘이 부치는 것이 우리의 현 모습인 것은 아닌지?

자신을 바꿀 수 있는 힘이 없는 자들이 세상을 바꾼다는 것은 어불성설이다. 그런 자들은 세상을 평정한다는 포효를 할 것이 아니다. 침묵하면서 스스로를 바꾸고, 스스로 바른 삶을 살아가는 일부터 시작해야 할 것이다.

산길은 거칠고 위태했다.

밧줄을 오르고, 바위를 기어오르며 아찔한 능선의 날카로운 선이 나를 정상으로 유도하고 있었다. 능선의 끝에 보이는 정상에는 태극기가 지나가는 바람에 휘날리고 있었다.

89. 운악산

운악산은 현등사 방향에서 청룡 능선 방향으로 올랐다.

입석대를 시작으로 눈썹바위, 대 스랩(slab) 암봉, 병풍바위, 미륵바위를 지났다. 자연이 만든 신비롭고 아름다운 예술품은 항상 경이로웠다. 자연의 조형물이 경이로운 것은 산과 숲과 계곡과 완벽하게 조화를 이루기 때문이다. 그 조화는 그 장소에 태어나서 세월에 조련되고 현재를 살아가기 때문일 것이다. 그것은 업보에 대한 절대적 순응이었다. 그들은 현존(現存)하는 자리에 있을 때 가장 아름답다.

경이로운 자연의 예술에 인간의 조력도 나름 보태어졌다. 이미 완벽한 모습에 의미와 이야기를 덧칠하는 것은 인간의 몫이었다.

신들의 이야기와 선녀가 나오고 인도 승려의 이야기도 남아있다. 바위들에는 비추어진 인간의 욕망과 고뇌가 담겨있었다. 인간의 욕망과 고뇌는 세월을 넘어 강하고 진해서, 바위에 글로 새기지도 않았지만 천 년을 넘어 단지 구전(口傳)의 힘으로 허공에 새겨졌다.

산행은 자연과 인간의 공조에 감탄과 예찬으로 이어졌다. 바위 아래로 펼쳐진 아득한 낭떠러지를 내려 보며 짜릿한 긴장이 등줄기를 타고 올랐다. 바위를 오르는 걸음마다 발끝이 조심스럽다. 발아래 아찔한 세상이 생각의 흩트려짐을 방지해서 더욱 명료했다. 하지만 산행의 즐거움이 점점 미안함으로 또 실망으로 다가왔다.

　정확하게 말하자면 수많은 산행에 의해 너무도 많이 훼손된 산에 대한 미안함이며, 인간의 유기체적 생존 사슬의 원천인 산에 무례한 인간들에 대한 실망이었다.
　물론 나 역시 그 산행자 중 한 명이자, 무례한 인간 중의 한 명이라는 생각에 산행의 발길 또한 미안하고 조심스러워진다.

　능선의 등산로는 잦은걸음에 의해서 깊게 파였고, 나무들은 뿌리를 드러낸 채 겨우 서 있었다. 바위길 역시 거친 등산화와 아이젠에 의해서 부스러졌다. 바위에서 모래로 연마되고 있었다. 안전을 위한다고 하지만, 바위는 확보물과 고정 줄을 설치하기 위하여 구멍이 뚫리고 상처를 입는다.

　망가진 등산로를 고치고 유지해 보려는 노력도 보이지만 무기력하다. 파헤쳐진 땅을 모래주머니로 메우려고 했던 흔적은 무수한 발길에 의해 버려진 쓰레기처럼 터지고 뜯어져 나뒹굴고 있었다.

　자연과 인간이 서로 건강하게 공존할 방법을 막연히 생각해 보지만, 산과 자연을 즐기는 사람들이 발길도 많아지면 의도가 선하다고 하더라도, 자연은 상처를 입는 것이다.
　사실 산행자들이 산을 해치고자 함은 아닐 것이다. 나를 포함한 대부분은 산과 자연에 대한 애정을 표하는 사람임을 의심하지 않는다. 그러나 이렇게 삶에서 좋은 의도가 좋은 결과를 만들어냄을 보장하지 못한다는 것은 안타까운 일이다.

정상에 올라보면, 더욱 당황스럽다. 가평군과 포천시에서 서로 다투듯이 정상 표석을 만들어 세웠고, 두 개의 정상 표석들은 서로에게 등을 돌리고 서 있다. 그뿐만 아니라, 누군가가 어느 장인이 정성껏 깎았을 정상 표석의 문자의 일부를 훼손해 놓았다. 산을 두고 두 개의 지역이 소유의 다툼을 벌이고 있음을 씁쓸하게 엿보게 된 것이다. 산은 지역의 이해관계에 의해 다시 상처를 받고 있었다.

산쟁이 동생들이 바위 아래에 야영을 하고 일어난 아침에 엄청난 발기 현상을 경험했다는 멀리 보이는 남근(男根) 바위와 코끼리처럼 코를 길게 내리고 있는 코끼리 바위를 지나 현등사 계곡을 내려오면서 계곡에 발을 씻어 보았다. 산은 그래도 상처 안은 몸으로 걸러낸 맑은 물을 끊임없이 흘려보내고 있었다. 고통도 원망도 무심한 것에는 허망한가 보다.

좋은 의도든지 나쁜 의도든지, 아니면 의도가 없는 행위라도 결과는 있다. 모든 행위는 결과가 생긴다는 것은 조심스러운 일이다.
삶이 조심스러워진다.
굳이 하지 않아도 될 행위는 하지 않고 살아도 될 일이다.

90. 연인산

인생의 정점에서 내려오는 모습이 아름답기는 쉽지 않다. 권력과 부와 대중적 인기를 누렸던 사람들이 일선에서 아름답게 물러나는 모습은 드물게 보았다. 가까운 삶에서도, 적절한 시간에 내려놓아야 할 것은 놓아두고 자연스럽게 내려오는 모습 또한 보기 어렵다.

벚꽃은 달랐다.

4월의 거리를 화려하게 지배했던 벚꽃은 가장 화려한 시기가 지나자, 스쳐 지나가는 바람에도 미동도, 저항도 없이 눈꽃으로 변해 거리에 떨어졌다.

사월의 바람과 사월의 태양에 벚꽃이 절정의 시간보다 더 아름다운 눈꽃으로의 날릴 때, 자전거는 중력으로부터 자유로운 가평 북한강변을 지나 연인산으로 향하는 계곡으로 흘러 들어갔다.

돌아가야 할 시간이 오면, 작은 바람에도 뒤 한번 돌아보지 않고 내려올 수 있는 인생은 아마 벚꽃처럼 아름다울 것이다.

그동안 내가 만난 100대 명산은 아름답거나 위풍당당한 모습으로, 인간과 자연의 이야기와 문화가 서린 역사의 흔적으로, 한 지역을 지켜주는 영혼의 주거지로, 또는 삶의 기원을 이룰 풍부한 물과 맑은 공기와 건강한 흙의 제공자로 오랜 세월 사랑받아 왔던 대상들이었다.

　사실 연인산은 그 100대 명산의 대열에 들어있지는 않다. 최소한 산림청과 블랙야크에서 지정한 100대 명산에는 포함되어있지 않다. 하지만 연인산은 수도권의 사람들이 많이 찾는 유명한 산이 되어가고 있었다. '되어가고 있었다.'라고 묘사하는 것은 유명산이 그렇게 되기 위해서 했을 많은 의도와 노력이 보이기 때문이다.

　연인산은 주위의 명지산, 화악산, 운악산, 천마산 같이 100대 명산에 포함되어 있는 멋있는 산들과 어깨를 나란히 하고 있지만, 그리 주목을 받은 산은 아니었다. 하지만 탐방로를 정비하고, 지역 주민의 공모를 통해 산 이름을 개명하고, 각각의 능선에 현시대의 사람들의 삶에서 행복의 우선 가치가 되는 사랑과 건강 그리고 관계를 생각하게 하는 '연인', '장수', '우정', '소망' 같은 이름을 붙였다.

　그리고 정상 표석의 하단에는 '사랑과 소망이 이루어지는 곳'이라는, 다분히 신파적이지만 인간의 욕망을 유혹하는 글귀도 새겼다.

　산을 상품화하고 관광객을 유치해서 나날이 빈약해지는 지방의 소득에 도움이 되고자 하는 의도일 것이라고 짐작을 해봤다.

　수많은 방문객으로 훼손되고 지쳐가는 100대 명산 외에 가치 있는 다른 산들을 발굴하거나, 기존의 산에 새로운 가치를 부여해서 소개함으로써 방문객들이 새로운 시각으로 다양한 산들을 만나게 할 수 있도록 하는 것은 의미 있는 일이라고 생각한다.

　그리고 너무 많은 발길에 상처받은 명산들에게도 휴식의 여유를 줄 수 있다면 다행일 것이다.

연인산의 사례를 통해 명산이라는 것은 선정이 아니라 만들어 가는 것일 수도 있음을 보여준다. 단지 여기에서 조심스러운 것은, 자연의 이용과 접근 방식은 현세대의 관점뿐만 아니라, 이 자연에 의지하고 공존하면서 살아가야 할 미래 세대의 삶도 배려해서 아주 조심스럽게 이루어져야 한다는 것이다. 이런 접근 방식은 최대한 자연의 원형을 유지하고 사람의 흔적을 최소화하는 방식으로 귀결될 것이라고 생각했다.

　산의 생명들이 조용하게 삶의 꽃을 피우고 또 다른 한 철을 위해서 집착 없이 사라지듯이, 우리의 산행도 조용히 다가와서 오감을 풍족하게 하는 산과 만나서 감정선을 넘고 마음을 다해서 즐긴 후에 흔적 없이 돌아가야 할 것이다. 이것은 우리의 인생이 어디에서 온 지도 모르게 시작되고 살아가다 모든 것을 놓고 돌아가야 하는 자연의 이치와도 별반 다르지 않은 이치일 것이라고 생각한다.

91. 화악산

항상 혼자 산을 올랐다. 거의 그랬다.

요즘은 혼자 밥을 먹고, 영화를 보고, 혼자 사는 사람들이 많아졌다고 하는데, 나 역시 그 조류를 잘 따라 하는 생활 방식을 가지게 되었다는 생각에 히죽 웃었다.

어쩌면 대도시의 삶이라는 것은 어차피 혼자였다. 수많은 사람이 거리에 쏟아져도 혼자 걷고, 인파로 복잡한 지하철에서도 존재하지 않는 타인들 사이에서 혼자 스마트폰을 마주한다. 가족과의 저녁에도 우리는 서로의 시선을 맞대지 않았다. TV나 스마트폰에 묻히거나, 가족과 함께 하는 혼자였다.

무수한 사람들이 사는 도시에는 수많은 외로움이 공존한다. 사람들은 사람들과 함께 외로움을 위로받는 대신에 마음과 생각의 창밖의 분주함에 시선을 두고 외로움을 피하고자 했다. 온전히 혼자 스스로의 내면을 바라보기는 두려운 일인 것이다. 창을 닫고 자신만의 시간과 자신만의 공간에서 자신만을 곰곰이 바라볼 용기를 가진 사람은 많지 않았다.

오늘은 사촌 동생의 산악회에 속해있는 외국인을 포함해 6명의 사람과 함께 화악산을 오르게 되었다. 혼자 산을 오르다 여러 사람이 같이 오른다는 것은 말동무가 생긴다는 것과 먹을 게 풍부해진다는 이점이 있었다. 하지만 이제 나의 외로움은 농익었다. 혼자 여행하는 것에 대한 익숙함도 있고 마음속 내면의 다양한 인격과의 산행도 충분히 번잡했기 때문이다.

그래도 오늘은 특별한 산행이었다.
그것은 어쩌면 38선을 넘었기 때문이기도 했다.
한국의 휴전 상태의 긴장감을 삶에서 까마득히 잊고 살다가 최근의 남한과 북한 그리고 미국과 북한 사이의 고조된 긴장 상황을 외국인들의 반응을 통해 느낄 수 있었기 때문이다.
대한민국은 세상에서 가장 가까운 혈육이 사는 나라와 가장 적대적 관계를 유지하고 있다.

화악산은 경기도에서 가장 높다. 그리고 한국에서 5번째로 높은 산이다. 그 높이와 크기만큼 산은 많은 봉우리와 계곡을 지니고 있다. 하지만 군사 전략적 위치 때문에 정상은 군부대가 위치한 곳이기도 하다.

우리가 향한 곳은 정상을 대신하고 있는 중봉이었다. 인원이 많을 때는 다양한 요구와 체력을 감안해야 하기 때문에 짧고 쉬운 코스를 택했다. 그런 만큼 많은 대화와 여유를 가지고 산행을 즐겼지만, 산행 내내 만나는 철조망과 오래된 참호들은 낯설었다.

상황이 달라진 것은 정상부근에 다다랐을 때부터였다. 군부대의 스피

커에서 흘러나온 알아듣기 힘든 방송 내용이 뚜렷해졌다. 그 소리를 통해 북한의 전파공격에 의한 장비 파손에 대한 부분과 우리의 군부대 접근을 막기 위한 경고 방송임을 알았다.

등산로는 최근의 긴장 상태 이전에는 일반적으로 허용되는 구간이었지만, 오늘은 달랐다. 미국 항공모함이 한국에 입항한 첨예한 대립 상태에서 북한은 대규모 포격 훈련으로 맞대응하는 상황이었다. 그래서 군의 경고방송에는 긴박함이 있었다. 가까이 가면서 경고 방송의 긴장감이 더해졌고 산행의 계획은 수정되어야 했다.

스마트폰의 GPS로 연신 위도를 체크해 보는 로베르토 씨는 옛 남북의 분단선인 38선을 넘어 위도 37도에 도달했음에 특별한 의미를 가지고 오늘날의 분단된 한국의 긴장감을 체험하고 있었다. 멀리서 들리는 포격 소리와 경고 방송에서 흘러나오는 긴박한 음성은 긴장감을 더했다.

감정은 전염병처럼 빠르고 쉽게 전이된다.
상대의 긴장감은 표정과 말과 행동을 통해서 전달되고, 또한 감정은 공기를 통해서 퍼져나간다. 말을 알아듣지 못하는 외국인들도 우리의 태도 변화를 감지하고 긴장하기 시작했음을 느낄 수 있었다.
상대방의 감정을 인식하는 것은 중요한 생존 기능이다. 많은 사람이 타인의 감정 상태의 인식에 예민하고, 또한 다른 사람의 감정 상태에 쉽게 영향을 받는다. 이것은 다른 한편으로는 나의 감정이 다른 사람의 감정에 쉽게 영향을 준다는 것을 뜻하기도 한다.

아마, 한미연합작전과 북한의 맞대응으로 고조된 긴장 상태에서 전방의 군사 지역이 있는 산을 등산하는 것은 나뿐만 아니라 외국에서 온 동료들에게도 특별한 경험이 되었을 것이다. 그들은 세계에서 가장 긴장된 국경의 산을 걷고 있었다.

산행이 끝나고, 자라섬 캠프촌에서 야영하면서 북풍과 함께 실려 온 긴장을 풀었다.

감정을 공유했던 느낌은 산행 후에도 고스란히 이어져 우리는 서로 시선을 자연스럽게 맞추고 있었다.

92. 백운산

익숙함은 예상치 않게도 다가온다.

백운산으로 가는 길에 지난 포천 일동, 이동을 지나면서 느낀 익숙함은 막걸리 이름 때문이었다. 애주가가 아니더라도 포천의 막걸리는 귀에 걸린 듯이 익숙했지만, 포천의 일동과 이동이 동네 마을 이름이라는 생각은 해본 적도 없었다. 아니 포천 역시 막걸리 이름을 먼저 알고 알게된 도시였다. 그리고 새롭게 알게 된 것은 일동과 이동의 거리는 또한 한우 갈빗집으로 가득하다는 점이었다.

쌀로 빚는 것이 막걸리고 예전에는 쌀을 재배하는 주요 노동력을 제공하던 것이 소였으니, 물 좋다는 포천(抱川)에서 막걸리와 한우 갈비가 동시에서 유명하다는 점은 포천이 벼농사가 흥했던 곳이었음을 짐작하게 했다. 포천시는 북에서 남으로 흐르는 포천천을 따라 좁고 긴 충적평야를 가지고 있다.

하지만, 오늘의 분위기는 한우 갈빗집과 막걸리가 주는 이미지와는 많이 동떨어져 있었다. 하늘에는 군용 헬기가 줄지어 날고, 도로에는 전차가 뜨거운 공기를 뿜어내며 지축을 뒤흔들면서 달린다. 마치 전쟁 지역에 들어선 것 같았다. 아마 한미군사훈련 때문에 그럴 것이라고 짐작해보지만, 자전거가 휴전선 가까이 왔음을 실감했다.

파괴 유전인자를 심어놓은 무궤도 전쟁 기계의 굉음에 총성과 포성이 간간이 섞이는 국경지대에서 한우 갈비 식당들과 거나하게 취하게 해줄 막걸리의 명성이 같이 공존하는 모습은 아이러니한 부조화를 이루고 있었다. 하기야 파괴의 극대화를 목적으로 창조된 전쟁 무기로 평화를 지킨다는 양극의 축의 균형은 애초부터 위태로움을 내포했다.

수많은 군부대가 배치된 막걸리와 한우 갈비의 도시를 지나 산으로 향했다. 나는 어느 양쪽과도 무관한 스쳐 지나가는 가난한 여행자였다. 전차가 지켜주는 평화를 가진 술 익는 포천 시내를 지나 10㎞나 되는 백운동 계곡을 따라 흥룡사로 향했다.

자전거는 흥룡사에 머무르고 나는 능선을 올랐다. 흥룡봉, 향적봉, 도마치봉, 삼각봉을 넘어야 정상에 도착한다.

깊은 계곡 넘어 또 다른 능선이 보인다. 건너편 봉우리들 아래로 연초록색으로 갈아입은 나무들이 적절하게 배열되어 있다. 전선에도 봄은 찾아오고 있었다. 산은 이 땅에 사는 사람들이 무엇을 하건 신경 쓰지 않고 또 한해의 싱그러운 봄의 서정을 만들어내고 있었다. 산은 산이 해야 할 일을 할 뿐이지만, 그것은 옳았다.

산은 본래의 모습과 성정대로 살아도 좋다. 그것은 그것으로 충분하고 적절하다. 하지만 인간이 본래의 모습과 성정 그대로 사는 것은 위험한 일이 될 수도 있다. 특히 욕망이 가는 대로 내버려 둔다면 더욱 위험하다. 인간이 위대할 수 있는 것은 오직 자신의 욕망을 제어해서 더 높고 이상적인 방향으로 나아갈 때 가능한 것이다.

오늘 산이 만드는 봄의 빛깔 위로 흰 구름이 걸리니, 백운산이라는 이름이 참 잘 어울리는 날이었다.

홍룡사에서 시작해서 4㎞ 거리의 바위 능선이 발달된 왼쪽 능선을 따라서 정상에 도착하니, 정상은 의외로 육산이었다.

하산길은 봉래굴을 지나 계곡 길을 택했다.

10㎞ 길이의 백운 계곡은 규모가 크지는 않지만, 골짜기는 산의 음습하고 깊은 곳에서 시작해 각가지 형상의 바위와 물웅덩이를 만들어내며 흘러간다. 물은 오직 중력에 몸을 맡기고 속절없이 흐르고 또 떨어져 자신이 조각해 놓은 바위에 산산이 부서지면서도 오직 아래로 흘러간다. 골짜기 역시 그냥 스스로 해야 할 일을 하고 있을 뿐이었다.
계곡의 등산로는 예상외로 거친 자연의 모습을 간직하고 있었다.

내려오는 길에 봉래굴을 들러 보았다.
중국 전설에서 봉래는 영주, 방장과 함께 삼신산의 하나로써 흰색 짐승들과 금은으로 된 궁전 그리고 불사의 영약이 있는 신선의 거주지로 되어있다. 그것은 아마 도교의 이상향을 말해주고 있을 것이다. 백운산의 봉래굴엔 흰색의 동물도, 금은도 불사의 영약도 없었지만, 많은 은둔자가 도를 구하기 위해 수행을 하던 곳이라고 전해진다. 아마 수행자에게는 몸과 삶의 부유하게 해줄 궁전보다는 도를 닦을 고요하고 청정한 굴이 더 귀한 보물이었을 것이다.

굴을 둘러보니 들어가는 입구는 좁지만 일단 동굴 내는 비교적 넓고 아늑한 느낌이 들어 서너 사람이 기거하는 데 문제없을 것 같아 보였다.

사람의 행복과 성공의 기준은 자신의 마음의 상태로 측정됨에 동의한다면, 인생의 행복과 성공을 찾기 위해 세상을 다 뒤져보는 것보다는 아마 조용한 동굴에서 자신의 마음을 깊이 들여다보는 것이 더 효과적일 거라는 생각이 들었다.

봉래굴을 찾은 수행자들은 욕망과 마음을 다스릴 지혜를 찾아 산에서 내려갔기를 바란다.

93. 명성산

　백운산을 오르고 전쟁 전에 북한이 건설했다는 산악도로를 타고 여우고개를 다시 힘들게 넘은 것은 같은 날 오후였다.

　현재의 휴전선이 만들어지기 전 시간을 기준으로 했을 때, 자전거는 북한의 영토에서 여행하고 있었다. 많은 나라를 여행했지만 갈 수 없는 먼 나라는, 같은 말을 사용하고 같은 핏줄을 공유한 휴전선 건너편의 가장 가까운 북한이었다.

　비록 현재는 남한에 속해 있지만, 전쟁 이전에는 북한에 속했던 영토였다는 설명만으로도 복잡한 상념에 빠진다. 이제 세계에서 유일하게 분단된 나라의 국민이기 때문일 것이다.

　이 지역은 궁예의 전설 같은 이야기들이 가득하다.

　그는 승려 출신의 정치지도자로 고려의 전신이 된 태봉이라는 신정일치의 국가를 창건한 사내였다.

　상념(想念)과 지친 무념(無念)이 교차하면서 도착한 여우고개 정상에는 궁예가 숨어서 엿보던 곳이라고 해서 '엿보는 고개'가 와전된 이름이라고 안내하고 있었다. 망해버린 자신의 국가를 내려 보던 곳은 고개 건너편의 국망봉이 되고, 내일 오를 명성산은 왕건과의 최후의 결전에서 패전하고 절벽으로 몸을 던지며 떨어지는 자신의 신세에 통곡했다는 산이다.

자전거는 궁예의 흥망성쇠를 간직한 땅을 힘들게 지나고 있었던 것이다.

여우고개를 넘어 얼마 더 가면 산정호수가 있다.

숲으로 둘려져 호젓하고, 울어서 슬픈 산이 맑은 물 위에 깃드는 아름다운 산정호수를 머릿속에 그리며 호수로 향했다. 월든(Wallden) 호수에서 소로우(Thoreau)처럼 야영을 하고 싶었다. 복잡한 계산과 물질 없이도 자연 속에서 일정한 노동으로도 인간다운 삶을 살 수 있음을 스스로 증명해 보였던 소로우의 삶과 자연은 어쩌면 나의 자전거와 함께하는 100대 명산 여행과 닮아있지 않을까 하는 생각이 떠올랐다. 아니, 닮고 싶었다.

하지만 호수에 막상 도착하고 보니, 내가 만들었던 호수의 이미지는 완전한 허구임을 깨달았다. 그것은 국경의 긴장과 전쟁 무기의 소음에서 벗어나길 원하는 나의 바람이 만든 허상이었다.

산정호수는 번잡한 유원지로 개발되어 있었다. 많은 식당이 다른 생명의 살점을 발라낸 안주와 정신을 혼미하게 해줄 술을 방문객들에게 권하는 그런 곳이었다.

자연에서 휴식하고 번잡한 일상에서의 탈출한다고 하면서 번잡한 도시를 벗어나 다시 번잡한 자연 속에서 술과 고기를 권하는 문화에는 동의하기 힘들다.

'바위와 갈대와 호수가 어울린 아름다운 산', 명성산.

호수를 따라가면서 바라보는 명성산은 거대한 바위로 철갑을 주위를 두른 위용 있는 장수의 모습이었다. 멀리서 보이는 가파른 바위를 올라가는 길이 험할 것이라는 예상을 하면서, 산으로 가까이 자전거를 몰았다.

명성산의 한글명은 울음산이다.

명성산 8부 능선에서 왕건과 최후의 결전에서 패한 궁예가 군사를 다 떠나보내고 산도 울고 자신도 울었다는 이야기에서 나온 이름이라고 적혀 있었다.

전쟁은 항상 승자와 패자를 만들어낸다. 그러나 온전한 승자만 있을 수는 없다.

지난밤, 명성산 아래의 소나무 숲에서 야영하면서 밤새 총성을 들어야 했다. 군사지역이라 사격훈련이 있었을 것이다.

그리고 생각해본다. 저 총소리는 국민을 보호하기 위한 훈련이겠지만, 저 총의 방향이 향하는 곳은 상대방의 눈물을 흘리게 할 소리일 것이다. 누군가 승리를 자축할 때 누군가는 치욕과 고통의 피눈물을 흘리게 되는 것이 전쟁이기 때문이다.

요즘의 한반도를 둘러싼, 실감하기에는 너무도 첨예하고 무거운 긴장상태를 경험한다. 양국 사이의 긴장 상태에서 군대의 무력은 다들 자신의 방어와 안전을 위한 것이라고 말하지만, 어느 한쪽이라도 방아쇠를 당기는 순간 엄청난 인명과 재산이 잿더미가 된다는 것은 자명한 일이다.

한편으로 감당하기 힘든 반복적이고 무겁게 조성된 긴장감 때문에 우리의 감각이 자포자기같이 맥을 놓아버릴 만큼 무기력해진 것은 당장은 다행이라는 생각도 해 본다.

전쟁은 우리의 삶에서 죽음 같아서, 우리는 두려움에 입에 올리지도 않고 자신에게 닥치질 않을 것처럼 피하며 살아간다. 그래도 다행인 것은 죽음은 피할 수 없어도 전쟁은 피할 수 있다는 점이다.

우리는 오랜 역사에서 무력의 대결과 그 결과를 경험했으면서도 아직도 이렇게 힘으로 상대를 누르겠다는 수준에서 벗어나지 못했는지 의문스럽다.

인간의 이성과 사고의 발전은 불가능한 것인가?

상대의 상황에 귀 기울이고 이해하려 하는 대화와 소통 그리고 공존을 위해서 인내하고 가진 것을 나누는 평화 유지법은 단지 이상에 불과한 것인가?

산의 가파른 바위 위로 궁예의 눈물 같은 계곡물이 끊임없이 흘러내리고 있었다.

어젯밤의 총소리와 전방의 거리를 달리는 전차들이 누구의 눈물의 원인이 되지 않기를 바란다.

명성산을 오르는 것은 멀리서 바라본 것처럼 위험하거나 어렵지 않았다. 심지어는 가족 산행지로도 잘 알려질 만큼의 산이었다. 밖으로는 위용 있고 위험해 보이는 산이지만, 실상은 패망한 자의 울음도 함께 울어주는 부드럽고 인내하는 온화한 산이었던 것이다.

어쩌면 울음산은 미래의 울음을 멈추게 해줄 답을 조용히 제시하고 있는 것은 아닐지?

든든하게 스스로를 지킬 힘을 가지면서 상대에 대한 배려와 인내의 힘까지 겸비한다면, 상대를 위협하지도, 스스로를 위험에 빠트리지도 않은 것이다.

고통받는 자들과 고통을 주는 자들의 아픔과 어리석음 모두에 오늘도 명성산은 가슴을 휘감는 바람 소리와 더불어 밤새 울고 있었다.

94. 감악산

검고 푸른빛이 돈다는 감색 바위 봉우리의 감악산은 항상 같은 곳에 그대로 있으면서도 또 항상 변하는 산이었다. 산은 신앙의 대상이자 군사 요충지였다.

신라와 고구려, 조선 그리고 최근까지 매년 많은 제사가 감악산에서 행해졌다고 한다. 산은 여전히 무속인들이 자주 찾는 신앙의 대상이었다. 정상에는 득남을 기원하는 여인들이 많이 찾았다고 하는 비문이 문드러진 비석이 더 많은 추측과 이야기를 전하고 있었다.

임진강 중류의 남쪽에 위치한 칠중성과 성의 뒤에 위치한 감악산은 한반도의 무수한 전쟁이 있었던 군사요충지이기도 하다.

고구려, 신라, 백제가 영토를 다투고, 당과 거란의 침입을 저지하던 이곳은 심지어 한반도의 가장 최근 전쟁인 6·25전쟁까지도 피비린내가 자욱하던 곳이었다. 생존하기 위하여 적의 목을 겨누고 적의 피로 대지를 물들이다 결국은 자신이 피로 대지를 물들였던 이 땅이 오늘날 평화롭게 느껴지는 것은 휴전선의 긴장을 외면해서일 것이다.

화악, 명성, 백운산을 거쳐 오면서 들었던 총성과 포성이 들리지 않았다. 인간의 평화는 전쟁의 간극과 망각한 긴장 사이에 존재했다. 하기야 그 둘 사이에서마저도 평화를 느끼지 않는다면 인간의 평화는 요원할지도 모르겠다.

감악산에는 신앙과 피비린내 나는 전쟁의 두 영역을 왕래하는 한 사내의 이야기가 다양한 버전(version)으로 전해진다.

그의 이름은 설인귀다. 고구려와 신라의 침입 전쟁을 이끈 당나라의 장수인 그는 한반도를 아수라장으로 만든 사내다. 전쟁은 죽음으로 상징되지만, 그것은 삶을 지속하기 위한 치열한 발악 같은 것이었다. 설인귀에게도 그랬을 것이다.

세월을 원수에 대한 적의를 잃게도 하는가 보다. 아니면, 그에 대한 두려움이 경의로 바뀌었을 수도 있다.

그는 이제 감악산의 산신이 되어 있었다.

조선 후기 실학자 성호 이익은 조선의 삼대 도적으로 홍길동, 장길산 그리고 임꺽정을 꼽았다. 감악산에 몸을 숨겼다는 임꺽정의 흔적도 산에서 만났다. 정의롭지 못한 세상에 대항해 도적의 길을 갔던 사람은 우리의 역사에서 만인에게 사랑받는 도적으로 기억되고 있었다.

세월은 많은 것을 지우고 많은 것을 일으켜 세운다. 한 적국의 장수와 한 국가의 도적이 이젠 감악산에서 다양한 이야기의 주체가 되고 있었다.

오늘날의 감악산은 빨간색 출렁다리로 많은 사람을 유혹하고 있었다. 화려한 색상의 상춘객들이 출렁거리는 다리 위에서 공포를 즐기고 있었다. 안전이 보장된 공포는 즐거움이 되었다.

사람들의 웃음과 비명이 허공에서 만나고 있었다. 지난 며칠의 포와 총성, 지축을 흔드는 무장차량의 뜨거운 엔진 소리가 만들어내는 긴장 감은 휴일을 맞아 나온 상춘객들의 모습에서는 찾아볼 수 없었다.

역사에 유례없이 강력한 군사력을 가진 한반도의 두 국가 간의 긴장이 느끼는 공포는 출렁다리의 공포보다 피부로 와닿지 않는 것 같아 보였다. 공포는 우리의 의식 속에서 잊혀진 것인지 혹은 일상을 살아가기 위한 고육지책으로 고의로 무시되는 것인지 분명하지 않았다. 아마 고도의 두려움을 머리맡에 두고 사는 한반도의 사람들이 눈과 귀를 닫고 사는 것은 절실한 생존의 한 방편일 것이다. 폭탄처럼 안고 사는 한반도의 긴장을 한반도 밖의 사람들이 더욱 두려워하는 것은 그나마 여유가 있어서가 아닐까? 인간의 인식(認識)과 인지(認知) 기능은 쉽게 익숙해지고, 쉽게 지친다. 특히 고통이 될 만큼 큰 자극이나 반복적 자극에는 더욱 그랬다.

지난 여름 제주 한라산에서 시작한 여행은 세 번의 계절을 통과했다. 국토의 거미줄같이 연결된 길을 따라 마을과 도시를 여행했고, 또 94개의 제각기 다른 풍미를 가진 산들을 올랐다.

시작의 설렘과 과다한 의미들은 여행의 어느 순간부터 희미해져 갔다. 언젠가부터 출근하는 사람의 일상처럼 익숙하게 산을 오른다. 일상이 되자 나의 감각들은 교묘하게 잠들었다. 산을 오르고 산에서 내려왔지만, 정작 나는 오르고 내린 것을 제대로 알지 못했다. 나는 그냥 매일

하던 일을 했고 그 일을 마쳤을 뿐이었다.

깨어있는 상태로 각각의 산을 만나기 위해서 집중해보지만, 어느 순간에 머릿속은 텅 비어 버릴 때가 많다.

어느 날 매일 다니는 익숙한 길을 걷고 되돌아 왔을 때 그 시간의 기억이 완전히 비어져 버린 경험처럼, 산을 다녀와서도 백지로 쓰인 기억을 마주할 뿐이다.

인생에서 가장 많은 시간을 할애하고, 삶에서 높은 비중을 차지하는 일상을 너무나 가볍게 취급하는 게 아닌지? 특별한 날에 의미를 두고 사는 인생은, 많은 부분인 일상의 하루하루를 깨알같이 살아가는 사는 인생에 비해서 참 부실한 삶일 것이다.

일상의 하루하루를 살피며 살고, 매 순간의 진실과 희로애락이 의미가 되는 삶이 인생을 진하게 살아가는 일이라고 일깨운다.

일상이 되어버린 여행에서 깨어 있으려고 노력하지만, 자주 머릿속이 멍해져 스스로 뺨이라도 세게 때려주고 싶은 요즘이다.

95. 소요산

서울이 지척에 들어오자 야영할 곳을 찾기 힘들어졌다.

땅은 빈틈없이 소유되고, 이방인에게 잠시라도 내어줄 의도가 없는 표정으로 닫혀 있었다. 서울의 땅의 가치는 부유했지만, 이방인이 머무를 조금의 여지(餘地)도 남기지 않았다.

동두천에 도착해서는 야영지를 찾아 강을 따라갔다. 강을 위아래로 왕복해봤지만 마땅한 자리가 없어 다리 아래에서 하룻밤을 보냈다.

강은 오염되어 악취가 났다. 악취가 나는 다리 아래에 집을 짓고 보니, 다리 아래 사는 거지꼴이 되어 민망한 마음이 들었다. 잠시 지나가는 경험이라고 자위(自慰)하지만, 스스로의 꼴을 생각해보면 거지라고 해도 무리는 없을 듯했다.

나는 많이 지쳐있었다.

하천에는 상류에서 흐르다 쓰레기 더미에 걸린 색 바랜 한 뭉치의 긴 풀이, 죽은 여자의 머리카락처럼 더 이상 흐르지 못하고 물결만 타고 있었다.

오염되지 않은 땅의 여유와 깨끗한 물이 그리워졌다. 그래서 천천히 거니는 산, 소요산을 거닐어 보기로 했다. 화담 서경덕, 봉래 양사언과 매월당 김시습이 소요했듯이 그렇게 거닐어 보고 싶었다.

산의 규모에 비해서 꽤 길게 흐르는 계곡을 따라 걸어 올라가 보니 원효나 요석공주가 거닐었듯이 훨씬 이전에 거닐었던 사람들의 자취가 가득했다.

폭포와 원효굴을 지나 108계단을 오르니, 욕망이나 감정을 스스로 제어했다는 자재암에 도착했다. 암자는 원효가 요석 공주와의 세속적 사랑을 뒤로하고 산속 계곡으로 들어와 자신의 욕망과 감정을 다스린 곳이라 전해진다.

절을 지나자마자 시작되는 가파른 계단을 올라 하 백운대, 중 백운대, 상 백운대를 길게 돌아 올랐다. 그리고 날카롭게 칼날처럼 서 있는 바위 능선이 이어지는 칼바위 능선을 천천히 걸었다. 칼바위 능선을 걷는 것은 원효가 마음을 길들이는 일처럼, 천천히 그리고 한발, 한발에 집중해서 걷는 일이었지만, 소요라고 할 만큼 여유 있는 걸음걸이는 못되었다.

나는 걷고 있었지만, 거닐지는 못했다. 걷는 것과 거니는 것은 다른 행위이다. 걷는 것은 이동에 목적이 있다, 하지만 거니는 것은 이동에 목적이 있는 것이 아니라 그 행위 자체가 놀이가 되고 목적이 된다. 천천히 걷더라도 마음이 목표에 있음과 마음이 그 시공간에 함께 머물고 있음은 다른 것이다.

소요하는 것은 거니는 행위다.

원효가 요석과 거니는 것은 어디로 가려는 것이 아니다. 그들은 걷는 놀이를 하면서 데이트를 즐긴 것이다. 그들의 마음은 어디에도 가지 않고, 서로에게 머물고 있었을 것이다.

인생의 끝에서 가야 할 곳은 정해져 있는데, 다들 바쁘다. 항상 무언가를 하고, 어딘가로 가고, 잠들지 못한다. 무엇을 하고 어떻게 살아가든 가는 곳은 정해져 있다. 인생의 좋은 시간에 천천히 소요의 놀이에 빠져보는 것은 아름다운 일탈일 것이다.

높지도, 장엄하지도 않지만, 명산으로서의 구색은 제대로 갖춘 이 산을 소요하면서 그들은 무슨 생각을 하고 무엇을 느꼈을까?

그들은 산을 보았을까? 산을 바라보는 속의 마음을 보았을까? 아니면 산도, 마음도 아닌 발끝이 짚는 순간에 머무르고 있었을까?

텅 비어 버린 머릿속을 애써 깨워보았지만, 파편 같은 잡념들만 무의미하게 스쳐 지나갔다. 지난 일주일간 매일 자전거로 40㎞씩 이동하고 매일 산을 오르면서, 단순하게 같은 궤도를 정확하게 돌아가는 자전거 바퀴만큼이나 나의 몸은 기계적으로 움직이고 있었다.

아마 많은 사람에게는 일탈의 행위일 듯한 100대 명산의 여행에서 이제 5개의 산을 남겨놓은 시점에 어쩌면 나에게는 또 다른 일탈이 필요할지도 모르겠다는 생각이 들었다.

자신의 마음을 스스로 명확하게 굴복시키지 못하고 일탈에 일탈을 더하는 분주함으로 깨어있고자 하는 불합리가 참 어리석게 느껴졌다.

96. 관악산

관악산에 올랐다.

거대한 인구가 밀집해서 살아가는 서울의 한편에 위치한 관악산은 나지막하고 작은 산이다.

자전거가 끼어들 여유 없는 도로와 매캐한 공기가 숨쉬기 힘들게 하는 서울에서는 자전거를 세워 두었다. 지하철을 이용해 사당역에 내려 주택가를 조금 걸어 올라가니 산에 도착했다.

사람들이 살아가는 수많은 건물과 거미줄같이 연결된 도로 위를 달리는 차량들 그리고 그 도시에 살아가는 무수한 사람을 지났다. 서울은 모든 것을 가진듯하지만, 여유는 없었다. 다행히 산에 들어서니 금세 산 아래의 세상과는 결별할 수 있었다. 강 건너편의 땅이 피안이라면, 관악산은 도시에서부터 일탈할 수 있는 피안의 땅이기도 했다.

태어나고 자라고 살아온 도시와 나는 애증(愛憎)의 관계에 있다.

나의 삶은 도시에 깊이 뿌리 내려있음에도, 나는 먼 산을 바라보며 위안을 구한다. 그리고 그리워서 올라간 산에서 내려와 따뜻한 물에 몸을 씻을 때 나는 도시를 버릴 수 없음을 안다.

오랜 사람의 발길에 닳은 산길을 올라가면, 사람의 온기에 익숙한 나무들과 손과 발의 흐름에 익숙해진 바위들이 있다. 멀리서 바라보면 아찔할 것 같은 능선과 봉우리의 바위들은, 가까이 다가서면 그리 어렵지 않게 올라설 수 있다. 그것은 관악산의 바위들은 사람의 길을 잘 기억하고 있기 때문이다.

험한 바위라도 천천히 걸어가다 보면 오랜 세월 사람에게 길을 내어주면서 만들어진 움푹하게 발 디딜 홈을 내어주고, 발만 디디기에 험한 곳에서는 손을 뻗어보면 든든하게 잡을 홀더(holder)가 잡힌다.

5개의 바위 봉우리를 지나고 나니 기상관측소가 있는 정상이 보이고, 그 정상 위에는 불꽃같이 피어오른 불꽃 바위가 보인다.

관악산 능선에서는 속세의 세계를 객관적 관점으로 지켜볼 만한 바위 자리들을 쉽게 찾을 수 있다. 그러나 우리는 그런 객관적 위치에서 주관적 시각으로 세상을 볼 수밖에 없는 함정을 곧 만난다. 그것은 산을 올라도 여전히 도시에 남아있는 우리의 뿌리 때문이며, 생사를 초월한 듯이 멋지게 바위 위에서 가부좌를 틀어도, 삶과 죽음의 문제를 여전히 이해하지 못하기 때문이다.

두어 시간 전에 어깨를 부딪치고 옷깃을 스치며 살아가던 세상으로부터 나와, 척박한 바위 위에 살아남아 이슬을 받아먹고 사는 소나무가 살아가는 바위에서 도시를 내려다보았다.

대부분의 우리들의 인생은 그저 저 성냥갑 같은 집을 소유하기 위해 아등바등하며, 긴 선을 따라 꼬리를 물고 따라가는 네모난 깡통 같은 차의 크기를 키우고, 좁은 도시에서 최대한의 입지와 힘을 갖기위해 안간힘을 쓰면서 살아간다.

푸르고 넓은 공간의 자연 속에서 스스로 자유롭지 못하고, 저 좁고 먼지에 뒤덮인 공간에서 우리는 무엇을 구하고 무엇을 찾고 있는 것인지에 대해 질문을 해본다.

산에 오면 항상 하는 질문이지만, 항상 답은 없었다. 답을 얻은 적은 없지만, 질문하는 것만으로도 마음은 홀가분했다.

아우인 충령에게 왕위를 양보하고 부처의 가르침으로 위안 삼았던 효령대군이 세웠다는 연주대를 지나서 오른편 계곡을 따라 내려오니, 학창 시절 나의 성적으론 입학의 엄두도 내지 못해 부러움의 대상이었던 서울대학교로 들어설 수 있었다.

이곳에서 공부한다는 것만으로도 능력을 인정받고 밝은 미래를 보장할 것 같았던 이 대학에 들어가기 위해서 일어나는 경쟁은 한 국가를 지치게 한다. 그 경쟁의 승리자들이 된 학생들의 얼굴을 살피며 캠퍼스를 지나 내려오다 보니, 도시의 시내에서 보던 얼굴과 다르지 않았다.

경쟁에서 이기고 캠퍼스를 자랑스럽게 다니는 이 학생들도 곧 바위 위에서 내려다본 성냥갑 같은 집과, 신분을 과시할 달리는 깡통과, 복잡한 도시에서 밀려나지 않을 자신의 자리를 찾기 위해서 인생을 소비하게 되지는 않을까 잠시 생각해봤다.

세상에 떠도는 막연한 성공의 이미지와 정의(定義)를 깊은 자신의 성찰 없이 받아들이고 그 성공을 위해서 살아간다면 그들의 일생의 결과도 먼지 덮인 도시에서 살고 또 늙어온 노인의 죽음 외에는 다른 결론이 나올 수 없음은 분명하다. 그것은 한 인간으로서의 그들이 죽을 때 그들이 어떻게 살았고, 무엇을 가지고, 무엇을 이루었는지는 인생의 결론에서는 큰 의미가 없기 때문이다.

저 강을 건너 피안의 언덕에서 세상을 따뜻하게 바라볼 수 있는 성찰과 깨우침이 없는 한 인생은 그저 돌고 도는 다람쥐 쳇바퀴와 다르지 않다.

97. 수락산

거대한 바위들이 능선과 봉우리를 가득 채운 산, 맑은 물이 끝없이 낙하하는 산, 수락산은 사람들을 가까이 두기를 좋아하는 산이었다.

바위 능선에 올라선 사람은 산의 일부가 된다. 바위 위로 길을 만들어 오르는 사람의 실루엣, 바위의 깨끗한 면, 바위의 선의 끝에서 시작되는 광활한 하늘은 사람의 영혼이 자연이 되는 순간이 되기 때문이다.

능선엔 따뜻한 바람과 차가운 바람이 섞여 구름을 만들고 있었다. 멀리 사막에서 실려 온 황사 스크린 속에 북한산과 도봉산이 더 멀어져 있었다.

수락산을 오르면 천상병 시인의 '아름다운 소풍'이라고 이름 붙여진 산길이 나 있다. 시인은 수락산 막걸리 가게에서 술을 즐겼나 보다. 산은 아픔이 너무 많아서 다 내려놓은 행복한 사내를 항상 보듬어 주었다.

시인은 자신의 행복을 이렇게 적어 놓았다.

<행복>

천상병

나는 세계에서
제일
행복한 사나이다.

아내와 찻집을 경영해서
생활의 걱정이 없고

대학을 다녔으니
배움의 부족도 없고

시인이니
명예욕도 충분하고

이쁜 아내니
여자 생각도 없고

아이가 없으니
뒤를 걱정할 필요도 없고

집도 있으니
얼마나 편안한가.

막걸리를 좋아하는데
아내가 다 사주니
무슨 불평이 있겠는가.

더구나
하나님을 굳게 믿으니
이 우주에서
가장 강력한 분이
나의 빽이시니
무슨 불행이 온단 말인가!

사회의 관점에서 시인의 삶은 고난과 가난의 연속이었다. 권력에 의해서 고문을 당하고, 정신병원에 수용당하고, 술값은 가까운 사람들에게 빌려 술을 마시는 가난한 삶을 살았다.

그래도 시인은 '아름다운 소풍'의 삶을 살고 하늘로 돌아갔다.

인도의 구루(영적 스승) 오쇼 라즈니쉬는 행복이란 우리 내부의 감정 상태이지 외부 환경과 조건의 상태가 아님을 말했다. 그는 어떤 환경이나 조건이 우리를 행복하게 하고 불행하게 함을 결정하지 않음을 이야기했다. 마음만으로 행복하고, 또한 마음만으로 불행할 수 있는 존재가 사람임을 말한다. 마음은 마음의 주인이 결정하는 것이다.

그런데 아직 많은 사람이 곁에 있는 마음을 다독이기보다는, 길들여지지 않는 조건을 맞추어 행복을 찾는 먼 길을 가려고 하지는 않는지?

천상병 시인은 아마 수락산 산길에서 행복의 지름길을 발견했나 보다. 자신이 가진 조건에 감사하고 스스로 만족하면서 소풍 나온 아이처럼 행복하게 살다가 떠난 것이다.

오늘의 내 조건을 비교하면 시인보다 굳이 나을 건 없지만, 매 순간 행복하다고 느낄 때가 많은 것은 내가 좋은 조건보다 행복한 마음을 가진 행운아이기 때문이라는 생각이 든다.

다음에 산을 찾을 때는 수락산에서 막걸리를 한 잔 마시고, '아름다운 소풍' 길을 행복하게 소요하고 싶다.

98. 북한산

　시작에는 끝이 있다.

　끝은 마지막에 찾아오는 것이지만, 사실 끝은 다른 시작의 시점과 같이할 뿐이다. 하루의 끝은 다른 하루의 시작이 되고, 연말의 마지막은 정확하게 연초의 첫 시점과 동일할 뿐이다. 그런 시각에서는 시작과 끝이라는 게 우리가 만든 약속일뿐이다.

　100번째 산은 98번과 99번째의 산을 오르기에 앞서 올랐다. 100번째 산은 나의 여행의 마지막을 축하해줄 고마운 사람들의 바쁜 삶을 배려해서 주말에 올라야 했기 때문이다. 100이 98이나 99에 비해서 앞선다고 해서 사실 달라질 것은 없었다. 난 그저 100개의 산을 연속해서 오를 뿐이었다.

　제주 내도동에서 나의 여행은 시작되었다. 물론 그것이 아닐 수도 있다. 여행은 그 이전부터 계속되고 있었다. 그것은 많은 사람이 인생을 여행에 비유하는 은유(隱喩) 때문만은 아니다. 그것은 한 인간 출생의 시점이 단지 한 여자의 출산에서도 아니고, 남녀의 교합으로 시작되는 것이 아니며, 교합 이전에 많은 원인과 조건들이 생성되고 있었음과 궤를 같이한다. 나의 여행도 그런 의미에서 내도동에서의 출발 이전에 벌써 시작되고 있었다.

여행은 전국에 퍼져있는 100개의 산을 오르고, 자전거로 100개의 산 아래를 이동하는 지극히 단순한 목표를 가진 움직임이었다. 하지만 그 단순한 움직임이 일어나는 동안 다양한 일들이 벌어졌다.

다양한 사람들을 만났다. 다양한 지역을 지났다. 다양한 장소에서 야영했다. 단순한 목표를 충족하기 위해 나는 다양한 일을 겪어야 했다.

사실 다양한 일을 만난다는 것은 내 나이쯤 되면 당연히 기대하고 예측할 수 있는 일이다. 50이 넘은 사내는 누구나 알 수 있는 일이었다.

하지만 생소한 상황에서 생소한 마음을 만났다. 생소한 감정들이 떠오르고 사라짐을 만났다. 생소한 것들은 지나가는 길이나 사람들을 통해서 만난 것이 아니고, 뜻밖에도 내 속에 감추어져 있던 것들이어서 더욱 당황스러웠다. 나는 내 속의 일들을 내 밖의 일만큼 알지 못하고 있었던 것이다. 아니면 나는 나의 두 눈이 향해진 바깥세상을 지켜보는 데는 익숙하지만, 내부의 이야기에 귀 기울이는 일에 소홀했던 것일 수도 있다.

길 위에서 만난 많은 사람이 누구도 하지 않았던 나의 여행의 의미를 물었다. 그 질문은 여행 내내 만난 질문이고 여행 내내 스스로 답을 구했던 질문이었다. 또한, 그 질문은 나의 눈과 귀를 안으로 향하게 해주는 일종의 지시가 되었다.

물론 어떤 의미가 없었던 것은 아니다. 하지만 여행이 시작되는 시점에서 내가 둘러대던 의미는 질문이 거듭되고, 답을 거듭 찾으면서 힘을 잃어갔다. 나는 점점 희미해진 의미를 답으로 삼을 수 없었다.

반대로 많은 다양한 경험과 만남에 의해서 의미라고 할 것들이 정리 할 수 없을 만큼 많이 생겨난 것일지도 모른다.

단지 분명한 것은 매일 늘어나는 자전거의 주행 거리와 오른 산의 숫 자였다.

의미는 단지 나의 두 다리로 나아가는 행위를 설명할 수식어였다. 나 의 여행의 본질은 한 번의 페달링으로 한 번의 바퀴가 돌고, 한 걸음은 나의 몸뚱이를 70cm씩 옮겨주었던 작업이라는 사실이다. 의미는 감정과 마음의 상태에 따라 바뀌는 장식이었다.

여행이 계속되고, 몸이 여위어가고 머릿속이 비어가는 순간부터 장식 보다는 단순한 두 다리의 움직임이 아름다운 의미임을 알았다. 그것은 삶을 장식할 다양한 수식어보다는 살아가는 태어남과 자람과 늙음과 죽음의 단순한 움직임이 인생의 본질에 가까움이었다.

다시 말해서, 나의 여행은 마치 백 개의 구슬을 이어서 하나의 목걸이 를 만드는 작업처럼 한 개씩 구슬을 끼우는 일이었다. 구슬 하나를 끼 울 때 그다음 또는 그다음 구슬을 생각하지는 않았다. 다음과 그다음 그리고 먼 다음에 올라야 할 산들을 생각하면 당장의 산행과 자전거로 오르는 고개가 힘들어져 다음을 기약할 수 없었기 때문이었다. 구슬을 끼우듯이 하나하나 산을 오르면서, 무수한 생각은 신기루처럼 일어나다 사라져 버리는 경우가 많았다. 구슬을 끼우는 일에 익숙해지자, 나는 구슬을 끼우는 일을 잊어버리기 시작했다. 그것은 아름답고 화려한 일출과 일몰도 매일 반복되다 보면 더 이상 매일의 장대한 기적이 그저 일상이 되어버리고 더 이상 주목하지 않게 되는 현상과도 같았다.

결과적으로 나는 자전거로 전국의 100대 명산을 찾았고, 그 산들을 올랐다는 과거만 남았다. 그리고 미래에 다가올 2개의 과거가 남아있다. 이런 나의 과거는 이야기로써 남아, 자라고 변하며 다양한 의미를 입으면서 잊히기 전까지 살아남을 것임을 안다.

북한산의 산행에는 친척들과 친구들 그리고 산쟁이 동생들이 와 주었다. 의미도 까마득해진 산행의 마지막을 축하해주기 위해 모인 것이다.

100번째 산행은 무척이나 빠르게 오르고 빠르게 내려왔다. 백운대 정상 태극기 옆에서의 기념 촬영도, 몸을 뒤흔드는 바람에 재빨리 끝냈다. 백운대에는 세찬 바람의 뒤로 검은색 비구름이 다가오고 있었다. 그 구름은 우리가 야영장에 마련된 식사를 위해 그늘막 아래에 앉았을 때 장대비로 변해 땅으로 쏟아졌다.

아직 98번째 산과 99번째 산이 남아있었지만, 나의 100번째 산행은 이렇게 끝났다. 나는 목표로의 도달이 자랑스럽지도, 아쉽지도 않았다.

하지만, 너무나 많은 사람과, 자연과, 보이거나 보이지 않는 힘들에게 감사하는 마음만은 분명하고 진하게 남아 있었다.

99. 도봉산

아침 출근 시간을 피해서 도봉산 아래에 도착하니 10시가 다 되었다. 주말을 제외하곤 산을 찾는 사람들이 많지 않을 지방의 산들에 비해 도봉산에는 이 시간에도 이미 많은 사람이 산으로 향하고 있었다.

치열했을 인생의 후반의 날들을 소일(消日)하는 많은 수의 노인들이 일찍부터 산을 오르거나 산 아래 계곡과 가게 앞에 자리를 잡고 있었다. 바쁜 삶에서 여유 있는 노년을 기대했지만, 정작 노년에 찾아온 여유는 해결하기 힘든 모양이었다.

오늘은 이른 나이에 서울에 올라와 일찍이 경제적 성공을 이룬 사촌 동생과 산행을 같이했다. 지방에서 서울로 올라와 삶의 기반을 든든히 하기는 만만치 않지만, 사려 깊고 성실한 동생은 사업을 성공적으로 운영해서 많은 돈을 벌었다. 하지만 빠르게 변화하는 산업 환경에 수익성이 낮아진 사업을 몇 년 전에 접고 40대 중반의 나이에 사회 잉여 생산 활동 인구의 일원이 되었다. '백수'가 된 것이다.

많은 사람이 일을 그만두고 놀고 싶다고 말하기도 하지만, 일과 사회적 역할이 사라진 삶에 동생은 힘들었다고 한다. 걱정과 우울의 오랜 시간을 보내던 동생에게 변화를 가져다준 것은 다시 찾은 산이었다.

불안과 우울을 벗어난 동생은 도봉산을 여러 번 다녀서 오늘 나의 산 가이드 역할을 맡았다. 성공을 위한 궤도에서 한 발짝 벗어난 동생은 바쁘게 성공을 위해서 달려가는 주위의 사람들과의 만남이 부담스러워서, 달려가는 사람들 옆에서 주춤거리며 서 있는 자신의 모습이 부끄러워서, 천만의 인구를 가진 서울에서 무거운 침묵으로 혼자 산을 다녔던 것 같다. 막걸리 한 병과 도시락 하나를 배낭에 넣고, 젊은 사람이 할 일 없이 산다는 말들이 싫어서 등산복이 아닌 일상복을 입고 산을 다녔다고 한다.

아마 동생은 여유 시간을 보내기 위해서 산을 다녔고, 산은 그를 칭찬이나 질타 없이 받아주었을 것이다. 동생은 어려운 시간에 가졌던 표정을 벗어버리고, 많이 부드러워진 눈빛과 편해진 웃음을 짓고 있었다.

근사한 바위 능선과 봉우리를 가진 도봉산은 예전에는 사람들이 근접하기 힘든 산이었을 것이다. 체력과 기술 그리고 용기를 가지지 않고 올라서기에는 만만찮은 바윗길들이 많았었겠지만, 도봉산은 오랜 세월 수많은 사람의 발길에 길들여져 사람에게 길든 늑대처럼 여전히 사나운 구석은 있지만, 어렵지 않게 찾고 즐길 수 있는 산이 된 것 같다.

광륜사와 우이암을 지나 주 능선을 따라 오르면서 많은 이야기를 나누었다. 성공이라는 하나의 방향으로 질주하던 시간에 만났던 많은 사람이 멀어지면서 동생은 외로웠나 보다, 가파른 길을 걸어가며 동생은 연신 숨을 할딱이면서도 대화를 이어나갔다.

산에서 소일하는 많은 노인이 곁을 지나갔다. 그들은 이 산을 많이도 올라다녔는지, 익숙한 발걸음으로 산을 다니고 있었다. 그들도 다가올 인생의 마지막은 두렵지만, 매일의 시간을 보내는 것 또한 고역일 것이다. 어쩌면 언젠가 찾아올 소멸의 시간을 생각하면 하루하루의 시간을 잡고 싶기도 하겠지만, 또 한편으론 시간을 어떻게 보낼지 고심하기도 할 것이다.

건너편으로 북한산 백운대와 인수봉이 보였다. 옆의 능선에 오봉이 뚜렷이 나타나고, 길의 앞에는 칼바위, 주봉, 신선대, 만장봉, 자운봉 그리고 선인봉이 우뚝 솟아 있다. 안개 대신 저 멀리 고비사막과 중국의 황사, 공해가 그 멋진 봉우리들을 뿌옇게 만들었지만, 산은 여전히 많은 사람의 아픔을 치유하고 있었다. 치유는 아마 무엇을 해주고 어떻게 하는가가 아니라, 어쩌면 칭찬도, 질타도 없이 그냥 항상 옆을 굳건히 지켜주는 일인지도 모르겠다.

계곡을 내려와 동생과 계곡물처럼 시원한 맥주 한잔을 하면서, 눈빛이 부드럽고 표정이 편안해 보인다고 말해주었다.

100. 마니산

여행이 끝났다.

지난 6개월, 시린 나의 무릎으로 저어온 자전거는 타이어를 갈아신고 여러 번 튜브를 교체했다. 기어의 탄력은 느슨해지고 핸들 바의 테이핑은 한쪽으로 쏠려 벗겨져 나갔다. 자전거는 오랜 주행으로 낡아 보였지만, 관록(貫祿)이 묻어났다.

내 집이 되어 주었던 텐트는 이제 이별할 때가 된듯하다. 오랜 세월 나와 같이했던 텐트는 고칠 수 없는 헌 집이 되어버렸다.

물건에는 여행의 향기가 난다. 여행의 냄새는 불분명하지만, 몸에 쉰내가 배긴 것은 분명했다. 나는 그 냄새를 여행의 향기라고 우기고 싶었다.

한 살을 더 얻었다.

체중이 많이 줄었다. 허벅지와 종아리의 근육이 단단해졌다. 얼굴은 검게 타고 말라서 눈이 커지고 광대뼈가 두드려졌다. 바람이 지나가면서 만든 선들이 얼굴엔 주름으로 남았다. 다행히 주름은 찡그리거나 화를 내고 있지 않았다. 주름은 바람의 자국처럼 기분 좋게 웃고 있었다. 머

리와 수염이 많이 길었다. 가난한 부랑자를 연상케 하였지만, 눈은 맑아
지고 몸은 가볍게 느껴졌다.

이 증상들은 오랜 여행을 마친 내게 생긴 변화다.

하지만 난 한 살의 나이와 가벼워진 몸과 단단해진 다리, 바람이 그어
준 주름진 얼굴 그리고 길어진 머리와 수염을 가지기 위해서 백 개의 산
을 오른 것은 아니다.

무엇을 위해서 오른 것인가는 분명하지 않지만, 적어도 마음의 밑바닥
에는 길고 먼 여행이 끝나면 나는 더욱 성숙하고 고요한 사람이 될 것
같다는 은근한 암묵적 기대는 있었다.

이런 나의 은근한 기대가 대략 200일간의 여행, 도합 해발 100,000m
의 고도, 850㎞의 산행 거리, 10,000㎞의 자전거 주행거리라는, 다소 과
장된 숫자로만 남는다는 것은 아쉬운 일이었다. 그것은 나의 여행의 은
근한 기대에 미흡해서 아쉽기도 하지만, 나를 여행할 수 있게 해준 많은
힘들과 격려에 보답할 길이 없어서였다.

도모하는 일에는 결과물이 생긴다.

결과물은 목표를 위한 행위의 산물이기도 하고, 우연(偶然)까지 더해진
추수(秋收)물이기도 하다. 하지만 우연이든, 자의적 행위의 산물이든 어
느 하나 개인만의 독립적 산물이 될 수는 없다.

그 결과에는 많은 사람의 협조와 또는 배려가 더해지기 마련이다. 그
리고 의식하든, 하지 못하든, 이해하거나 하지 못하는 많은 기운의 영향

이 있었다.

그래서 도모한 일의 결과가 영광이든지, 실망이든지 간에 혼자만의 산유물이 될 수는 없는 일이었다. 우리의 삶은 어느 순간에나 완전히 독립적일 수는 없다. 모두는 모두에 연결되어있고 의존하는 것이기 때문이다.

100번째로 오른 마니산 참성단까지의 오르막은 계단길이였다.
단단해진 다리는 공원처럼 정비된 계단을 쉽게 올랐다.

한민족의 시조인 단군왕검이 하늘에 제사를 지냈다는 참성단은 닫혀 있었다. 보수 중이었다. 땅을 상징하는 네모꼴의 단위에 하늘을 상징하는 원형 계단을 올린 참성단은 마니산의 정상에 위치했고, 출입이 금지되었다. 나의 100번째 산은 정상에 도달할 수가 없었다.

1990년 아카데미 외국어 영화상 수상작인 〈시네마 천국(Cinema Paradiso)〉에서 중년 영상기사인 알프레도가 토토에게 들려준 이야기는 다음과 같다.

이 이야기는 먼 옛날 국왕의 연회에서 아름다운 공주를 보게 된 국왕 호위 병사의 사랑 이야기다. 그 연회에서 공주를 본 병사는 사랑에 빠진다. 사랑의 열병을 앓던 병사는 어느 날 공주와 마주할 기회를 얻게 되고, 공주의 사랑 없이는 무의미해져 버린 자신의 사랑을 고백한다. 병사의 말에 깊은 감동을 받은 공주는 발코니 밑에서 100일 밤낮을 기다린다면 사랑을 받아주겠다고 대답한다.

병사는 바로 발코니 밑으로 달려가 기다림의 나날을 시작하지만 99일째 밤 의자를 들고 떠나 버린다.

나는 자발적으로 참성단을 오르지 않은 것은 아니다. 그렇지만, 오르지 못함이 섭섭하거나 실망스럽지는 않았다. 그것은 여지를 남겨두는 새로운 문을 열어주는 행운일 수도 있었다. 나의 은근한 기대를 채워줄 문을 완전히 닫아버리지 않기를 바랐을 것이다.

그래서 99번째는 관대했다.

나는 아직 살아갈 날들을 남겨두었고, 나의 은근한 기대를 향한 여행은 진행형으로 두고 싶었다.

참성단을 지나 함허동천까지 바위 능선을 가볍게 걸었다. 서해는 섬들과 논물이 햇볕에 반짝이는 강화평야를 나누고 있었다. 옅은 해무는 바다를 더욱 아득하게 만들고 있었다.

산행 거리가 길지 않아, 하루 산행 거리로는 약간 아쉬웠다. 참성단을 오르지 못한 것도 아쉬웠다. 여행이 끝나는 것은 아쉽지 않았다. 단지 허전했다.

함허동천 야영장의 짙은 녹음 아래서 밤을 보내는 것은 즐거운 일이었다. 그리고 동시에, 아쉬운 일이었다.

뜨거운 여름에 시작해서 매일 24시간 길 위에서 살고, 백 개의 구슬을 꿰듯이 산을 하나씩 끼우고, 세계의 계절이 변하는 시간 동안 칠흑 같은 밤을 작은 텐트에서 보내던 날들을 뒷전으로 하고 살던 도시로 돌아가야 한다.

함허동천의 새벽에는 다양한 종류의 새들의 노래 소리가 기분 좋은 아침을 비춰주었다.

비록 나의 은근한 기대는 충족되지 못했지만, 무사히 '한국 100대 명산 두 바퀴와 두 다리로 이어 오르기' 여행을 마칠 수 있었음에 감사한다.

사람들이 나에게 "이제 무엇을 할 것이냐?"고 물어왔다. 나의 대답은 한결같다. "모른다."이다

아마, 하루하루를 다시 이전처럼 살아가게 될 것이다.

그래도 한 번도 끊어지지 않은 먼 길, 오르면 꼭 내려와야 했던 산, 칠흑 같이 혼자 하는 밤들이 나에게 심어 놓은 변화가 나의 자아가 알든지 모르든지 간에 나의 한 구석에서 자리 잡고 같이 살아가게 될 것임을 안다.

그리고 살아가는 날이 남아있는 동안 삶으로써의 여행은 진행형으로 남을 것이다.